새미비평신서 7

허스토리의 문학
Herstory

김양선

새미

책을 내며

　글쓰기가 현실에 개입하는 실천의 한 방식이자 세상과 소통하는 길이라는 것은 오랜 나의 믿음이다. 내 이름 석 자를 밝히며 글을 발표하고 이제 책까지 내게 되었으니 그 믿음이 이루어진 셈이다. 하지만 문학이란, 글쓰기란 대체 무엇이며, 누구에게 위안이 될 수 있을까란 질문 앞에선 여전히 막막하고 허둥댄다.

　다만 문학 공부를 시작했을 때의 첫 마음으로 돌아가 보면 나에게 구체적인 질감으로 다가왔던 것은 무엇보다도 한국 사회에서 여성으로 살아간다는 것의 어려움이 아니었나 싶다. 곳곳에 잠복해 있다 생의 마디마디마다 나타나 내 편력에 제동을 걸던 성적 차이의 표식들에 딴지를 걸고, 오히려 그 차이가 얼마나 소중한 것인지를 발언해 보고 싶다는 생각이 나를 여기까지 이끌었다.

　책에 실린 글들은 두 세 편을 제외하고는 여성의 시각에서 90년대 이후 우리 문학의 지형도를 그려보고, 작가와 작품들을 분석한 것들이다. 전근대와 근대의 유산들이 어지럽게 얽혀 있는 상황, 전지구적 자본주의가 우리의 국지적 일상에까지 침투한 상황은 작가의 성별을 떠나 우리가 맞닥뜨린, 넘어서야 할 객관 현실이다. 그런데 그 현실은 성별에 따라 차별적인 방식으

3

로 발현되고 경험된다. 게다가 여성은 세대적, 지역적, 계층적인 차이에 따라 다양하고 이질적인 경험들을 하게 된다. 나는 여성이 어떻게 이 복합적인 현실과 대응하면서 자신의 정체성을 찾아가는지, 어떻게 다양한 방식으로 생존과 생명의 서사, 혹은 전복과 위반의 서사들을 써 가는지를 살펴보려 했다.

총론격인 1부의 제목을 '이론을 젠더화 하기'로 붙여 보았다. 여성의 시각에서 우리 문학의 현황과 과제를 짚어본 글들도 있고 여성문학이론의 지평 확장을 염두에 둔 글들도 있다. 우리 문학사에서 오랫동안 침묵하고 부재해 왔던 여성들은 이제 막 말하기 시작했다. 그 말들이 좀더 모양새를 갖추고 풍성해지기 위해서 타 이론들과 어떻게 대화해야 하는지에 천착해 보려 했다. 역으로 여성의 말과 글이 도처에 널린 위기의 징후들을 슬기롭게 극복하는데 힘이 될 수 있다는 점도 얘기해 보려 했다.

작가론에 해당하는 2부 '그녀들의 내러티브'에서는 90년대부터 현재까지 여성의 삶과 경험을 다각도로 그리고 여성적 글쓰기의 장을 확장하는데 힘을 모아 온 여성 작가들의 작품세계를 주로 다뤘다. 90년대 이후 여성 작가들은 대중성과 작품성 양면에서 고루 성장해 왔고, 여성문학의 자산 역시 풍성해졌다. 이들은 성과 사랑, 가족, 성장 등의 내밀하면서도 대단히 사회적 함의를 내포한 주제들을 '여성의 눈'으로 다시 쓴다. 어떤 작가들은 여성성과 가족에 대한 고정관념을 뒤집고 여성의 욕망을 전복적인 상상력과 서사로 축조하며, 또 어떤 작가들은 반대로 생존·생성·생명의 서사가 '여성성'과 맞닿아 있다고 본다. 이 작가들이 저항과 포섭의 대상으로 삼는 여성성은 생물학적이거나 고정된 가치 체계가 아니다. 여성성은 때로는 여성의 욕망을 제어하는 이데올로기로 부정되고, 때로는 남성중심적 질서 및 근대에 대한 비판의 맥락에서 제기된다. 그런 만큼 여성성 역시 사회적 맥락, 텍스트의 맥락에 따라 유동적으로 해석되어야 한다는 것이 나의 생각이다.

3부 '공감의 읽기'에서는 개별 작품론과 서평을 묶었다. 개별 작품론들은 허스토리(herstory)의 재생이나 주변적 존재인 여성 혹은 작가의 탐색에 초점을 맞춰 보았다. 나머지 두 편은 젊은 연구자들의 연구서를 소개하며 공과를 따진 글이다. 작품론이든 서평이든 해석자와 원 저자 사이의 공감과 날카로운 비판이 겸비될 때 좀더 생산적인 논의가 나올 터인데 그 마음이 제대로 지켜졌는지 모르겠다.

주위의 바람과 언설에 흔들리지 않는다는 불혹이 내게도 멀지 않았다.

여전히 혹하며, 회의하며 살아가는 나로서는 이 책이 한동안 위안이 될 것 같다. 내 글의 원천이 되어준 여러 작가들, 문학 연구의 엄정함을 가르쳐 주신 모교의 선생님들, 부족한 제자를 이끌어주신 이재선 선생님께 감사드린다. 10여 년 넘게 같이 공부하고 토론하고 삶을 나눈 한국여성연구소 문학연구실원들에게도 이 책이 기쁨이 되길 바란다. 내 삶의 공저자인 가족과 아이에게 사랑한다는 말을 전한다. 마지막으로 흔쾌히 출판을 허락해 주신 새미 출판과 편집자 분께도 감사드린다.

2003년 봄
물의 도시에서

차 례

3 공감의 읽기

1 | 이론을 젠더화 하기

이론을 젠더화 하기

다시 길을 찾아서
- 현실을 성찰하는 몇 가지 방식

1. 현실의 미로, 넘치는 서사

'슬픔도 힘이 될 수' 있는 세상을 꿈꾸던 작가 양귀자가 '미로'뿐인 현실에서 봉착한 글쓰기의 어려움을 이야기한 지도 벌써 10년이 넘었다. 작가들에게 그 10여년의 기간이란 아마도 저마다의 길을 찾기 위한 여정과 모색의 시기였을 것이다. 그동안 우리는 이념이 아닌 일상의 영역에, 집단이 아닌 개인에, 희망이 아닌 환멸과 냉소에, 불을 찾아 전진하는 계급이 아닌 도시를 자유롭게 유영하는 댄디에게, 진보의 연대기적 시간표가 아닌 시원찾기에 소설의 자리를 내줘왔다. 이 기간은 지난 연대의 적자이기를 격렬히 거부하는 '세대적 글쓰기'의 주자들이 소설의 영토를 장악해간 시기이기도 하다.

문학의 본령이 '낯설게 하기'에 있다는 구조주의자들의 주장을 형식의 차원만이 아니라 내용의 차원에까지 확장해본다면 세기말에 '과잉' 생산된 작품들은 그 목록이 다채롭긴 하지만 더 이상 낯설지는 않다. 급속하게 양산되다가 일시에 사그라든 소위 '후일담 소설'의 경우 이들이 거슬러 올라가 보는 현실이라야 고작 80년대이며, 그나마 개인적·가족적인 기원 찾기에 그치는 경우가 많았다. 물론 개인에게 드리워진 역사의 흔적을 찾아낼 수야 있지만, 결국은 순진한 청산론으로 귀결되는 경우가 많아 현재적 의미를 찾기가 힘들다. '존재의 시원' 찾기를 실존적 자아에 대한 힘겨운 탐색으로 보기에는 그 자아가 몸담고 있는 현실을 드러내기 위한 대중 문화적 장치들이 너무 가볍다. 성석제는 아버지의 거대 서사에 반발하면서 근대의 '소설(小說)'이 아닌 전근대의 '이야기'로 역행해간다. 하지만 그 '이야기'의 그릇에 근대와 근대 이후를 동시에 살아가는 우리의 복합적인 현실을 담으면서 생기게 된 긴장과 모순을 해결하지 못한 채 말의 잔치에 그치고 만다. 장정일의 경우 섹슈얼리티의 발견을 통해 아버지의 권위에 도전하고 이를 해체하려 하지만 여성의 몸을 그 해체의 수단으로 삼은 탓에 또 다른 남성의 서사를 만들어낸다. 이는 새로운 미적 인간의 형상을 에로티시즘의 미학화를 매개로 그려내려는 마르시아스 심의 경우에도 마찬가지이다. 여성의 육체란 남성이 성장하려면 반드시 거쳐야 할 상징적 장소라는 낡은 생각은 세기말과 세기초에도 악몽처럼 반복되는 것이다. '불륜의 서사'로 지칭되는 여성의 육체와 욕망의 탈환은 그런 면에서 여러 여성 작가들에 의해 우리 소설사에서 최초로 집단적인 조류로 그 모습을 드러내었다고 보아도 무방할 것이다. 그리고 거기에는 갇힌 현실에서 일탈하려는 근대 여성의 시도, 친밀성의 구조변동을 보여주는 징후, 여성의 정체성 확보라는 비평적 수식이 따라붙기도 했다. 하지만 '불륜'은 개인이 처한 현실을 내파(內波)하는 힘, 안정된 가족서사를 동요하는 힘은 있을지언정, 타자와 진정으로 소통하면서 현실의 지평을 한 뼘 더 늘이는 일에는 기여하지 못한 듯하다. 남성 - 타인에게 말을 걸려는 시도는 바로 그 타인의 침묵이나 그와의 헤어짐으로 인해 실패하기 때문이다.

물론 80년대를 강박했던 '계몽의 서사', 그 족쇄를 풀고 우리가 처한 현실을 다양하게 해석하려는 시도들을 매양 간과할 수는 없다. 하지만 그것이 현실을 몸으로 뚫고 나가기보다는, 현실과 냉소적으로 거리를 취하거나 가볍게 현실을 월경(越境)하려는 포즈에 그친다면 문제가 아닐 수 없다. 지금도 소설의 위기 운운했던 90년대의 미로뿐인 현실에서 그리 진전된 바가 없다는 비관적인 평가도 여기에 기인한다.

2. 리얼리즘의 재구성, 전복이 아닌 미학적 성찰로

그 와중에도 현실을 '뚫고 나가려는' 값진 시도들이 없지 않았다. 하층계급 여성의 현실을 상투적인 모성에서 벗어나 활달한 생명력으로 그려낸 공선옥, 개인의 실존에 드리워진 역사의 파편들을 공들여 모아 붙인 신경숙, 파탄난 농촌 현실을 낙관적인 정서로 돌파하려는 김종광이나 전성태의 작품들은 리얼리즘의 세목들을 다시 쓰는데 기여했다. 또한 우리는 『토지』의 완성을 지켜봤고, 박완서나 이경자가 한국현대사를 몸으로 살아낸 여성의 성장을 기록하는 걸 목격했고, 황석영의 오랜 부재가 마감되는 것을 반겼다.

주목할 점은 대체로 이들의 작품들이 그간 주류 리얼리즘 서사에서 간과되어왔던 여성성이라든가 기억의 재구에 눈을 돌리고, 전통적인 입담과 사투리를 공들여 재생했다는 점이다. 중심의 눈으로는 미처 발견하지 못했던 '주변성'의 재인식은 발전의 기획이었든, 그것에 반대하는 또 다른 계몽 이성의 기획이었든 과거와 급진적으로 단절하면서 단일한 현실의 상을 제시하는데 골몰하면서 빚어진 오류들을 전면적으로 성찰한 결과라 할 수 있다.

지금 우리는 유례없는 복합성의 시대에 살고 있다. 예의 지구화(Globalization)랄지 신자유주의를 몸으로 실감하며 살고 있는 한편, 아직까지도 같은 민족을 '타자'로 상정해놓고 대립하는 국지적 현실에 몸담고 있다. 울리히 벡이 지적하듯이 현재 우리는 '개인생활이라는 소우주가 해결이 지

극히 곤란한 전 지구적 문제라는 대우주와 서로 연결'[1])된 처지에 있는 것이다. 그런 만큼 생활정치나 자아에 미친 전 지구적인 영향력을 가늠하고, 분단 현실 또한 그 안에서 조망할 수 있는 혜안과 그 현실에 저항하는 실천이 뒤따라야 할 것이다.

현실의 복합성과 씨름하면서 동시에 현실을 넘어설 수 있는 길을 모색하기 위해서는 리얼리즘 자체의 갱신이 반드시 동반되어야 한다. 이때의 리얼리즘은 '실감'의 영역을 새로이 넓히면서 동시에 그것의 '미학적' 의미 역시 재구성할 필요가 있다. 가령 '실감'을 현실을 제대로 재현해냈는지 여부만 놓고 따질 것이 아니라, 재현의 대상이 되는 현실 자체의 복합성에 상응하도록 다양한 미적 재현의 가능성들을 고려하는 것이 바람직하다. 물론 현실의 재현이 단순한 모사론에 그치는 것이 아님은 이미 어느 정도 합의된 바이다. 하지만 그것의 적절성 여부를 따지는 과정에서 현실 재현의 폭을 협소하게 정의해온 것도 사실이다.

그런데다가 현실을 넘어서려는 문학적 시도들 모두가 전복적이거나 급진적이지도 않다. 실제로 지금 우리의 문학 현실을 보면 '위반의 상상력'을 즐기는(?) 작품들이 텍스트의 유희, 말의 유희에 머물거나 대중문화의 상품 논리와 공모하는 경우가 적지 않다. 그런 면에서 후기 근대를 향해 질주하기보다는 우리가 지나쳐 온, 합리성이 통용되는 사회를 꿈꾸던 과거를 되돌아보고 단자(單子)화된 주체만 남은 현실 속에서 소통과 연대의 가능성을 찾으려는 성찰적 시도들이 오히려 극복에 힘을 보탤 수 있다.

여기서 우리는 '모사' 자체가 불가능할 정도로 적대적인 현실 속에서 그 현실을 올곧게 재현하려는 힘이 지리적, 성적, 계층적, 민족적으로 주변에 위치한, 그리고 이같은 주변성을 중층적으로 경험한 인물들에서 나올 수 있다는 점에 주목해야 한다. 그것은 이들이 중층 결정된 현실의 가장 아래에,

---

1) 앤소니 기든스, 울리히 벡, 스콧 래쉬,『성찰적 근대화』, 임현진, 정일준 역 (한울, 1998), 81면.

혹은 맨 가장자리에 자리해서 몸으로 그것을 체험하면서도, 그 현실을 극복할 '연대'의 가능성을 놓치지 않기 때문이다.

현실에 대응하는 방식은 다양하다. 정공법으로 현실과 대면해서 그 부정성을 들추어내는가 하면, 과거를 향수(nostalgia)의 대상으로 전유하면서 현재적 관점에서 새로이 구성할 수도 있고, 환상성과 같은 비현실적인 요소들을 끌어 들여와 현실을 비판적으로 비추는 거울로 삼을 수도 있다.

3. 기억의 재구성, 복원의 해석학

기억은 능동적인 사회과정으로서 회상과 동일시될 수 없다. 우리는 지속적으로 과거의 일이나 상태에 대한 기억을 재생산하며, 이러한 반복에 의해 경험은 연속성을 획득한다.[2] 전통이나 과거는 현재와의 끈을 확인하기 위해 수행되는 끊임없는 해석작업으로부터 생산된다.

기억은 파편화된 현실에 대한 우회적 성찰이며, 과거를 통해 현재를 되비추는 역(逆)의 거울이다. 현실과 지속적으로 연관을 맺으면서 긴장을 유지하지 않는다면 기억은 '좋았던 시절'에 대한 비가(悲歌)라는 상투적인 감상이나 현재에 대한 환멸에 빠져버리기 십상이다. 그리고 우리는 그런 실례들을 90년대에 과잉 생산된 '후일담 소설'들에서 찾아볼 수 있다. 서둘러 깃발을 내리고 80년대의 죽음을 알리는 조종을 울리면서 소설은 '있는 현실'을 용인했다. 그렇지만 참된 기억이 복원하려는 과거는 지금은 없지만 과거에는 있었고, 미래에도 있어야 할 현실이다. 따라서 복원은 주체의 현재 처지를, 과거로 역행하는 주체의 힘겨운 내적 고투를, 그 주체가 집단과 맺고있는 연관을, 기투(企投)하려는 욕망과 이탈하려는 욕망간의 긴장을 형상화해야

---

2) 앞의 책, 101면.

한다.

우리는 그런 복원의 진정성이 제대로 살아난 작품들을 신경숙의 『외딴 방』과 황석영의 『오래된 정원』에서 만나게 된다. 두 작품에는 과거를 정태적인 것으로 취급하지 않으면서 그 속에서 오롯이 살려낼 것을 분별하는 눈과 '집합적 기억'의 형식으로 복원하려는 시도들이 있다. 그러면서 그러한 과거 '들'이 현재에 어떻게 개입하는지를 지속적으로 성찰한다. 우리가 주목할 것은 예의 주변성에 대한 이들의 관심이다. 신경숙은 『외딴 방』에서 '글쓰기는 결국 뒤돌아보기'이며, '문학 속에서는 지금 이 순간 이전의 모든 기억들은 성찰의 대상'이 된다고 진술함으로써 성찰이 동반되는 복원을 강조한다. '해결되지 않는 것들 속에, 뒤쪽의 약한 자, 머뭇거리는 자들을 위해, 정리되고 정의된 것을 헝클어서 새로이 흐르게 하기가 문학'이라는 진술은 복원의 노력이 '주변적인 존재' 살려내기에 있음을 환기하는 것이다. 과거와 현재 사이의 대화, 나와 그들 사이의 대화적 관계는 '연대'를 지향한다.

『외딴 방』은 근대화와 산업화의 주역이었던 여성노동자들의 형상을 집단적인 전형 창조에 충실하기보다는 개인 하나 하나를 호출하면서, 그들의 여성성을 한껏 살리면서 복원한다. 컨베이어 앞에 앉아 '열 손가락을 움직여 끊임없이 물질을 만들어내야 했던' 그들의 처지와 '그녀들' 삶에 드리워진 가족공동체의 정서나 모성의 포용성을 함께 다루는 것이 자칫 오랜 여성수난사를 받아들이는 게 아닌가라는 반론도 가능하다. 하지만 이 작품은 외딴 방 시절의 '그녀들' 즉 여성노동자들의 과거를 현재화하는 게 과연 가능한가라는 글쓰기의 한계를 한편으로는 절감하면서도 이를 회피하지 않으려는 데서 오는 긴장감을 적절한 소설기법으로 드러내고 있다. 작가는 과거의 체험과 현재의 집필 행위를 교차진술하고, 화자의 복잡한 내면을 그대로 드러내기 위해 말줄임과 어휘의 반복같은 기법을 구사한다. 이런 독특한 재현방식을 통해 희재 언니, 유채옥, 안향숙, 미서를 포함한 '그녀들'에 대한 기억은 화석화된 상태를 넘어서서 현재적 의미를 획득한다.

　황석영의『오래된 정원』은 엄혹한 시절을 온몸으로 산 세대들의 과거와 현재를 서사적으로 그리고 있다는 점에서 본격 서사의 귀환이라고 할 만하다. 작품에서 복원은 감옥 안팎에서 18여년 긴 세월을 보낸 오현우와 한윤희 두 사람이 한윤희가 남긴 노트를 매개로 만나면서 이루어진다. 오현우의 귀환은 과거의 동지들이 이제는 각자 흩어져 제 갈 길을 가고 있다는 사실을 확인하고, 물질문명으로 가득 찬 현기증나는 현실과 대면하는 데 있다. 하지만 이 현실을 제대로 파악하기 위해서는 우선 자기가 몸으로 경험하지 못했던 감옥 밖의 과거를 복원해야 한다. 그 과거로의 길을 트고 그것을 현재적인 의미를 지닌 생생한 실감으로 복원하는 주인은 한윤희이다. 오현우는 한윤희를 매개로 해서만 80년대 진보운동의 구체적인 전개 과정과 몰락, 독일통일, 사회주의 몰락, 분단 현실 등에 관해 그야말로 '전지구적 차원'의 시각을 획득할 수 있다. 이와 같이 시공간적으로 한결 부피와 무게가 나가는 복원의 지가 자기가 부재했던 시공간에 관해 빠짐없이 말하려는 서사적 과잉으로 비춰질 법도 하다. 기록의 신빙성 문제와 관련해 한윤희의 체험이 객관적인지 여부를 심문할 수도 있다. 하지만 강렬한 복원충동은 오현우가 다시 세상 속으로 들어가 새로운 길을 만들어내기 위해서 청산할 것과 살려야 할 것들을 분별하기 위한 전제조건이라 할 수 있다.

　한윤희를 따라가는 시간여행의 진원지인 '갈뫼'는 유토피아적 공간으로 형상화된다. 인간의 마을이 가질 수 있는 소박함과 따스함, 자연과의 교감이 가장 이상적으로 구현된 갈뫼는 주체와 타자를 함께 포용하는 여성성의 공간과 흡사하다. 한편 가든과 정체불명의 카페가 들어선 지금의 갈뫼는 앞으로 오현우가 살아가야 할 현실이기도 하다. 이처럼 농촌과 여성성, 전통을 결합하는 방식은 이성이라든가 계몽의지로 대변되는 남성 중심의 근대 기획이 지닌 모순을 드러낼 때 상투적으로 사용된 바 있다. 그런 만큼 그것을 전유하는 방식에 따라서는 전근대의 자질들을 옹호하거나 주어진 여성성을 추인하는 데 그칠 위험이 있는 것도 사실이다. 이념적 삶과 일상적 삶 사이에서 균형감각을 획득하려 했던 한윤희의 죽음에서 알 수 있듯 그녀는 벽 안의 과거에서만 빛을 발할 뿐, 과거를 현재적 의미로 되살려내는 주체는 오현우이다. 그런 점에서 그녀가 아버지와 오현우에 의해 주조된 '상상된 주체'라는 최원식의 주장3)에 공감이 가기도 한다.

갈뫼라는 치유와 성찰의 공간은 80년대 후반 대학 공간, 베를린, 모스끄바, 블라디보스톡으로 서사의 공간이 확장되어 감으로써 우리 현실을 '전지구적' 관점에서 볼 기회를 제공한다. 그 성찰은 단순히 과거에 정주하는 것이 아니라 미래로의 기투나 전망과 관련이 있어야 할 것이다. 그런 점에서 현실을 바라보는 또 다른 관점을 드러내는 이희수의 존재는 각별한 관심의 대상이다. 어찌 보면 한윤희와 마찬가지로 이희수도 우리가 처한 현실을 파악하는 오현우의 또 다른 자아라 할 수 있기 때문이다.

이희수는 상생(相生)과 생태주의적 사고, 생물학적 성과는 상관없이 타자를 배려하는 여성적 사고의 중요성을 체현한 인물이다. 여성주의와 생태주의의 만남은 인간 중심, 남성중심의 자본주의 발전 논리, 주변부를 소외시키는 배제의 논리에 대한 비판에서 비롯된다. 지금 위기에 처한 생태계 문제나 인종, 성, 계급 갈등을 해결하기 위해서는 타자를 배려하는 새로운 성찰적 윤리학이 필요하다는 전언이다. 한윤희가 생산관계와 수단의 현실적인 변화를 역설하는데 반해, 이희수는 '사회주의든 자본주의든 생산성의 신화', 즉 발전과 계몽의 근대 기획에 기반한다는 점에서는 공통적이라고 본다. 그가 제시하는 '겸허하고 단순하고 생명력 있는 주체의 구체적 변화'는 타자에 대한 배려를 기초로 한 진정한 주체 세우기의 한 방식이라 할 수 있다. 그리

---

3) 최원식, 「나와 우리, 그리고 세상 - 통일시대의 문학」, 『창작과비평』111호, (2001 봄, 창작과비평사), 52면.

고 이는 오현우가 과거의 '갈뫼' 속에서 살려내어 미래에 투사할 '있어야 할' 현실과도 이어지는 것이다.

이희수의 죽음이 이념적 사고의 궁극적인 승리로 읽혀질 가능성이 없는 것은 아니다. 그렇게 친다면 송영태의 사라짐 또한 월북을 암시하는 듯 하지만 그다지 설득력이 없기는 마찬가지다. 따라서 분단 현실과 통일의 가능성, 통일 이후에 남는 문제들까지 점쳐보고 혁명의 세기 이후에 도래할 삶의 방식을 윤리적인 관점에서 조망해본다는 점에서, 그리고 그것을 우리만의 국지적 현실이 아닌 전지구적 관점에서 파악한다는 점에서 이희수의 존재나 그가 전하는 전언이 돌출적이지는 않다. 시대와 대화하고, 시대의 말에 귀를 기울이려는 오현우의 시도는 아직 끝나지 않았다. '일상과의 씨름'이라는 과제를 수행하기 위해 이제 그는 막 '집으로 돌아오는 중'이다.

두 작품이 보여주는 복원의지는 복원 대상의 무게라든가 서사의 방식에서 크게 차이가 난다. 그렇지만 두 작품 모두 과거로 힘들게 거슬러 올라가면서 궁극적으로 성찰적 주체를 다시 세우려 하고, 그 주체 정립에 타자와 세계와의 끊임없는 대화가 전제되어야 함을 환기한다. 편지라든가 일기, 단상(斷想)을 적은 메모 등은 내성과 소통을 동시에 성취하기에 적절한 서사적 고안으로 쓰이고 있다. 두 작품에 공통적으로 잠복해있는, 여성적 화자의 목소리가 승하면서 생겨난 감상적 정조는 과거와의 거리가 아직 충분히 확보되지 않았다는 반증도 되고, 작품의 리얼리즘적 성취를 가로막는 장애물로 여겨질 수도 있다. 하지만 현실과의 부단한 긴장을 잃지 않고 잘 견인한다면 그 정서는 한윤희가 역설하듯 '수컷들'의 근대에 의해 억압되어 온 보편적 정서의 일부로서, 현실을 재구성하는 계기로 작용할 수 있을 것이다.

4. 현실의 폭 넓히기와 틈 벌리기

1930년대 최재서의 「리얼리즘의 확대와 심화」에서 촉발된 세태소설과 내성소설의 리얼리즘적 성취 여부를 두고 빚어진 논란은 오늘날에도 여전히 '현재적' 쟁점으로 다가온다. 세태소설의 경우 낙후된 농촌 현실로부터 최적화된 정보시스템으로 무장된 현실까지 지금 우리가 살아가는 현실의 진폭이 크고 넓은 만큼 그 범주를 확정하는 것부터가 만만찮은 짐이다. 가령 천민자본주의의 속성, 표면적으로는 안정된 듯 싶지만 이면적으로는 끊임없이 동요하는 중산층 가족의 실상을 특유의 입담으로 묘파한 박완서의『아주 오래된 농담』은 세태비판 소설에 해당된다. 이 작품은 돈에 대한 욕망과 가계유지의 욕망을 동시에 추구하고, 허명(虛名)과 실리(實利)라는 결코 화합할 수 없는 이율배반적인 양면을 교묘하게 활용하면서 제 몫 챙기기에 여념이 없는 영묘시댁식구들의 행태를 집중적으로 비판한다. 하지만 도덕적인 균형감각을 가지고 있다고 자청하는 심영빈 가족의 내면에 드리운 남근 선망 역시 가족 질서 바깥에 있는 인물인 현금의 입을 통해 비판된다. 생명의 탄생과 죽음이 산 자의 의도에 따라 좌우되는 현실은 '반(反)생명주의'가 일상적으로 통용되는 주변부 자본주의의 문제점을 드러낸다.

하지만 생명의 탄생과 죽음을 둘러싼 날카로운 갈등들이 결말에서 서둘러 봉합되는 부분은 어째 석연치 않다. 영빈의 형이 개입하면서 모든 사태의 가닥이 잡히고 정리되는 상황은 읽는 사람의 관점에 따라서는 변형된 가족주의의 재생산으로도, 도덕적인 부르조아 가족의 안정성을 인정하는 결과로도 볼 수 있기 때문이다. 세태라 해서 겉으로 드러나는 현실의 다양한 풍경들만 담아서는 안되며, 그 풍경들의 근원을 성찰할 필요가 있다. 주변부 국가들은 가부장제와 자본주의의 공모를 통해 계량적인 성장을 극대화해왔다. '반생명주의'는 그런 공모가 불러온 필연적 결과이다. 그런 만큼 세태의 이면을 날카롭게 통찰하고 비판할 필요성은 더욱 절실하다.

현실의 표면장력을 넓히는 방식이 있다면, 현실 곳곳에 구멍난 틈새를 한껏 벌리는 방식도 있을 수 있다. 현실 이면에 감춰진 것을 폭로하기 위해 낯익은 현실을 낯선 것으로, 보이는 것을 보이지 않는 것으로 만드는 환상이 그것이다.『나를 사랑한 폐인』이후에『아름다운 나의 귀신』, 근작『구렁이들의 집』에 이르기까지 최인석은 일관되게 비루한 현실 속에 환상적 요소들을 끌고 들어와 현실 전복을 감행한다. 그것이 단순한 현실 초월인가, 감추어진 현실을 재현함으로써 억압된 것을 전복하려는 시도인가는 작품의 성취도를 가늠하는데 주요한 잣대가 된다. 최인석이 그리는 현실은「아름다운 나의 귀신」연작에서처럼 철거 직전에 있는 달동네이거나,「구렁이들의 집」에서처럼 소통과 재현의 일차적 도구인 말이 억압된 곳이거나,「잉어이야기」에서처럼 왜곡된 우리 근·현대사가 상징적으로 집약된, 인간의 욕망이 들끓는 곳이다. 도시빈민, 노동자, 일용직 등의 사회적 존재조건을 지닌 이들은 육체적으로나 정신적으로 병을 앓고 있으며, 주변적 공간에 거주하는 주변인들이다. 이들에게 생물학적 나이란 별 의미가 없으며, 광기란 일상적이다. 이들은 연대기적이고 정상적인 삶의 질서에서 벗어난 일탈자들이다. 현실은 수라도나 지옥도에 가까운 것으로 형상화된다.

환상 혹은 환상적 요소들은 현실 바깥에 있는 것이 아니라 그 안에 잠복해서 현실의 질서들을 뒤흔든다. 환상적 요소로 차용되는 하강의 '변신' 모티프는 작품 곳곳에 있다. 인간은 구렁이로, 크고 잘 생긴 꽃게로, 잉어와 쥐와 바퀴벌레와 거미로, 우리 전설의 우렁이 각시로 변신한다. 도스토예프스키의 '지하생활자'처럼 이들은 현실에서 인간 이하의 삶을 영위하면서도 정상과 광기 사이를 오가면서 끊임없이 세계를 해석한다. 동물성의 세계는 환상이 아닌, 현실 안에 이미 존재해있는 것이다.

이들은 지금/이곳이 아닌 다른 곳에서의 삶을 꿈꾸는데, 그 세계는「나를 사랑한 폐인」 이후 일관되게 유토피아적 공간으로 형상화된다. 또 다른 환상의 징후는 바로 여기서 나타난다.

> 도광지야(都廣之野), 도광의 들판이라는 곳이 있다. 거기 건목(建木)이라는 나무가 있어. 그 나무는… 하늘로 올라가는 계단이다. 그 나무를 계단 삼아 타고 오르면 하늘로 올라갈 수가 있어. 순이가 태어나던 해부터 시작하여 백이십년 동안을, 도광지야는 이 세상의 중심, 이 우주의 중심이다. (중략) 까마귀는 울지 않고, 사자는 죽이지 않고, 승냥이와 사슴이 함께 놀고, 소와 양과 표범이 함께 풀을 뜯는 곳이다. 온갖 곡식이 절로 자라고, 그러니 사시 사철 가릴 것 없이 언제나 거둬들일 수 있는 곳이지.(41면)

언뜻 『산해경』을 연상시키는 상상의 유토피아적 공간은 인간과 비인간, 인간과 자연이 일체가 되고 궁핍이 없는 낙토이다. 그 곳은 현실 저 너머에 존재하는 상상적인 공간으로서 과거, 현재, 미래 그 어느 시점과도 접점을 찾을 수 없는 공간이다.

그런 점에서 최인석의 소설은 환상의 현실 비판적 가능성과 그 비판의 한계를 동시에 보여준다. 최인석은 인간의 본성을 '사슴'과 '승냥이'라는 두 짐승의 변형으로 본다. 인간의 현실은 '승냥이'처럼 동물성의 세계이고, 그것을 넘어서는 세계는 '사슴'의 그것처럼 식물성으로 순치된 세계이다. 우리가 경계할 점은 그런 현실 인식이 '이분법'의 악몽을 되풀이함으로써 복합적인 현실을 제대로 볼 수 있는 가능성을 차단한 채, 지금/여기는 '먼지'뿐인 블랙홀처럼 '거대한 검은 구멍'(「구렁이들의 집」)에 불과하다는 단선적인 인식을 재연할 가능성이 있다는 점이다.

정상과 비정상, 현실과 환상의 경계를 넘나들면서 그려내는 우리네 삶은 모사(模寫)적 기능에 충실해 그렸을 때보다 훨씬 더 강렬하다. 그렇지만 이렇듯 남루하고 절망적인 현실을 넘어설 수 있는 길을 도무지 '여기'에서는

찾을 수 없다. 최인석이 제시하는 유토피아적 공간이 앞서 신경숙의 '농촌공
동체'나 황석영의 '갈뫼'에 비해 실감이 덜한 것도 바로 이 현실과의 접점을
찾을 수 없기 때문일 것이다.

이에 비해 근작 「모든 나무는 얘기를 한다」는 원한과 복수를 꿈꾸던 사람
들의 상처를 치유할 수 있는 '식물성'의 세계가 현실에 터잡을 수 있는 가능
성을 조심스레 타진한다. 장수호와 그의 아내 유영선이 지향하는 식물성의
삶은 나무와 말을 나누고, 키 큰 나무들 사이에서 식물과 짐승과 인간이
교합하는 환상적 장면으로 드러난다. 도시 생활을 접고 시골로 들어간 그들
은 생식능력을 되찾고 그렇게 해서 태어난 아이들의 손은 환시(幻視) 속에서
'초록색의 단풍잎'이거나 '연록색 덩굴손'으로 보인다. 그렇지만 이 소설은
환상적인 요소들을 적소(適所)에 활용해 개연적인 것으로 그림으로써 식물
성의 저항과 그럼에도 불구하고 끝내 이들을 놓아주지 않는 세상과의 긴장과
대립의 끈을 놓지 않고 있다.

세태를 조감하는 눈과 감춰진 또 다른 현실을 재현하려는 눈은 분명 큰
차이가 있다. 그렇지만 전자는 표면적인 현실에 밀착함으로써, 후자는 틈새
나 허공에 자리한 듯한 이차 세계로 진입함으로써 우리 현실에 만연해 있는
반생명적인 위기의 징후들을 포착한다. 여기에 엄정한 객관성이 구비된다면
생태주의를 제재로 끌어오는 데 그치지 않고, 생성 중인 소설로서의 본디
역할에 충실한 모습을 갖추게 될 것이다.

5. 현실 속의 상징, 상징뿐인 현실

다시 글을 시작하면서 제기했던 '길찾기'의 문제로 돌아가 보자. 산문화된
현실 속에서 길의 부재를 확인하고 새로운 길 트기를 지속적으로 모색했던

김인숙이 있다. 근작 「길」은 자본주의적 삶의 '바닥'에 안착해 살아가던 '나'가 구조조정의 와중에 실직하면서 겪는 정체성의 위기를 일차적인 친밀성의 영역이라 할 부부관계의 위기와 함께 제시하고 있다. 그런 점에서 이 작품은 「칼날과 사랑」, 「양수리 가는 길」 등의 이전 작품과 내밀하게 연관되어 있다. 「칼날과 사랑」, 「양수리 가는 길」은 남녀관계에 드리워진 자본주의 사회의 물질적 힘을 드러내면서 섣불리 관계의 회복이나 소통을 꾀하기보다는 그림자나 원경으로만 남은 관계의 회복불가능성, 서로에게 기생해 살 수밖에 없는 절망적 현실에 초점을 맞추었다. 반면에 「길」은 힘들게나마 그 가능성을 모색하고 있어 한결 진전된 감이 있다. 그런 모색은 '길 위에서'의 성찰로 이루어진다.

제목부터가 그렇지만 이 작품에는 유독 삶의 길, 타자와 만나러 가는 여러 길들이 나온다. 현재 나는 '불빛도 없고 인적도 없는 도심 속의 길', '덜 닦인 길의 한복판, 중간이 뭉툭 잘려나간 흙덩이 위'에 서있는 처지로 묘사된다. 그런가 하면, 매형의 여자와 만나면서 관계의 중요성을 자각하는 것도 '어쨌든 모든 길은 또 다른 길과 만나게 되어 있다. 또 다른 길과 만나지기 전에는, 결코 멈출 수가 없는 것이 바로 길의 속성'이라는 비유적 언술로 드러낸다. 나는 단절의 길에서 소통의 길로 나아가는 과정에서 열정이나 믿음, 희망 등을 저당잡힌 채 살아가게 만든 현실의 압도적 힘을 분석할 뿐만 아니라, 자기 또한 구질구질하고 사소한 삶을 견딜 수 있게 해준 주변 사람들에게 상처를 주고, 그들의 삶을 저당잡았을 지도 모른다고 자성한다.

현실의 위기가 공동체의 위기보다는 일차적으로 주체의 위기로 다가오는 것이 사실인 만큼 주체의 반성은 긴요하다. 김인숙은 친밀성의 끈을 잃은 채 단자화된 개인으로 살아가는 이들이 경험하는 위기감과 소통의 욕망들을 내성의 눈으로 세심하게 서사화한다. 하지만 주체의 심리에 대한 마이크로 (micro)적 묘사와 진술에는 어느 정도 한계가 있다. '브라스밴드'라든가 '간선도로', '댐의 수문' 등의 상징이 서사 안에서 일정한 개연성을 지니면서 제시되는 경우도 있지만, 돌출적이거나 남용되는 경우도 적지 않기 때문이다. 게다가 소통이나 연대를 암시하는 결말에 항용 상징이 등장하는 것을 보면 현실 안에서 정공법으로 문제를 해결하지 못한 상태에서 나온 미봉책이 아닌가라는 생각마저 든다.

가령 최재서가 리얼리즘의 심화로 보았던 이상의 「날개」와 비교해보면 부족한 부분들을 여실하게 알 수 있다. 「날개」는 일상 곳곳에 드리워진 식민성과 식민지 지식인의 내적 곤경을 대단히 파편적으로 그린 듯 하지만 일정한 내적 질서를 지닌다. 주체가 근대의 산물들에 현기증을 느끼다가 '희락'과 '피곤'이 공존하는 근대의 이면을 포착하기까지의 과정은 반복적인 외출을 통해 단계적으로 제시된다. 때문에 새로운 주체에 대한 강렬한 열망을 '날개'의 상징을 통해 인상깊게 포착한 마지막 장면은 지금 보아도 '낯설지만' 그만큼 적절한 다른 예를 찾기 힘든 것도 사실이다.

여기에 비추어볼 때 김인숙뿐만 아니라 현실과 주체간의 긴장관계를 '내성적'인 시각 혹은 현미경적인 서술기법으로 포착하려는 몇몇 작가들은 그 눈을 바깥으로 확장하면서, 동시에 상징이나 이미지가 현실적인 맥락에서 읽힐 경로들을 좀더 적극적으로 모색해야 할 것이다.

지금까지 우리는 여러 길을 둘러보았다. 과거를 복원함으로써 현실을 진단하고 앞으로의 길을 모색하려는 시도, 현실의 폭 혹은 틈새를 넓히고 그 속에서 생명의 길을 찾으려는 시도, 산문적인 현실과 상징 사이에서 가까스로 균형을 잡으려는 시도 등은 형식적인 위반보다는 성찰에서 길 트기를 시작한다. 하루가 다르게 변해가는 현실의 속도를 따라잡기보다는 한발 뒤에서 따라가는 소설의 느린 행보는 역설적으로 현실을 거역하고 위반하는 진정한 길일 수도 있다. 중심의 목소리보다는 주변의 목소리에 귀기울이는 시도도 마찬가지이다. 다만 작가마다 차이는 있지만 '국지적' 현실을 '전지구적'

관점에서 조망하는 통찰력은 아직 부족한 듯하다. 골방의 자의식을 털고
비상했던 이상의 전투적인 작가 정신을 다시금 되새겨볼 일이다.

근대 극복을 위한 여성 문학의 논리

1. 글을 시작하며

기존의 진보 담론은 90년대 이후 급격하게 변화한 현실을 제대로 읽어내기 위한 이론적 갱생을 모색하는 와중에 여성 범주를 적극적으로 인식하기에 이르렀다. 우리 사회 여성 현실을 바라보는 여성 작가들의 눈 또한 어느 때보다 예리하고 깊어지면서 그에 걸맞은 문학적 성취를 일구어 내고 있다.

그러나 이렇게 여성 문학의 내실이 다져져 가는 한 측면에서는 오히려 ‘여성’ 작가들의 작품이나 ‘페미니즘’ 담론 자체마저 자본주의 시장의 논리 속에서 상품화하려는 경향이 있는 게 사실이다. ‘여성’ 작가들이 작품에서 남녀 관계, 가정에서 겪게 되는 갈등, 성적 욕망 등을 다루기만 하면 곧바로 여성성의 구현, 페미니즘의 성취를 이루었다는 식으로 단순화하는 것이 이즈음 문학 시장의 일면이다. 대중추수적 경향은 작가 개개인의 문제의식과 성취도와는 무관하게 작가의 성별과 소재에 집착하면서 이념의 진공 상태나 변화한 현실을 해명하는 유력한 지표로 여성을 내세우고 있다. 문학시장의 논리가 여성 문학이라고 해서 예외일 수는 없겠지만 이 즈음 여성 문학을 상품화하는 경향들은 그 상품에 진보, 대안 담론, 새로움과 같은 목록을 추가

함으로써 한결 세련된 모양새를 갖췄다는 점이 이전과 다르다면 다르다.

이러한 문학 시장의 상품화 논리와는 궤를 달리 하지만 '여성' 범주에 각별한 관심을 표하기는 진보 진영도 마찬가지이다. 이들은 80년대의 경직된 이념으로는 국내외의 변화된 현실을 제대로 파악할 수 없으므로 새로운 이론 틀이 필요하다고 보고 '탈근대성'이나 '신사회 운동'에서 변혁 이념의 갱신을 모색하고 있다. 그러나 생산 관계나 계급에 대한 문제 설정은 근대적이고 '성·지식·환경'과 같은 문제 설정은 탈근대적이므로 양자의 '접합'이 필요하다는 주장은 기실 여성 문제가 사유 재산의 발생 시기에 싹터서 근대 자본주의 사회에 들어와 심화되었다는 고전적 명제에도 부합하지 않을 뿐더러 바로 그런 이유 때문에 전근대와 근대의 동시적 극복이라는 난제와 씨름해야 하는 여성 문제의 복잡성을 흐리고 있다.[1]

이와 같이 여성 문학이 처한 역설적 상황은 올바른 여성 문학적 입장과 내용을 재정립하고자 하는 노력이 그 어느 때보다 긴요함을 반증한다. 이는 흔히 거미줄로 비유될 만큼 복잡한 양상을 띠고 있는 90년대 우리 사회의 현실이 여성 현실에 어떤 변화를 가져왔는지에 대한 객관적 판단, 여성 문학이 여성들이 겪는 억압적 현실을 그려내고 궁극적으로는 해방의 가능성을 모색한다고 했을 때 분단체제와 근대 극복을 지향하는 민족문학과는 어떻게 관련되어 있는지에 대한 해명, 여성 문학이 담아내야 할 구체적 내용과 그것의 질적 성취도에 대한 엄정한 기준 확립을 두루 포함한다.

---

1) 이들의 여성 문제 이해가 탈근대론자들과 통하는 지점이나, 이분법적 문제 설정이 지닌 한계를 지적하고, 오히려 근대 사회에 들어와 복잡해진 여성의 현실을 해명하는 것이 올바른 과제 해결이라는 주장은 김영희의 「근대체험과 여성」(『창작과 비평』, 1995 가을)에서 자세하게 개진된 바 있다.

2. 90년대 여성 현실을 다시 보기

여성 문학을 비롯한 여성 운동의 성장, '여성' 범주에 대한 관심의 **확대**를 90년대의 변화된 상황과 연관지어 파악하는 논의가 무성한 만큼 이 글도 여기에서부터 실마리를 풀어나가는 것이 좋을 듯싶다. 90년대 한국 사회의 현실을 해명하는 논자들 중에는 손쉽게 80년대를 그 대타 개념으로 설정하는 이들이 많다. 이들에 따르면 80년대는 '집단화된 욕망의 이름으로 무장'된 이념의 시대이고 남성중심적인 힘의 논리가 지배하는 시대였다면, 이와 달리 90년대는 집단의 이념으로 재단될 수 없는 개인의 실존적 욕망이 주를 이루게 되고 그 중에서도 여성중심적인 논리가 지배적인 시대이다. 이들은 민족의 현실이나 각 계급이 처한 현실에 대한 논의는 거대 담론이며, 이러한 논리로는 복잡 다양해진 후기 자본주의 사회의 현상이나 그 사회를 살아가는 개개인의 내밀한 갈등을 해석할 수 없다고 본다. 역사나 정치와 같은 거대 담론의 영역이 아닌 개인들의 실존적인 삶에 주목할 경우 특히나 가정과 같은 사적 영역에 갇혀 있는 여성들의 존재가 부각되지 않을 수 없다는 게 이들의 논지이다. 이들의 주장은 특히 여성문학의 영역에서 일정한 세를 얻어가는 상황이다. 가령 박혜경은 남성성의 세계가 상징계적인 타자성의 세계라면, 여성성의 공간은 억압적인 타자성의 세계 밖의 상상계적 공간, 세계의 온갖 상처와 균열을 포용하는 모성성의 세계라고 파악하면서 여성 작가들의 글쓰기, 특히 '개인의 미시적인 체험'을 그린 소설들에 주목한다.[2] 일상 공간이나 그 공간 속에서 자기 존재를 탐색하는 여성의 글쓰기에 눈을 돌리는 것이 나름의 의미가 없는 것은 아니다. 전체 사회 문제로 인해 가려지

---

2) 박혜경, 「사인화된 세계 속에서 여성의 자기 정체성 찾기」, (『문학동네』, 1995 가을) 참조. 포스트모던 여성해방론이나 여성적 글쓰기에서 '여성적'인 것과 '탈근대'를 연결짓는 사고가 우리 현실에는 적합하지 않음을 지적한 글로는 김영희·이명호·김영미, 「포스트모던 여성해방론의 딜레마」(『여성과사회』, 3호, 1992)와 김영희, 「근대체험과 여성」이 있다.

기 십상인 여성 범주를 부각시킨 공적도 무시할 수 없다. 문제는 이들이 말하는 여성의 '현실'이 개인의 실존적 영역으로 탈역사화되거나 가정과 같은 영역으로 협애화되는 데 있다. 뿐만 아니라 이들은 사회/가정, 집단/개인, 정치,경제/일상, 공/사의 영역을 상호 분리된 영역으로 설정하고 이를 곧바로 남성/여성의 영역으로 환치시키고 있다. 이런 이분법의 근저에는 집단, 이념과 같은 전자의 영역보다 개인이나 일상과 같은 후자의 영역이 90년대 우리 사회의 변화를 해명하는데 유효하다는 일종의 가치 판단 또한 내재해 있다. 전자를 남성의 영역이나 논리, 후자를 여성의 영역이나 논리로 환치시키는데서 오는 과도한 생물학적 환원론도 문제이거니와 과연 이러한 양 범주들이 명확히 갈라지는 것인가도 의문이다.

이와 같은 공/사의 분리는 애초에 노동의 성별 분업이라는 자본의 노동통제 수단에서 비롯된 개념이다. 기존의 가부장제 이데올로기는 제도적, 물질적인 방식을 통해 자본주의 단계에 이르러 공적 영역=생산 노동=임금노동, 사적 영역=재생산 노동=무임노동이라는 성별에 따른 노동 분업을 강화하고 양자간의 분리를 심화시키는 역할을 하게 된다. 이렇게 본다면 자본의 논리는 내밀하고 친밀한 영역이라 할 수 있는 가정, 사적 영역에도 어김없이 관철된다. 이런 현실에 대한 엄정한 파악이 전제되지 않은 채 막연히 여성들의 내적 갈등을 여성성의 한 특질로, 존재론적 고민으로 환원시키는 것은 사적(가정) 영역을 탈물질화, 탈역사화하는 것이다.

자본주의의 진전 정도로 보나 생산과 소비의 측면에서 보나 한국 사회가 전지구적 자본주의의 논리에 포섭되어 있음은 말할 필요도 없다. 월러스틴 말대로라면 자본주의 세계 체제는 인종차별과 성차별을 통해 하위 계층을 만들어내고 이들을 체제 안에 묶어두면서 정치적 역량을 최소화하는 한편, 시장의 수요 공급의 변화에 따라 이들을 때로는 노동자로, 때로는 산업 예비 군으로 재배치함으로써 유연성을 지니게 된다. 그런 점에서 자본주의는 항상

성이나 민족의 차이 내지 차별을 근거로 해서 작동한다고 볼 수 있다. 세밀하게 논의되지는 않았지만 임금 노동 뿐만 아니라 비임금노동인 가사노동 또한 자본주의의 유지에 광범위하고 지속적인 역할을 담당한다[3]는 점에서 여성은 '최후의' 식민지일 뿐 아니라 가장 '효율적인' 식민지라는 점이 다시금 확인된다.

게다가 사회주의권의 몰락으로 말미암아 자본주의가 한층 위세를 떨치고 있는 이 즈음의 현실을 고려해볼 때 '한반도라는 국지적 현실', 즉 분단체제를 살아가는 여성들에게는 여성이 처한 현실의 모순을 타개해 나감으로써 분단체제 극복과 근대 극복(혹은 자본주의 세계체제의 철폐)을 이루어야 한다는 몇 겹의 과제가 주어진다.

그 몇 겹의 과제를 제대로 수행하기 위해서는 우선 '변화한' 여성 현실이 무엇이고, '변화하지 않은' 부분이 무엇인지에 대한 세심한 판단이 있어야 할 것이다. 90년대 들어와서 '변화한' 여성 현실은 가시적으로는 페미니즘과 관련된 담론들이 사회이론이나 문화론 등 각론 부분에서 구체화되면서 대중들에게도 상당한 공감을 얻어내고, 여성 운동이 여성들의 생활상의 요구에 관심을 기울이면서 다양한 부문에서 구체적으로 문제를 풀어가려는 노력을 벌이고 있는 것으로 나타난다. 특히 정치와 미디어 등 공공 담론 영역에서 여성들의 목소리가 그 어느 때보다 다양하고 구체적인 요구들을 담아내고 있어 우리 사회가 오랜 전근대적인 발상에서 해방된 게 아니냐는 예측도 나오고 있다. 그러나 이런 여성 현실의 변화를 근본적인 변화나 진전으로 받아들이기에는 미심쩍은 부분이 없지 않다. 여성 범주가 대안으로 제기되는 근저에는 사회운동의 난관을 넘어서기 위해서든, 탈근대론을 적극적으로 옹호하기 위해서든 여성 '바깥' - 물론 여성 바깥의 요구와 안의 요구

---

3) 이매뉴얼 월러스틴, 『사회과학으로부터의 탈피』, 성백용 옮김 (창작과비평사, 1994), 110 - 122면, 345 - 346면.

를 확연히 구분하는 것도 이분법적 발상일 수 있겠지만 여성의 현실에서 출발한 문제 의식이 아니라는 점에서 그렇다. - 의 다른 문제를 해결하기 위해 여성 범주를 끌어들이려는 전략적 의도가 깔려 있다. 게다가 소위 페미니즘 담론이라는 것이 담론 자체가 물질적이라는 점을 염두에 둔다 하더라도 현실을 객관적으로 해명하기 위한 담론적 실천이 아니라 오히려 담론적 논의에서 출발해, 여성의 현실이나 변화는 이 담론의 유효함을 추인하는 보조 수단에 머무는 감이 없지 않다. 실제로 여성 운동에서 구체적인 과제로 설정하고 있는 부분들이 지난 연대에 미처 해결되지 않았던 법적, 제도적, 경제적 개혁이 대부분이라는 점을 상기해 본다면, 페미니즘 담론이 90년대를 마치 여성들이 대접받는 시대라는 식으로 추켜세우는 것은 온당한 상황 판단이 아니다.

그런 맥락에서 나는 여성의 현실이 근본적으로 달라졌다거나 나아졌다고 보지 않는다. 오히려 자본의 논리가 전근대적인 제도나 이데올로기마저 자기 식대로 효율적으로 사용하면서 근대 자본주의 체제를 강화해 왔다는 점을 염두에 둔다면, 90년대 들어 자본의 논리는 이전과는 비교가 되지 않을 정도로 고도의 내밀한 방식으로 여성 개개인의 삶의 양식을 규제하고 욕망을 통제하기에 이르렀다고 보는 것이 옳을 듯싶다. 익히 알고 있듯이 한국 사회는 전근대적 요소가 완전히 청산되지 못한 상태에서 타율적인 근대화 과정을 밟아왔다. 특히 여성들은 합리성과 평등 이념에 근거를 둔 근대적 '의식'과 전근대적인 가부장제 이데올로기나 제도가 지배적인 '현실' 사이의 간극으로 인해 끊임없이 정체성의 혼란을 경험할 수밖에 없었다. 여성들의 경우 사회적 노동에의 참여와 정치 참여를 적극 권장하면서도 실제로는 끊임없이 배제를 강요하는 현실, '일하는 여성이 아름답다'는 담론과 '여성이여 가정으로 돌아가라'는 담론이 공존하는 모순된 현실 속에서 더 큰 혼란을 경험할 수밖에 없었다. 게다가 근자에 들어 자본의 작동 원리는 재생산 영역, 그

중에서도 특히 소비의 논리를 통해 중산층 여성뿐만 아니라 여성 노동자들의 일상에까지 침투하면서 이들을 소비와 욕망의 주체가 아닌 객체로 대상화한다. 여성에게 경제·정치적 지분을 양보하거나 이데올로기적·담론적 차원에서 페미니즘을 마치 우리 사회의 해방과 진보를 입증하는 것인 양 유포하는 것은 이들을 좀더 효율적으로 자본 시장의 '예비군'으로 묶어두기 위한 전략, 십보 전진을 위한 일보 후퇴일 뿐이라는 게 나의 판단이다.

　중요한 것은 이런 자본의 전략으로 인해 여성의 현실이 나아졌다는 환상이 광범위하게 퍼지면서 그만큼 여성 억압을 낳은 복합적인 상황에 대한 인식이 흐려지고 있다는 점이다. 이런 때일수록 복합성을 깊이있게 사고하면서 문제의 근원을 파헤치는 원칙적인 자세가 필요함은 물론이다. 그런 점에서 "노동운동, 여성운동, 환경운동들이 그날 그날의 국지적 과제와 근대극복이라는 원대한 과업을 '분단체제 극복'이라는 중간항을 매개로 그 행동의 완급을 조절하면서 상호결합을 이루어내야 한다"[4]는 시각은 시사하는 바가 크다. 90년대 여성 현실이 해방과 동시에 상품논리로의 퇴보라는 딜레마에 처해 있으면서 한편에서는 가부장적 질서가 근본적으로 바뀌지 않고 있는 상황은 현실 변화에 발빠르게 대처하는 자본주의 체제의 확장 논리에 기인한다. 인정하기는 싫지만 노동 운동이 자본주의의 체질 변화에 능동적으로 대처하지 못한 채 이념적 지도력을 상실하면서 상대적으로 '환경', '여성' 범주의 부상을 가져온 것도 사실이다. 그렇다고 해서 환경이나 여성 문제가 노동 운동이 쇠진한 틈을 타서 비집고 들어온 주변부적 문제들이라고 보는 것도 짧은 생각이랄 수밖에 없다. 이 세 가지 문제가 따지고 보면 결국 같은 데서 비롯된 것임은 물론이거니와, 부상과 쇠퇴라는 식의 평가도 세 가지가 얽혀 있는 상호 역학적 관계이기 때문에 가능한 것이다. 따라서 여성 문제를 해결하기 위해서는 일면으로는 노동 운동, 환경 운동과의 연대를 통해 근대

---

4) 백낙청, 「민족문학론, 분단체제론, 근대극복론」, 『창작과비평』(창작과비평사, 1995 가을), 22면.

의 극복을 모색하면서 또 다른 일면으로는 전근대의 철폐를 동시에 모색해야 한다는 복합적 사유가 요구되는 것이다.

3. 민족 문학과 여성 문학, 연대 속에서 독자성을 지향하기

이와 같이 연대 속에서 여성 운동이 해야 할 몫을 찾아가야 한다는 원칙은 민족 문학과 여성 문학간의 관계 설정에서도 마찬가지이다. 근대 극복을 위해 민족 문학은 '눈앞에 있는 현실'의 난맥상과 그 현실을 낳게 한 '존재하는 현실'을 보면서 이를 넘어설 수 있는 리얼리즘적 시각을 견지하고자 한다. 그렇다면 여성 문학 역시 자본주의 체제 한국 사회를 살아가는 여성들의 삶에 대한 객관적 성찰을 지향하면서 근대 극복을 위한 민족 문학에 복무해야 한다는 대의에 누구나 공감할 것이다.

그런데 지금까지 민족 문학론이나 리얼리즘론에서 여성 현실에 대해서 적극적으로 파고드는 노력은 아무래도 부족했다는 생각이 든다. 여성 문제를 다룬 작품들의 경우 실제 작품의 성과를 논하기 위해서는 여성 현실에 대한 인식이나 성과가 논의되어야 함에도 불구하고 리얼리즘 평자들이 아예 이런 부분들에 대한 언급을 빠뜨리고 '자본주의 모순 일반'으로 훌쩍 넘어가거나, 언급을 하더라도 이를 '개인적' 영역에 국한되는 것으로 파악하고 있어 여성 문제와 사회 문제를 공/사의 이분법으로 파악하는 오류를 범하고 있다는 지적은 이미 나온 바 있다.[5]

작품론 차원에서가 아니라 '민족 문학의 위기'를 거론하면서 여성 문학을 '위기'의 징표나 리얼리즘 갱생을 위한 '대안'으로 논하는 경우도 있다. 전자의 경우 근자에 들어 30대 여성 작가들의 작품이 각종 문학상을 휩쓸거나

---

5) 김영희, 앞의 글 참조.

대중적 지지를 얻는 현상을 놓고 '문단의 페미니즘화'가 민족문학의 위기를 가중시키고 있다는 우려를 표한다. 여성 작가들의 작품이라고 해서 반드시 여성 문제 인식이 전제되어야 한다는 법도 없고, 일부 여성 작가들의 대중성 획득이 문학 시장의 논리와 무관하지만은 않다. 그렇다 하더라도 작품에 드러난 여성 문제 인식의 공과를 따지기보다 양적인 팽창이 질적인 저하를 가져온다는 식으로 두리뭉실하게 평가하거나, 여성 작가들이 일상이나 개인적인 체험을 형상화하면 사회 역사적 시각이 협소하다고 파악하는 것은 현상적이고 소재적인 평가가 아닐 수 없다.

이와 달리 리얼리즘 '재생'의 측면에서 여성 작가들이 재현 기법의 연마에 남다른 관심을 기울이고 있는데 주목하는 평자들도 있다. 백낙청은 신경숙의 작품집『풍금이 있던 자리』를 논하면서 작가의 기법에 대한 자각이 '정직한 재현'을 위한 고뇌에서 나왔다는 점을 눈여겨 보라고 주문하고 있고, 공선옥의 「목마른 계절」의 경우 세부적 실행에서의 재현 기법의 연마나 '신파'를 넘어서는 적절한 반전의 기법을 활용하고 있다고 높이 평가한다.[6] 김사인과 김명환도 세부적인 논의에서는 차이가 있지만『외딴 방』이 리얼리즘을 한 단계 진전시킨 작품이라고 상찬한다.[7] 그런데 백낙청의 경우 세부적인 논의에서는 농촌 여성의 노동에 대한 애정어린 태도를 통해 여성 인물이 도덕적 균형감각을 회복하는 것이나 작가가 남성의 '자기중심주의'를 효과적으로 드러낸 점을 지적하는 등 부분적으로 '여성'의 관점으로 작품을 읽어내려고 시도하고 있다. 하지만 그것이 작품 전체에 대한 여성 문학적 평가로까지 이어지지는 않고 있다. 신경숙이 재현을 통해 복원해 내려는 인물들이 역사의 뒷길에 있는 여성, 남성 중심적 욕망으로 인해 상처받은 여성이 대부분이

---

6) 백낙청, 「지구시대의 민족문학」, 『창작과비평』 (창작과비평사, 1993 가을), 108 - 117면 참조.
7) 김사인, 「『외딴 방』에 대한 몇 개의 메모」, 『문학동네』, 1996 봄,
　　김명환, 「'외딴 방'의 문을 열기 위하여」, 『실천문학』, 1996 봄호 참조.

라는 점을 떠올린다면 작품 전체에 대한 평가에서 일관되게 여성의 시각을 견지하는 것이 재현의 본 의도에도 걸맞은 작업이 될 듯싶다. 『외딴 방』을 두 평자가 리얼리즘의 진전으로 평가하는 근거는 이 소설이 김명환의 표현대로라면 '외딴 방'의 시절에 대한 이야기를 '왜 하느냐'와 '어떻게 하느냐에 관한 팽팽한 긴장'을 잘 살려냈기 때문이다. 이 소설의 성취는 외딴 방 시절의 '그녀들', 즉 여성노동자의 과거를 현재화하는 게 과연 가능한가라는 글쓰기의 한계를 절감하면서도 이를 회피하지 않으려는 데서 오는 긴장감, 과거의 공간과 시간으로부터 벗어나려 했던 자신의 허위의식을 정직하게 드러낸 데 있다. 작가는 과거의 체험과 현재의 집필 행위를 교차 진술하고 소설을 읽는 주위 사람들의 다양한 반응을 기록하면서 때로는 소설 창작 과정 자체를 노출시키는 보고적 문체를, 때로는 화자의 복잡한 내면을 그대로 드러내는 말줄임과 어휘의 반복과 같은 기법을 구사한다. 이런 독특한 재현 방식을 통해 희재 언니를 포함한 '그녀들'에 대한 기억은 화석화된 상태를 넘어서서 현재적 의미를 획득한다.

김명환이 '노동소설'로서 이 소설의 공과를 논하는데 주력하고 있는 반면, 김사인의 경우는 작가의 독특한 글쓰기가 지닌 의미를 추적하는데 무게 중심이 가있다는 점에서 두 평자의 논의는 다소 차이가 있다. 이는 작품의 세목이나 전체적인 평을 내리는 데서도 차이를 낳는다. 김명환은 '희재언니'의 형상화가 가진 한계를 집중적으로 거론하면서 작가가 '무의식중에 가정을 지키는 여성이라는 전통적 여성관의 함정'에 빠질 수도 있음을 경계한다. 이와는 상반되게 김사인은 '농경적인 호흡', '모성적' 특질을 신경숙 소설의 독특한 성취로 인정하고 있다. 그런데 김명환이 '전통적 여성관'을 문제삼으면서도 희재 언니만이 아니라 작품 전체를 관류하는 전통적인 정서, 여성 편향에 대해서는 가타부타 평이 없는 것이 나로서는 좀 의외이기도 하다. 그런 점에서 김사인은 글쓰기의 특질을 '모성'과 관련하여 해명하여 나름대로 일관성이 있다. 하지만 '모성'에 대한 평가가 기존의 여성주의 비평과 그리 다르지 않아 또 다른 일면성을 보이고 있다.

　신경숙의 빼어난 단편들에서 볼 수 있듯 이 소설에서도 농촌 공동체의 정서는 과거와 현재를 넘나들면서 복원되고 있다. 그러나 이 작품은 농촌에 대한 막연한 향수에 빠지지 않을 만큼의 긴장력을 확보하고 있다. 그러한 긴장감은 시골에서 비교적 풍족한 삶을 영위했던 화자의 형제들마저 도시로 나와서는 하층민으로 전락하고 마는 현실, 23살의 젊은이를 가계부양자로 내모는 현실을 작가가 놓치지 않는데서 생성된다. 고향 마을의 안온함과는 달리 '외딴 방'으로 상징되는 도시에서의 삶은 각박하고 비정하기만 하다. 화자는 도시에서 '타인과의 관계'에서 입은 상처를 치유하기 위해 간간이 고향으로 향하지만 그렇다고 완전히 회귀하는 것은 아니다. 화자는 어머니의 삶, 농촌공동체의 정서에 애정을 표하지만 콘베이어 앞에서 나사를 끼우고 어머니의 삶을 기록하는 것이 자기의 '현재'임을 안다. 작가가 끊임없이 고향 마을과 가족과 어머니에 대해 이야기하는 것은 그들과 '다른 삶'을 살 수밖에 없는 데서 오는 거리감을 역설적으로 환기한다. 따라서 나는 이 소설이 "왜곡됨 없는 가족 이데올로기"를 구현하고 있다는 또 다른 평자의 지적[8]에도 동의할 수 없다. '가족 이데올로기'라는 말이 이미 가족이 억압적인 기제로 작용되고 있음을 전제로 한 것인데 이를 자의적으로 사용하는 것은 작품 평가에도 그리 득이 되지 않는다.

　신경숙 소설에서 가족과의 연대감이나 농촌 공동체 정서가 중요한 몫을 차지하고, 그것이 '대중성' 확보에 기여하는 것도 사실이다. 그렇지만 그 연대감이 도시 체험을 공유한 데서 얻어진 것, 경쟁과 상처뿐인 도시에서의 삶을 지속해야 한다는 현실에 대한 자각 뒤에 온 것임을 고려해야 한다.[9]

---

8) 서경석, 「여성문학에서 한국문학으로」, 『소설과 사상』 (고려원, 1996 여름), 328면.
9) 그런 점에서 『깊은 슬픔』의 '은서'에 대한 지적이기는 하지만 "농촌의 촌락 공동체의 유기적인

따라서 '모성'이나 '전통적 여성상', '가족주의' 등으로 그녀의 소설을 평가할 경우 그것을 여성 인물이 겪은 도시 체험, 자본주의 근대 체험과의 연관 속에서 해명해야만 작품의 복합성에 값하는 평가가 될 수 있을 것이다.

지금까지 나는 리얼리즘의 '위기'를 논하든, '재생'을 논하든 여성 문학적 평가를 배제하거나 그것이 부분적인 논의에 그칠 경우 여성 문학 작품에 대한 온당한 평가에 도달할 수 없으며, 나아가 현상 이면에 감추어진 진실을 드러내는 리얼리즘의 본 뜻에서도 멀어짐을 지적했다.

그런 점에서 나는 리얼리즘의 거듭남을 위해서 여성 문학적 시각이 반드시 필요하다는 점을 강조하고 싶다. 근자에 여성 문학이 획득한 '대중성'은 현 한국 사회를 지배하는 페미니즘의 상품화에 대항하는 입론을 세우기 위해서 우리가 적극적으로 활용해야 할 자산이다. 페미니즘의 상품화 현상을 비판만 할 것이 아니라 여성 문학의 '대중성'은 그것대로 살리면서 그것이 상품 시장의 논리에 포섭되지 않도록 '가짜 대중성'과 명확히 구별하는 실천이 중요하다는 것이다. 더욱이 '눈앞에 있는 현실'과 '달리 존재하는 현실'의 뒤섞임을 구별하는 일이 '지구시대'의 중요한 과제이고, '전지구적으로 은폐가 자행'되는 상황에서 '특정 사실의 노출이 뜻밖의 효과'[10]를 가져올 수 있다면 (비록 결정적인 현실 변혁에는 못 미친다 하더라도) 사적으로 치부되기 쉬운 여성의 일상이나 체험은 자본의 논리가 가장 내밀하면서도 복합적으로 은폐되어 있는 영역인 만큼 그 은폐상을 드러냄으로써 리얼리즘의 한 단계 진전을 예비할 수도 있다.

기왕의 여성 문학 논의에서 '전체 민중민족문학의 입장이 자동적으로 여

삶으로부터 떨어져 나와 있으면서 동시에, 낯선 사람들의 유동적인 연합이라는 도시적 삶의 관계에 적응하지 못하는 현대 도시 여성의 곤경"을 작가가 보여주고 있다는 평가는 경청할 만하다.

황종연, 「여성소설과 전설의 우물」, 『문학동네』(문학동네, 1995 가을), 51면.
10) 백낙청, 앞의 글, 100면.

성해방적 관점을 보장해 주는 것이 아니'라고 지적하면서 '민족모순, 계급모순, 성차별을 한 몸에 짊어지고 있는 여성 노동자계급의 시각'[11]을 강조했던 것도 민족문학의 진전을 위해서는 여성해방적 인식이 필수적이되 그것이 여성 범주만 따로 떼어 특화하는 분리주의와도 거리가 먼 것임을 표명한 것이다. 다만 '성과 계급, 민족 문제가 서로 어떻게 착종되어 있는가'를 밝혀야 한다는 진술이 작품 논의에서는 살아나지 못하고 여성 노동자나 노동자 가족을 다룬 노동 소설들에 나타난 여성 문제 인식의 한계를 지적하는 데 머문 것은 아쉬운 일이 아닐 수 없다.

그렇다면 여성 문학이 민족 문학의 내용을 살찌우면서 자체적인 내실을 다질 수 있는 길은 무엇인가. 자본주의 근대의 은폐된 모순을 효과적으로 드러내기 위해 여성 문학은 여성들이 살아가는 일상의 영역에 눈을 돌리되, 여성들의 일상이나 경험에 어떻게 전체 자본주의 모순이 섬세하게 그물을 치고 있는지를 천착해 들어가야 한다. 무엇보다도 우리는 여성들이 전근대와 근대가 여성에게 가한 이율배반성을 체험하면서 획득한 통찰력에 귀를 기울여야 할 것이다. 자본주의 근대를 살아가는 여성들은 가부장제와 모성의 덫에 갇혀 고통받던 어머니대의 삶을 거리를 두고 비판하면서도, 때로는 공감하고 연민을 표하는 복합적인 시각을 유지하는 과정에서 그들과는 다른 삶을 살겠다는 자각을 해나간다. 그러면서도 그들 역시 '다른' 삶의 내용을 확고히 정립하지 못한 데다 여전히 현실을 옥죄는 전근대적 유물로 인해 좌절하거나 갈등하는 모습 등은 여성 문학이 궁구해야 할 과제이다.

그런데 여성들이 경험하는 중층적 모순이 집약적으로 드러나는 장은 아무래도 '가정'일 수밖에 없고, 실제로 요즈음 여성 작가들이 공력을 기울이는 부분도 크게는 가족의 해체에서부터 작게는 여성들이 다른 가족 구성원과

---

11) 이명호 외, 「여성해방문학론에서 본 80년대의 문학」, 『창작과비평』(창작과비평사, 1990 봄) 참조.

겪는 갈등이나 소외감과 같은 내적 갈등들이다. 물론 이 때의 '가정'은 더 이상 내밀한 영역이거나 자본주의 저 너머에 있는 근원적 영역이 아니다. 가부장제 이데올로기가 실제적으로 힘을 발휘하는 것은 바로 물질적인 지배력을 통해서이다.

가령 공선옥 소설에서 '가정'은 거칠게 말해 자본주의적 모순과 민족 모순으로 인해 훼손된 가정이다. 이 가정의 훼손은 자본주의적 질서의 바깥으로 떠밀려 난 '하층계급' '여성'이 생계를 유지해야 하는 데서 비롯된 것이고, 80년대 억압적 정치 상황이라는 한국 사회의 특수한 현실이 낳은 결과물이다. 따라서 그녀의 소설에서 가정을 지탱하는 모성의 힘겨움은 생명을 낳은 사람이 그 생명을 지키고자 하는 본능에서 나온 것이기는 하지만 자본주의적인 모순이라든가 사회적·민족적 모순과 얽혀있기에 독자들의 공감을 자아낸다. '가정'은 이런 모순들이 복합적으로 나타나는 장이면서 동시에 이 모순을 넘어서 해방의 가능성을 모색할 수 있는 장이다. 이러한 모색의 결과물이 '가정의 복원'임은 물론 아니다. 공선옥 소설에 등장하는 '모자가정'은 '가부장적 (혹은 부계) 가족'12)과는 달리 안온함보다는 불안정성 그것을 통해 가족에 대한 기존의 인식을 전복한다. 물론 가족 사회학을 연구하는 논자들조차 새로운 가족의 패러다임을 구체적으로 제시하지 못한 마당에 섣불리 전복 후의 가족상을 말할 수는 없다. 다만 「목마른 계절」이나 「피어라 수선화」에

---

12) 김원일, 이문열의 작품들에 등장하는 어머니의 모습은 전쟁과 분단, 근대화로 인해 파괴된 '부계 가족'의 질서를 유지하기 위한 일시적 관리자의 역할에 머무른다는 점에서 공선옥의 작품에서 역사적, 개인적 상처를 끌어안으면서도 끊임없이 그러한 역할에 회의를 품고 일탈을 꿈꾸는 복합적인 모성상과는 다르다. 위 작가들 작품에 등장하는 내적 욕망이 탈색된 헌신적인 어머니는 모성의 복합성과는 차원을 달리하며 기존의 남성중심적인 모성이데올로기를 재현하고 있을 뿐이다.
이에 대한 상세한 논의와 공선옥 소설에서 '모성'이 지닌 긍정성은 김은하의 「90년대 여성문학의 새로운 가능성(2) - 공선옥론」, 『여성과 사회』6호, (창작과비평사, 1995)에서 개진된 바 있다.

서 볼 수 있듯 모자 가정끼리의 연대, 억압받은 자로서의 공통된 경험 속에서 핵가족 단위를 넘어설 수 있는 연대의 가능성을 점쳐볼 수 있다.

사적 영역인 가정에 드리워져 있는 자본의 논리는 겹겹으로 중산층 여성의 삶을 규정한다. 재생산과 소비의 담당자로 그 역할이 제한된 중산층 여성의 경우 자신의 사회적 존재 조건을 자각하면 할수록 존재의 고립성에 절망하거나 일탈적 방식을 택하게 마련이다. 이남희의 「수퍼마켓에서 길을 잃다」는 섬뜩하고 냉정한 문체로 중산층 여성이 처한 상황을 형상화하고 있다. 주인공 '선영'의 권태로운 일상과 일시적 탈출 욕구로서의 도벽, 어머니이자 정숙한 아내로서의 역할, 그 이면에 내재된 성적 욕망 사이에서 아슬아슬하게 줄타기를 하는 여성인 '오인자'에 대한 서술, 거기에 또 다른 여성다움의 신화의 노예가 되어 있는 '현수'와 그녀가 벌이는 납치사건 등 소설의 구성은 얼핏 산만해 보인다. 그러나 이러한 인물과 인물간의 비유기성, 시점의 교체는 끊임없이 탈출을 꿈꾸면서도 가정을 벗어나지 못하는 주인공 '선영'의 단절된 상황을 효과적으로 보여줄 수 있는 형식이라 할 수 있다. 간헐적으로 등장하는 광고 문구, 속도감 있는 문체는 후기 자본주의 소비 욕망의 주체이면서도 객체로 전락할 수밖에 없는 여성들의 상황을 실감있게 전달한다. 소비의 노예로 전락한 여성들의 삶은 슈퍼마켓의 미로처럼 끝이 보이지 않는다. 그러나 그 미로의 시작은 후기 자본주의 여성의 존재조건이라는 점에서 공통적이다. 작가는 교차적 시점으로 서술되던 각각의 에피소드들을 소설 결말에서 하나로 엮는 독특한 서술기법을 통해 파편적이고 개별화된 여성 인물들의 일상이 현재 우리 사회 여성들의 '전형적' 삶일 수도 있음을 설득력 있게 제시한다.

두 작가의 여성 인물들은 '건강한 연대'와 '절망적 고립'이라는 정반대의 대응 방식을 취한다. 이남희의 작품이 자본주의와 가부장제의 왕성한 활력에 압도당해 있는 중산층 전업주부의 우울한 일상을 그리고 있다면, 공선옥의 작품은 하층 계급 여성으로 살아가면서 터득한 비판의식과 생명력을 통해 이런 한계를 넘어설 가능성을 보여준다. 그렇지만 나는 두 작품에 대한 섣부른 가치 판단보다는 두 작품의 여성들이 같은 시대를 살고 있다는 점에 주목하고 싶다. 여기에서 우리는 전근대와 근대를 동시에 살아가야 하는 여성들의 힘겨움과 현실의 복잡성이라든가, 계층적으로 다른 이들의 일상이 어떻게 자본주의의 실질적 영향력 아래 놓여 있는지 알게 된다.

다소 장황한 작품 논의를 통해 내가 말하려고 했던 것은 여성문학이 근대 극복을 위한 민족 문학을 지향하면서 그 내실을 다지기 위해서는 여성 문학이 '특수하게' 이야기 할 수 있는 부분, 예컨대 여성으로서 겪는 중층적 경험, 여성이 처한 상황의 특수성, 여성 노동에 대한 진전된 해석 등에 주목해야 한다는 것이다. 이러한 특수성에 대한 강조, 더군다나 '가족'에 대한 관심을 촉구하는 것이 지나치게 협소할 뿐더러 자칫 문화적 여성론에서처럼 분리주의를 조장하는 것은 아닌가라는 반론도 나올 수 있다. 그러나 내가 말하려 했던 것이 여성문학은 무조건 가족을 그려야 한다는 단순 논리는 물론 아니다. 다만 민족 문학이 '국지적 현실을 전지구적 관점으로 인식'하는 데서 출발하는 만큼 여성 문학 또한 '있는 현실'의 이면을 제대로 포착하기 위해서는 가족이나 일상 영역에서 파고 들어가면서 사회적 인식을 놓치지 않아야 된다고 생각한다.

4. 여성 현실의 복합성과 씨름하는 '긴장'의 미학

그럼에도 불구하고 여성의 복합적 현실이 구체적으로 어떻게 형상화되어야 하는지는 여전히 난제로 남아 있다. 특히 여성의 일상이나 경험은 그 실체가 뚜렷하지 않다면 공허해지기 쉽고, 기준이 타당하지 않은 한 주관적이라는 혐의를 벗어나기 힘든 만큼 구체적인 해명을 필요로 한다. 더욱이 앞서 여성이 처한 현실의 복합성이 심대함을 누누이 강조했었기에 그런 복합적 양상을 어떻게 설득력있게 보여주는가는 작품의 질적 성취도와 직결되는 문제이기도 하다. 여성 문학이 여성 현실을 실감있게 드러내기 위해서는 리얼리즘적 형상화를 필요조건으로 함은 당연하달 수도 있지만, 예의 복합성과 씨름하기 위해서는 '눈앞에 있는 현실'의 난맥상과 그 현실을 낳은 '존재하는 현실'을 동시에 보는 리얼리즘의 재생이 한층 절실하게 요구된다. 이와 관련하여 오랫동안 우리를 괴롭혀 왔던 것은 지금까지 민족 문학 진영에서 상대적으로 소홀한 취급을 받아왔던 여성 작가들의 작품, 그 중에서도 여성성을 집중적으로 탐구하거나 글쓰기의 진정성을 보여주는 작품들을 어느 정도까지 평가해야 하는가의 문제였다. 물론 이 글에서도 명쾌한 결론에 도달하기는 힘들다. 다만 여기서는 이들의 작품이 리얼리즘의 재생이나 여성 문학의 진전이라는 측면에서 새롭게 평가될 수 있는 부분을 지적하는 정도에 그치겠다.

사실 나 역시 여성 경험의 구체적 세목을 열거할 만한 통찰력을 지니고 있지는 않다. 다만 자본주의와 그 체제를 효과적으로 유지하기 위한 기제로서의 가부장제 이데올로기나 제도, 현상적인 발전을 목표로 하는 근대의 신화가 서로 맞물려 돌아가 여성 억압의 현실을 낳고 있다는 점, 따라서 순전히 '여성적인' 경험은 있을 수 없다는 점은 짚고 넘어가야 하겠다.

여성의 일상이나 경험이 이렇듯 사회 변화와의 절합을 통해 구성되는 것이라면 여성으로 성장하면서 직면하는 갈등들, 예컨대 여성으로 길들여지는 부분과 보편적인 인간 주체가 지향해야 할 역할간의 간극에서 빚어지는 주체성 형성과정에서의 어려움에 주목해 볼 수 있다. 결혼과 출산, 양육, 모성을 비롯한 전통적인 가족의 유지와 재생산역할과 자본주의의 소비자로서 사회적 노동의 장에 참여하면서 수행하는 역할이 서로 충돌하면서 어떻게 갈등을 겪는지도 주된 탐구 대상이다. 합리성과 평등을 최상의 가치로 두는 근대적인 제도 교육을 받으며 성장한 여성들은 그런 제도의 틀을 통해 습득한 근대적 이데올로기, 즉 남성과 여성은 평등하다는 낙관적 이데올로기의 이면에 눈뜨게 된다. 여성의 영역은 가정이며 자아 실현은 아이 기르기와 남편을 통해 가능하다는 또 다른 이율배반적 이데올로기가 그것이다. 양자를 동시에 수행하려는 여성의 꿈은 차현숙의 소설에서처럼 프로이드 정신분석학의 검열 대상이 되거나, 공지영의 소설에서처럼 자살이나 '무소의 뿔처럼 혼자서 가는' 금 밖의 삶으로 끝난다. 그도 아니라면 멀리 박완서와 오정희 소설에서 반복적으로 나타나듯 집밖으로의 일시적 탈출과 집으로의 귀환 사이에서 위험한 줄타기를 감행할 수밖에 없다.

따라서 여성 문학은 창작과 비평 모두에서 여성 경험의 특수성에 주목하면서도 그것이 비단 개인의 차원에 국한된 것이 아니라 개인의 삶에 각인된 사회적인 것의 산물임을 인식하고 그 해결책 또한 개인들의 총합인 '집단의 새로운 정체성'을 확립하는 데로 모아져야 할 것이다. 여성은 세대적으로, 계층적으로 자기와 다른 삶을 살아가는 여성들에게 공감하고 때로는 저항하면서 새로운 정체성을 확립한다. 이런 연대와 배제의 중층적인 원리를 통해 개인의 삶 속에 계급적, 성적으로 억압과 극복의 경험을 지닌 여성들의 삶이 녹아들게 되고, 개인의 삶은 지속적인 성찰과 거듭남을 거쳐 객관성을 띠게 된다. 때문에 이 때 '집단'은 단순한 개인의 산술적 총합이 아니며, 무성적(sex-blind)이거나 무계급적인 것도 아니다.

그런 점에서 근자에 여성 작가들이 자전적 글쓰기를 통해 자신들의 억압적 경험을 객관화하고 이를 통해 정체성 확립을 모색하고 있는 현상은 퍽 희망적이다. 그렇지만 이들의 글쓰기가 자전적인 영역에 국한되어 있는 것을 긍정적으로만 볼 수는 없다. 물론 자전적이라 해서 그 소설이 사회적 맥락을 놓치고 있다고 단언하기는 힘들다. 그러나 김형경의 『세월』에서처럼 사회적 맥락이 일종의 밑그림 역할로만 존재하고, 자신의 상처를 치유해 가는 과정에서 자기 정당화에 치중한 나머지 다른 여성들과의 연대가 경험에서 우러나온 통찰력으로 뒷받침되지 못한 채 선언적 진술에 머물고 마는 것은 한계로 지적할 수 있다. '성 텍스트'와 '정치 텍스트' 사이에서 갈등하는 여성의 정체성 확립과정을 담고 있는 권여선의 『푸르른 틈새』는 문제가 더 복합적이다. 소설의 전반부에서는 이 두 가지 텍스트가 갈등을 일으키는 양상을 실감나게 묘사하고 있는데 이는 화자가 학생 운동 당시의 경험을 회고하거나 '여인군단'으로 지칭되는 집안의 여성들의 삶에 대해 찬사를 보내면서 둘 다와 비판적 거리를 유지하고 있기 때문이다. 그 거리는 냉소적이면서도 해학적인 문체로 형상화되고 있어 읽기의 즐거움을 더해준다. 그러나 화자의 연애 실패와 '정치 텍스트'로부터의 멀어짐이 서사의 축을 이루는 후반부에 이르게 되면 앞서 말한 두 텍스트는 서로 분리된다. 결국 아버지의 죽음과 상징적인 자살 행위를 통해 '아버지의 세계'와 결별하고 다시 서고자 한다는 결말의 전언이 무력한 가부장의 세계와의 결별뿐만 아니라 '젖은 방'으로부터 나와 새로운 사회적 자아로 서는 것까지 포괄하고 있다고 보기는 힘들다.

사소설의 범주를 넘어서는 '정체성 확립'의 이야기는 우선 자기의 경험을 객관화할 수 있는 성찰의 과정을 거쳐야 하고 이를 통해 자본주의와 가부장제가 낳은 계급적·성적 억압 기제들과 맞서 고투하는 여성들의 경험에 도달하는 길을 모색해야 할 것이다.

두 번째 문제 의식과 관련하여 리얼리즘이 기본적으로 요구하는 '실감'의 측면은 기왕의 여성 작가들의 작품에서 일정하게 성취된 바 있다. 공지영의 『무소의 뿔처럼 혼자서 가라』는 사회가 통념으로 요구하는 여성으로서의 역할에 회의를 표하면서 주체적인 삶을 살아가고자 하는 지식인 여성들의 좌절과 자각을 세 전형적인 인물들을 통해 그리고 있다. 인물 설정이나 갈등 구도가 도식적이라는 혐의를 지우기는 힘들지만 이 같은 도식성은 그만큼 우리 사회에서 중산층 지식인 여성들이 처한 상황이 보편적, 평균적이라는 점을 환기한다. 공선옥, 김인숙은 여성들의 삶을 선(先)규정하는 가족 관계, 부부 관계에서 일어날 법한 갈등을 그리면서도 동시에 그런 갈등이 우리 사회의 전반적인 모순과 관련되어 있음을 놓치지 않는다. 공선옥은 어머니의 역할이라는 당위와 그 짐으로부터 벗어나고자 하는 현실적 욕망 사이에서 빚어지는 갈등을 포착하면서 이러한 모성의 이중적 속성이 당장 생존의 문제가 화급한 하층 계급의 여성들에게 어떻게 가능성과 질곡으로 다가오는지를 그려낸다. 김인숙의 경우 도덕적 정결성을 지키고자 하는 의지와 안정된 삶을 살고자 하는 소시민적 욕망 사이에서 빚어지는 갈등이 여성 주인공의 자각과 병행되는 지점들을 세밀하게 그려냄으로써 그 '실감'의 측면을 성취한다.

그럼에도 불구하고 남는 문제는 지금까지 통상적으로 리얼리즘의 범주에는 포함되지 않았던 작가들, 예컨대 오정희, 신경숙과 같은 작가들의 작품을 여성의 현실적 조건을 고려하지 않은 채 '개인'이나 '실존'의 영역에 갇혀있으며, 따라서 형상화에 한계가 있다고 손쉽게 평가할 수 있는가의 문제이다.

이들의 공통점은 여성 내부의 힘겨운 싸움에 주목하면서 특히 언어의 측면에 공을 들이고 있다는 점이다. 때문에 이들의 작품은 '여성적 글쓰기'의 전범으로, 여성의 실존적 조건에 주목한 작품으로 상찬되거나 반대로 몰역사적·몰사회적 작품으로 폄하되기 일쑤였다. 과연 이들의 작품은 여성 화자를 내세우면서도 이들이 겪는 갈등을 정공법으로 다루지 않고 오히려 내적 갈등의 실체를 끊임없이 환기하는 방식을 취한다. 그러나 화자의 자의식적 서술이나 과거의 인물이나 사건에 대한 반복적인 서술, 특정 이미지를 통해 현재 상황을 주조해내는 방식은 그런 형상화의 힘겨움을 통해 여성들이 처한 현실의 난맥상을 드러내기 위한 효과적인 전략일 수도 있다. 그런 점에서 이들의 갈등이 중산층 여성이 처한 갈등을 근본적으로 해결하지 못하는 한계를 지닌다는 비판도 단선적인 평가임을 면하기 어렵거니와, 이들의 갈등이 '실존'의 영역에 국한되어 있다고 보기도 어렵다.

실존의 영역, 흔히 말하는 '여성됨'의 자각 속에는 긴 세월 동안 축적된 여성들의 역사, 신경숙의 경우 어머니 세대의 역사, 오정희의 경우 '옛 우물'과 같은 더 먼 세대의 역사가 켜켜이 드리워져 있다. 또한 그런 여성 역사를 따라가며 자신이 어떻게 '사회적 성'으로 자리 매김하는가를 드러내고 있다. 오정희가 『옛우물』에서 어머니와 할머니, 그보다 더 먼 여성들의 역사를 끊임없이 환기하는 것은 신문과 방송매체를 통해, 텅 빈 아파트라는 고립된 공간을 통해서만 세상을 관찰하고 소통을 꾀할 수밖에 없는 소도시 중산층 중년 여성인 화자의 상실감을 드러내는 한편 그녀가 상실을 딛고 서서 주체를 회복하려는 시도를 보여주기 위해서이다. 그것은 주인공이 자신과 자신을 둘러싼 환경의 주변부성을 확인하는 과정으로 나타난다. 더 이상 타인의 눈에 여자로 비춰지지 않는 데서 오는 존재의 주변부성, 소도시라는 지리적 특성이 가져다주는 주변부성은 한 시대를 풍미했던 예당집의 쇠락과 궤를 같이 한다. 따라서 이 소설이 추구하는 여성됨은 고정된 것이 아니라 이전 세대 여성들과의 역동적이면서도 내밀한 대화를 통해, 자신을 둘러싼 환경의 변화에 대한 관찰을 통해 구축됨으로써 사회성과 역사성을 획득한다.

여성성이나 이에 기반한 여성적 글쓰기가 서구에서 말하는 것처럼 여성의 생물학적 특성, 남성의 언어 구조와는 다른 독특한 언어 구조, 예컨대 아버지의 질서와는 다른 상상계의 무의식의 영역을 구조화한 것이라는 식의 지적이나 모성에 근거한다는 식의 지적은 여성성이 어떻게 만들어지는가, 여성적 글쓰기가 배태된 사회경제적 맥락이 무엇인가에 대한 통찰을 놓치고 있다. 여성적 글쓰기는 버지니아 울프가 이야기했듯이 여성이 글을 쓸 수 있는 '자신만의 방'을 가지게 되기까지의 피나는 어려움으로 얻어낸 성과물임을 전제로 해야 한다.

더불어 여성의 독특한 문체는 사회와는 고립된 사인성의 공간에서 솟아나는 것, 원초적인 모성성에 기반한 것[13]이기보다는 여성으로서 길들여지고 내면화된 '현실'과 여성의 고립된 역할로부터 벗어나고자 하는, 인간다움을 위한 '지향'사이의 팽팽한 긴장 관계에서 형성된 것으로 보아야 할 것이다. 주어진 여성성이 아닌, 진정한 여성됨의 자각이 힘겨운 이유는 앞서 언급했던 근대가 여성에게 가하는 이중성이 여성됨의 실현을 가로막으면서 궁극적으로는 이들이 사회 속에서 주체적 자아 의식을 획득할 가능성을 교묘히 차단하고 있기 때문이다.

신경숙이나 김형경의 소설에서 반복적으로 나타나는 글쓰기의 어려움에 대한 토로, 말줄임이나 쉼표를 반복하는 문체, 말해지지 않은 것, 부재에 대한 집착은 이데올로기적으로, 사회적으로 구성된 여성다움과 그것을 거부하고자 하는 데서 빚어진 '긴장'이 기법적으로 표출된 결과이다. 물론 우리는 이러한 기법에 대한 자각이 자칫 과하거나 사회와의 연결끈을 놓칠 경우 내면 심리의 악무한만이 계속될 위험을 경계해야 한다. 그럼에도 불구하고 여성 현실의 드러냄이 단순한 현상적인 사실의 재생이나 모사의 수준을 넘어서서 예의 복합성을 효과적으로 드러낼 수 있기 위해서는 복합성에 상응하는 형식적 차원에 대한 한 차원 나아간 인식이 수반되어야 한다. 이것이 리얼리즘의 진전이라는 애초의 문제 의식에도 값하는 태도일 것이다.

5. 글을 마치며

지금까지 90년대 여성 현실이 근본적으로 변화는 없되 좀더 복합적인 양상을 띠고 있으며, 바로 그런 이유 때문에 여성 운동이나 여성 문학의 역할이

---

13) 박혜경, 앞의 글 참조.

중차대함을 지적했다. 특히 앞으로 여성 문학은 전근대와 근대가 여성에게 가한 이중의 질곡이 자본주의 근대 한국 사회에서 어떻게 작용하는지 드러내야 하며, 이를 위해서는 리얼리즘의 연마에 주력해야 함을 강조했다. 그것이 여성 문학의 독자성은 그것대로 지키면서 민족 문학의 진전에도 힘을 보태는 길이라는 점은 새삼 말하지 않아도 될 것이다.

앞으로 여성 문학이 넘어야 할 산은 참으로 험하다. 한편으로는 성 담론과 일부 페미니즘 담론에서 볼 수 있는 해방을 가장한 천박한 욕망의 실체를 드러내면서 올바른 대중성을 확보해야 하고, 또 다른 한편으로는 글쓰기의 고립성을 벗어나 사회와의 소통을 꿈꾸는 작가들의 노고에 값할 수 있는 비평적 실천을 행해야 한다. 그것이 바로 '영원히' '여성적'인 것을 발전적으로 지양하면서 '인간적'인 것이 살아 숨쉬는 세상에 다가가는 길이 될 것이다.

여성 성장소설의 대중성
- 박완서와 공지영 소설을 중심으로

1. 서 론

이 글은 여성 작가들이 쓴 여성 성장소설이 대중적인 호소력을 광범위하게 얻게 된 원인을 알아보고, 그것이 삶의 텍스트, 문학 텍스트로서 지닌 기능과 의미를 밝히는데 그 목적이 있다. 성장소설은 주인공이 근대적 시민 사회의 구성원으로 진입하기 위한 문화적 교양과 주체 정립의 시련을 겪는 과정을 제시하는 소설 유형이라고 할 수 있다. 즉 성장소설은 세계와 자아간의 갈등, 개인의 탄생이라는 근대 사회에서 가장 핵심적이고 보편적인 주제를 다룬다.[1] 때문에 성장 소설의 장르적 성격을 놓고 논란이 계속되고, 다매체 시대 소설의 운명에 대해 의심에 찬 시선이 엄존하는데도 불구하고 그 생명을 이어오고 있다. 그런데 이 성장소설의 명칭 앞에 성별(gender)을 지시

---

[1] 자아의 내면성이 낯선 세계와 만나고 자기 변화를 통해 의미를 획득하는 서사의 시도는 근대의 기원에서부터 문학에 불가피하게 지워진 운명이라고 할 수 있다. 왜냐하면 그 기원에서부터 근대는 자아와 세계, 주관과 객관의 분리를 만드는 동시에, 그 통합을 지향하는 움직임을 동시에 창출하기 때문에 개인과 사회의 통합에 대한 욕망과 비전이야말로 근대문학을 근대문학이게 하는 필수요건이 된다.
윤지관, 「빌둥의 상상력 : 한국 교양소설의 계보」, 『문학동네』, (문학동네, 2000 여름), 434 - 5면

하는 첨가어가 붙을 경우 이와 같은 회의적 시선은 더 날카로워진다.

여자는 무엇으로 사는가. 여자에게 성장과 성숙은 가능한가. 초경·결혼·출산으로 이어지는 평범한 삶의 드라마는 여자의 성장과 성숙을 의미하는가, 아니면 드넓은 현실의 장에 입사할 가능성을 가로막는 퇴행인가. 이상은 여성 성장소설을 논할 때뿐만 아니라 현실에서도 항상 제기되는 질문이다. 이와 같은 질문에는 여성의 경험이나 사회화에 대한 폄하와 부정적 시각이 내포되어 있다. 가령 '여자는 무엇으로 사는가'라는 낯익은 질문에서 우리는 '진리의 별을 찾아 나선 고독한 영혼의 탐색'보다는 '사랑밖에 모르는', 결혼과 함께 가정으로 퇴각한 여성을 더 자주 떠올리게 된다.

그럼에도 불구하고 여성의 성장을 다룬 이야기, 좁게는 이를 작가의 자전적 사실과 연관지은 이야기는 독자들의 관심을 끌어왔다. 신경숙의 『외딴방』, 김형경의 『세월』은 평단과 독자들의 주목을 받은 바 있고, 자전소설은 아니지만 은희경의 『새의 선물』 역시 성장소설의 범례를 제공한 것으로 평가받았다. 박완서의 연작 자전소설 『그 많던 싱아는 누가 다 먹었을까』와 『그 산이 정말 거기 있었을까』, 공지영의 『봉순이 언니』 역시 오랫동안 베스트셀러 목록에 등재되어 있다.

특히 박완서와 공지영의 작품이 요즘 대중들에게 많이 읽히게 된 사유는 좀 특이하다. 박완서의 『그 많던 싱아는 누가 다 먹었을까』는 1992년, 공지영의 『봉순이 언니』는 1998년에 출간되었다. 두 작가 모두 현실에 대한 진지한 문제의식을 속도감 있는 문체에 담아왔던 터라 고정 독자층을 많이 소유하고 있고, 두 작품 역시 출판 직후 꽤 높은 대중적 호응을 얻은 바 있다. 그런데 요즘 베스트셀러 만들기의 진원지라 할 수 있는 TV 책 프로그램에 소개되면서 다시 베스트셀러의 반열에 오르게 되었다.2) 종이책과 문학의 가장 강력한

---

2) '책맹없는 사회'라는 케치프레이즈를 내건 MBC의 오락프로그램 <느낌표>의 '책을 읽읍시다'
  라는 꼭지는 한 달에 추천 도서 한 권을 집중적으로 소개·홍보하고 있는데 『봉순이 언니』는

맞수인 영상매체가 오히려 문학시장의 소비에 일조한 셈이다. 기존에 각 방송사마다 독서 토론 프로그램을 편성하여 책에 대한 정보를 제공하고 있지만, <느낌표>의 경우 교양뿐만 아니라 오락적인 요소를 강화함으로써 책 혹은 문학에 대해 일반인이 가질 법한 고정관념을 과감하게 깨는 일종의 차별화된 전략을 구사하고 있다. 주 시청자층이 청소년이라는 점을 감안한다면 이 '책과 함께 논다'는 발상은 대단히 신선하다. 물론 TV매체가 지닌 대중적 영향력을 활용한 출판사의 상업 전략을 경계해야 한다거나, 온 국민의 독서 문화를 획일화시키는게 아니냐는 비판의 목소리도 만만치 않다. 그렇다 하더라도 교과서나 참고서를 빼고는 자발적으로 책을 구입해 읽는 경우가 극히 드문 청소년층을 독서시장에 끌어냈다는 점만큼은 그 공을 높이 사야 할 것이다. 더욱이 지금까지 청소년층을 비롯한 대중들의 독서 취향이 무협지나 판타지 소설, 『국화꽃 향기』류의 감상적인 멜로드라마, 실용적인 처세술에 치우쳐 있었던 점을 감안한다면 이런 편식에 제동을 걸고, 또 다른 문학의 존재를 증명함으로써 그야말로 문학을 '생활화'할 수 있는 계기를 마련해 주었다.

　TV매체가 지닌 대중적 영향력 외에도 이 두 작품을 둘러싼 이상열기(?)는 이즈음의 문화 현상이나 대중의 취향과도 밀접한 관련이 있다. 그 핵심 코드는 '여성'과 '복고'이다.

　필자는 박완서와 공지영의 자전적 여성 성장소설이 대중성을 확보하게 된 까닭을 여러 각도에서 살펴볼 것이다. 두 작품이 '여성'과 '복고'라는 당대 대중들의 관심사에 어떻게 부합하며, 독자들을 어떻게 텍스트의 능동적

두 번째, 『그 많던 싱아는 누가 다 먹었을까』는 세 번째 추천도서로 올랐다. 그 후 인터넷 서점 알라딘이나 Yes24에서 김중미의 『괭이부리말 아이들』이나 이철환의 『연탄길』과 함께 묶어 판매하면서 일반 독자들의 폭발적인 구매를 끌어낸 바 있다.
알라딘과 Yes24에 올라와 있는 독자서평에 따르면 독자 대부분이 이 TV 프로그램을 통해 작가와 작품에 호기심을 가지고 책을 구입하게 되었다고 밝히고 있다.

해석의 장으로 이끄는지를 작가 되기에 대한 자전적 진술과 근대적 삶의 복원이라는 측면을 중심으로 다루게 될 것이다.

2. 여성과 복고는 어떻게 접속하는가

한동안 다양한 직종에 종사하는 여성들의 자전적 에세이가 봇물처럼 출간되어 독서 시장을 장악했었다. 사회적으로 성공한 여자들의 일과 사랑, 처세술을 주로 다룬 이 에세이들은 일반 여성들의 현실과 동떨어져 있을 뿐만 아니라 사회적 성공을 꿈꾸는 여성들의 욕망을 대리 만족시키는데 그치고 말았다는 비판도 제기되었다. 하지만 자전적 에세이가 꾸준히 독서시장에서 소비되고 있다는 것은 그만큼 이 여성들을 역할 모델로 삼아 사회적 성취를 이루고픈 여성 독자들의 욕망이 크다는 것을 반증한다. 20대 직장 여성은 출판시장의 베스트셀러 순위에 강력한 영향력을 끼치는 집단이다.

그런데 아스팔트 위에서 자라 오피스 걸이 된 '그녀들'은 한편으로 지성과 미모로 무장한 여성들의 성공담을 읽으면서, 다른 한편으로는 가난하고 촌스러웠던 과거에 눈을 돌려 그 시절을 산 엄마·언니들의 이야기를 읽는다. 여성들의 성공담에서 그녀들의 장래 역할 모델을 찾는 한편, 과거로 거슬러 올라가는 책읽기를 통해 전 세대 여성들의 삶에 공감하는 것이다. 여성 독자들의 전방위적인 글읽기 편력은 어쩌면 자신들의 삶에서 본받을 만한, 그럴듯한 역할 모델을 찾지 못한 여성들의 곤경을 역설적으로 드러낸 것인지도 모른다.

그렇다면 왜 '과거'인가. 지금껏 우리 문화지형에 등장했던 복고는 주로 '어려웠던 시절'에 대한 향수감을 자아냄으로써 IMF와 같은 경제적 위기, 가부장제의 위기를 돌파하려는 의도와 관련이 있었다. 이와 같은 복고는

현재의 위기를 낳은 근본 원인에 대해 비판적으로 성찰하기 보다는 전국민을
경제전(戰)의 사병으로 대상화하거나, 가부장제 이데올로기 속으로 다시 포
섭하려는 보수적 목적에 이용되었다. 그런 가운데 여성은 부재하거나 무력한
부권을 대신하면서도 가부장제의 권위를 훼손하지 않는 지혜(?)를 발휘하는
존재로서 이중적으로 타자화되었다.

　　그런데 최근 우리 문화 지형에 출현한 복고는 다분히 낯설다. 부모 세대가
초등학교 앞 문구점이나 잡화상에서 눈치껏 사먹던 불량식품 목록들이 인터
넷 쇼핑몰의 인기상품이 되고, <로보트 태권V> 등의 70년대 만화 영화가
이 디지털 시대에 재상영된다. TV에는 사극의 의고체 대사들이 범람하고,
영화 <친구>, <해적, 디스코왕 되다>는 7·80년대에 유행했던 의상과
대중문화를 다시 포장해 내놓는다. 조폭과 디스코, 검은 교복, 권투같은 과거
의 일상들이 스크린과 광고 속에서 부활하는 등 그야말로 모든 것을 조합해
내는 '키치적' 경향마저 띤다. 70년대 엄마의 옷을 벽장 속에서 꺼내와 입은
듯한 소녀들, 흰 줄이 쳐진 츄리닝, 몸에 꽉 끼는 바지를 입고 머리에 기름을
바른 소년들의 모습에서 경제적 빈곤함을 찾을 순 없다. 이들은 자신이 참여
하지 못한 상상의 과거를 기표로 착용하여 즐길 뿐이다.[3] 기술복제 시대를
살아가는 우리는 '복제된', '가공의' 과거를 향수(享受/鄕愁)하고, 소비한다.
그런 복고의 심리는 압축성장을 이룩한 기성세대가 현재의 업적을 보상받고
자 하는 심리이며, 미래를 향해 가던 움직임이 일시 정지된 상태에서 생겨난
귀속과 회귀의 심리인지도 모른다.[4] 그리고 좀더 본질적으로는 짧은 기간에
압축 근대화를 겪으면서 양식의 소멸을 목도한 우리가 양식이 존재하던 과거
를 불러냄으로써 파편화된 현재에 통일성을 부여해 보려는 의도에서 비롯된
것이기도 하다.[5]

---

3) 조현신, 「일상 속의 복고 심리학」, 『문학/판』2호, (열림원, 2002 봄), 185면.
4) 조현신, 위의 책, 186면.

이같은 복고의 움직임은 문학의 경우에도 예외가 아니다. 'TV가 책을 말하는' 시대에 이미 출간됐던 책들이 매체에 소개되면서 다시 인기를 얻는다. 박완서와 공지영의 소설은 작가와 동시대를 겪었던 중·장년층뿐만 아니라 청소년들까지 독자로 끌어들이면서 일종의 교육적 역할까지 수행하고 있다. 김중미의『괭이부리말 아이들』까지 포함해 이 작품들이 그리는 누추한 과거는 기성세대에게는 '맞아, 그때는 그랬었지'라는 회귀감을 촉발한다. 이들은 박완서의『그 많던 싱아는 누가 더 먹었을까』를 읽으며, 개천에서 물장구치고 가재 잡던 자신의 어린 시절, 자연에서 온갖 먹을 것을 취하던 유년 시절을 떠올린다. 고유한 작품세계를 일군 노 작가가 순전히 '기억에 의지해' 엮은 한 시절이 자신의 그것과 비슷하다는 데서 오는 동질감과 '그 시절'에 대한 향수감은 냉혹한 세상에 상처받고, 자기동일성이 파괴된 현대인을 위무(慰撫)한다.

그런가 하면 그 시절을 경험하지 못한 젊은 세대나 청소년층은 텍스트 곳곳에 숨어있는 '낯선' 과거에 매혹된다. 싱아와 아카시아꽃이 군것질 거리가 되고, 시「북청물장수」에서처럼 달동네를 오가며 물을 파는 물장수가 있었고, 서울 거리에 마차와 전차가 다니고, 열 대여섯 어린 나이에 집안 살림을 거들고 애를 보는 식모라는 직업이 있었다는 사실이 이들에게는 신기하고, 오히려 새롭다. 내가 살아보지 않은 인생과 시대는 이 작가들의 상세한 설명과 생생한 묘사를 통해 복원된다. 이제는 국어사전에서나 찾아볼 수 있는 '싱아'라는 식물, 미자, 숙자처럼 '봉순이'라는 촌스런 이름은 옛 것과 새 것이 뒤섞여 있는 지금의 복합적 문화 코드의 일부로 귀환한다.

이렇듯 독자의 향수감을 자극하는 직접적 요인은 누추하지만 '아름다운 시절'에 있다. 그런데 그 한복판에 '누이'와 '엄마'들의 불우한 운명이 있다. 여성과 복고가 만나는 지점은 바로 여기다. 유달리 굴곡이 많은 우리 근·현

---

5) 박철화,「복고, 현대적 일상에 대한 반항」, 위의 책, 178면.

대사의 고비 고비마다 여성은 때로는 시대의 격랑에 몸을 맡긴 남성을 대신해 가족을 먹여 살리는 '억척어멈'으로, 때로는 '공순이'라 불리는 산업역군으로, 버스 차장과 식모로 자기 존재를 지탱해 왔다. 기성세대라면 성별의 차이를 막론하고 누구나 이 엄마와 누이(혹은 언니)의 고난과 희생으로 점철된 삶을 보아왔고 들어왔다. 그렇기에 이 물질적 풍요와 정신적 빈핍이 교차하는 시대에 귀환한 생존의 서사에서 우리는 자기 삶의 원천을 발견하게 된다. 박완서의 소설을 읽으면서 굳이 '싱아'가 아니더라도 이제는 사라져버린 그러나 옛날 자신이 먹었던 풀들의 이름을 기억해 내듯, 공지영의 소설을 읽으면서 굳이 '봉순이'가 아니더라도 '순자, 영자, 복순, 필순'과 같은 평범한 이름들과 이름만큼 평범하기 그지없던 얼굴들을 떠올리듯 독자들은 작품과 자기 삶을 겹쳐 읽고, 되새겨 읽는 것이다.

3. 엄마들은 어떻게 성장했나

박완서의 『그 많던 싱아는 누가 더 먹었을까』는 식민지 시기·해방 직후를 배경으로 전근대의 유습이 간직된 시골에 살던 어린 소녀가 도시로 삶의 터전을 옮겨오면서 그 과정에서 겪는 심리 변화와 성장을 그리고 있다. 작품 전체의 서사적 전개는 박적골에서 서울로 자신의 삶의 근거지가 옮겨지는 공간적 이동을 따라 이루어진다. 이 이동은 시골에서 도시로, 봉건적 질서에서 근대적 질서로, 자연적 공간에서 문화적 공간으로 삶의 뿌리와 가치관이 변하는 것을 상징적으로 드러낸다.6) '제1장 야성의 시기'와 '제2장 아득한 서울'은 두 대조적인 공간을 선명하게 대비시키고 있다. 자연은 한시도 정지해 있지 않고 살아 움직이고 변화하는 생명과 생성의 공간이다. 반면에 현저

---

6) 황도경, 「정체성 확인의 글쓰기」, 『페미니즘과 문학비평』, 김경수 외, (고려원, 1994), 140면.

동 산꼭대기의 불규칙하고 가파른 오르막길, 초등학교 통학길에 오가던 헐벗은 바위뿐인 인왕산은 불모의 위험한 공간으로 인지된다. 박적골은 자연과 자아간의 동일성이 파괴되지 않은 원형 공간으로서, 이 공간으로부터의 분리가 엄마에 의해 강제적으로 이루어진 탓이다. 하지만 작품 중반 이후 시골의 '침침한 등잔불'과 서울의 '대낮 같은 전깃불'의 대립에서처럼 나의 공간 인식은 역전된다. "정신적으로나 물질적으로나 도시 생활에 적응하고 조화를 이루기 시작(124면)"했기 때문이다. 비록 '문밖'에서이긴 하지만 나의 도시입성이 성공적으로 이루어졌음은 일제 말 소개령 때문에 박적골로 잠시 귀환했을 때 "나의 중요한 일부를 서울에 남겨 놓고 온 것처럼(178면)" 느꼈다는 대목에서도 알 수 있다. 나는 이미 원형적 공간과의 동일성이 깨진 것을 담담히 수긍한다.

이 작품에서 엄마는 나의 성장에 결정적 영향을 미치는 존재이다.[7) 엄마는 '신여성이 되어야 한다'는 강한 욕망으로 '나'의 성장 과정을 통어한다. 하지만 신여성이 출현한 개화기로부터 수십 년이 흘렀건만 엄마가 정작 생각하는 신여성은 '통치마 입고 구두 신고 신식교육받은 여자들을 휘뚜루' 칭하는, 소박하고 허망하기 그지없는 것이다. 반면 이 엄마의 신여성상에는 "구식 여자들이 살아온 것과는 전혀 딴 운명을 살 수 있는 가능성에 대한 한 맺힌 매혹(64면)"이라는 절실한 의미가 내포되어 있다. 내가 엄마의 '신여성' 관념

---

7) 박완서 문학세계의 특징이라 할 수 있는 여성성/모성성에 대한 끈질긴 탐색이 이 어머니에게서 비롯되었다는 점은 이미 여러 연구자들에 의해 지적된 바 있다. 대표적으로 다음의 글들을 들 수 있다.
권명아, 「박완서 문학 연구 - 억척 모성의 이중성과 딸의 세계의 의미를 중심으로」, 『작가세계』, 1994 겨울.
오세은, 「박완서 소설 속의 '어머니와 딸' 모티브」, 『한국여성문학비평론』, 안숙원 외, 개문사, 1995.
최경희, 「<엄마의 말뚝1>과 여성의 근대성」, 『민족문학사연구』9호, 민족문학사연구소, 1996.
황도경, 앞의 글.

이 허약하다는 것을 알면서도 오랫동안 거기에 매어 있었던 것도 식민지 근대를 살아갔던 한 여성의 전 존재가 투사되어 있기 때문이다.

엄마로 인해 나는 대처와 박적골 사이, 문안과 문밖 사이에서 혼란되고 모순된 입사식을 치르게 된다. 엄마는 현저동에서는 박적골의 '근지있음'을 자랑으로 여기면서, 박적골에 가서는 대처 티를 내는 이중적인 면모를 보인다. 열등감과 우월감이라는 모순적인 가치와 감정이 공존하는 말뚝의 이중성이 만들어지는 것이다. 그런데 '문밖의식'으로 대표되는 이 주변성의 인식이라든가 모순된 가치의 병존은 식민지 여성으로서의 존재조건을 예리하게 포착한 것이기도 하다. 자식 교육을 위해 출분을 감행할 만큼 혁신적이었으면서도 후일 오빠의 전향마저도 '유구한 정조관념'에 기대 백안시할 만큼 모순적인 엄마와 엄마가 쳐둔 말뚝에 정신적으로 매어있던 나는 전근대적인 것과 근대적인 것이 동시에 진행된 식민지 국가의 필부(匹婦)로서 분열된 정체성을 지닐 수밖에 없었던 것이다.

도시 입성의 명분이 '신여성' 되기에 있는 만큼 근대적 학교 제도와 가족 구성원이 아닌 타자의 존재 역시 이 여성의 사회화에 주 요인으로 기능한다. 식민 체제하에서 학교는 식민 본국의 지배 이념을 식민지에 이식시키는 가장 효율적인 기관이었다. 초등학교에 들어가자마자 나는 '일본말'로 학교 시설물을 익히고, 천황의 신민으로 길들여진다. 상급학교에 진학한 후 조선인 선생에게 받은 모욕적인 단체체벌이라든가, 비상 시국에 대비한 훈련, 창씨개명 등을 통해 나는 개인의 개체성을 인정하지 않고, 전국민을 병사화하여 총력전으로 내모는 제국주의 통제 정책을 체험하게 된다. 서술자의 냉정한 평가대로 뚜렷하게 민족의식이 있었던 것은 아니지만, 이와 같이 생활 세계 전체를 지배하고 통제하던 '식민화' 현상은 '짐승의 시간'으로, 황폐한 시절로 기억된다. 한편 '동무 없는 아이'로 자라던 내게 '복순'은 자매애를 형성하고, 문학에 입문하도록 이끄는 존재이다. 그녀를 통해 나는 엄마가 쳐놓은 금기의 세계, 당위의 세계를 벗어나 일탈을 꿈꾸고 상상력과 지혜의 세계를 경험하게 된다. 이 타자는 집안의 엄마나 집밖의 학교처럼 억압적이지 않다. 하지만 그녀는 나의 성장에 엄마처럼 강력한 역할 모델로 작용하지는 않고, 감수성의 전환을 돕는 조력자로 기능한다. 그럼에도 불구하고 그녀는 해방 후 오빠가 소장한 소설들을 읽으면서 독서 체험의 폭을 넓혀 가는데, 즉 작가로서의 자아 정체성을 형성하는데 출발점 역할을 했다는 점에서 의미가 있다.

성과 사랑, 죽음과 같은 보편적인 인간사와 관련된 체험 역시 성장의 동력이 된다. 할아버지의 죽음과 새 언니의 죽음은 동일하게 상실의 체험이지만, 그 내포적 의미는 다르다. 할아버지의 죽음이 원초적인 고향 상실로서 전근대적인 질서의 쇠락을 상징한다면, 신문물의 상징인 병원을 전전하던 새 언니의 죽음은 사랑과 죽음에 대한 낭만적 동경을 자아낸다. 새 언니와 오빠의 자유 연애와 결혼은 파국을 알면서도 '돌연 젊음을 엄습하는 운명적이고도 무분별한 정열'을 제어하지 못하는 낭만적 사랑의 결과물이다. 근대적 개인의 탄생과 함께 시작된 이 낭만적 사랑은 가정적으로나 사회적으로 척박한 시대를 산 그녀에게 동화책과 소설의 세계에 버금가는 정서적 충격을 끼쳤을 뿐만 아니라 개인이 자신의 삶을 결정할 수 있다는 주체의 자율성을 소박한 수준에서나마 체득하는 계기가 된다.

반면 사춘기 소녀가 성에 눈떠 가는 과정은 대단히 소략하게 다뤄지고 있다. 전쟁 중 생리가 멎어 버릴 정도로 '심리적 중성화'를 강제한 시대 상황 탓도 있을 것이다. 그렇지만 "나를 성적으로는 마냥 어린애이길" 바란, 편모 슬하에서 자란 여자아이에게 과도하게 도덕적 엄격성을 부과한 엄마의 상징적 질서가 더 큰 원인으로 작용한다. 때문에 나는 숙부와 그 소실에 대한 성적 호기심을 '야릇한', '불결하고도 문란한 상상력', '께적지근한' 등의 부정적 어휘로 기술한다. 하지만 숙부 내외가 자는 방에서 들은 일화는 이

견고한 상징적 질서를 허물고 나의 기억에 음화로 각인될 뿐만 아니라, 장편 『미망』의 주 모티브로 가공되기까지 한다. '얼음장같은 미인과 두엄더미만도 못한 무지렁이가 붙어먹은 이야기'는 "미지의 세계에서 최초로 감지한 불가사의한 정욕(210면)"으로 생생하게 육화되는 것이다.

부권 부재와 원초적인 고향 상실, 게다가 나라마저 빼앗긴 겹겹의 결핍 상태에서 엄마는 아버지의 상징 질서를 대리하는 존재이다. 엄마는 내게 '근대적인 것'으로 지칭할 만한 세계와 가치관을 제시한다. 하지만 그것들은 분열적이고 모순적이다. 엄마는 딸이 근대여성의 길을 걷길 바라지만, 정작 그 길을 자신은 가지 않았기/못했기 때문이다. 식민지 시기와 해방기라는 시대 상황에 압도당한 나머지 딸의 '근대여성으로 살아가기' 역시 순조롭지 않다. 이런 독특한 면모 때문에 우리는 '근대성에도 성별이 있는가'라는 질문에 '그렇다'라고 답할 수 있게 된다.

4. 언니들은 어떻게 성장했나

자의식 강한 여자아이의 성장 과정을 개발도상국의 초입에 들어선 6·70년대 서울의 풍경 속에 녹여낸 『봉순이 언니』는 읽는 재미가 쏠쏠한 작품이다. 공지영의 다른 작품들이 80년대의 유산이나 중산층 여성의 성정체성 자각 과정을 그렸던데 반해, 『봉순이 언니』는 시대적으로나 인물형상화 면에서 이질적이다. 작가는 6·70년대 고달팠던 과거, '식모'라는 이상한 이름으로 불렸던 공사 영역 어디에도 포함시킬 수 없는 어정쩡한 직업의 여성을 이야기한다.

봉순이 언니는 '나'에게 여성의 불우한 운명을 환기시켜주는 대상이다. "그녀만이 우는 나를 달래주었고, 그녀만이 내 잠자리의 베개를 고쳐놓아

주었다. 그녀는 나와 마주친 최초의 세계였다"라는 진술에서 알 수 있듯 봉순이 언니는 어머니의 역할을 대신하는 대리모이다. 현실의 어머니는 중산층 전업주부의 삶에 충실했지만 '언제나 부재중'으로 기억된다.

그녀는 성적 일탈을 감행함으로써 내게 성인 세계의 빗장을 열어보인다. 생각해 보면 성적 호기심이 한창 강할 열 대여섯 살 나이의 봉순이 언니나 옆집 미숙이 언니는 막 형성되기 시작한 중산층 가족의 구성원도 아니고, 구로나 청계천 부근의 '공순이'처럼 열악한 노동 환경에 처한 처지도 아니다. 이렇게 어느 쪽에도 편입되지 못한 처지에서, 활동의 영역까지 집안이나 동네 근방 시장으로 국한된 그녀들은 과잉생산된 성적 정보에 호기심을 보이고, 선데이 서울류의 싸구려 잡지가 유포하는 사랑의 허상에 매혹된다. 그래서 봉순이 언니는 가출하고 임신한 채 버림받으며, 미숙이 언니는 담배피고 술을 마시는 자잘한 일탈을 일상화한다. 엄마와 친구들의 관심권 밖으로 밀려난 6살 아이 짱아는 이 두 여자의 수다와 한숨 속에서 성장하면서 성의 세계를 앞서 체험한다.

나는 봉순이 언니를 통해 사탕이나 집처럼 '사람조차도 돈을 주고 사는 거'라는 교환관계의 법칙에 눈뜨게 된다. 그것은 인간의 사물화, 노동의 소외 현상을 가장 초보적으로 예시한다. 또한 그녀는 끊임없이 남자를 사랑하고 그에게 버림받으면서 전락해 가는 하층계급 여성의 운명을 몸소 보여준다. 나는 그녀를 관찰하면서 '사람으로 태어난 자들, 그 인생의 춥고 낮은 배경음'에 귀기울이는 '측은지심'을 체현한다. 봉순이 언니는 내가 원초적인 수준에서나마 현실을 인식하고, 세상의 비밀을 엿보는 문의 역할을 하는 것이다.

통상 성장소설이 성장의 잣대가 될 만한 인물, 혹은 역으로 반(反)모델을 설정하는데 반해, 이 작품에서 보잘 것 없는 봉순이 언니는 역할 모델이나 반모델이 될 만큼 강하지 않다. 대신에 봉순이 언니와 나 사이에는 계층과 세대를 초월한 연대감이 생성된다.

　화자의 표현대로 식모가 할 역할을 파출부가 대신하고, 단독주택이 아파트로 바뀌는 도시적 삶의 구조 변동과 함께 봉순이 언니와 나 사이의 연대도 서서히 허물어져 간다. 그렇다면 그녀가 봉순이 언니를 과거로부터 호출해서 복원해내는 이유는 무엇일까. 작품의 진의는 여기에 있다 해도 과언이 아닐 것이다. 화자는 그 이유를 80년대에 거리에서 마주친 수많은 '봉순이 언니'들에 대한 죄책감 때문이라고 고백한다. "내게 여자로서 이땅에 살아가야 하는 것의 의미를 가르쳐주고, 제3세계·식민지에서 자란 지식인이라는 것이 어떤 것인지 가르쳐준" 시대에 대한 부채감이 복원의 진원지인 것이다. 여기서 봉순이 언니의 삶과 나의 삶이 만날 가능성이 주어진다. 다시 말해 이 작품은 '봉순이 언니'의 일대기인 동시에 삶의 희망을 찾고자 하는 나의 이야기라 할 수 있다.

> 　그때 깨달아야 했다. 인간이 가진 무수하고 수많은 마음갈래 중에서 끝내 내게 적의만을 드러내려고 하는 인간들에 대해서 설마, 설마, 희망을 가지지 말아야 했다. 그가 그럴 것이라는 걸 처음부터 다 알고 있으면서도, 그래도 혹시나 하는 그 희망의 독. 아무리 규칙을 지켜도 끝내 파울 판정을 받을 수도 있다는 악착스러운 진리를 내가 깨달은 것은 그로부터 30년이나 지난 후였다. (56면)

　사람살이에 내재해 있는 '희망의 독'이라는 역설적 진리는 봉순이 언니처럼 보이는 늙고 초라한 여인에게서 '아직도 버리지 않은 희망'의 눈으로 자신을 보던 메리를 떠올리는데서 확인된다. 이혼 소송을 앞두고 있는 성인 화자 '나'가 지닌 생에 대한 비관적 인식, 그럼에도 불구하고 버릴 수도 없는 희망에 대한 열망이 상상적으로 투사된 대상이 바로 봉순이 언니이다. 이 작품은 그 옛날 짱아로부터 너무 멀어진 나의 불행과 남루에 관한 이야기이며, 연민과 따스함, 사랑과 희망으로 이름붙일 수 있는 온갖 것들을 '과거로부터' 호출하려는 나의 욕망이 투사된 작품인 것이다.

때문에 이 작품을 "불행한 시대의 팔자 센 여성의 모습은 그래도 지금은 살 만하다고 역설하는 멜로적 흐름과 접속"하는 것(고미숙)으로 보는 시각은 작품의 의도에서 비껴난 것이라 할 수 있다. 복고풍 멜로가 과거에 대한 향수를 불러 일으키면서도 궁극적으로는 현재에 가치를 부여하는데 반해, 이 작품은 과거와 현재를 이분법적으로 파악하기보다는 과거로 회귀하여 '그 시절'에서 남루한 아름다움을 발견해내고, 이를 통해 지금/이곳을 해석한다. '과거를 현재화'하려는 시도인 것이다. 때문에 우리는 작가의 순진한 감상성에 진저리를 치면서도 그 속에서 우리가 터잡고 있는 현실을 발견하게 된다.

5. 여성은 어떻게 이야기의 주체가 되었나

박완서와 공지영의 작품은 자기 욕망에 솔직한 여성, 성과 사랑을 주체적으로 전유해 가는 여성과 같이 최근 여성 작가들이 즐겨 그리는 작품 경향과는 판이한 길을 걸으면서도 대중성을 확보하고 있다. 그 까닭은 무엇보다도 두 작품이 자전적 소설이자 성장소설이기 때문이다. 자전 소설은 마치 영화를 보는 관객이 남의 삶을 엿보는 데서 시각적 쾌락을 느끼듯, 남의 인생을 훔쳐보는 듯한, 작가의 비밀 일기를 훔쳐 본 듯한 기분을 자아낸다. 물론 서술 주체의 의도에 따라 수정과 첨삭이 있기야 하겠지만 독자들은 작가의 맨 얼굴을 만남으로써 '작가'라는 창조적 주체가 아니라 우리와 별다를 바 없는 평범한 개인으로서의 모습에 친밀감을 느끼게 된다. 마치 모 방송국의 <인생극장>이라는 프로그램이 필부필부(匹夫匹婦)들의 일상과 그들의 어려움조차도 잔잔하고 담담하게 그려냄으로써 매번 시청자들의 연민과 공감

을 끌어내듯이, 자전소설을 읽는 독자는 글로 새겨진 인생극장을 보는 것
이다.

작가들이 자전적 글쓰기에서 흔히 내보이는 '글쓰기의 기원'에 대한 고백
은 독자들에게 작가의 방을 엿본 듯한 즐거움을 선사한다. 게다가 두 작가는
우리 문학계에서 보기 드물게 여성의 삶을 이야기함으로써 당대와 호흡하고
대중적 인지도를 확보해 왔다. 여성 지식인인 그녀들은 침묵하고 있는 하위
주체인 '그녀들'의 삶을 복원한다. 그녀들이 자신의 주체 형성에 미친 영향을
탐색하면서, 그녀들과의 갈등이나 연대를 말하기 시작한다. 그녀(작가)는 그
녀들(인물)에 대해 말하고, 그녀들(독자)에게 말을 건다. 이렇게 해서 이루어
진 성별 정체성과 경험, 정서상의 동일시는 이 작가들의 작품이 널리 소비되
는 강력한 이유가 된다.

공감에 기반한 이 소통의 구조는 텍스트 내적 논리를 따라가면서도 확인
된다. 나는 그녀들의 이야기를 '탯줄'로 삼아 문학의 장에 입문한다. 엄마/언
니의 '구술성'은 나의 '문학성'과 만난다. 문자 이전의 저 깊고 광활한 이야기
의 세계에서 건져 올린 말들을 근대적인 지식의 체계인 문자로 받아 쓰는
것이다. 엄마/언니와 나는 텍스트의 공저자이다.

> 엄마가 알고 있는 이야기는 무궁무진했다. 할멈 할멈 떡 하나 주면 안
> 잡아먹지, 혹 팔아먹은 애기, 단 방귀장수 애기, 콩쥐 팥쥐, 장화 홍련 등은
> 할머니한테도 여러 번 들은 거였지만 엄마한테 들으면 새 맛이 났다. 엄마는
> 그 밖에도 모르는 이야기가 없었다. 박씨부인전, 사씨남정기, 구운몽, 수호
> 지, 삼국지 등 내 나인엔 어려운 이야기까지 엄마는 내 수준에 맞게 꾸며서
> 이야기하는 특이한 재주를 가지고 있었다. (111 - 112면)

여러 번 들었던 이야기를 '새 맛이 나게' 각색할 줄 아는 엄마의 능력은
바로 일상 언어를 '낯설게' 문학 언어로 변용하는 작가의 고유한 역할을

환기한다. 게다가 엄마는 '내 수준에 맞게 꾸며서' 이야기를 들려준다. 딸의 눈 높이에 맞춰 고전을 전수해주던 어머니처럼 작가 역시 분단 문제, 중산층의 속물성, 여성 문제와 같은 진지하고 무거운 주제들을 대중들의 수준에 맞게 풀어서 전달한다. 요컨대 엄마는 이 작가가 '수다스럽고 입심 좋은 이야기꾼'이라는 독특한 세계를 일구는데, 문학성과 대중성을 동시에 성취하는데 필요한 문학적 기술을 선취(先就)한 존재라 할 수 있다.

작가 되기에 영향을 미친 두 번째 장은 '부립도서관의 어린이 열람실'이다. 친구 복순이와 공일날마다 부립도서관에 들러 읽었던 동화책의 세계는 '내 어린 날의 찬란한 빛'이라 할 만큼 유년기에 강렬한 인상을 남긴다. 이제 작가는 엄마 - '구술성'의 세계에서 근대적인 제도의 일부인 부립도서관에서의 책읽기라는 '문자성'의 세계로 이동한다. 일본말로 된 책을 읽기 위해서는 식민지 체제가 요구하는 근대적 지식을 습득해야만 한다. 언문만을 깨친 엄마와 달리 나는 언문뿐만 아니라 학교에서 일어까지 배운다. 이제 나는 우리에게 익숙한 옛날 이야기나 동양 고전이 아니라, '저기' 서양의 중세풍 이야기 세계와 접한다. 이야기가 전수·소통되는 환경 역시 사적인 공간과는 질적으로 다른 공적·제도적 공간이다.

해방 직후 나는 오빠의 방에서 우리말로 된 우리 문학을 접하게 된다. "그때까지의 독서가 내가 발붙이고 사는 현실에서 붕 떠올라 공상의 세계에 몰입하는 재미였다면 새로운 독서 체험은 현실을 지긋지긋하도록 바로 보게 하는 전혀 새로운 것이었다.(196면)"라는 진술에서 알 수 있듯이 이제 작가의 독서 체험은 '이곳' 현실의 자리로, 우리 언어로 이동한다. 구술성 - 듣기, 문자성 - 읽기의 단계를 밟은 '나'는 이제 '쓰기'의 단계로 이행한다. 고녀(高女) 시절 월북 소설가 박노갑에게서 창작 지도를 받으면서 감상 과잉의 미사여구가 아닌 사실주의적 기율에 입각한 문장 쓰기의 중요성을 터득하고, 나도 작가가 될 수 있다는 '자기 발견의 계기'를 마련한다. 우리말로 된 우리 문학을 처음 접하면서 '현실을 지긋지긋하도록 바로 보게 하는' 작품을 읽고, 엄격한 문장 훈련을 받은 것은 의미심장하다. 앞으로 이 작가가 현실비판적인 사실주의 경향의 작품을 쓰게 된 동인이기 때문이다.

이와 같이 텍스트에 촘촘하게 기술된 이행 과정을 따라 읽어가면서 독자는 작가로서의 여정을 재구성할 수 있을 뿐만 아니라 작가의 세계관과 작품 경향이 형성된 배경까지 추측할 수 있게 된다.

『봉순이 언니』의 나 역시 '이야기를 들려주는 사람'이었던 봉순이 언니를 통해 구술적인 이야기의 세계에 입문한다. 언니가 들려주는 이야기는 부재 중인 엄마, 악의로 가득찬 또래 집단으로부터 배제된 외로운 아이를 위무(慰撫)한다.

이 작품에서도 나는 구술성 - 듣기의 단계에서 문자성 - 읽기의 단계로 나아간다. 이 문자의 세계는 '선데이 서울'과 '진홍색 당초 문양 표지의 계몽사 50권 짜리 세계명작'으로 이분화 되어 있다. 미자 언니네 집에서 몰래 선데이 서울을 읽으면서 나는 책이 '아무도 이야기해주지 않으려는 그런 것들을 가르쳐' 주는 간접 체험의 장임을 알게 된다. 싸구려 주간지의 '감동수기'는 "남자와 여자의 직업과 나이를 조금씩만 바꾸어 놓는다면 앉은자리에서 1백 편도 만들어낼 수 있는 비슷한 이야기들이었지만 이상하게도 그것은 매회 재미있다.(135면)" 통속적인 사랑과 성 묘사는 이 범속/통속적인 세상을 원초적으로 비춰주는, 인간의 내밀한 욕망을 투시하는 거울이기 때문이다. 싸구려 주간지가 가르쳐 준 '생생하고 꿈틀거리는' 이곳의 현실에 대한 관심에서 우리는 이 작가의 행보를 미루어 짐작할 수 있다. 현실성과 낭만성, 엄정한 현실주의와 감상적 낭만주의 양 축을 위태롭게 오가는 이 작가의 글쓰기에서 우리는 '선데이 서울'의 흔적을 발견하는 것이다.

한편 나는 "공주들 왕자들, 그리고 왕관을 쓴 흉흉한 새 어미들, 드레스와 꽃다발과 오색영롱한 왕관들"이 상투적으로 등장하는 그림책의 세계, 엄희

자나 정운경이 그린 만화의 세계로 이끌린다. 나는 동화책과 만화가 그리는 허구 세계에 탐닉함으로써 봉순이 언니의 누추한 현실, 물질적으로는 풍족하지만 갈등으로 얼룩진 부르조아 가족의 허위성으로부터 도피하려 한다. 그렇지만 이 조숙한 아이는 일찌감치 "내가 사는 이 세상에 공주는 없다는 걸" 알아버린 터이다. '선데이 서울'의 세계는 '동화책'의 세계를 압도한다.

나는 '날마다 부딪히고 알고 싶어하는, 우리의 아저씨나 언니 오빠들'이 등장하는 이야기를 선택한다. "나는 언제나 내 주위의 사람들에게 가장 많은 흥미를 느꼈고 그들은 누구며, 그래서 대체 나는 무엇인지 그것이 알고 싶었다.(121면)"라는 진술은 타자 지향적인 이 작가의 문학관, 세계관을 단적으로 보여준다. 작가는 타자와 세상에 대한 열린 호기심으로 나의 정체성까지 심문하려 든다. 현실에 발을 디딘 채 타자와 나의 소통 가능성을 모색하는 자세는 진지하지만 소박하다. '선데이 서울' 속 현실이 실은 적당히 미화되고 살을 덧붙인 것이듯 '봉순이 언니'의 이야기를 감싸고 있는 것은 '여성의 불행한 운명'에 대한 비관적 정조이다. 그런데 역설적이게도 봉순이 언니의 운명을 나의 현실에 투사하면서 뿜어져 나오는 이 비관적 정조에 독자 역시 침윤되고 동일시 감정을 느낀다.

엄마와 언니의 이야기는 비슷한 경험의 양식을 지닌 독자들의 공감을 자아낸다. 누구나 글자 이전에 말의 세계를 먼저 접한다. 잠들기 전 할머니나 엄마의 무릎을 베고 들었던 옛이야기들은 작가들뿐만 아니라 일반인에게도 '행복한' 기억의 원천으로, 상상력의 보고로 저장된다. 더욱이 여성에게는 말할 거리가 많다. '내 살아온 얘기 다 하려면 몇 날 며칠 밤을 새도 안될 정도'고, '책을 수십 권 써도 안 될 정도'로 가부장제 사회에서 굴곡진 삶을 살아온 여성들에게는 생 그 자체가 소설이며, 내부에 맺힌 한을 토해내기가 곧 말하기가 된다. 그래서 (여성) 작가와 독자는 밀착된 경험을 공유하는 것이다.

엄마와 언니의 구술 세계에서 출발해 독서의 과정을 거쳐 마침내 자기만의 문학세계를 이루기까지의 여정을 기록한 이 두 작품은 우리 근·현대사에서 작가가 어떻게 탄생하는지를 전형적으로 보여주고 있다는 점에서 그 의의가 자못 크다. 많은 작가들이 '나의 문학수업 시대' 류의 글을 썼지만, 여성 작가의 탄생을 소설 양식에 담아 말한 경우는 극히 드물다. 두 작품은 말/이야기의 세계는 여성의 세계, 글의 세계는 남성의 세계라는 성별 고정관념을 뒤집는다. 오히려 말의 세계를 자산 삼아 글을 씀으로써 말글의 경계를 허무는 지점에서 이들의 글쓰기는 시작되는 것이다.

더욱이 이 작품들은 우리 근·현대사의 전환기, 예컨대 식민지 시기와 산업화 초기를 배경으로 여성의 삶과 운명을 이야기하고 있다. 나의 성장에 연루된 엄마와 언니의 삶과 가치관을 기술하고 있다는 점에서, 이 두 작품은 남성의 '히스토리(history/hestory)'와는 구별되는 '허스토리(herstory)'의 면모를 지닌다. 이 '허스토리'는 '여성 개인'이 어떻게 근대적 주체로 형성되고 구성되는지를 보여주는 동시에, 세대와 계층이 다른 '그녀들'이 갈등, 화합하면서 정체성을 확보해 가는 과정을 기록한다. 적어도 여성 독자들에게 작중 인물들이 겪는 성장과 그 주변 인물들의 삶은 사적인 경험에 그치지 않고 '누구나 거쳐왔음직한' 보편적인 경험으로 확대되는 것이다.

6. 우리의 근대는 어떻게 복원되는가

대략 10년 단위로 분절되는 사회 역사적인 시기 개념을 고려해 볼 때, 1930년대부터 1950년대(박완서), 196·70년대(공지영)라는 시간은 식민지 근대화가 시작된 시기, '근대적인 것'이 본격적으로 발현되는 시기에 해당된다. 두 작품은 전근대적/근대적 제도나 문물, 풍속 등을 재현함으로써 삶의 텍스트, 문화 텍스트로서의 기능까지 수행하고 있다.

박완서의 『그 많던 싱아는 누가 다 먹었을까』에서 나에게 엄습한 최초의
근대적 문물은 '단발'이다. 길게 땋은 종종머리가 '신여성'을 욕망하는 엄마
에 의해 기습적으로 잘려진 이 단발사건은 전근대적인 할아버지와 할머니의
세계, 농촌공동체와 단절하고 도시로 입성해야 하는 나의 미래를 상징하는
사건이다. 내 종종머리는 "고모가 시집가기 전서부터 취미삼아 가꾸며 길들
여 놓은 걸 숙모가 이어받아 늘 단정하고 반들반들하게 빗겨(42면)" 놓았다
는 진술에서 알 수 있듯 대가족의 안정성, 전근대적인 가부장제를 표상하는
기표이다. 그런데 엄마는 그런 머리를 "싹둑 잘라 냈을 뿐 아니라 뒤를 높이
치깎고 뒤통수를 허옇게 밀어(42면)" 버린다. 신체에 가해진 이 위협적인
단발은 주체의 의지와는 상관없이 진행된 식민지 근대화를 은유한다.

서울로 통하는 관문이자 문턱에 해당하는 송도에 대한 첫 인상은 '은빛으
로 빛나는 아름다운 도시', '유리창에 비친 햇빛'으로 인해 불길보다 더 강렬
한 빛을 뿜어내는 건물과 같이 시각적으로 형상화된다. 해가 부딪쳐 '박살이
난 것 같은' 빛은 '굳어진 모든 것이 사라지고'[8], 산산이 부서지고 해체되는
근대성의 혁신적 성격을 단적으로 보여준다. 이 새로운 세계 앞에 선 자아는
경이감과 함께 공포라는 모순적 감정에 빠진다.[9]

> 가슴이 두근대는 소리가 들리는 것 같았다. 그것은 내 마음속에서 평화와
> 조화가 깨지는 소리였고, 순응하던 삶에서 투쟁하는 삶으로 가는 갈림길에

---

8) 마샬 버먼, 『맑스주의의 향연』, 문명식 옮김, (이후, 2002), 143면.
9) 버먼에 따르면 맑스는 『선언』의 첫 부분에서 모더니즘 문화를 형성하는, 환희와 절망의 양극을
배치했다. 한편에는 만족할 줄 모르는 욕망과 돌진, 영구 혁명, 무한한 개발, 삶의 모든 영역에서
의 영구적인 창조와 일신의 테마, 반대편에는 극단적인 안티 테제로서 허무주의에 관한 테마,
탐욕스러운 파괴, 삶의 파편화와 고갈, 그리고 공포를 배치한 것이다. 이 양 축은 근대 자본주의
를 지탱하는 내적 역동성이다.
마샬 버먼, 앞의 책, 164면.

서 본능적으로 감지한 두려움이었다.(45면)

이 빛의 체험은 "모든 사실과 가치가 소용돌이치고, 폭발하고, 안정을 잃고, 또한 재결합하는"[10] 근대의 역동성, 불확실성에 휘말리게 될 근대적 개인의 운명을 생생하게 보여주는 것이다. 전근대적인 것과 급격히 단절한 채 근대적인 것 앞에 던져진 개인은 잃어버린 낙원을 동경하고, 새로운 것에 공포와 경멸의 양가감정을 느낀다. 낙원 상실은 박적골 윗방에 있던 나뭇결이 고운 장롱과 현저동 셋방 윗목을 차지한 조악한 원색으로 쳐바른 반닫이 사이의 시각적 대립에서도 확인된다.

식민지 근대성의 양상 역시 시각적인 것[11]으로 현상하면서 구체성을 띠게 된다. 제국주의 규율 권력은 식민지인의 행동뿐만 아니라 지식, 심성까지 길들이려 한다. 이를 대리하는 기관인 감옥소, 도서관, 학교 등의 건물은 권위와 억압을 상징하는 붉은 벽돌로 시각화된다.

작품은 또한 전근대와 근대의 문물이 뒤섞여 있던 그 시절을 음식과 맛의 기억으로 복원한다. '엿보다 세련된 단맛'을 내는 '눈깔사탕', 아카시아꽃의 '비릿하고 들척지근'한 맛은 도시의 맛이다. 엿과 강정, 싱아, 민물게장의 맛은 시골의 맛이다. 특히 작가는 가족구성원이 모두 참여하는 박적골의 설음식 장만 과정이라든가, 자연에서 거둬들인 민물게장, 뱀장어구이, 찐 옥수수의 맛을 애정어린 눈으로 재현한다. 인공성이 가미되지 않은 '싱아'의 '새콤달콤'한 맛은 자아동일성이 파괴되지 않은 이상적인 과거에 대한 지향을 감각화한 것이다.

---

10) 마샬 버먼, 앞의 책, 194면.
11) 마틴 제이에 따르면 현대를 전후와 시기와 현대를 구분짓는 감각상의 차이점으로 시각을 들 수 있다. 그는 푸코의 감시체계의 보급이나, 기 드보르의 '스펙타클 사회'라는 개념을 예로 들면서, 시각적인 것이야말로 현대에 있어서 제일의 감각이라고 주장한다.
   마틴 제이, 「현대성의 시각적 제도들」, 『현대성과 정체성』, 스콧 래쉬·조나단 프리드먼 편, 윤호병·차원현·임옥희 옮김 (현대미학사, 1997), 223-4면.

　그런데 이와 같은 세련된 맛과 촌스러운 맛은 지금 독자의 관점에서 보면 똑같이 잃어버린 '옛 맛'으로서 향수의 대상이 된다. 작가가 글자로 풍성하게 재현해 낸 음식의 목록들은 도시의 생경한 맛이건, 시골의 토속적 맛이건 압축 고도성장을 거듭한 우리 근대의 뒤안길에서 빠르게 사라져간 것들이기 때문이다.

　'채송화꽃 핀 서울의 한 귀퉁이'에서 자란 공지영에게도 맛의 기억은 생생하다. 스케이트장 간이 식당에서 팔던 어묵의 노랗고 뜨거운 국물, 무쇠칼로 깎은 날고구마, 시골 장바닥의 인절미, 봉순이 언니와 반씩 나누어 먹던 눈깔사탕, 달걀 노른자가 든 모닝 커피, "양은으로 만든 국자에, 달고나라고 불리던 하얀 덩어리나 누런 설탕을 녹여 먹던 또뽑기(164면)"는 기성 세대에게는 아직도 혀끝에 닿는 듯 생생한 군것질 목록들이다. 그런가 하면 라면, 파인애플, 콜라, 제과점 케이크, 서울우유와 토스트 등은 한때 중산층의 식탁을 장식했던 서구화된 상품들로서 역시 '그때'에 대한 우리의 기억을 환기시키는 음식들이다.

　이 작품 역시 막 개발 바람이 불기 시작한 서울의 변두리 풍경을 시각적으로 재현하고 있다. 마부들이 느릿느릿 말을 몰고 가는 가좌역 앞 저녁 풍경, 신촌로터리 분수 가장자리를 장식했던 팬지꽃, 서대문 근처를 쨍그랑쨍그랑 종을 울리며 지나가던 전차 등은 마치 빛 바랜 앨범 속 사진처럼 정겹다. 여기서 우리는 도시화, 산업화에 떠밀려 간 변두리 인간들의 상실감이나 소외, 시계 시간에 강박당한 현대인의 모습을 찾아보기 힘들다. 오히려 인간살이에 내재한 '희망의 독'이라는 역설을 읽어버린, 곤경에 처한 30대 여성이 기억의 시선으로 훑은 6·70년대 서울은 남루하지만 희망이 살아있는 곳, 태어난 곳과의 끈끈한 유대가 살아 숨쉬는 공간이다.

　이처럼 '과거'는 여성 작가의 경험 세계와 밀접한 관련이 있는 시각과 맛으로 재현됨으로써 대단히 구체적인 형상을 띠고, 독자들을 감각적·감상적으로 호출한다. 리타 펠스키의 말처럼 근대성의 경험은 혁신, 덧없음, 혼돈스러운 변화와 같은 압도적인 감각을 낳기도 했지만 동시에 안정성과 연속성을 희구하는 다양한 욕망의 표현을 낳기도 했다. 과거에 대한 향수는 근대를 구성하는 지배적인 주제로 나타난다.[12] 통상 향수 의식(nostalgia)을 서사의 핵심 주제로 끌어들일 때는 파편화되고 불연속적인 남성(성)과는 달리 통합적이고 연속적인 여성(성)을 전근대적인 것, 이국적인 것, 자연과 동일시함으로써 주체의 위기를 드러낸다. 여성은 산업화 이전 세계에 대한 근대적 동경 속에서 근대성이 아닌 모든 것을 대표하는 존재이다.[13]

그런데 이 두 작품에서 여성은 생활 세계와 체제, 심성 등 모든 측면에서 근대(성)을 경험한다. 서사의 주체 역시 여성 작가이다. 게다가 이 여성들이 경험하는 근대는 서구의 그것과는 다르다. 우리의 근대가 식민지 근대, 혹은 비서구 개발도상국의 근대와 같이 '특수한' 형태로 형성·발전되었다는 것은 근대성의 본질이 유동적·복합적이라는 대목과도 통한다. 이와 같은 '복수의 근대' 맥락에서 비서구 여성이 겪는 주체의 위기는 남다를 수밖에 없다. 전근대적인 것과 근대적인 것이 이질적으로 뒤섞인, 이른바 '비동시적인 것의 동시성'이 진행되는 비서구에서 여성은 필요에 따라 때로는 전근대의 미몽(迷夢)을 대변하는 존재, 계몽되어야 할 존재로, 때로는 근대화와 도시화로 인해 소외된 남성/인간을 치유할 구원의 상으로 호명되는 이율배반적인 위치에 놓인다. 두 작품은 이와 같은 여성의 모순된 자리, 분열적인 정체성의 근원을 탐사하기 위해 과거를 호출한다. 그러니 이들이 호출하는 과거의 시공간은 고대(혹은 전근대), 자연·이국적인 저곳이 아니라, (탈)식민지인으로 살아가는 이곳, 외부적인 기획에 의해 근대가 시작되던 시점이다.

생각해 보면 나와 어머니, 나와 봉순이 언니가 함께 겪은 '그때'는 '지금'

---

12) 리타 펠스키, 『근대성과 페미니즘』, 김영찬·심진경 역 (거름, 1998), 76면.
13) 리타 펠스키, 앞의 책, 91면.

과 그리 멀지 않다. 독자들에게 강한 흡인력을 제공하는 것도 이 때문이다. 전근대와 근대가 뒤섞여 있는 과거에 대한 이야기는 자칫 자기 동일성이 파괴되지 않은 행복한 시절, 지금의 고도 성장을 이룬데 일조한 강인하고 이름 없는 여성들에 대한 향수를 자극하는 것으로 여겨질 수도 있다. 실제로 이 작품들이 대중성을 얻게 된 주된 원인도 바로 이 가까운 '그때'를 다양한 볼거리와 풍속 묘사로 환기하고 있기 때문이다.

하지만 두 작품에 등장하는 여성은 위기에 처한 남성의 시선에 갇힌 향수의 대상이 결코 아니다. 문 밖에서 문 안으로 입성하기 위해 생존의 장에서 고투하는 여성, 식민치하에서 허상뿐인 신여성을 꿈꾸는 여성, 저개발국에서 산업역군이나 식모로 살아간 여성에 대한 이야기는 성별에 따라 차별적으로 구성되는 여성의 정체성을 심문한다.

그런데 이 문학 텍스트가 삶의 텍스트이기도 한 까닭은 독자 대중 역시 작품에 복원된 과거를 능동적으로 해석하는 과정에서 우리의 일그러진 근대를 되돌아보고 반성하는 계기를 가지기 때문이다. 『그 많던 싱아는 누가 다 먹었을까』를 읽으면서 독자들은 과연 '싱아'란 무얼까, 책제목처럼 누가 다 먹어 버렸기에 이제는 그 자취를 찾을 수 없는 걸까 궁금해 한다. 그리고 눈 밝은 독자라면 '싱아'가 머위나 비름, 오디처럼 먹을 수 있는 식물이라는 것을 알게 되고, 좀더 생각 깊은 독자라면 '싱아'가 작가의 유년 시절을 상징한다거나 우리가 잃어버린 자연친화적, 공동체적 가치를 상징한다고 해석할 것이다. 『봉순이 언니』를 읽는 독자들은 '봉순이 언니'가 성장의 주역이었지만 단 한 번도 주인 대접을 받지 못한 채 익명으로 스러져 간 힘없는 민중을 대변하는 존재임을 깨닫는다. 비록 그 깨달음이 일시적이고 소시민의 감상적인 휴머니즘을 넘어서지 못한다 하더라도, 다른 가치와 타자의 존재를 발견하는 윤리적 각성은 소중하다. 문화와 삶의 텍스트로서 이 작품들이 지닌 교육적 가치도 여기에서 찾아야 할 것이다.

우리는 박완서와 공지영의 작품이 대중적 성공을 거두게 된 요인을 여러 각도에서 추론해 볼 수 있다. 방송 매체의 가공할 위력과 텔레비전 키드로 자란 아이들의 교육적 효과를 노리는 부모의 선택이 구매에 실질적인 영향을 미쳤을 것이고, '잘난' 여성들의 성공담에 식상한 '보통' 여성들의 현실적인 선택도 한 몫 했을 것이다.

무엇보다도 필자는 이 작품들이 대중성을 확보하게 된 연유를 '여성'과 '복고'라는 우리 시대의 대표적인 문화 현상을 적절히 결합한 데서 찾을 수 있다고 보았다. 그리고 두 작품 모두 자전적 소설로서 작가의 개인적 성장과 우리 근·현대사를 교차 서술함으로써 독자와 작가 사이의 거리를 좁힐 뿐만 아니라, 여성 개인의 삶에 미친 역사의 영향력을 환기하는 교육적 기능을 한다. 마지막으로 비서구 근대라는 우리의 특수한 근대를 여성 주체의 경험을 중심으로 문물이나 풍속 등 일상의 차원에서 복원하고 있다. 여성은 단순히 회고적 취향의 산물이 아니라 경험의 주체이다. 독자 역시 작품에 복원된 과거를 능동적으로 해석하는 과정에서 여성 개인에 대한 향수나 연민을 넘어서서 우리의 일그러진 근대를 성찰하고, 도덕적 반성에 이른다. 그런 점에서 두 작품은 문학 텍스트를 넘어서서 부단히 자기 삶의 근원을 탐사하고 갱신의 계기를 갖는 삶의 텍스트의 역할까지 수행하는 것이다.

『그 많던 싱아는 누가 다 먹었을까』와 『봉순이 언니』는 성인과 청소년들이 문학에 대해 가지고 있는 거리감을 없애고, 문학 텍스트를 자기 삶의 일부로 통합해 읽는데 기여를 했다. 이른바 '문학의 생활화'에 성공한 사례라 할 만하다. 이 작품들은 성장소설이라는 낯익고 보편적인 형식 안에 근대 초엽 혹은 전환기의 삶을 복원한다는 내용을 담고 있어 독자들의 공감을 자아낸다. 이 복원된 '근대'는 대중들도 경험했던 삶의 양식이다. 동일시와 공감은 이 작품들을 베스트셀러로 만든 동력이라 할 수 있다.

　독자들이 해석의 장에 능동적으로 동참하도록 유도하는 이 텍스트 전략은 일시적인 유행에 휩쓸리지 않고 대중들의 취향을 만들어 내고, 그 속에 윤리적 삶의 모형들을 담을 수 있는 방안을 제시한다. 때문에 우리는 이 시대 '복고' 움직임에 내재한 감상성과 자전 소설이 범하기 쉬운 나르시시즘을 탈피하여 대중들과 소통하는 문학의 가능성을 여기서 발견할 수 있다.

여성으로 살아가기와 공생의 지평 열기
- 생태주의 문학과 여성주의 문학의 만남

1. 들어가는 말

고갑희의 글 「에코 페미니즘 : 페미니즘의 생태학과 생태학의 페미니즘」[1]에서 눈에 띄는 것은 맨 앞에 실려있는 피카소의 그림 '한국 전쟁의 대학살'이다. 날카로운 직선으로 표상되는 남성과 풍만한 육체와 곡선으로 표상화된 여성, 무기를 든 공격성의 남성과 생명을 잉태한 배로 아이들을 거느리고 있는 여성. 여기서 남성의 총과 칼은 여성과 아이들을 향해 있다. 글을 읽기 전에 이 그림에서 한동안 눈을 뗄 수 없었던 것은 그림이 내포하고 있는 메시지가 지금의 상황에도 유효하다는 우울한 현실 때문이다. 뉴스나 신문을 통해 알려진 유고사태의 경우 그것을 둘러싼 정치적, 경제적 이해관계를 따지는 일은 일단 옆으로 밀쳐 둔다 하더라도 인종적·성적으로 '주변적' 존재에게 가해지는 직접적인 폭력의 양상을 띠고 있다는 점에서 우리에게 윤리적 성찰을 요구한다. 거대자본주의의 군수산업이 주도하는 전쟁이 남성 중심적인 힘의 논리에 기반한 것이고, 그 힘의 직접적인 피해자가 어린이나

---

1) 고갑희, 「에코 페미니즘 : 페미니즘의 생태학과 생태학의 페미니즘」(『외국문학』, 1995 여름), 열음사.

여성, 비중심부 국가의 민중들이라는 사실은 자본주의 근대가 가부장제 기획의 산물이라는 점을 새삼 일깨워준다.

발전과 개발의 신화, 주변을 배제하는 중심의 논리는 비단 어린이나 여성에게 그치지 않는다. 기실 자본주의 문명의 발전은 자연과 공동체를 끊임없이 파괴하면서 이루어진 것이었다. 멀리는 체르노빌 원전 폭발 사고나 아마존 밀림의 파괴, 지구 온난화의 문제로부터 가까이는 영월 동강댐 계획, 시화호 간척지 개발에 이르기까지 인간의 삶의 편리를 가장한 근시안적인 논리는 여전히 확대 재생산되고 있다. 생태 파괴와 여성의 주변화는 인간중심적 주체관, 자본주의 발전 논리, 남성중심적 사고가 낳은 산물이라는 점에서 동일하다. 이는 곧 생명 있는 것들을 죽이는 죽임의 문화이고, 주변부를 소외시키는 배제의 문화이다.

새로운 세기, 새로운 문명의 대안은 여성주의와 생태주의가 되어야 한다는 지적도 여기에 근거하고 있다. 지금 전지구적으로 위기에 처한 생태계 문제나 인종, 성, 계급 갈등을 해결할 수 있는 유일한 길은 모든 생명 있는 것들을 돌보고 배려하는 새로운 삶의 윤리학을 정립하는 것이고, 거기에 가장 근접한 것이 여성주의와 생태주의라는 것이다.

이 글에서는 여성주의와 생태주의가 어떻게 만날 수 있으며, 그것이 '인간학'이라고 할 수 있는 문학텍스트에 어떻게 수렴될 수 있는지 그 가능성을 타진해 보려 한다. 생태계 위기나 여성문제는 새로운 세기에 해결해야 할 화급한 과제로 제시되고 있다. 서구식의 표면적인 근대 따라잡기에 급급했던 한국 사회의 특수성으로 인해 이러한 문제들은 더욱 복합적 양상을 띠고 있다. 따라서 이 글에서는 지금의 위기가 전근대적인 가부장제 의식과 근대의 자본주의 생산양식이 기이하게 결합해 있는 한국 사회의 다층적인 '주변적' 특성에서 생겨났다고 보고, 이런 위기를 극복할 대안으로 여성주의와 생태주의를 살펴보고자 한다.

2. 자연과 여성의 타자화에 대한 저항

원래 그리스 신화에 나오는 대지의 여신 '가이아'에서 그 이름을 따온
러브록의 가이아 이론은 생명은 하나의 거대한 유기체이며 우리 인간들과
다른 수백만의 생물종은 그 유기체 조직의 세포라는 논리에 기반하고 있다.
이는 단일한 인간 주체를 상정하는 인간중심적 사고에서 벗어난 것이다.

가부장제 사회에서 남성의 여성 지배는 인간의 자연 지배와 유사하다.[2]
여성과 자연 대 남성과 문화, 여성과 감성 대 남성과 이성과 같은 낯익은
유추도 여기에서 비롯된 것이다. '자연과 여성의 이미지는 동일하다'는 사고
는 자연과 여성이 생명출산, 가계를 돌봄, 혼돈스럽고 무질서한 파토스적
존재 등의 속성을 지닌 것으로 생각한다. 물론 두 요소간의 친연성을 본래적
으로 주어진 것으로 해석할 수도 있고, 사회적으로 구성된 것으로 볼 수도
있다.[3] 문제는 남성/여성, 인간/자연, 문화/자연, 정신/육체, 문명/원시, 이성/
감성, 동일자/타자와 같은 이항대립적 사고가 어느 한쪽을 우월한 것으로
여기는데 있다.[4]

때문에 이런 가치평가적 이원론에서 벗어나기 위해서는 모든 현상과 사물
들이 서로 그물망처럼 얽혀있고 상호의존적이라고 파악하는 관계지향적 사
고, 다양성을 지향하는 열린 사고가 필요하다. 생태학과 여성주의를 결합한
'생태학적 여성주의(ecofeminism)'는 그런 점에서 여러 이론들과 결합하면서
끊임없이 자생력을 확보해 가는 '과정중인 페미니즘'의 현주소이자, 타자에
대한 배려를 기초로 한 진정한 주체 세우기의 한 방식이라 할 수 있다.

앞서도 언급했듯이 생태학적 여성주의는 여성과 자연의 파괴를 야기하는

---

2) 마리아 미스, 「전지구적 생태여성론이 세계를 구할 수 있는가?」, 한정숙 옮김, 『여성과사회』7호
   (창작과비평사 1996), 8면.
3) 문순홍, 「생태여성론의 이론적 분화과정과 한국사회에의 적용」, 『여성과사회』7호 (창작과비평
   사, 1996), 37면.
4) 김욱동, 『문학생태학을 위하여』, (민음사, 1998), 395면.

원인이 가부장제 구조, 자본주의 근대의 논리에 있다고 본다. 생태계 파괴와 여성 문제가 사회구조적 모순에 뿌리를 대고 있음을 보여주는 것이다. 그러한 문제들에 대한 대안은 이원론이나 가치론적 사고, 도구주의 등이 극복된 세계를 지향한다는 점에서는 동일하다. 그렇지만 구체적인 전략으로 제시되고 있는 여성성이나 여성적 원리를 어떻게 해석하느냐에 따라 몇 가지로 분류될 수 있다. 첫 번째는 여성과 남성이 근본적으로 다르고, 여성이 남성보다 자연에 좀더 가깝기 때문에 여성이 생태윤리를 정립할 주체라는 입장이다. 두 번째는 출산과 양육이라는 재생산을 담당하는 여성이 보살핌, 동정, 연민, 비폭력과 같은 여성적 원리를 통해 문명의 위기를 극복할 수 있다는 입장이다. 이와 같이 여성성이나 여성적 원리를 긍정적인 것으로 평가하는 입장은 배려와 책임의 윤리, 사물을 종합적이고 총체적으로 파악하는 능력, 구분이나 차별이 아닌 관계지향적 사고를 여성성의 특징으로 제시한다. 세 번째는 여신 숭배에서 찾을 수 있다. 여신의 죽음과 가부장제의 발흥, 환경 파괴 사이의 함수 관계에 천착하는 이 입장은 모계 사회의 여성신을 되찾으려고 시도한다.[5]

이와 같은 입장들은 자칫하면 자신들이 애초에 비판했던 생물학적 환원주의에 함몰될 위험이 있으며, 극단적으로는 여성의 특성을 신비화할 위험마저 있다. 이미 어느 정도 합의된 바이지만 여성 문제는 생물학적 차이에서 생겨난 것이 아니라 그런 차이를 차별로 바꾼 사회구조적 현실에서 비롯된 것이다. 여성 문제와 생태계 문제를 통합적으로 바라볼 때에도 이런 인식은 유효하다. 여성적이라고 정의되는 모든 것을 배제하고, 여성성에 해당하는 모든 것에 대한 지배를 정당화하는 타자화의 논리[6]는 일방적이고 단성적인 논리이다. 마찬가지로 자연을 지배와 정복의 대상으로 보고 개발하는 과정은

---

5) 이상의 분류는 김욱동의 위의 책을 참조한 것이다. (360 - 6면)
6) 반다나 시바, 『살아남기』, 강수영 옮김 (솔, 1998), 99면.

서구 자본주의가 저개발국가를 자기 체제로 일방적으로 수렴하는 과정, 지배계급이 피지배계급의 노동력을 착취하는 과정과도 맞물린다. 결국 생태계의 문제는 인종적 계급적으로 제삼세계와 노동자를 타자화하는 논리에 기인한다. 따라서 우리가 여성문제와 생태문제를 통합적으로 사고할 때에도 그 문제의 뿌리가 사회구조적인 데 있음을 간과해서는 안될 것이다.

이와 같은 인식이 추상적인 차원에 머무르지 않기 위해서는 생태계 위기나 여성 문제를 '전지구적' 차원에서 바라보아야 한다. 구체적으로는 여성문제 속에 노동 문제는 물론이고 인종문제, 제삼세계의 문제, 자연파괴 문제가 중첩되어 있는 것으로 보는 복합적 사유가 필요하다. 그럴 경우 생태문제의 틀에서 여성해방을 위한 사회변혁을 논의할 수 있고, 자연해방을 위한 생태변혁을 추구하고, 제삼세계의 문제를 해결할 수 있는 국제질서의 변화를 모색할 수 있을 것이다.[7]

무엇보다 중요한 것은 일상적 차원에서의 실천일 터인데, 이의 기반이 되는 것이 공생(共生) 내지 상생(相生)의 의식이다. 자연과 여성을 타자화하는 것이 배제의 논리였다면, 더불어 사는 삶을 회복하기 위해서는 남성적 원리와 여성적 원리를 넘어서는 새로운 윤리감을 확보해야 한다. 이는 다양성과 복합성을 고려한 관계지향적 사고를 지향하는 열린 윤리 의식을 지녀야만 가능한 것이다. 그리고 그것을 실천할 일차적 주체는 여성이다. 여성은 몸의 훼손, 권력으로부터의 소외를 경험한 바 있고, 그런 만큼 상처와 소외에 민감하게 반응하면서 이를 치유할 수 있기 때문이다. 즉 문제 해결의 주체로서 여성을 설정하는 것은 여성이 본질적·생물학적으로 자연과 좀더 가깝기

---

7) 문순홍, 앞의 글, 46면 참조.
　　문순홍은 이런 시각을 '사회주의적 생태여성론'이라고 말한다. 필자에 따르면 이 여성론에서는 기본 모순을 생산력과 생산관계의 모순, 남녀관계를 둘러싼 성 모순, 인간사회와 자연이 맺고 있는 관계의 모순으로 보고 있다. 가부장제 자본주의하에서 자본의 이해관계는 곧 남성의 이해관계이고, 나아가 인간중심적 이해관계라는 것이다.

때문이 아니라, 사회적으로 가치를 인정받지 못하는 재생산 영역을 담당하면서 타자화된 상태를 경험하고, 그러면서 남성에 비해 자연과 좀더 친밀해지기 때문이다.

3. 대안적 서사로서 생태여성주의 문학의 가능성

문학은 상처를 치유하고 살림의 원리를 실천할 구체적인 전략이 될 수 있다. '모든 문학은 녹색이다.' 나아가 '모든 문학은 녹색이어야 한다'는 진술은 문학이 존재하는 모든 것들에 대한 사랑과 연민의 정신에 기초해 있기 때문에 나온 것이다. 눌리고, 비뚤어지고, 착취당하고, 소외당하고, 고통과 죽임을 당하는 그 모든 것들에 대한 측은(惻隱)의 마음이 곧 문학의 마음이다.[8] 따라서 생태주의 문학은 목가풍의 전원시처럼 단순히 소재적 차원에서 자연을 그린 문학을 뜻하지 않는다. 환경 파괴를 직접적으로 고발하는 문학은 그 자체로 의미는 있지만 이를 곧바로 생태주의 문학이라고 볼 수는 없다. 여전히 인간의 관점에서 자연을 다루고 있기 때문이다.

생태주의와 문학의 진정한 만남은 살림의 문학, 상처와 그것의 치유를 말하는 속 깊은 이야기에서 가능하다. 동시에 죽임과 상처의 근원을 파고들 줄 아는 진지한 자세를 필요로 한다. 가령 기형적인 근대화로 인한 사회 문제들, 자연과 인간을 소외시키는 소비자본주의의 상품화 논리, 남성중심의 가부장적 사고와 제도들 같은 우리 사회의 갖가지 모순들에 대한 원인 분석과 비판이 선행되어야 한다.

여성주의 문학이 기존의 남성중심적 정전을 파괴하고, 여성의 시각에서 작품을 다시 읽어내고, 나아가 여성적 원리 내지 여성성을 복원하는 것을

---

8) 이남호, 『녹색을 위한 문학』, (민음사, 1998), 22면.

지향한다면 생태주의 문학도 기존의 인간중심적 자연관을 비판하고, 자연에 대한 시각을 재수정하며, 통합적인 생태계의 원리를 복원하는 것을 지향한다. 자연을 바라보는 대상물이 아닌 구체적인 몸을 가진 주체로 재이미지화하거나, 인간과 자연의 관계가 대화적이라고 보는 관점은 이러한 시각에 근거한 것이다.9) 정전 다시보기(revision)라는 재독해(rereading) 과정을 거치면서 주체와 대상, 인간과 자연, 남성과 여성의 이분법을 넘어서는 새로운 대안 문화와 서사를 찾고자 한다는 점에서 생태주의 문학과 여성주의 문학은 지금/여기의 문제를 해결할 수 있는 담론적 실천의 장이 될 수 있다. 이는 이성과 합리성에 기초한 인간중심적, 남성중심적 근대 기획의 한계를 넘어서서 '지속 가능한 생존', 공생의 삶을 찾아가는 길이기도 하다.

이 글에서는 생태여성주의 문학을 정교하게 이론화하고, 그 이론에 근거해 작품을 분석하지는 않을 것이다. 그보다는 생태주의와 여성주의 문학이 만날 수 있는 가능성을 모색하는데 초점을 맞추고자 한다. 생태주의 문학에 대한 이해가 막 싹트기 시작한 시점에서 생태여성주의 문학을 본격적으로 논의하는 것은 현실적으로 역부족이라는 생각에서이다.

약하고 어린 존재에 대한 따뜻한 시선, 죽임을 강요하는 질서에 대한 분노, 강인한 생명력, 대상의 다양성과 복합성을 고려하는 폭넓은 자세는 생태주의 문학과 여성주의 문학이 공통적으로 나눠 가지는 속성이고, 나아가 생태여성주의 문학이 지향해야 할 세계이기도 하다. '모든 생물은 다른 모든 생물과 서로 깊이 연결되어 있다.'는 순환성, 다양성, 관계성의 원리는 생태계의 기본원리일 뿐만 아니라 여성적 원리이기도 하다. 그렇지만 여기서 우리가 놓치지 말아야 할 것은 이같은 관점이 '탈사회적'이고 '탈역사적'인 것으로 읽혀져서는 안 된다는 점이다. 사회구조적 모순에 대한 비판적 관점은 견지

---

9) 송지현, 「문학비평으로서의 생태여성론」, 『한국문학이론과 비평』4집, (한국문학이론과 비평학회, 1999), 105 - 8면 참조.

하되, 그것을 형상화하는 방식에서 우회적인 서사전략을 취하고 있다고 보는 것이 좀더 타당할 것이다. 또 하나는 여성주의 문학이 여성 작가의 작품을 대상으로 하는 것이 아니라 여성문제를 바라보는 '올곧은' 여성주체의 관점을 취하는 문학이듯이, 생태여성주의 문학도 남성 작가의 작품을 배제하는 것이 아니라는 점이다. "굶주려 우는 인류 82%의 퀭한 눈동자에 비춰봐 / 텅텅 비어 황폐해 가는 우리 농촌에 우리 밥상에 비춰봐 / 잊혀진 현장 구석 구석에서 노동하는 사람들에게 비춰봐 / 말없는 이 나라 여성들에게 힘없는 사람들에게 비춰봐 / 내가 타고 다니며 내뿜어댄 검고 흐린 하늘에 비춰봐 / 내가 씻고 싸고 버린 저 더러운 강물에 비춰봐(「인간의 거울」)"라고 노래하는 박노해의 시에서도 알 수 있듯이 남성 작가의 작품이라 하더라도 인종과 성차, 계급 문제에 생태계의 구조가 어떻게 개입하는지를 문학텍스트를 통해 구현하고 있다면, 그 작품은 작가의 성별을 떠나 생태여성주의 문학으로서의 가능성을 보이는 것이다.

그렇지만 여성의 경험과 여성주체의 관점은 아무래도 여성 작가의 작품에 잘 녹아있기 마련이다. 가령 신경숙과 공선옥의 소설들은 직접적으로 생태계 파괴나 근대 기획의 문제를 다루고 있지는 않다. 하지만 이들의 작품은 생명에 대한 경외감과 타자에 대한 깊은 이해에 근거하여 끊임없이 자기 갱신을 모색하고 있다는 점에서 생태학적 상상력에 기초해 있다고 볼 수 있다. 여성적 시각에 생태학적 시각을 덧붙일 경우 이들의 작품은 여성주의 문학의 관점에서와는 또 다른 각도에서 새롭고 풍부하게 읽힐 여지가 있다.

4. 기억의 환기로 상처 치유하기와 공생의 윤리

신경숙의 작품세계는 『깊은 슬픔』과 「모여있는 불빛」, 「감자먹는 사람들」에서 단적으로 드러나듯 농촌에서 성장하여 도시로 이주해 온 젊은 영혼들이 겪는 근원적 상실감과 농촌 공동체로의 회귀 의식에 바탕하고 있다. 작가는 사회 문제들을 정공법으로 다루지는 않지만 그러한 문제들이 개인의 실존, 한 가족의 정서적 유대에 어떻게 영향을 미치는지를 세밀한 눈으로 포착하고 있다.

신경숙의 작품은 어떤 식으로든 농촌공동체와 가족에 대한 속 깊은 애정을 드러낸다. 「감자먹는 사람들」, 「모여있는 불빛」은 농촌 출신의 여성 화자가 도시로 이주해와 황폐하기 그지없는 도시 생활과 사람 사이의 관계에서 상처를 받고, 이를 가족과의 유대감, 잊고 있었던 농경적 삶을 되살리면서 치유해 가는 과정을 보여준다.

「감자먹는 사람들」은 여성 화자가 남편을 잃은 윤희 언니에게 병든 아버지를 간호하면서 느낀 자신의 심경을 토로하는 형식을 취하고 있다. 화자의 편지에는 어린 나이에 근친을 잃은 아버지의 상처, 남편을 잃은 윤희 언니의 상처, 딸을 잃어버린 중년남자의 상처, 유순의 상처, 첫 앨범에 실패하고 이제는 병들고 쇠락한 아버지를 둔 나의 상처가 포함되어 있다. 좀더 깊이 들어가 보면 자신을 포함해 이들은 모두 '근친의 죽음'을 경험하거나 앞으로 경험하게 될지도 모른다는 점에서 서로 연루되어 있다. 그런 점에서 이 작품은 관계성의 윤리가 어떻게 서사적 차원에서 미학화될 수 있는지를 보여준다. 화자가 맺고 있는 다양한 인간관계들은 가족을 넘어서 대사회적 관계, 어린 시절 친구와의 관계 등 시간과 공간을 초월하여 전방위적으로 확장된다. 서사는 이렇듯 여러 관계들을 단계적으로 보여주면서 자칫 서간체 소설이 범할 수 있는 단성성을 넘어 대화적 목소리를 획득한다. 상처를 공유하려는 연민과 공생의 자세가 대화적 목소리에 실리면서 주제에 걸맞은 형식미를 창출하는 것이다.

관계지향성이라는 여성적 원리는 생태적 상상력에 그 뿌리를 대고 있다. 그것은 화자가 농사를 업으로 삼는 어머니와 아버지의 노동하는 삶에 경외감을 지니고, 고흐의 그림 '감자먹는 사람들'에서 근친의 삶과의 관련성을 발견하는 데서 드러난다. "비참에 억눌릴 만도 한데, 오히려 인간에 대한 깊은 공감을 드러내고" 있는 '감자먹는 사람들' 그림의 얼굴들은 곧 어머니와 아버지의 얼굴이기도 하다. 고구마와 감자를 캐고, 추수를 하면서 여섯 자식을 키워온 그들의 삶은 노동의 신성함과 생명의 지속성과 순환원리를 몸소 보여준다.

그러면서 화자는 "존재의 무. 그러나 끝없는 순환. 한편에서 나의 증인들은 사라지고 다른 한편에서 나의 증인들은 태어나고..."하는 자연과 삶의 순환 원리를 깨닫는다. 이름 없는 가수인 그녀가 첫 앨범의 실패를 극복하고 "다시는 돌아오지 않을 것들 앞에서 노래를 부르고 싶은 욕망"을 느끼는 것은 깨달음을 자기의 것으로 육화했음을 보여주는 것이다. 인간 사이, 그리고 인간과 자연 사이의 관계와 순환 원리를 깨닫고, 이를 삶의 자양분으로 삼는 것은 여성적 원리와 생태적 상상력이 맞닿아 있음을 보여주는 예이다.

작가 특유의 섬세한 시선에 포착되면서 자연은 생생한 이미지로 살아난다. "병약한 근친이 풍기는 이 초라하고 가련한 냄새"를 "깎아놓은 지 오래되는 배에서 풍기는 냄새 같기도 하고, 여름날 밥을 퍼담아 부엌에 매달아놓은 밥소쿠릴 열 적에 확 끼쳐오던 냄새 같기도"하다고 표현하는가 하면, 고향 마을의 가을 풍경을 묘사하면서 그것을 '집을 갖지 못한 사람들'에 비유하는 대목은 인간과 자연의 유비 내지 상동 관계를 보여주는 예들이다.

공동체에 대한 속 깊은 애정은 「모여있는 불빛」에서도 드러난다. 지금 '그녀'가 당면한 문제는 두 가지이다. 하나는 소설가로서 제대로 글이 써지지 않는데서 오는 한계의식이고, 또 다른 하나는 도시 생활에서 얻은 무력감과 사람 사이의 관계에서 느끼는 단절감이다. "지치고 피로한 마음을 위로받고 싶어" 그녀가 향하는 곳은 고향 마을이다. 고향은 어머니와 아버지가 "그냥 사시는 걸로 내게 삶을 가르치시"는 곳이며, 두 분은 "사랑을 알게 하고 노동을 알게 하고, 다정한 것이 무엇인지를” 알게 하시는 분이다. 고향은 충족성과 삶의 진정성이 오롯이 간직되어 있는 공간이다. 소설 속 짧은 소설 「아이고 내 송아지」에서 단적으로 드러나는 것처럼 부모님이 지닌 낙관적인 삶의 태도는 서로에 대한 애정과 자연과의 친화력, 농촌에서 노동하면서 얻어진 건강한 의식에 기인한다. 게다가 고모님은 어떤 이성적인 판단도 넘어설 정도로 형제를 위해 희생한 삶을 살면서도 “고달픈 인간생활을 피하지 않은 사람답게 당당하게 늙”은 분이다. 이들은 도시 생활에서 상처받은 주인공의 고단한 마음을 비춰주는 불빛이고, 그 불빛의 힘은 모여있음에서 나온다. 즉 공동체적 삶의 방식과 정서에 기반한 것이다.

그리하여 주인공은 고향 마을로 회귀하면서 도시에서의 사물화된 인간관계를 넘어설 가능성을 발견하는 한편, 위기에 처했던 소설가로서의 정체성을 회복한다. 그녀는 “연약한 사람들의 심연에 잠겨 있는 아름다운 이야기를 퍼뜨리는 사람”으로 소설가를 정의하고, “가슴에 들어왔다가 나가는 사람살이를 바깥은 닳아도 안은 빛나고 아름답게 그릴 것”이라고 소설을 정의한다. 일견 약하고 평범한 듯 보이는 존재에게서 아름다움과 삶의 의미, 글쓰기의 의미를 찾는 것이다. 이렇듯 신경숙의 소설은 관계지향적이고 냉혹한 세상살이의 이면에 감춰진 따스함을 지향한다.

특히 농경적 삶이나 자연과의 친화력은 타자를 배려하고 공생의 삶을 지향하는 작가의 세계관에 버팀목이 되고 있다. 『외딴 방』에서의 언급처럼 “자연은 얼마간은 피로하고 얼마간은 무서운 것”일지라도, 인간이 “이 위험스런 자연에 발을 딛고 서 있는 약한 존재”임을 일깨운다. 다시 말해 자연은 단순히 인간을 위해 존재하는 타자가 아니라 독립된 개체로 자리하는 것이다.

그녀의 소설은 직접적으로 남성중심적인 질서에 비판을 가하거나 근대의 프로젝트에 해부의 시선을 갖다대지는 않는다. 그렇다고 공선옥의 소설처럼 눈에 띄게 활달한 생명력을 지닌 것도 아니다. 하지만 그녀의 소설이 불러일으키는 미적 감흥과 정서적 반향은 생명에 대한 존중감, 자연과 삶의 순환원리에 기초한 생태중심적 윤리의식에서 나온다고 볼 수 있다. 도시적 감수성에서 비껴난 그녀의 글쓰기가 자칫 복고적이거나 가족주의에 경도된 것으로 비칠 우려가 있음에도 불구하고 지금/이곳의 대안적 서사로 읽힐 근거도 여기에서 비롯된다.

5. 몸으로 체험한 어미 노릇과 살림의 윤리

공선옥의 첫 작품집 『피어라 수선화』는 아이를 낳은 여성이 모성과 사회적으로 주어진 모성이데올로기 사이에서 갈등을 겪다가 그런 갈등을 어떻게 낙관적이고 포용적인 자세로 극복해 가는지를 사회 역사적 체험인 광주체험과 연결시켜 그리고 있다. 최근 작품집인 『내 생의 알리바이』는 좀더 근본적으로 '어미노릇'을 탐색한다. 세상살이의 신산함에 부대끼며 제 새끼를 보듬는 일차적인 모성은 거기서 그치지 않고 사람과 대상을 껴안고 세상을 살아가는 낙관성으로 확장되어 간다. 공선옥 소설의 모태는 모든 생명 있는 것들은 존중받을만한 가치가 있다는 평범하지만 자칫 간과되기 쉬운 진리이다. 그것은 인간과 비인간, 주체와 타자, 어른과 어린아이, 여성과 남성 사이의 차이는 차이대로 인정하되, 이들이 함께 살아가야 할 공동체임을 자각한데서 비롯된 것이다. 몸으로 체험한 어미 노릇이 살림의 윤리로 확장되면서여성의 경험이 생태적 세계관과 만날 가능성을 열어 보인다.

공선옥의 소설은 '발전의 서사'가 아니라 '생존의 서사'이다. 이는 '지속 가능한 발전'이 아닌 '지속 가능한 생존'을 모색하는 제삼세계 생태학적 여성주의가 지향하는 바와도 일치한다. '발전'이 남성중심적인 근대가 지향하는 패러다임이라면, '생존'은 그야말로 살아남기 자체가 절대절명의 과제인 저개발국 여성의 패러다임이라 할 수 있다.

『내 생의 알리바이』에서 반복적으로 나타나는 모티프는 시립아동보호소에 애를 맡겨야 하는 절박한 상황에 처한 어미의 신산한 삶과 내면적 갈등이다. 어미에게 당장 닥친 문제는 어떻게 아이와 함께 살아 남을까이다. 모성은 술 마시고 담배 피우고 바람난, '명백히' 부도덕해 보이는 어미의 내면에 잠복해 있다가 위기의 순간에 빛을 발한다. 「피어라 수선화」의 영심과 유사하게 「어미」의 영례는 "세상의 살아 있는 것들이 죽기를 작심하지 않은 이상은 살아내기 그 자체가 발등에 떨어진 불"인 현실에 처해 있다. 그녀는 훔쳐 온 푸성귀와 김치로 겨울을 나고, 뱃속의 아이를 키우고 혼자 아이를 낳는다. 소비자본주의와 정보화 사회라는 화려한 수식어로 치장된 90년대 한국 사회의 어두운 뒷면은 이렇듯 하층 계급 여성이 살아남으려고 고투하는 과정에서 단적으로 드러난다. 그녀가 성적, 계층적으로 중첩된 생존의 위기를 견뎌낼 수 있는 것은 "뱃속에 생명을 담고" 있기에 가능하다.

생명을 잉태하고 낳아 기르는 자가 몸으로 체험한 살아있는 것들의 소중함은 어미로서의 책임감과 살림의 윤리 의식으로 나타나는가 하면, 삶을 낙관적으로 바라볼 수 있는 토양을 제공한다. 공선옥의 소설들이 그야말로 거칠기 그지없는 삶의 단면들을 그리고 있음에도 불구하고 그것이 비극적으로 읽히지 않는 것도 이 때문이다.

막다른 상황에 처해서도 그 상황을 견뎌낼 수 있는 달관의 자세는 「어린 부처」에서 단적으로 드러난다. 전 남편에게서 난 두 명의 아이와 지금의 남편에게서 난 아이까지 합쳐 세 아이의 어머니인 주인공이 이혼을 결심하는 것까지는 시댁과의 갈등, 아이와 의붓아버지 사이의 갈등 등 세속적으로 생길 수도 있는 문제들이기에 수긍이 간다. 문희가 갖는 "어미로서의 분노요 노여움"은 "새끼를 보호하려는 어미의 짐승스러운 본능"이 존중받지 못했을 때 생겨난다. '실패한 엄마'의 모습에 가까우면서도 그녀는 어미의 본능에 충실하다. 거기에다 경제적·성적으로 약자의 위치에 있는 자로서 후천적으로 습득한 분노가 더해진다. 즉 여성은 인간중심적 세계관이 자연에 가한 폭력에 민감하게 반응하듯이, 남성중심적 세계관이 여성이나 어린 것들에게 가하는 유형·무형의 폭력에 대해서도 예민하게 대처한다. 예사롭지 않은 것은 해체 위기에 갔던 이들 가족이 화해에 이르게 되는 대목이다. '어린 부처'란 두 딸 도란이와 오목이를 일컫는다. '미워하는 마음'을 지닌 것이 어른들의 세계라면, 이 어린 영혼들은 그 미움 속에서 '피같은 정'을 싹틔워 가는 존재이다. 여리고 약한 존재에게서 오히려 세속적인 갈등을 해결할 가능성을 발견하는 대목에서 우리는 이성이나 물리적 강함을 넘어선 공생의 윤리를 체감하게 된다.

공선옥의 소설은 눈에 보이게 자연을 형상화의 영역으로 끌어들이지 않고 자연을 재이미지지화하는 것도 아니다. 그렇지만 그녀의 소설이 주로 그리고 있는 하층계급 여성들의 삶은 저 들판에 지천으로 피었다가 지는 들꽃들의 삶과 유사하다. 끈질긴 생존력과 남루하지만 저마다 사람냄새를 풍기는 질박한 아름다움을 지니고 있다는 점에서 그러하다. 더군다나 똑같이 상처받은 자들끼리의 연대감은 남성과 여성, 어른과 아이를 구분짓지 않고 서로를 보듬는다. 「목마른 계절」의 현순씨의 딸 잔디는 "말도 못하고 듣지도 못하지만 어미의 생일상 하나는 그렇게 멋있을 수 없이 차려"내는 능력을 지녔는가 하면, 나비처럼 하느작거리며 춤을 추는 유정, 현순씨 카페에서 일하는 미스 조는 신체적으로 불구이거나 나이가 어리지만 나에게 "알 수 없는 감동"을 주는 존재이다. 이들은 신체적으로나 계층적, 성적, 연령상으로 주변의 위치에 있지만 오히려 그러한 '주변성' 때문에 타자를 향해 열려 있다.

이들이 지향하는 삶은 죽임이 아닌 '살림'이다. 「목숨」에서 혜자의 목숨줄은 이제 막 자신의 자궁에 터를 잡은 자신을 버리고 떠난 재호의 아이이고, 「피어라 수선화」의 영심은 "내 안에 생겨난 죽음 하나"라는 살의에서 벗어나 "모든 생명이 움트는" 자궁의 생명력을 인정하게 된다. 이와 같이 생명을 긍정하는 살림의 윤리는 여성으로서의 몸의 체험에서 나온 것이기에 소중하다.

「흰 달」은 '목숨있는 것들의 슬픔'을 이해하는 정신이 약하고 어린 존재뿐만 아니라 자연과도 교감하면서 얻어질 수 있음을 보여준다. 주인공 순은 자기 자식인 누리뿐만 아니라 병들고 노쇠한 아버지, 의붓 형제인 어린 호길, 광주항쟁 때 남편이 다른 여자에게서 낳은 아이를 거두어야 하는 처지에 있다. 특히 "흡사 그 몸 안에 이 세상 온갖 슬픔이란 슬픔 다 깃들여 있고 슬픔이란 슬픔 다 깃들여 있어서 또 그만큼 따스함 간직한 사람인 듯"한 호길은 "사람이 외로우면 짐승들도 외로워한다는 걸" 알만큼 어린 나이에도 순에게 삶의 진리와 도덕적 각성을 깨우쳐 주는 존재이다. 그녀는 어린 존재에게서 뿐만 아니라 자연에서도 위안을 얻는다. 어머니의 죽음을 알리러 가는 길, 아버지의 집으로 되돌아오는 길, 자신의 '캄캄한' 인생길을 비추어 주던 달빛은 단순히 대상화된 자연물이 아니다. "사람이 빈 골목에도, 호길이와 아버지가 온기 없는 밥을 나눠먹고 오글거리고 누워 있거나 앉아 있을 집 지붕 위에도" 내리는 달빛은 고단한 인생살이를 따스하게 보듬는 의인화된 존재로 형상화된다. 그렇기에 「흰 달」은 어른과 아이, 인간과 자연이 너나 구별없이 평등한 존재이며, 서로에게 위안을 줄 수 있는 존재라는 생태계의 진리를 새삼 일깨워 준다.

6. 글을 마치며

여성주의와 생태주의는 우리가 직접 몸으로 체험한 문제 의식을 체계화하는 과정에서 생겨난 이론이라는 점에서, 다른 이론들과 만나면서 끊임없이 변화하는 역동적인 이론이라는 점에서 공통적이다. 더욱이 정신적·문명적 위기가 도처에 있는 지금 더불어 사는 삶을 모색하는 두 이론은 위기를 해결할 실천가능한 대안일 수 있다.

 공생과 살림의 윤리라는 대안 서사가 자칫 여성 문제와 생태계 파괴 문제라는 화급한 현실의 문제들을 객관적으로 보지 못하게 하고, 추상적인 도덕적 해결에 기대는 것이 아니냐는 비판도 나올 법하다. 그러나 때로는 담론적 실천이 현실계의 문제를 되비추어 보는데 유효한 방식일 수 있으며, 나아가 현실계를 변화시키는 전략이 될 수도 있다는 점을 염두에 두어야 할 것이다. 기존의 인간중심적·남성중심적 질서가 낳은 문제를 넘어서서 '지속 가능한' 생태계의 미래를 기획할 주체, 타자를 배려하는 새로운 주체는 여성이다. 이 사실만으로도 생태여성주의 문학은 현실에 개입해 일상의 패러다임을 바꿀 수 있는 새로운 서사가 될 수 있다.

우리 문학과 여성의 몸

1. 왜 (여성의) 몸인가

몸은 자명하게 '존재'하는 실제인가. 아니면 사회적 · 문화적으로 '구성'되는 현상에 불과한 것인가. 이른바 후기 근대(late modern) 사회에 접어들면서 이전의 이성중심주의에서 상대적으로 폄하되어 온 몸이 욕망의 거주처로서 새롭게 발견되었다. 이 새롭게 발견된 몸은 후기 근대 사회의 다양성만큼이나 다채롭다. 남성과 여성의 몸, 이성애자와 동성애자의 몸, 인종적 차이에 따른 몸, 심지어는 자연과 인공의 경계를 교란하는 사이보그의 몸에 이르기까지 그 몸들 사이의 차이를 인지하고 해석하려는 시도들은 이제 막 시작되었다. 그런데 관심의 지각변동 중심에 있는 것은 남성의 몸이 아닌 여성의 몸이다.

역사적으로 여성은 몸에 의해 결정되어 왔다. 그런데 여성이 실제로 체험하는 경험과 그러한 경험을 매개하는 여성의 몸에 새겨진 문화적 의미 사이에는 늘 긴장이 있다.[1] 멀리 갈 것 없이 지금 우리가 살아가는 현실을 들여다

---

1) 케티 콘보이 · 나디아 메디나 · 사라 스탠베리 엮음, 『여성의 몸, 어떻게 읽을 것인가』, 조애리 외 편역, (한울, 2001), p.11.

보자. 많은 여성들이 몸에 드리워진 이데올로기의 실체를 파악하지 못한 채 표준화된 척도에 자기를 맞추기 위해 다이어트, 성형 등 몸의 인위적인 조작에 투자를 아끼지 않고 있으며, 21세기 신분표시인 명품으로 자기 몸을 위장한다. 이 21세기형 에일리언들은 자기의 몸을 통제함으로써 얻게 될 이득이 무엇인지 알 정도로 명민하다. 이 여성들은 얼핏 후기 자본주의가 요구하는 훈육과 새로운 율법에 몸을 기꺼이 내맡긴 것같이 보이지만 '경쟁력있는' 몸을 자산 삼아 자기 존재의 적법성을 주장하고, 의미화의 장 속으로 들어온다. 훈육과 통제를 기꺼이 감수하면서 주인이 되고자 한다는 이 역설은 지금/여기 여성의 몸이 처한 딜레마를 여실히 보여주는 것이다. 여성의 몸은 하나가 아니다. 자기 몸의 수고로움을 대체하는 기계와 상품 덕에 한결 가벼워진 채 소비 사회의 한복판을 부유하는 여성들도 있지만, 여전히 공사 영역에서 부지런히 몸을 부려 노동해야 하는 여성들도 있다. '죽어도 좋을' 정도로 성적 욕망을 지니고 있지만 그것을 억제해야 하는 노년의 몸도 있고, 자기 몸의 변화에 당혹해 하는 미숙한 십대 소녀의 몸도 있다. 그렇다면 실제 현실에 존재하는 다양한 몸의 결들을 우리는 어떻게 읽고 해석해야 하는가.

몸에 집중된 최근의 관심은 기호학과 후기 구조주의, 페미니즘의 영향에 힘입는다. 이제 몸은 자연적 공간보다 문화적 공간으로, 몸에 부여된 '본질적' 가치들은 가부장적·이데올로기적 권력구조의 일부로 이해되기 시작한다. 특히 페미니즘은 여성의 몸에 작용하는 권력과 자본을 분석함으로써, 한편으로는 여성 육체의 식민화 과정을 분석하고 또다른 한편으로는 여성의 욕망을 발견하고 그 속에서 여성 주체의 능동성을 찾으려는 시도에서 몸을 되살려 낸다. 요컨대 여성의 몸은 두 가지 의미를 지니게 된다. 권력의 현실적인 작용점으로서의 몸과 저항의 시발점으로서의 몸이 그것이다. 여성의 몸은 억압받는 현실의 가장 가시적인 형태이자, 권력의 지배에 저항하여

현실을 비판하는 역할을 담당할 수도 있다.[2]

그런데 이처럼 여성의 몸을 '구성된' 것으로 파악하니 뭔가 허전하다. 여성들의 산 육체적 경험(lived experience)이 오히려 '탈육화'된 듯하기 때문이다. 여성과 남성은 성적·육체적으로 다르다. 자궁이 있는 여성은 월경을 하고, 아이를 낳을 수 있는 반면 페니스가 없다. 남성은 자궁이 없지만 페니스가 있다. 그런데 여성에게는 이 '있음'의 표시들이 여성성이나 모성성의 이름으로 장구한 세월동안 억압의 원인을 제공해 왔으며, 페니스가 없다는 '없음'의 표시 역시 여성이 열등하다는 것을 증명하는 기제로 작용해 왔다. 다시 말해, 여성 육체에 각인된 성차는 차이가 폄훼와 모자람으로 개념화되어 온 장구한 남성중심의 역사를 보여준다. 성차는 많은 차이들 중의 하나가 아니라 근본적이고 구조적인 차이이기도 하다. 그리고 이러한 차이는 비대칭적인 것으로 심리적 개념적 층위 모두에서 작동한다.

그런 점에서 몸은 탈자연화되어 있고 성차화되어 있다. 순수하게 자연(적)으로 주어진 생물학적인 몸은 없다. 이성-남성-우월/몸-여성-열등, 공격적이고 근육질적인 남성/수동적이고 유혹적인 여성의 몸이라는 정형화는 여성의 주체성을 억압하고 식민화해 온 강력한 이데올로기적 작동방식이다.

하지만 몸의 육체성은 구체적인 사회, 문화적인 담론이 새겨진 공간임과 동시에 물질성 자체다.[3] 가령 여성의 몸과 섹슈얼리티는 남성의 그것과는 다른 방식으로 경험되고 구조화되어 왔다. 그로츠에 따르면 오랫동안 여성의 몸은 부재나 결핍으로 구성되어 왔을 뿐만 아니라 복합적으로 누출되고 통제 불가능하며 스며드는 액체로서 구성되어 왔다. 여성은 누출과 액체성으로 재현되고 그렇게 자신을 경험한다.[4]

---

2) 김미현, 「인어공주와 아마조네스, 그 사이」, 『여성문학연구』5호, (예림기획, 2001), p.49.
3) 엘리자베스 그로츠, 『뫼비우스의 띠로서 몸』, 임옥희 옮김 (여이연, 2001), p.27.
4) 엘리자베스 그로츠, 위의 책, p.385.

　이 여성의 몸은 청결하고 고유한 몸, 순종적이고 법을 준수하는 사회적인
몸이 출현하기 위해 치러야 할 대가, 대신 존재하는 비체(abject)이다. 동시에
이 비체는 주변화되고 통합되지 않은 것, 유동적인 것으로서 체제와 질서에
잠재적인 위협이 될 수 있다. 크리스테바가 말한 비체는 매혹과 혐오, 사랑과
공격성, 주체와 타자, 안과 밖의 경계선을 위반하는 시적인 공간으로서 모성
의 공간이자 여성의 몸이다. 이처럼 여성의 몸을 바라볼 경우 푸코 식으로
몸이 담론적 질서에 포획된 채 고정화될 위험에서 벗어나 담론에 반응하고
그것에 영향을 미치는 적극적이고 유동적인 장을 확보할 수 있게 된다.
　하지만 한편으로 이런 의문도 생긴다. 탈주하고 저항하고 전복하는 여성
의 몸은 항상 거식증과 히스테리같은 신경성 징후로만, 침묵이나 수다와
같은 과소코드화되거나 과잉코드화된 발화 행위로만 드러나는가. 여성의 몸
이 말하는 것, 여성의 몸에 대해 말하는 것은 남성의 상징질서 바깥 혹은
언저리에서만 가능한가. 남성의 상징 질서 안에서 그것을 내파(內波)하는
급진적인 시나리오는 쓸 수 없는 것인가. 혹 바깥과 경계에서 여성의 몸
찾기가 역설적으로 여성들의 몸을 둘러싼 현실과 복수적인 차이들(예컨대
인종, 나이, 문화, 종교, 계급, 삶의 스타일, 성적 선호 등)이 다중적으로 경
합·결합하면서 생길 법한 실천의 가능성을 좁히는 것은 아닌가. 몸을 섹슈
얼리티의 장에 한정해 볼 경우 이것은 여성은 성욕 이전에 노동을 수행하는
주체이고, 그녀의 몸은 노동이 수행되는 장이라는 일면적인 인식과는 정반
대의 오류를 범하는 것은 아닌가.
　재현의 질서 안에 들어온 여성의 몸에 대해서 말하는 것도 곤혹스럽기는
마찬가지다. 사적 생활의 발견과 더불어 시작된 근대 문학은 개인의 육체,
특히 여성의 육체에 관심을 기울여 왔다. 남성을 지성, 언어 질서와 동일시한
반면, 여성을 육체적인 것과 동일시하는 오랜 관행 역시 여기에 일조했다.
여성의 몸은 여성 경험의 가장 문학적인 토대이자 그에 대한 은유[5]라 할

수 있다. 그런데 여성의 몸은 재현되고 묘사되는 그 순간 무언가 '다른 것'을 말하기 위한 비유적 텍스트가 된다. 여성의 실제 몸과 재현 사이에 끼여드는 것은 범박하게 말해 '성의 정치학'이다. 여성의 몸에 대해 말하는 우리 근대 문학의 텍스트들 역시 그녀들의 몸과 섹슈얼리티를 선택적으로 감추고 드러냄으로써 텍스트 생산자의 이념과 미학을 공고히 해왔다. 여성의 몸은 현존하지만 의미화의 영역에서는 끊임없이 '다른 것'으로 말해지기 때문에 부재한다. 이같은 재현의 방식은 여성의 몸이 말해질 수 없으며, 신비한 어떤 것, 전(前)언어질서에 속해 있는 것이라는 상투적 신화 못지 않게 불온하고 위험하다.

우리 문학이 왜, 어떻게 여성의 몸을 재현해 왔는지를 꼼꼼히 읽을 필요도 여기에 있다. 여성의 몸에 대해 말하는 것. 그 맥락을 따라가다 보면 우리 근대문학의 형성 원리를 알 수 있다. 식민지 근대와 그 현실을 넘어서려는 긴 여정 속에서 (남성) 주체가 상실된 것과 복원해야 할 것을 가늠하기 위해, 허약하기 짝이 없는 자기 존재의 알리바이를 만들기 위해, 민족-국가 혹은 이념이라는 대주체와 자신을 동일시하기 위해 무엇을 타자화하고 식민화했는지를 알 수 있는 하나의 문이 여성의 몸과 그것을 둘러싼 재현의 질서이다.

2. 근대 문학 초기의 몇 장면

평양성 외 모란봉에 떨어지는 저녁 볕은 뉘엿뉘엿 넘어가는데, 저 햇빛을 붙들어 매고 싶은 마음에 붙들어 매지는 못하고 숨이 턱에 닿은 듯이 갈팡질 팡하는 한 부인이 나이 삼십이 되락말락하고, 얼굴은 분을 따고 넣은 듯이 흰 얼굴이나 인정없이 뜨겁게 내리 쪼이는 가을볕에 얼굴이 익어서 선 앵두

---

5) 헬레나 미키, 『페미니스트 시학』, 김경수 역 (고려원, 1992), p.189.

빛이 되고, 걸음걸이는 허둥지둥하는데 옷은 흘러 내려서 젖가슴이 다 드러나고 치맛자락은 땅에 질질 끌려서 걸음을 걷는 대로 치마가 밟히니, 그 부인은 아무리 급한 걸음걸이를 하더라도 멀리 가지도 못하고 허둥거리기만 한다.

위 예문은 신소설 『혈의 누』 첫 장면이다. 작품은 일청전쟁 당시 딸을 애타게 찾는 여성에 대한 묘사로 시작한다. 이 작품은 딸 옥련이 조선에서 일본, 화성돈(워싱턴)으로 지리적 영역을 넓혀가면서 신여성이 되기까지의 과정을 보여주는데 서사적 의도가 있는 만큼 어머니에 대한 서사적 정보는 여기에 그친다. 주목할 점은 중세 시대 감추어져 왔던 육체가 서사의 장에 들어왔다는 데 있다. 서사의 장에 진입한 여성의 육체는 '얼굴이 익어서 선앵두빛'이 되고, '젖가슴이 다 드러난' 흉물스런 모습이다. 한 연구자의 의미심장한 지적대로 딸을 잃어버리고도 자기 몸 하나 간수하지 못하는 모습은 일청전쟁이라는 상징적 질서가 제일 먼저 무엇을 해체시키는지를 보여준다.6) 엄정한, 그러나 근심어린 남성 내포작가의 시각에 포착된 여성의 몸은 에로틱하지도, 욕망의 주체이지도 않고, 어머니의 몸처럼 포용력이 있지도 않다. 그저 허둥대고, 우왕좌왕하는 이 몸은 좌표를 상실한 민족을 구현(embody)하는 손쉬운 기제로 전용될 뿐이다. 전쟁이라는 국가적 위기 앞에서 제일 먼저 흐트러지고 위기에 처하는 것은 여성의 몸이다. 이어지는 서술에서 옥련모는 잃어버린 아내를 찾아 헤매는 다른 남성에 의해 강간당할 위기에 처해 있다가 일본 병사들에게 구원을 받는다. 남성=대주체=국가의 위기를 보여주는 메타포로써 여성의 육체가 전유되는 예는 셀 수 없을 정도로 흔하다. 민족문학이나 진보적인 문학이나 강간당하는 여성의 육체를 국권

---

6) 박숙자, 「근대문학 형성기에 나타난 모성의 성격」, 『한국문학과 모성성』, 서강여성문학회 공저, (태학사, 1998), pp.94-97.
　박숙자에 따르면 옥련모의 무능함을 전경화시킴으로써, 즉 어머니를 타자화한 연후에야 옥련이 신여성으로 성장할 수 있는 계기가 주어진다.

상실, 외세에 침탈당한 조국의 메타포로 즐겨 써왔다. 이 반복적인 쓰기의 기원을 거슬러 올라가다 보면 『혈의 누』를 만나게 된다. 여성의 육체가 재현의 장에 들어오기 시작했다는 것은 그만큼 '근대적'이지만 그 주체는 남성이라는 점을 새삼 확인하게 된다.

『혈의 누』에 뒤이어 나온 이광수의 『무정』은 '강간'이 서사의 핵을 이루고 있다. 특히 서사의 전반부는 근대적 지식인을 자처하는 남성인물 이형식이 여성의 육체에 대해 가지고 있는 판타지, 여주인공 영채의 처녀성과 강간이 서사를 주도해 나간다 해도 과언이 아니다.

> (가)여자는 두 손으로 낯을 가리고 흑흑 느낀다. 손과 발은 동여매였다. 그리고 치마와 바지는 찢겼다. 머리채는 풀려 등에 깔렸고, 아랫입술에서는 빨간 피가 흐른다. 방 한 편 구석에는 맥주병과 얼음 그릇이 널브러지고 어떤 것은 쓰러졌다. (103면)[7]
>
> (나) 형식의 머리에는 아까 김장로의 집에서 선형과 순애를 대하여 앉았던 생각이 난다. 그 머리로서 나는 향태, 그 책상을 짚고 있던 투명할 듯한 하얀 손가락, 그 조금 구기고 때가 묻은 옥색 모시 치마, 그 넓적한 옥색 리본, 그 적삼 등에 땀이 배어 부드럽고 고운 살이 말갛게 비치던 모양이 말할 수 없는 향기와 쾌미를 가지고 형식의 피곤한 신경을 자극한다. (117면)
>
> (다) 형식은 선형을 선녀 같은 처녀라 한다. 선형에게는 일찍 티끌만한 더러운 행실과 티끌만한 더러운 생각도 없었다. (중략) 형식의 앞에는 선형과 영채가 가지런히 떠 나온다. 처음에는 둘이 다 백설 같은 옷을 입고 각각 한 손에 꽃가지를 들고 다른 한 손을 형식의 손을 잡으려는 듯이 손길을 펴서 형식의 앞에 내어 밀었다. (중략) 이윽고 영채의 모양이 변하여지며 그 백설 같은 옷이 스러지고 피묻고 찢어진, 이름도 모를 비단 치마를 입고, 그 치마 찢어진 데로 피묻은 다리가 보인다. 영채의 얼굴에는 눈물이 흐르고 입술에서는 피가 흐른다. 영채의 손에 들었던 꽃가지는 금시에 간 데가 없고, 손에는 더러운 흙을 쥐었다. (118면)

---

7) 이 작품의 인용은 『이광수 전집1』(삼중당, 1962)의 면수에 따른다.

이미 여러 논자들이 지적한 대로『무정』텍스트는 분열적이다. 이형식은 설익은 관념적인 '자유연애'와 자기를 도와준 은인에 대한 '의리' 혹은 선형과의 '정략결혼'을 혼동한다. 7년만에 자신을 찾아온 영채나 이제 막 영어교습을 시작한 선형이나 조선에 자신을 알아줄 만한 위인이 없고, 자신을 둘러싼 속악한 환경에 절망하는 이 나르시시즘적인 자아에게 낯선 타자이기는 마찬가지이다. 이 여성-타자들은 그렇기에 자신이 지닌 근대적 이념의 일부인 자유 연애를 체현할 대상에 불과하며, 육체를 가진 생생한 존재이지만 자기 목소리를 상실한 채 형식의 판타지에 의해 다른 모습으로 재현된다.

영채와 선형을 떠올리는 방식은 육체를 매개로 해서 대단히 구체적으로 나타난다. 그렇지만 영채는 기생이고, 선형은 돈많은 집 여식에 교육받은 신여성인 만큼 상반된 육체적 자질을 지닌 것으로 나타난다. 이 대조적인 육체가 텍스트에서 현시되는 것은 '강간' 사건이 있은 후이다. 예문(가)는 영채가 배학감과 김학수에게 강간당한 직후 형식과 우선이 현장에 갔을 때의 정경을 묘사한 것이다. 찢어진 치마, 피묻은 입술은 예문(다)의 선형과 영채를 잇따라 떠올리는 장면에서 '피묻은 다리'로 좀더 구체화된다. 예문(나)는 선형과의 교습장면을 떠올리는 부분이다. 강간당한 육체는 '더럽고', 순결한 육체는 '투명'하다. '향기로운 쾌미', 즉 에로틱한 쾌락을 자극하는 것은 순결한 육체고, 강간당한 육체는 동정과 의리를 유발하지만 그뿐이다.

이 작품의 전반부는 영채의 정체성을 형식이 계속 탐문하고 회의하는 방식으로 이루어졌다고 해도 과언이 아니다. 영채가 기생이냐 아니냐 여부, 기생이라 하더라도 정조를 지켰느냐 아니냐 여부, 강간을 당했느냐 아니냐 여부가 계속 문제되는 것은 그녀의 정체성은 육체 그것도 깨끗한 육체를 통해서만 의미가 있기 때문이다.

이때 '강간'은 여주인공의 시련, 혹은 여성의 성적 위기와 민족의 시련을 동일시하는 시각에서 재현된 상징적 사건과는 거리가 있다. 오히려 이 강간은 극단적이긴 하지만 자신의 육체가 더 이상 봉건적인 윤리규범에 강박당해 있는 것이 아니라 새로운 근대적 윤리를 선택하고 성적 정체성을 확립하기 위해 필연적으로 거쳐야 할 시련이자 관문이다.[8]

하지만 왜 하필 여성의 몸인가. 성적인 위기와 가치관의 위기를 동시에 경험하는 이 청춘들의 서사에 성적인 것이 개입하고 그중 여성의 섹슈얼리티와 몸만 문제적인 것으로 재현되는 이유는 무엇인가.

육체의 이야기화가 근대적 이성의 알고자 하는 욕구와 관련이 있다는 점을 떠올린다면 여성의 몸을 말하기 시작했다는 것은 근대적 주체의 정체성 탐색과 긴밀한 관련이 있다고 볼 수 있다. 하지만 남성의 프리즘에 갇힌 여성의 몸은 '깨끗하거나 더럽거나'였다. 더럽혀진 영채의 몸과 절연하고서야 민족의 계몽을 위한 형식의 여정은 가능해진다. 형식은 영채의 더럽혀진 몸에 대해 탐문하고, 의미를 새겨넣는 과정에서 자기 안의 봉건성을 발견하고 성찰함으로써 개인적·사회적 자아의 통합을 꾀할 수 있었다. 하지만 정작 영채의 몸은 형식의 시선으로만 그것도 피묻은 다리, 입술과 같이 파편적으로 재현되며, 자기 몸을 돌아보는 목소리 역시 들리지 않는다. 여성의 몸은 현존하는 동시에 부재하는 것이다.

3. 근대문학은 여성의 몸을 어떻게 재현해 왔나

근대문학 형성기 첫 장면에 드러난 여성의 몸은 그것이 드디어 재현의 영역에 들어왔다는 점에서는 의미가 있지만, 정상성의 몸보다는 훼손된 몸으로, 부정성의 형식으로 재현된다는 점에서 문제가 있다. 이 훼손된 몸은 우리

---

8) 김경수, 「현대소설의 형성과 겁탈-『무정』의 근대성 재론」, 『한국 현대문학과 근대성의 탐구』, (국학자료원, 2000), p.133.

근대 문학의 전개 과정에서 반복적, 강박적으로 나타난다. 여성의 몸은 몸 자체가 아니라 역사와 정치, 사회에 대한 알레고리 혹은 메타포로 쓰였다.

대체로 우리 근대문학은 카프 계열로 대표되는 리얼리즘 문학, 구인회로 대표되는 모더니즘 문학으로, 혹은 계몽담론에 기초한 민족주의 문학과 예술의 자율성에 기반한 순수 문학 등으로 양분해 규정되어 왔다. 이와 같은 이분법적 구분은 192·30년대뿐만 아니라 문학이 사회 변화의 자장 안에 있던 90년대 이전까지 우리 문학을 지배해 왔듯. 그런데 아이러니컬하게도 이 질기디 질긴 이항대립항 속에서 여성의 몸이 재현되는 방식만이 유일하게 근사(近似)하다.

가령 리얼리즘 문학은 구체적인 현장을 배경으로 노동하는 여성의 몸을 재현할 때 노동 문제의 심각성을 극적으로 드러내기 위한 장치로 성폭력, 성희롱과 같이 여성의 섹슈얼리티를 훼손하는 방식을 택하는 경우가 많았다. 한설야, 이기영 등 1930년대 카프 계열 노동소설이나 1980년대 발표된 노동문학이 여기에 해당한다.(1930년대 강경애의 『인간문제』, 1980년대 방현석의 몇몇 작품은 예외이다.) 여성의 섹슈얼리티와 몸이 실제로 노동 통제를 용이하게 하는데 이용되어 온 것은 사실이다. 하지만 노동과 섹슈얼리티를 분리하는 이같은 관점은 여성이 몸으로 경험하는 다양한 경로들 - 예컨대 강경애의 작품에서 형상화되었듯이 지옥같은 노동 환경 속에서도 자기가 생산한 물건을 보면서 느끼는 충족감이랄지 여성 중심 노동현장의 자매애, 기혼여성과 미혼여성 사이의 차이 등등 - 을 협애화, 상투화한다.

사회주의 리얼리즘 기율에 입각한 작품들에서 여성의 몸은 섹슈얼리티가 배제된 채 남성화된 것으로 재현된다. 혁명을 위해 모든 욕망을 탈각한 여성, 전사-남성의 몸으로 위장한 여성에서 볼 수 있듯 여성은 생물학적 몸을 버리고서야 모종의 이데올로기적 성취와 성숙을 이룰 수 있었다. 이 금욕적 여성 주체는 성적인 욕망을 소거해야지만 민족 해방이건 계급 해방이건 대의를 뜻한 바대로 이룰 수 있다고 본 금욕적이고 이성적인 남성 주체와 다를 바 없다.

그런가 하면 모더니즘 문학이 재현한 여성들은 대개 전향한 '모던걸', '맑스걸'이거나 카페 여급같이 자신의 성을 상품화한다. 이들은 이념이든 완성된 근대이든 그 프로젝트가 실패한 탓에 정체성의 향방을 상실한 피로한 남성, 유약한 남성과의 관계를 주도하는 팜므파탈이다. 게다가 자신의 몸을 교환 시장에 내놓아 상품화하고 이를 통해 생계를 유지하거나 남성을 통제, 관리할 만큼 영리한 여자들로 그려지기도 한다. 하지만 이들의 몸은 오염되어 있다. 성병에 걸리거나 각혈하는 몸을 가진 탓이다. 동시에 두 남자를 만나는 번신술(翻身術)/변신술(變身術)의 '여왕봉(이상)'같은 여자들은 역설적으로 남성들이 몸이 지닌 진정성을 확인하고, 자기 성찰의 계기를 마련하는 기제로 사용된다. 똑같이 각혈하고 병들었다 하더라도 남성의 몸에 새겨진 질병과 신경증은 남성 주체가 일그러진 근대를 성찰하고 근대의 판을 새로 짜기 위해 거쳐야 할 육체적 시련이라면, 여성 주체의 질병과 신경증은 그 자체로는 의미화의 장에 아무런 틈도, 자국도 내지 못한다. 결국 리얼리즘/모더니즘의 대립 구도 속에서 여성의 몸은 섹슈얼리티가 배제된 채 그려지거나, 극단적으로 오염된 채 그려진다. 이런 몸 재현의 서사적 전략은 여성의 몸을 타자화함으로써 남성이 자기 이데올로기의 정당성을 확인하려는 데 있다.

근대성 및 근대문학이 본격적으로 발화하는 192·30년대에 들어서면서 여성은 공적 영역으로 호명되기 시작한다. 교육받은 신여성, 카페 여급, 기생, 노동자 계급 여성, 농민 여성 등 계층적인 분화가 이루어지면서, 이 여성들은 자신의 몸을 현시함으로써, 자신의 몸을 부려 돈과 교환함으로써 정체성을 확보해간다. 그녀들의 몸은 노동하는 몸, 성화된(sexed) 몸, 재생산의 몸 등 몸을 둘러싼 다양한 의미망들이 중첩되고 가로지르는 산 경험의 장이라 할 수 있다. 그런데 우리 근대문학은 이런 여성의 몸이 지닌 다중성을 놓친 채 의미화의 한 범주로 귀속해 들이느라 바빴다. 몸이 주체성을 주조하는 일차적인 장이라면 여성의 몸 역시 여성 주체성을 물질적으로 형성하는 장이라는 인식을 간과한 탓이다.

민족주의 문학이 여성의 몸과 섹슈얼리티를 다루는 방식 역시 문제적이다. 전후에 산출된 일련의 '양공주' 소설들, 반미문학의 출발이라 할 남정현의 「분지」, 80년대 정도상의 반미 소설 등은 민족주의 이념을 여성의 몸에 투사한 대표적인 예에 해당된다. 민족주의 문학이 반복적으로 써왔던 '여성수난사' 이야기에서 볼 수 있듯 여성이 몸으로 겪는 고통과 수난은 민족적 수난을 상징한다. 이민족 - 군인에게 강간당한 여성 - 누이의 몸은 남한 사회의 포스트 식민 상황을 효과적·감상적으로 전달할 수 있는 도구로 전용되어 왔다. 여성의 몸을 그리는 남성 주체의 슬픈 시선은 실은 그가 지닌 피해자 의식을 그녀의 몸에 투사한 것이라 할 수 있다.

90년대 이후 포스트모던 글쓰기, 탈이념적 글쓰기는 특히 여성의 섹슈얼리티와 몸에 관심을 기울인다. 이념으로부터 욕망으로 창작의 영토가 대거 자리 이동한 탓이다. 몸은 성과 분리될 수 없고, 성이란 욕망하는 존재로서의 인간의 자아 의식을 형성하는 의식적·무의식적 욕망과 금지의 복합물인 탓에 성적 욕망의 주체이자 대상인 몸이 탐구의 대상이 되는 것은 당연한지도 모른다. 하지만 가령 장정일과 하일지, 마광수, 마르시아스 심의 작품에서 여성의 몸은 남성 주체의 성적인 드라마를 완결짓기 위해 고안된 판타지에 불과하다. 얼핏 여성은 자기 몸의 주인으로서 능동적인 욕망을 구가하는 듯 하지만 그녀의 몸은 남성 주체가 자기 몸의 비밀에 도달하고 궁극적으로는 그것을 초월하기 위해 디디고 넘어가야 할 탐구 대상일 뿐이다.

그렇다면 다시 질문을 던질 수밖에 없다. 왜 남성의 몸이 아니라 여성의 몸인가? 피터 브룩스의 통찰대로라면 정신/육체, 우월/열등이라는 기나긴 이항대립의 역사에서 남성의 몸은 모든 것의 기준이 된다는 사실 때문에 재현의 대상에서 제외되어 왔기 때문일까?[9] 그럴 법도 하다. 하지만 그보다는 막 이입된 근대, 그것도 남의 손에 일체의 권력이 이양된 국가의 신민(臣民)으로 살아야 하는 남성 주체의 우울증, 분열증이 여성의 몸에 투사된 것이라는 가정을 세워봄 직하다. 요컨대 남성 주체는 그야말로 모든 것이 뒤섞이는 근대성의 소용돌이 속에서 주체를 보존하기 위해서 식민화된 상황에 대한 알리바이를 자기가 아닌 타자를 통해 만들어내야 했다. 그 타자는 정상성과 건전함의 경계 저 너머에 있는 존재여야 했다. 그래서 타자로서의 여성은 훼손되고 오염된 몸, 과잉코드화된 어머니의 몸으로 분열되고 찢겨진 채 나타나는 것이다. 우리 근대 문학이 여성의 몸을 둘러싼 재현의 질서를 그토록 오랫동안 구축해 온 이유도 여기에 있다.

4. 여성의 몸으로 무엇을 말하고 쓸 수 있는가

우리 문학사는 여성의 몸을 어떻게 말하고 써왔는가. 민족적·국가적 위기 상황에서 남성들의 상실감을 복원하기 위한 노스탤지어로서의 여성 육체, 남성 주체의 성적·정신적 성장에 조력자로 전용된 여성 육체가 과연 다일까. 악의에 찬 남성의 시선과 말에 의해 실상과는 판이하게 왜곡된 신여성의 몸은 또 어떻게 보아야 하는 것인가.

후기 근대로 접어들면서 여성의 몸을 둘러싼 지형도는 좀더 복잡해지고 미세해졌다. 그런 만큼 우리는 앞서도 말했듯이 여성의 몸을 하나의 범주로 환원해 들일 것이 아니라 그것이 지닌 다층적·다중적 측면에 주목해야 한다.

---

9) 피터 부룩스, 『육체와 예술』, 이봉지·한애경 옮김 (문학과지성사, 2000), p.49.

남성 작가들과는 달리 여성 작가들이 그리는 여성의 몸은 좀더 복합적이고 분열적이다. 이들은 여성의 몸이 식민화된 상황과 그것으로부터 벗어나기 위한 고투를 여러 재현 방식을 통해 보여준다. 이들은 일부 남성 작가들이 탈성화한 어머니의 몸을 다시 성화(性化)한다. 재전유하여 복원된 어머니의 몸은 오정희의 경우에서처럼 불임의 상상력이랄지 재생산에 대한 공포로 재현되는가 하면, 공선옥의 경우처럼 어미 노릇이 주는 충만함과 윤리적 가치, 어미 자리로부터 이탈하고픈 욕망 그 사이에서 갈등하는 유동적인 것으로 나타난다. 박완서는 통곡, 수다, 거식과 폭식같은 육체 언어를 통해 한국 근·현대사를 어머니/누이의 몸으로 관통한 경험을 재현한다.

여성의 섹슈얼리티에 관심을 기울이면서 제도 밖, 남성의 상징 질서 바깥에 위치한 여성의 몸에 관심을 기울이는 작가들도 있다. 이들은 프로이트 이래로 여성의 열등성을 보장해주는 지표로 여겨져 왔던 히스테리, 우울증, 거식증을 새롭게 해석한다. 이들은 신경증과 그것이 몸으로 나타나는 징후들을 여성의 욕망을 체계적으로 억압해 온 남근적 질서에 대한 저항이자 전복으로 보는 듯하다. 여성의 몸에 드리워진 아름다움의 신화를 깨는 그로테스크한 몸(천운영), 동성애처럼 생식기능과는 분리된 조형적 성을 탐색하는 몸(이남희), 결혼 제도를 안팎에서 파열시키는 충동적인 여성의 몸(전경린), 사랑이라는 친밀한 감정으로부터 자유로운 쿨한 성을 구가하는 여성(은희경) 등 재현 양상 역시 대단히 다채롭다.

하지만 여성의 몸에 대한 이 새로운 발견들이 가져올 부정적인 측면 역시 경계할 일이다. 만약 새롭게 발견된 여성의 몸이 '비정상성', '일탈'로만 재현된다면, 실제 삶의 현장에서 여성들이 지닐 법한 다양한 몸의 경험이 소거된 채 하나로 묶일 가능성이 있기 때문이다. 일탈적이고 전복적인 의미의 장을 열어젖힌 이 작가들의 세계는 대단히 매혹적이지만, 또다른 일반화의 우를 범할 수도 있다.

지금까지 우리는 근대문학이라는 광활한 영역에서 벌어진 여성의 몸을 둘러싼 재현의 질서를 아주 범박하게 살펴보았다. 그 결과가 페미니즘 문학이 으레 비판해 왔던 남성중심적 문학사를 재확인하는 소박한 수준에서 끝나버렸는지도 모르겠다. 하지만 이같은 접근방식이 우리 근대 문학의 아킬레스건인 '식민화된 주체'의 탄생과정을 '다른' 관점에서 촘촘히 보여주는 길이 될 수 있다는 확인은 한 셈이다. 게다가 생생한 경험의 영역을 증류한 채 '탈성화' 되어버린 여성의 몸을 재전유할 필요성을 다시금 확인하는 자리도 되었을 것이다.

여성의 몸은 주체성을 주조하고 억압의 체험을 각인하는 일차적인 장이다. 또한 여성의 몸은 젠더, 인종, 계급, 세대, 성적 지향성 등의 다중적 코드들이 각인되는 장으로서 주체의 물질성을 담보한다. 따라서 몸은 고정된 본질이나 자연적 소여가 아니라 다중적 코드들이 횡단하는, 그래서 운동성을 가질 수 있는 장이다.[10] 생물학적 운명이냐 아니면 사회적 구성물이냐는 글 최초의 질문으로 돌아가 그 답을 써 볼 단서도 여기에 있다. 생물학은 운명이 아니며, 주체는 구성되는 존재만도 아니다. 이제 막 자기의 몸에 대해 자기만의 언어로 말하기 시작한 여성들은 재현의 주체이며, 구체적인 현실의 장에서 몸의 다중적 정체성을 자각한 존재이다. 남성의 시각에 의해 타자화된 몸이 아니라 스스로 자기 몸을 돌아보기 시작한 이 주체들은 한편으로 전복하고 탈주를 감행함으로써, 또 한편으로는 자기와 차이가 있는 타자들의 몸을 수용하고 긍정함으로써 새로운 몸의 윤리학을 실천할 수 있으리라 기대해 본다.

---

10) 태혜숙, 「성적 주체와 제3세계 여성문제」, 『여/성 이론』1호, (여이연, 1998), pp.99-100.

여성의 성 혹은 욕망을 말하기

1.

'90년대'는 그 안에 지배적 이데올로기 및 담론의 해체와 갖가지 이질적인
담론들의 충돌을 자신의 적자로 껴안은 듯하다. 생산은 욕망에, 경제학은
심리학에 그 자리를 내놓은 지 이미 오래다. 이때의 90년대는 80년대라는
지나간 연대와 극대칭의 모습을 띠고 있거니와, 80년대의 의미망과는 극단
적으로 다른 모습으로 다가와 그 '다름'을 받아들일 것을 위협하고 있다.
이즈음 문학계에 눈에 띄는 현상은 파시스트적 속도를 더하고 있는 성적
담론의 비대화 및 페미니즘이라는 수식어의 등장이다. 이는 중심에서 소외되
었던 주변부적 담론 - 가령 본격문학과 대중문학(문화)의 경계허물기와 같은
- 에 대한 관심의 증가와 맞물려 있는 듯하다.

기왕의 소설들에서 보여왔던 고전적, 낭만적 사랑이나 성의 신화를 전복
하는 이질적인 성에 관한 담론이 넘쳐난다. 장정일, 신이현, 박일문, 하재봉
등의 작가들이 보여주는 세계는 더 이상 향수할 것이 남아있지 않은 인공낙
원의 세계, 아비와 어미의 계보가 존재하지 않는 세계, 존재의 무거움이 사라
진 가볍고 즉물화된 세계이다. 때문에 이들에게는 꿈꿀 것이 더 이상 남아있

지 않으며, 세계인식은 부정적이고, 아비와 어미가 없는 글쓰기는 자기도취
적이다. 이들이 훼손된 세계를 그리는 방식은 상당히 유사하다. 여성의 육체
혹은 성에 대한 경도, 이 여성의 육체를 탐닉함으로써 세상을 읽기, 혹은
그 세상과 대항하거나 그것을 회의하기, 그리고 그 과정을 통해 글쓰기로
자신의 정체성을 정립하기가 그것이다. 이런 공통적 속성은 가부장적/이성중
심적 질서의 전복이라는 점에서 긍정적 함의를 지닌다. 하지만 그것의 대안
이 후기 자본주의 소비문화의 무한증식에 대한 긍정과 그 자본이 산출해
낸 가짜 욕망의 은유로서의 성이라는 점에서는 한계를 노정한다. 이들이
선택한 새로운 가치 질서는 '욕망', '억압으로부터의 해방', '기존 질서의
해체'라는 명목 하에 보다 내밀화되고 고도화된 기존 질서에 편입되는 것에
다름아니기 때문이다.

그렇다면 이들이 세상을 읽어내는 방식에 왜 성 혹은 여성의 육체가 개입
하는가. 더 나아가 이런 성적 담론의 비대화를 어떻게 해석할 것인가. 성
혹은 여성의 육체가 문제되었을 때 그것은 그 성과 육체의 주인일 것을 주장
하는 페미니즘과는 어떤 관련성이 있는가. 이 글은 이러한 질문에서부터
시작된다. 거대이론으로 지칭되는 기존의 인식체계를 대체하기 위해 여성의
성(sexuality), 욕망, 육체에 관심을 표명하는 것은 후기 구조주의, 후기 맑시
즘의 일반적 경향이다. 푸코의 경우 성은 신체에 대한 담론의 구성을 통해
권력, 지식이 생산, 유지되는 장소라고 보아 권력/지식의 통제장치로 성을
인식한 데 반해, 들뢰즈는 욕망하는 생산(desiring production)을 사회적 생산
과 동일시하여 욕망을 긍정하고 있다. 보드리야르 또한 여성의 성을 자본의
심리적 메타포로 파악하고 있다. 프로이드나 라깡의 이론에 빚지고 있는
프랑스 페미니즘의 경우 여성의 성을 더욱 적극적으로 파악하고 있다. 씩수
나 이리가라이같은 이들은 무의식과 욕망, 언어간의 관계를 고찰하면서 여
성의 욕망(성욕)이 가부장제 하에서 억압되어 왔다고 주장한다. 이들은 남성

의 욕망과는 이질적인 여성 욕망의 복수성(plurality)을 여성적 언어 및 글쓰기와 연관시킨다. 가부장적 질서의 검열을 받지 않는 여성성에 대한 관심은 역사적으로 억눌려왔거나 주변화되거나 비정상적이라 폄하되어 온 여성의 담론을 적극적으로 가치 평가하는 데에까지 나아간다. 그러나 여성의 성이 자본주의나 권력의 매카니즘을 설명하기 위한 것으로 사용되든, 여성적 담론의 실천 차원에서 운위되든지 간에 이런 다기한 이론의 홍수를 무작정 수용하기는 어렵다. 그러한 이론들이 사회적으로 구조화되고 차별화된 여성의 현실에 기반하여 그 현실의 변혁 가능성까지를 염두에 두어야 한다는 우리의 문제의식 때문이다. 자칫 이런 현란한 이론들이 자본주의 질서를 주어진 것으로 용인하면서, 그 속에서 여성의 성이 상품화되고 다각도로 통제되는 현실을 긍정할 수도 있기 때문이다. 또한 여성적 담론의 개발이 여성문학의 폭과 깊이를 더하는데 필수적임을 인정한다 하더라도 그 담론이 남성적 욕망/담론과의 차별성만을 강조하게 되면 생물학적 차이를 실재 현실이나 언어에까지 적용하려는 환원론적 오류에 빠질 수도 있다.

물론 이러한 '후기' 이론들은 실재 우리의 창작계와는 거리가 있다. 앞으로 다루게 될 일군의 작가들의 소설에서 여성의 성은 즉물적으로 그려지거나, 남성 인물의 자기각성을 매개하는 대상적 존재로 그려지는 것이 대부분이기 때문이다. 그러나 이들이 탈이념적, 청산주의적 현실인식을 무반성적인 성 인식을 매개로 해서 암암리에 유포하는 과정에서 이런 서구적 이론을 끌어오고 있는 이상, 그 이론의 한계 또한 짚고 넘어가는 것이 바람직하리라고 여겨진다.

다시 본래의 논의로 되돌아오자. 이 글은 여성의 성 혹은 육체를 서술하는 우리 시대의 담론들이 어떤 층위들로 구성되어 있는지, 그리고 각 층위가 지닌 의미는 무엇인지, 진정한 여성의 성 혹은 육체 나아가 욕망의 기술은 불가능한 것인지에 대해 탐색해 보고자 한다. 본론에서는 90년대 소설작품들을 대상으로 여성의 성과 욕망이 형상화되는 몇 가지 방식들을 살펴보기로 한다. 2절에서는 여성의 성을 남성의 시각적 쾌락의 대상으로 파악하면서, 여성의 육체 역시 사회 현실과는 절연된 유혹/좌절의 기호로 파악하는 경우를, 3절에서는 여성의 욕망을 '여성' 내부의 시선으로 드러내는 경우를 살펴보겠다. 2절에서는 남성작가의 작품이, 3절에서는 여성작가의 작품이 거론되겠지만, 이는 작가의 생물학적 신원에 따른 구분이 아니라 여성의 성/욕망을 대상으로 파악하느냐, 아니면 주체로서 파악하느냐 하는 재현의 방식에 따른 구분임을 밝혀둔다.

2.

장정일, 이인화, 구효서, 박일문, 하재봉 등 새로운 감수성과 글쓰기를 지향하는 작가들의 작품은 인과성이 배제된 파편적인 서사원리로 구성되어 있으면서, '성'을 통해 현실 세계를 바라본다. 이들의 작품에서 여성/남성을 둘러싼 생활세계, 가령 결혼이나 일 등은 그다지 의미를 지니지 못한다. 탈색된 생활세계 대신 비지시적이고 퇴행적인 공간이 자리한다. 그 공간은 이데올로기의 혼란으로부터 도피하려는 자의 처소 구실을 하거나(박일문의 『살아남은 자의 슬픔』에서의 음습한 여인숙), 소비문화의 기표이면서 동시에 부재의 공간이거나(하재봉의 『블루스 하우스』에서의 블루스 하우스), 끊임없이 글쓰기의 강박관념에 시달리면서도 그것이 불가능한 불모의 공간(장정일의 『너에게 나를 보낸다』에서의 경산과 이모의 여관)이다. 그 공간에서 인물들은 아무런 이유 없이 여성과 관계를 맺고, 그 여성의 죽음을 맞이하고 그것을 계기로 소설을 쓴다. 박일문, 구효서, 하재봉의 작품들은 한결같이 이런 유형으로 되어 있다.

성적으로 변모된 현실 세계 혹은 현실 자체가 말소된 성적 세계는 여성의 성을 문제삼으면서도, 이를 남성의 가치로, 남성의 시각적 쾌락 원칙에 복속하는 것으로 그려낸다. 남성의 '눈'에 포착된 여성들은 사회적, 윤리적 의식에서 완전히 자유롭다. 우선 이들은 지적, 육체적으로 완벽하며, 섹스에 탐닉하면서도 그 섹스로부터 자유롭다. 그런 점에서 이 여성들은 '비현실적'이다. 결혼이나 사랑이 개입되지 않은 성을 구가하는 여자들은 비단 성뿐만 아니라 남녀관계에서 벌어질 법한 이런저런 얽힘으로부터도 한발 떨어져 있다. 육체의 주고받음이라는 단순한 교환 형식만이 있을 뿐이고, 남성들은 항상 여성의 성적 욕망을 충족시켜주며, 여성들을 죽음에 이르게 하는 것은 대개 이념적 고민과 관련된 별개의 영역이다. 그런 점에서 이들의 소설은 나르시시트적이고 자기성애적이긴 하지만 진정한 자기 반영에까지는 이르지 못하고 있다. 음악이나 책, 영화에 대한 파편적인 정보의 범람, 무반성적인 성행위로 가득 찬 이들의 소설에서 우리가 발견하는 것은 가치전복적인 인식이 아닌 소비문화에 대한 찬양과 여성을 끊임없이 타자화하고 주변부로 몰아내는, 그리하여 또 다른 권력을 창출하는 남성중심적 이데올로기이며, 회상의 형식을 통해 지나간 연대의 이념을 무화시키려는 탈이데올로기의 전략뿐이다.

장정일의 소설은 이러한 경향을 대표적으로 보여준다. 『그것은 아무도 모른다』, 『아담이 눈뜰 때』, 『너에게 나를 보낸다』 등의 작품에서 일관된 경향은 철저한 교환가치로서의 성, 소비되는 성, 심지어는 동성애에 이르기까지 갖가지 불구화된 성을 이와는 다른 층위의 이야기와 섞어서 하는 형식실험이다. 그러나 그간 평자들에 의해 지적되어 온 바와 같이 장정일의 소설은 그 파격적 기법과 이야기에도 불구하고 여전히 윤리적 차원의 결말에 이른다. 예컨대 동성애 주인공이 에이즈에 걸리자 잘못을 뉘우치고 자신이 맨 처음 강간했던, 이제는 수녀가 된 여자를 통해 구원을 얻거나(『그것은 아무도 모른다』), 일련의 자유로운 섹스를 통해 이 세상이 '인공낙원'임을 깨닫고 글쓰기로 자신의 정체성을 정립하는 식(『아담이 눈뜰 때』)이 그 것이다.

『너에게 나를 보낸다』(미학사, 1992) 역시 이전의 작품과 연장선상에 있으며, 작가 자신이 후기에서 천명하듯 '읽을거리'로서 소모되는 글쓰기 양식을 보여주고 있다. 더욱이 이 작품은 우리 시대 문학과 사회의 예민한 문제들, 예컨대 92년 당시 문제가 되었던 표절시비, 80년대 민중문학이나 운동에 대한 작가 장정일의 문화적 답변이라 할 수 있다. 총345장에 달하는 짧은 장들간에는 서사를 지탱해주는 인과성이나 관련성이 전혀 없다. 이는 작품에서 포스터가 『소설의 이론』에서 말한 바 있는 플롯, 즉 소설의 구성에 대한 작가의 의도적 파기로 설명되고 있다.

일차적으로 이 작품은 치치올리나가 국회의원이 되고, 마유미가 베스트셀러 작가가 되고, 서울대를 나온 치과의사가 국수집 주인이 되는 이야기, 즉 "인간의 삶이 얼마나 가변적인 것이고, 각 개인이 상정한 삶의 목표가 얼마나 불확정적인 것(281쪽)"인지를 말하고자 한다. 작품에 나오는 인물들에게는 이름이 없다. 이름이란 자기의 정체성을 밝혀주는 징표이자, 라캉 식으로 말하자면 아버지의 질서로 볼 수 있다. 이 점을 염두에 둔다면 명명법의 의도적인 파기는 불확정성으로 요약되는 작가의 세계인식을 드러낸다. '바지를 입은 여자', '은행원', '오만과 자비' 식으로 명명된 인물들의 삶의 유전 역시 소설의 시작과 끝에서 거듭 바뀐다.

서사를 지탱해나가는 축은 크게 둘로 나뉘어진다. 하나는 인물들간의 성적 관계맺음이고, 또 다른 하나는 글쓰기의 욕망 혹은 강박관념이다. 이 두 축간에는 긴밀한 연관성이 있다.

먼저 작품에서의 성은 대개 불구화되고 비정상적인 성관계, 거세된 성이다. 불구화되고 비정상적인 성관계는 '바지입은 여자'를 중심으로 전개된다. '바지입은 여자'와 표절작가로 몰려 지금은 도색소설을 쓰고 있는 '나', '바지입은 여자'와 80년대 노동운동가이자 문학평론가인 '오만과 자비', '바지입은 여자'와 거세된 '은행원'의 관계가 그것이다. '바지입은 여자'는 자신의 성적 매력을 이용하여 '나'의 글쓰기를 관리하고, 거세된 '은행가'에게 자비를 베풀기도 하고, 오만하기 그지없는 지식인인 '오만과 자비'의 왜곡된 욕구의 분출구 역할을 하기도 한다. 게다가 그녀는 자신의 성을 매개로 여배우로 수직 상승한다. 그녀에게 성은 교환가치로서의 의미를 지닌다.

공장노동자에서 시작해 여배우로까지 수직적인 인생유전을 거듭하는 그녀는 자신의 정체성을 어떻게 찾는가. 그리고 그 정체성 찾기 작업은 진정성을 지닌 것인가. "자신에게 주어진 성을 의식하게 되었고, 바짝 치켜 올라가고 튀어나온 엉덩이를 주요한 자기 매력으로 받아들인(231쪽)" 그녀는 스스로를 "욕망의 표적(35쪽)", "성으로부터 소외된 무산자(35쪽)"로 자리매김하며, 이를 통해 자신의 욕망을 성취한다. '나'를 통해서는 글쓰기의 욕망을, 백형두나 감독을 통해서는 대중스타가 되려는 욕망을 말이다. 그녀는 자신의 욕망을 성취하기 위해 아무런 거리낌없이 자신의 육체를 내놓는다. 때문에 그녀에게서 육체로 인해 상처받았던 유년시절의 흔적을 발견하기는 힘들다. 그녀가 주도권을 쥐고 있지 못했던 유일한 관계는 '오만과 자비'와의 관계이다. '오만과 자비'는 그녀에게 결핍된 것, 이를테면 현란한 지식, 학벌 등을 지니고 그녀 위에 군림한다. 그러나 '오만과 자비'는 그 명명에서 볼 수 있듯이 상당히 이율배반적인 인물로 묘사되고 있다. 그는 자신이 인식적으로 우월한 위치에 있다고 믿는 선민주의에 침윤된 인물, 실천을 하지 못하는 무력함을 그녀와의 폭력적 성관계를 통해 해소하는 인물이다. 그에 대한 부정적인 묘사는 그의 인생유전이 밥의 평등이 아닌, 밥의 질을 위한 운동이라는 우스꽝스러운 미명하에 일급 경양식집의 주방장으로 귀결되는 데서도 알 수 있다. 전자의 밥이 삶 혹은 돈과 같은 내포적 의미를 지닌 데 반해, 후자의 밥은 문자 그대로 밥에 그친다. 그럼에도 불구하고, 작가는 이 양자를 등가에 놓음으로써, 그가 지향했던 80년대 이데올로기를 희화화하고 있는 것이다.

　주목할 지점은 작가가 성에 대한 비판적 담론을 '바지입은 여자'의 입을 통해 무화시키는 대목이다. 남자의 성적 욕망은 불가피하게 충동적이라는 '나'의 논리에 대해 바지입은 여자가 행하는 비판은 "엄정하고 논리적인 것(31쪽)"이며, 그 논리적인 이야기에 작가는 의도적으로 한 절을 할애한다. 그녀는 성기중심적 성문화를 비판하면서 "모든 성적 욕망과 성적 쾌감에는 (충동적이 아니라) 인지적 요소(32쪽)"가 개입되며, "성범죄, 아니 성이란 본질적으로 권력의 남용이나 권력과 밀접한 연관이 있다(33쪽)"고 파악한다. 그녀가 행한 비판이 정당하다 하더라도, 그녀 자신 또한 성적 욕망을 교묘히 활용하거나 스스로 그 욕망의 대상이 되고자 하는 점에 대한 반성적 성찰은 없다. 더욱이 작가는 그녀의 담론을 생경한 이론으로 구성한 다음, 바로 다음 절(24절)에서 "모두 책에 나오는 이야기(33쪽)"라는 간결한 서술을 통해 그녀의 담론을 철저히 무화시킨다. 이는 바로 성에 대한 비판적 담론을 의도적으로 탈이데올로기화 시키는 것에 다름 아니다.

　작품의 성적 담론에서 또 다른 주요 모티프는 '거세'이다. 거세는 수정궁처럼 출구를 발견할 수 없는 현대 사회를 살아가는 사람들의 은유이자, 도색소설이나 표절로 자신의 생산력을 탕진해 가는 불모의 글쓰기의 상징물이다. 은행원의 거세는 "자신의 현실을 늘 아버지처럼 대하고(144쪽)" 산 데서 기인한다. 현실/아버지/수정궁의 완벽함, 강고함에 대항하는 그의 방식은 세상 바깥과 자신의 집안에 도피처를 만들어놓는 것이다. 그는 음악이나 영화 속의 현실로 도피하여 "오늘을 향해 총을 쏘기"를 꿈꾸거나, 사창가에 출입하거나, 술집에서의 무의미한 잡담으로 현실을 견뎌간다. 그는 "환경운동이니 소비자 운동이니 하는 것들은 다 가짓수가 늘어난 라면(257쪽)"과 같다고 한 데서 알 수 있듯이 현실을 냉소적으로 파악한다. 그는 바지입은 여자와의 일종의 고해성사를 거치고, 그리고 '나'가 버린 타자기로 글쓰기를 시도하면서 자신의 정체성을 찾게되고, 거세 상태도 치유하게 된다. 반면 '나'는 자신이 쓴 도색소설이 바지입은 여자에게 발각되고, 제대로 된 소설을 쓰라는 요청에도 불구하고 작품을 쓰지 못하면서 발기불능 상태에 빠진다. 이 둘에게 글쓰기와 성적 욕망은 동일한 것이다.

이렇듯 이 작품에서 성은 즉물화된 성, 교환가치로서의 성, 타락한 시대와 인간군상에 대한 은유로서의 성이면서 작품의 또 다른 축인 문학이나 글쓰기에 대한 통찰과 연관되어 있다. 나아가 이데올로기에 대한 담론과도 관련이 있다. 343장에서부터 이제는 작기 이름(다시 말해 정체성)을 찾은 장선경과 조사명간의 대담은 작가의 문학관, 세계관을 엿볼 수 있는 바로미터 구실을 한다. 조사명은 80년대에 나온 중산층 소설과 목적의식적인 민중소설의 폐기처분을 논하고, 문학이 사회를 변화·변혁시킬 수 있다는 믿음, 작가가 사회의 선도적 역할을 할 수 있다는 믿음에 대해 "흑마술"이며, "자아도취"라고 논한다. 이러한 시각은 리얼리즘에 대한 혐오와 아방가르드적 예술에 대한 옹호로 귀결된다. "아무 때 묻지 않은 순수의 거울이 있어 사물을 정확하게 반영하는" 거울로는 수정궁같은 현실을 깰 수 없으며, 수정궁을 깨는 데는 렌즈나 총이 있어야 한다는 파격적인 진술은 리얼리즘의 반영이론에 대한 전면적인 부정이라 할 수 있다. 리얼리즘에 대한 부정과 아울러 80년대의 변혁이념 또한 부정되고 있다. 이는 '바지입은 여자'가 쓴 시에 대한 해석상의 차이를 통해 드러난다. 그녀가 자신의 시를 여성의 욕망을 드러낸 것이라 주장하는 데 반해, '오만과 자비'는 80년대 노동문학의 논리로 설명하고 있다. 그리고 그의 논리는 곧바로 다음절에서 "모두 책에 나오는 이야기(237면)"로 폄하되는데, 이는 앞서 성에 대한 비판적 담론과 마찬가지로 변혁이데올로기 자체를 해체하려는 의도와 관련이 있는 듯하다.

결국 작가가 읽을 거리로서의 소설, 구성이 아닌 호기심에 불과한 소설을 전략적으로 택함으로써 이야기하려는 것은 성, 문학 및 사회현실에 대한 비판적 담론을 전복하려는 것이다. 비록 작가가 타락한 사회 및 문학에 대해 비판적 시선을 지니고 있다 하더라도, 그러한 현상 진단이 외설적인 도색소설로 북한의 주체사상을 왜곡시키려 한다는 식의 상상력으로 발전한다면 이는 현실에 대한 올바른 진단일 수 없다. 게다가 내가 쓰는 도색소설의 내용, 은행원의 연정의 대상이 된 택시기사의 아내의 고백 등 다양한 층위를 통해 표출되는 공공연한 성적 담론은 우연성과 파편성의 무한 사슬이다. 때문에 이 작품이 기존의 여성/남성과는 정반대되는 권력 관계를 제시하고, 자신의 육체와 성으로부터 자유로운 여성상을 제시했다 할지라도 그것은 남성의 눈으로 오독(誤讀)된 여성상일 따름이다.

앞서도 논한 바와 같이 장정일을 비롯한 동년배 작가들은 여성의 성에 대해서는 의도적으로 무지하고 왜곡을 일삼는다. 여성인물들은 남성 주인공들이 자기를 정립해 가는 과정에서 80년대의 이념 및 사회를 청산하기까지 이들의 각성을 보조하는 역할을 하거나(박일문, 이인화), 주인공의 자아 찾기를 계속 지연시키거나 방해하는 적대적 인물로 묘사되거나(하일지), 글쓰기의 원천(박일문, 하재봉, 장정일)으로 기능한다. 이들에게 여성은 실존적인 존재가 아니라 유혹과 좌절의 기표이자 도구이다. 따라서 이들의 작품에서 여성이 자신의 육체를 '여성으로서' 경험하는 형상을 기대할 수는 없다.

여성의 눈으로 여성의 육체와 욕망을 그리는 것은 지난하다. 최소한이나마 성에 대한 반성적 시선이 확보되지 않을 경우 여성은 여전히 타자화된 존재로, 현실에 뿌리박지 못한 채 부유하는 기호로, 주변화된 영토로 존재할 뿐이다.

3.

여성이 자신의 욕망에 귀기울이거나 드러내는 것은 너무나 오랫동안 금기로 여겨져 왔다. 그 금기의 영역에 박일문이나 장정일의 소설에서 보여지는 것처럼 자신의 육체를 이념의 정화대상으로, 권력의 수단으로 여기는 사이비 해방된 여성상이 대신 들어선 것이다.

그렇다면 이 남성의 시각으로 오도된 여성상과 결별하고 우리 시대 억압된 여성의 욕망을 있는 그대로 보여주면서 그것의 해방가능성을 보여줄 길은 없는 것인가. 필자는 그 가능성을 여성의 경험을 '내부에서' 보여주는 작품들을 통해 모색해보고자 한다.

윤영수의 작품세계는 정상에서 일탈한 가족관계와 가족구성원간의 의사소통이 부재한 상황을 통해 가부장제 이데올로기의 모순을 문제삼는다. 작가는 그 비정상의 가족관계를 감내하는, 혹은 이를 문제시하는 여성들의 삶을 전경화한다. 그 중 「봄뜰」(『사랑하라, 희망없이』, 민음사, 1994)은 한 여성의 내면에 대한 치밀한 묘사와 이미지의 직조가 돋보인다. 윤영수의 다른 작품처럼 「봄뜰」에서의 가족은 불안정하기 그지없다. 주인공 경실은 남편의 무정자증으로 인해 들인 양녀와 갈등하고, 생명력 있는 것들로 가득 찬 봄기운과 갈등한다. 그러나 이는 표면적 갈등에 불과할 뿐 경실이 대면한 진짜 적은 내부에 잠복해있는 성적 욕망이다. 그것은 봄날의 자태와 얼굴의 근지러움이라는 신체적 징후를 통해 상징적으로 제시된다. 그녀에게 봄날은 "만물이 저마다의 해괴한 소리로 상대를 부르고 교접의 음란한 몸짓(93쪽)"을 해대고, "땅속 밑 뿌리까지 들쑤셔대는 정염들(93쪽)"로 가득 찬 것으로 여겨진다. 그녀의 두드러기는 "그 추잡한 기운들에 대처하기 위해 분연히 일어선, 마치 갑옷의 미늘과 같은 것(94쪽)"이다. 그러나 혼탁한 봄기운에 대한 적대적 심리의 이면에는 생명력 있는 것에 대한 선망이 깔려있다. 이는 그녀가 두드러기로 인해 황폐해진 자신의 얼굴을 바라보며 "매미가 허물을 벗듯 깡그리한 꺼풀을 벗겨"내고 "말끔한 속 알맹이를 끄집어(104쪽)"내고 싶어하는 데서 잘 드러난다. '갑옷'과 같이 사회적, 윤리적으로 통제된 욕망의 피하에 잠복해 있는 일탈 욕망을 신체적 징후를 통해 제시하고 있는 것이다.

그녀의 눈에 보이는 모든 현상, 예컨대 자목련의 화려함, 먼지바람 속에 묻혀 오는 메뚜기 알의 번식력, 남편처럼 씨를 못 뿌리는 개 등은 성적인 것을 환기하거나 성적인 것으로 치환된다. 이때의 성은 생식과 양육의 기회를 박탈당한 그녀에게는 혐오와 동경을 내포한 양가적 대상이다.

양딸에 대한 심리는 "생명을 잉태할 성인으로서의 여자(106쪽)"로 인지되면서부터 어긋나기 시작한다.

> 경실은 아이가 앞으로 수십 년의 세월 동안 매달 한 개씩 낳아놓을 알의 더미를 본다. 그녀는 뭐가 뭔지 알 수 없다. 그녀가 남편을 굳이 승복시켜 그들의 호적에 올린 아이는 빨간 울음을 울며 우유병을 빨아대는 갓난아이였지, 그 뱃속에 정자를 받아들여 생명을 잉태할 성인으로서의 여자가 아니었다. (106쪽)

갓난아이가 초경을 경험하고 나서 엄마이자 여자로 성장해 가는 과정을 그녀는 승복할 수 없다. 그것은 그녀에게는 결핍된 것이자 동경의 대상이기 때문이다. 그러나 그녀는 봄뜰의 화사함, 다시 말해 그녀에게는 없는 생명력과 대면함으로써 제어된 욕망을 넘어서고자 한다. 핏자국으로 환치되는 자목련 봉오리를 아이에게 먹이는 결말 장면은 불가능한 자신의 욕망을 치유하고자 하는 시도로 보인다.

> 입에 넣어도 돼. 구겨지지 않게 입을 크게 벌리는 거야. 이를 대면 안돼. 혓바닥으로 말야. 해봐. 넌 잘할 거야. 그래. 훌륭한데. (중략)

> 온 천지에 꽃들은 왜 피는가. 그 흉칙한 몸짓들을 사람들은 어찌 보고
> 즐기는가. 손이 채 닿지 않는 가지 위의 꽃봉오리가 하늘을 향해 서서히
> 입을 벌리고 있다. 자궁문이 열리는 으드득거리는 비명이 아슴푸레하게 들
> 려온다. (107 - 8쪽)

흉칙한 몸짓으로 표현되는 꽃의 화사함과 번식력에 대해 강박적인 혐오의
감정을 지니면서도 입을 벌린 꽃봉오리를 딸에게 먹임으로써 자신의 좌절된
욕망을 성취하려 하는 것이다. 이는 또한 여성으로서의 경험을 공유함으로써
딸과의 화해를 모색하려는 몸짓이기도 하다.

이 작품은 전통적인 서사문법에 비교적 충실한 작가의 작품경향에서 가장
멀리 떨어져 있는 듯하다. 작품 곳곳에 강박적으로 묘사되는 수억의 정자에
대한 환상은 논외로 하더라도 "자신을 낚아채던 술 취한 사내의 거친 손길(94
쪽)"에 대한 환상이나, 남편의 거세와 자신의 좌절된 욕망을 상징하는 듯한
성한 악기 하나 없는 음악실과 부서진 오르간, 빽빽하게 털이 난(이는 남성성
의 상징이다) 정체 모를 남자의 이미지, 작품 전체에 걸쳐 스산하게 묘사되는
봄뜰은 얼핏 서로간에 개연성이 없는 듯하지만 실은 '욕망하는 여성'으로
인정받고자 하는 주인공의 내적 갈등을 전경화하여 보여주는 역할을 한다.
이러한 꼼꼼한 이미지의 직조를 통해 작가는 '어설픈 둥지'인 가족에 대한
윤리적인 책임의식과 '자궁'으로 표현되는 자기 내면에의 귀기울임 사이에
서 갈등하는 여성상을 설득력있게 제시하고 있는 것이다.

신경숙의 「배드민턴 치는 여자」(『풍금이 있던 자리』, 문학과지성사, 1993)
는 좌절된 욕망을 이야기한다. 신경숙 작품세계의 주조를 이루는 의사소통의
단절, 과거 혹은 부재하는 것에 대한 갈망, 서사성보다는 이미지나 상징 등에
의존하는 태도 등은 이 작품에서도 예외가 아니다. 이 작품의 그녀는 오랫동
안 화원의 식물들처럼 단조로운 식물성의 삶을 살아온 내성적 인물이다.
때문에 그녀의 단조로움을 깨워놓은 그의 한마디에 그가 "내 속으로 들어왔

다.(154쪽)”고 느낀다.

> 그날, 소매가 없는 자주색 실크 블라우스 아래 좁쌀만한 소름이 돋은
> 채로 얌전하게 놓여져 있던 그녀의 팔은, 추운가보군, 무심한 그의 한마디
> 로, 무심한 그의 쓰다듬음으로, 그랬다. 욕망을 품게 된 것이다. (173쪽)

그를 향한 욕망은 팔-몸에 각인된다. 그러나 이제 막 출구를 찾은 그녀의
욕망은 환상이 아닌 ‘현실의 그’ 앞에서 좌절되고 만다. 표현의 가능성을
찾지 못한 그녀의 욕망은 ‘배드민턴 치는 여자’에 대한 갈망으로 드러난다.
“경쾌한 하얀 다리들(167쪽)”을 바라보던 그녀는 자신도 그들과 동일하게
남성의 시선의 대상, 욕망의 대상이 되기를 바란다. 그러나 그와의 합일이
불가능해지면서 욕망은 일탈된 형태로 나타난다. 그녀는 다른 남자인 ‘최’
를 불러내고 그에게 강간당한다.

작품은 다각도로 그녀의 욕망이 억압된 경로, 욕망의 좌절, 그리고 그것이
어떻게 불구화된 인간관계로 이어지는지를 세심하게 보여준다. 그녀에게 어
린 시절 야생미나리 군락지의 그애, 사진기자인 그, 그녀를 강간하는 최 등
타자와의 관계맺음은 불가능하다. 푸른 영상 속의 그애와 관련된 기억은
“내 쓰라린 상처와 그애의 차가운 멸시(172쪽)” 뿐이며, 그로 인해 생긴 ‘파
릇파릇한’ 욕망은 현실의 그 앞에서 좌절되고 만다. 그녀 내부의 욕망을 읽어
낸 최는 폭력으로 그녀의 좌절을 증폭시킬 뿐이다. 이렇게 현실에서는 충족
되기 힘든 그녀의 욕망은 죽음(혹은 의사죽음)이나 또 다른 표현 욕망인 글쓰
기로 대체된다.

어린 시절 그애에 대해 “너의 마음을 돌이켜놓기 위해서라면 난 죽으리
(178쪽)”라는 생각으로 버텼던 그녀는 이제 포클레인 위에 올라가 흙에 자신
의 몸을 묻는 상징적 죽음의 방식을 택한다. 포클레인은 거대한 세계의 폭력
을 상징하는, 남성을 환기하는 이미지이다. 또 다른 욕망인 글쓰기는 타인과

의 의사소통 부재를 타자와의 관계맺음이 아닌 고립적으로 내성화 함으로써 감내하려는 시도이다. "그녀에게 있어서 글을 쓴다는 것은, 그 글 속으로 그녀 자신이 숨는 일(154쪽)"이다. 그녀의 글쓰기는 어린 시절 푸른 영상을 기억해 내거나, "그림자같이 따라 다니는 그의 환영을 피하기 위해서(155쪽)" 행해진다. 이렇듯 밖이 아닌 안, 현실이 아닌 '영상'이나 '환영'으로 의식이 정향되어 있기에 그녀와 타자와의 관계, 글쓰기의 기원은 "따라갈 수 없는 서러움, 닮아볼 수 없는 안타까움, 먼, 멀디 먼 그리움(166쪽)"만큼이나 멀다. 성적 욕망이 대상과의 관계맺음이 아닌 내부에서 촉발되었다가 사그라들 듯이, 글쓰기의 욕망 역시 자기 기술의 차원에 그친다.

이 작품은 여성 욕망의 내밀한 측면들을 세심하게 포착한다. 가령 수영장에서 본 남자의 육체에 대한 환영, 배드민턴 치는 여자를 응시하는 자신의 눈 등은 그녀의 '일렁이던 관능'을 다각도로 드러내는 기제들이다.

그러나 이 작품에서 타자와의 관계는 끝내 기억 혹은 내성적 글쓰기로만 가능하다. 타자와의 관계 모색이 현실적으로 닫힌 상태에서 여성의 욕망이란 그것이 성적 욕망이든, 그것을 대체할 만한 글쓰기에의 욕망이든 좌절될 수밖에 없는 것이다. 그것은 비극적인 세계인식임에 틀림없지만 타자와 세계에 대한 인식이 내성적이고 주관적인, 따라서 운명론적인 척도에서 비롯된 것임을 고려한다면 예정된 비극이라 할 수 있다. 여성의 '성'이나 '욕망'을 둘러싼 사회 문화적·심리적 맥락과의 연관성을 놓치고 있기 때문이다. 문제는 여성의 성이나 욕망이 사적이면서 동시에 사회적으로 구조화되어 있다는 것, 누군가의 욕망의 대상이 아닌 자신의 욕망의 실체를 '객관화'하여 드러내는 것일 터이다.

그런 점에서 공선옥의 「우리 생애의 꽃」(『문학사상』, 1994년 6월)이 보여주는 통찰은 값지다. 기왕에 여성에게 덧씌워진 역할 및 이데올로기는 여성은 양육자이며 따라서 타인에 대한 봉사와 순응과 같은 여성적 자질은 생득적이라는 것이다. 동시에 여성은 정신의 주인이 아닌 육체로만 존재한다는, 그래서 당연히 쾌락의 대상이 되어야 한다는 고정관념이 널리 퍼져있다. 결국 여성 자신의 성적 욕망은 주체적인 경험이 아니라 누군가에게 욕망의 대상이 되면서 구성된 경험이라는 것이다. 「우리 생애의 꽃」은 이런 통념에 의문을 제기한다. 먼저 그것은 세 층위의 일탈로 나타난다. '나'는 어린 시절 어머니가 "제 자궁의 헛헛함만을 찾지 못하고 종종 집을 비웠던 것(165쪽)" 때문에 성장한 후 반란을 감행한다. 이제는 늙어버린 어머니가 주는 평안을 거부하고 집을 나감으로써 자신이 경험했던 절망감을 되갚는 것이다. 두 번째 일탈은 대학시절 데모파, 연애파, 학구파들의 '지리멸렬한' 일상으로부터 일탈해 어떤 대열에도 합류하지 않음으로써 잔인한 세월을 견뎌내는 것이다. 세 번째 일탈은 순직공무원의 미망인이면서 한 아이의 어머니인 '나'가 행하는 일탈이다. 어린 시절 어머니가 그랬듯이 나도 딸의 밥을 굶기고 집을 나감으로써 어머니의 삶을 되밟는다. 실상 어머니나 나의 현실은 중산층 여성의 안락한 일상과는 거리가 있으며, 오히려 취약하고 위태롭기 그지없다. 아비부재, 남편부재, 몰입할 이념의 부재로 인해 기존 질서에서 배제된 이들은 잔인한 세월을 견뎌내기 위해 끊임없이 탈출을 꿈꾼다. 그러한 일탈에의 유혹, 이유 없는 반란을 '나'는 '우리 생애의 꽃'이라 명명한다.

> 그것은 우리 생애의 꽃인지도 모른다. 지리멸렬한 그 생애의 황무지 위에 피어난 오롯한 꽃말이다. 뭐라 이름 붙일 수 없는, 이 아침처럼 해가 마악 돋아올 때 혹은 해 지는 저녁에, 우리 생애의 깊숙한 곳에서 얼굴을 내미는 때로는 향기롭게 때로는 무미건조하게, 그 향기로 인하여 주위의 많은 사람들이 도취되기도 하고 그 무미건조함으로 인하여 스스로 지쳐 나가떨어지기도 하고 (173면)

그녀의 일탈, 반란은 타인들에겐 "이유를 대지 못하는 행태들(181쪽)"로 재단되기도 하지만, 그녀는 이런 단순한 이분법을 거부한다.

> 이유 없는 것들의 궐기, 그것들이 일제히 반란할 때, 이유 있는 것들은 그 앞에서 얼마나 나약해지는가를 도덕과 부도덕을 운위하는 한 남자 앞에서 어떻게 설명할 수 있겠는가.
> 그래 바람기는 아니지. 그렇게 저속한 건 아니야. 내가 미리 명명했듯이 그것은 꽃이야. 향기 품은 꽃. 우리 생애의 지리멸렬함 속에 가끔씩 고개를 드는 (181면)

그녀는 도덕 / 부도덕의 잣대를 거부하고 자신의 반동의 기운에 충실하다. 우리 생애 곳곳에 잠복해 있는 일상적 삶으로부터의 일탈, 사회적으로 규정된 성 역할로부터의 일탈을 꿈꾸는 것이다.

그러나 그녀로 하여금 잔인한 세월을 견디게 했던 '요염한 빛'을 발하는 일탈에의 욕망은 수자라는 여성을 통해 자기반성의 계기를 맞는다. "내가 반란이라 여기는 그것, 그것이 그녀에게는 일상(179쪽)"이기 때문이다. 애가 셋이나 있는 술집 여주인이자 매운탕 집에서 늙은 사내들을 유혹해 생활을 꾸려가야 하는 그녀에게 사내를 만나고 유혹하는 것, 술을 마시는 것은 생활 그 자체이다. 그러면서도 낙관적인 그녀 앞에서 나의 반란은 여지없이 허물어져 버린다.

> 가슴 큰 여자의 일상이 된 반란 앞에, 반란하지 않으면 삶이 불가능한 한 생애 앞에 내 이유댈 수 없는 반란, 감히 우리 생애의 꽃이라고 이름 붙여 버렸던 내 허술한 반란의 나날들이 참혹하게 무릎 꿇는 것을 나는 본다. (185면)

끊임없이 반란의 실체를 해명하려 하고 정당화하려는 '나'에 비한다면, 그녀의 반란에는 한 치의 여유조차 허용되지 않는다. 때문에 그녀는 진정

우리 생애의 꽃은 논리의 필터를 거친 자신의 반란이 아니라 젖가슴을 무기 삼아 세상을 살아야 하는 수자씨임을 깨닫게 되는 것이다.

이 작품의 미덕은 진부하고 속되기까지 한 소재, 예컨대 한 여성의 바람기, 자신의 육체를 상품화해 살아가는 여성의 이야기를 애정어린 시선으로 그려 내는 데 있다. 신화화된 모성 및 여성의 이미지를 벗겨내고, 모성이나 여성의 욕망을 단선적 시각으로 바라보지 않는 점, 모성이나 욕망에 끊임없이 반발하면서도 변증법적으로 껴안으려는 건강성 또한 사줄 만하다. 작품에서 드러나는 여성의 존재조건은 불안정하고 주변적이다. 그러한 주변부의 삶에서 여성의 성은 더 이상 여기의 대상이거나 물신화된 것이 아니다. 이 작품은 기존의 통념에 반발하면서도 거기서 완전히 자유롭지 못한 데서 빚어지는 내적 갈등, 아니 그 갈등 자체를 무색케 하는 엄혹한 여성의 현실을 참담하면서도 낙관적으로 그려냄으로써 여성적 글쓰기의 새로운 차원을 보이고 있는 것이다.

4.

가부장제 이데올로기 하에서 여성들은 한편으로는 모성과 여성다움의 구현자로, 또 한편으로는 남성의 시선에 포획된 욕망의 대상으로 여겨져 오면서 실체가 아닌 이미지로, 스테레오 타입으로 재생산되어 왔다. 90년대 들어 증가하기 시작한 성적 담론과 페미니즘 담론은 이러한 이율배반적 여성상에 의혹을 제기한다. 특히 페미니즘 담론들은 내부의 이질성에도 불구하고 여성의 경험에 주목할 것을, 사회적·역사적으로 구성된 여성의 육체와 욕망에 주목할 것을 요구하고 있다.

그러나 이 같은 변화의 양상들이 만족스러운 것만은 아니다. 장정일을 비롯한 남성작가들의 입심 좋은 소설들은 여전히 남성의 특권적 담론을 통해 여성의 욕망을 이야기한다. 때문에 이들이 물신화된 자본주의에 무비판적인 것만큼이나 해방되고 도전적인 여성상 역시 표피적인 데 불과하다.

그런 점에서 여성들의 억압된 욕망과 기존 윤리간의 갈등을 섬세하게 그리고 있는 여성 작가들의 글쓰기는 소중하다. 이들은 여성의 성과 욕망을 여성의 경험을 기반으로 삼아 그 '내부'에서 그려낼 뿐만 아니라, 현실과의 긴장감도 잃지 않고 있다. 이와 같이 주체적 시선으로, 엄정한 현실주의자의 눈으로 여성을 그려낼 때만이 여성들을 둘러싼 온갖 거짓 신화 뒤에 감춰진 실제 여성의 삶을 포착할 수 있을 것이다. 성과 페미니즘간의 보이지 않는 긴장을 해소하려는 작가들의 여정은 이제 시작되었다.

왜곡과 침묵의 서사에서
정체성과 발화의 서사로의 긴 여정
- 근·현대 문학에 나타난 여성문제 인식의 변모 양상

1.

'유교 자본주의'라는 역설적 용어가 시사하듯이 한국의 근·현대는 전근대와 근대적 삶의 양식과 사고가 착종된 복합적 성격을 띤다. 그런 복합성은 성 담론, 특히 여성을 둘러싼 인식에서 첨예하게 드러난다. '담론은 물질적인 것이다.'라는 명제를 굳이 떠올리지 않는다 하더라도 성을 둘러싼 담론은 사회 변동이나 그에 따른 사유 체계의 변동과 관련하여 끊임없이 변모해왔고, 그럼에도 불구하고 지금까지 그 담론의 주체는 남성이었기 때문이다.

이 글은 근·현대 문학에 나타난 여성(문제) 인식의 변모양상을 추적해볼 것이다. 근100년에 달하는 문학사의 흐름을 두루 짚기는 힘든 터라 필자는 크게 두 가지 측면을 중심으로 살펴볼 것이다. 첫째, 남성 작가들의 작품에 나타난 여성 인식, 즉 남성의 시각에서 여성(성)이 어떻게 재현되어 왔는지를 살펴보고, 둘째, 남성 작가들의 지배적인 담론에 끊임없이 저항해왔던 여성 작가들의 작품에 나타난 여성문제 인식과 성적 정체성의 탐색 양상을 살펴보려 한다.

물론 이와 같은 이분법적 도식은 자칫 생물학적 환원론에 기반한 것으로 오인받을 수도 있다. 하지만 근대문학이 남성의 서사에서 출발해서, 이런 지배적인 남성 서사와 그것에 저항하고 수정을 요구하는 여성 서사사이의 갈등의 역사였다는 점을 전제한다면, 이와 같은 구분이 단순히 생물학적 성에 따른 것이 아니라는 점이 어느 정도 드러나리라 생각한다. 따라서 이 글은 사회적 성(gender)이 어떻게 문학 창작과 수용에 연루되어 왔는지를 사적으로 추적할 것이다.

2.

근대 문학사에서 다루는 '근대적' 의식은 전근대적인 가부장제 이데올로기에 대한 거부와 주체적인 자아의 정립으로 소박하게 정의할 수 있다. 봉건적인 결혼 제도에 대한 비판과 자유 연애에 대한 강조가 근대 문학 형성기에 작가들의 주테마가 되었던 것도 이 때문이다. 특히 근대적인 교육 제도의 최대 수혜자였던 '신여성'은 남성 작가들에게도 풍부한 소재를 제공했다.

이광수 소설에서 교육받은 여성, 신여성들은 성적·물질적 욕망에 추동되는 존재이며, 이들이 받은 근대 교육은 자신의 타락상을 정당화하는 논리적 기제로 사용된다. 『재생』에서 상세히 언급되고 있듯이 '돈'과 '연애'가 신여성들의 정신을 지배하는 종교였다. 이들은 '연애'라는 명목으로 자유로운 성을 구가하거나, 순영과 같이 부잣집 첩으로 전락하는 수밖에 없었다. 이러한 삶에서 벗어날 수 있는 길은 『재생』의 경주, 『사랑』의 석순옥과 같이 육체적 욕망을 배제한 채 남성이 설정해 놓은 정신적 사랑을 택하는 것이었다.

사실 『무정』에서 30년대 후반 『사랑』에 이르는 이광수의 장편에서 가장 특징적인 것은 인물들간의 삼각관계 구도이다. 이 삼각관계의 정점에 있는 인물은 남성이다. 『무정』의 박영채 - 이형식 - 김선형, 『재생』의 순영 - 봉구 - 경주, 『사랑』의 석순옥 - 안빈 - 아내 옥남 간의 갈등 구도가 그것이다. 이광수 소설의 남녀관계는 김윤식 교수가 지적했던 사제 관계의 변형태이다. 『무정』의 대단원에서 형식과 세 여성이 주고받는 문답식 대화는 자신의 임무를 자각한 자가 아직 그 진리를 깨닫지 못한 자에게 그것을 일깨워주는, 다시 말해 스승과 제자간의 관계에서나 가능할 법한 것이다. 형식은 세 여성을 일방적으로 교화하는 지적으로 우월한 존재로 제시된다. 민족을 가르치고 인도해야 한다는 지식인의 시혜 의식은 여성에 대한 남성의 지적 시혜의식으로도 나타나는 것이다. 반면에 여성은 남성들이 민족이나 종교적 구원이라는 목표를 성취하는데 방해가 되는 인물과 자기를 희생하면서까지 남성을 동경하는 수동형의 인물로 이분되고, 전자는 철저히 악인으로 후자는 선인으로 묘사된다.

계몽 이념의 구현자는 남성이고, 이 남성은 삼각관계의 양극에 위치한 여성들을 자신의 성스런 계몽의 제국에로 수렴해 들인다. 계몽이념과 여성에게 요구되는 희생과 순응 같은 전근대적인 유교 윤리가 이질적인 성격을 띰에도 불구하고 이광수의 소설에서는 아무런 갈등없이 제시된다. 이 둘은 상징적인 아버지의 이름이라는 점에서 동일하기 때문이다.

문제는 그 와중에 남녀 인물들의 연애나 결혼을 둘러싼 자본주의적 관계가 애써 감춰지고 있다는 점이다. 대신에 생리적, 인격적 결함이나 신여성의 부박한 성 윤리가 부각된다. 당시 일본의 식민지 정책으로 인해 과잉 배출된 지식인들, 특히 교육받은 여성들은 실업자로 남을 수밖에 없었다. 『무정』에서 민족을 구원하겠다면서 길을 떠났던 신여성들은 결국 『재생』에서 볼 수 있듯이 '여자부랑자'가 되거나, 봉건적인 축첩제도의 굴레에 재편입되어 전세대 여성들과 다를 바 없는 삶을 살 수밖에 없었다. (이같은 신여성들의 운명은 염상섭이나 김동인 뿐만 아니라 30년대 최정희의 '삼맥' 연작에서도 거듭 이야기될 정도로 전형적인 것이었다.) 이광수가 놓쳤던 것은 바로 그런 여성의 현실이다.

김동인도 「김연실전」에서 파멸해 가는 신여성의 일대기를 그리고 있다. 김연실은 '연애는 문학이요, 문학은 연애다'라는 천박한 인식의 소유자이다. 그녀는 선각자로서의 자기 현시 욕망을 위해 모성애마저 버리고, 남성과의 성적 편력을 계속한다. 그녀뿐만 아니라 선각자를 자처하는 초기 여류문학가 집단은 작품은 쓰지 않은 채 자신의 성을 매개로 남성에게 기생해 사는 소비적인 존재로 묘사되었다. 김연실의 일생은 근대 사회로의 전환기에서 신여성이 사회적 자아로서, 그리고 여성으로서 자신의 정체성을 찾아가면서 빚은 오류들을 전형적으로 보여준다. 급격히 이식된 근대 사상과 문학 조류로 인한 인식의 혼란과 전도는 사회 구조적 모순에서 그 원인을 찾아야지 한 여성의 개인적 결함으로 취급될 수는 없다. 그러나 작품에서 그려진 그녀는 애초에 유전적·환경적으로 결함이 있는 문제적 인물로 묘사되고 있다.

지금까지 살펴본 것처럼 근대 문학 형성기에 계몽이념과 성담론이 교직되는 양상은 '신여성'의 재현에서 단적으로 드러난다. 남성작가들의 작품에서 신여성은 성적인 방종과 퇴폐적 삶을 산 대가로 몰락하거나, 봉건적인 가부장적 윤리를 내면화한 여성이나 남성들을 위협하는 유혹녀로 재현되었다. 이는 근대의 영역, 공적 영역의 수장은 여전히 남성이라는 남성중심적 논리가 기존의 전근대적인 가부장제 논리와 이종 교배하면서 빚어낸 결과이다.

반면 나혜석의 「경희」는 다른 여성들과의 연대 의식을 통해 신여성으로서의 정체성을 형성해 가는 인물을 제시하였다. 주인공 경희는 이광수나 김동인의 소설에 등장하는 부박한 신여성들과는 달리 적극적이고 모범적인 생활을 실생활에서 실천하는 인물이자, 그런 실천성으로 인해 근대 의식에 아직 눈뜨지 않은 구시대적인 다른 여성들까지 감화시키는 인물로 제시되고 있다.

이와 같은 젠더 차이에 따른 재현의 차이는 근대 문학이 개화한 1930년대 문학에서도 확인된다.

   3.

근대 문학이 정착된 1930년대 문학의 특징은 이전 시기와는 비교가 되지 않을 정도로 여성 작가들의 작품 활동이 두드러졌다는 점이다. 강경애, 백신애, 박화성, 이선희, 최정희, 지하련 등의 여성 작가들은 각자 개성적인 방식으로 당대 현실뿐만 아니라 여성의 현실을 그렸다.

하지만 1930년대 문학을 리얼리즘과 모더니즘으로 구분하는 문학사의 구도는 여성의 자리는 여전히 주변이라는 것을 반증한다. 사회의 구조적 모순에 일차적 관심을 기울이는 리얼리즘 문학에서는 계급 문제에 선차성을 두기 때문에 여성이 처한 구체적인 현실은 사상되는 경우가 허다했다. 가령 이기영의 『고향』이나 한설야의 『황혼』과 같은 카프계열 작가들의 대표작에서 조혼이나 여성 노동의 문제가 소재적으로 다루어지지 않은 것은 아니다. 하지만 작품에 등장하는 여성 인물들은 구습이나 남성의 성적 폭력에 희생당하는 피해자로 제시되거나, 아니면 정반대로 계급적 각성을 통해 정체성을 확립해 가는 인물들로 그려진다. 다시 말해 작가의 목적 의식이 앞선 나머지 성과 계급 문제 중 한 쪽만 과도하게 부각시키고 말았다.

유사한 소재를 다룬 강경애나 백신애의 작품은 남성작가들과는 달리 여성이 처한 현실을 객관적으로 보여주었다. 빈궁의 문제에 관심을 기울였던 백신애의 작품에서 절대 빈궁의 담지자는 여성이고, 이 여성은 모성의 힘으로 문제를 극복해 나간다. 강경애는 『인간문제』, 『어머니와 딸』과 같은 작품을 통해 광범위한 농민층의 분해와 이들이 노동자 계급으로 전이되는 양상을 하층 계급여성이 받는 차별적 경험의 틀 속에 수렴해 들임으로써 계급적 · 성적 억압이 중첩되는 양상을 객관적으로 재현하였다. 더욱이 그런 여성 인물들이 자신의 억압적 경험을 토대로 성적 정체성을 인식하고, 어머니나 동료 여성들과의 연대감을 확인하는 과정을 성장소설의 형식에 담고 있다. 따라서 그녀의 소설은 90년대 들어와 만개한 여성성장소설의 전범이라 할 수 있다. 여기에 「원고료 삼백원」과 같은 작품이 담고 있는 지식인 여성의 자기 반성까지 더한다면 작가의 여성 문제 인식이 상당히 심화된 것이었음을 알 수 있다.

하지만 문학사의 중심을 차지하는 남성 작가들의 작품에서 여성은 여전히 전근대성을 상징하는 존재이거나, 근대의 공적 영역에 진입한 여성이라 하더라도 왜곡된 모습으로 제시된다. 이상, 박태원과 같은 모더니즘 소설가의 작품은 이 같은 사실을 입증한다. 남성 인물들은 '거리의 산책자'로서 근대 문물을 적극적으로 탐색하고 향유하거나, 자신의 내면을 끊임없이 들여다보면서 주체를 정립한다. 반면에 소위 '거리의 여성산책자'는 창녀나 여급과 같은 일탈적인 존재로 제시된다. 여성은 가정이나 가족과 같은 사적인 관계망 안에만 존재한다는 믿음이 이 시기를 지배했던 것이다.

그렇지만 이상의 「날개」에서 볼 수 있듯 사적인 부부관계는 사물화된 인간관계, 교환경제, 왜곡된 욕망과 같은 근대 사회의 모순들이 중첩적으로 나타나는 장이다. 이상의 「날개」는 아내이자 창녀라는 모순적인 존재로 사적·공적 영역에 편입된 여성의 현실을 포착하고는 있다. 하지만 여전히 아내(여성)은 남성의 자아 정립을 방해하는 존재이거나, 그도 아니라면 「지주회시」처럼 텍스트에서 아예 침묵하고 있다. 가족구성원이나 부부간의 갈등, 여성의 정체성에 대한 회의가 '여성의 시각'에서 제대로 그려지는 것은 파행적으로나마 근대화가 본격적으로 진행된 70년대가 되어서야 가능했다.

4.

　195·60년대 문학에서는 전쟁으로 인한 상흔과 상실감, 인간 존재에 대한 근본적인 물음이 풍미했다. 인간 존재 자체에 대한 회의가 지배적인 상황에서 여성 문제는 상대적으로 사치스러운 것으로 여겨질 수밖에 없었다. 더욱이 사회 변동기에 그러하듯 여성의 영역은 가정이고, 전쟁이나 이념을 찾아 길을 떠난 가장/아버지의 자리가 비어 있는 상태에서 그 자리를 대신해줄 존재는 강인한 어머니라는 신판 모성 이데올로기가 이 시기를 지배했다. 그도 아니라면 여성은 가치관의 혼란 상태에서 기존 윤리에서 파격적으로 일탈한 성을 추구하거나, 낭만적 사랑에 빠져드는 팜므파탈로 등장하였다. 그러나 이와 같은 '자유부인'형의 인물들은 전통적인 현모양처 이데올로기에 도전하기 위해서, 그리고 여성으로서의 성적 욕망을 드러내기 위해서 전략적으로 성이나 사랑을 추구하지는 않았다. 오히려 이들은 윤리적 아노미 상태의 정점에 있는 비난받아 마땅한 인물로 제시되거나, 운명적이고 낭만적인 사랑에 탐닉하는 비사회성을 띤 인물로 제시되었다.

　공적·사적인 영역에서 빚어지는 여성의 억압상을 본격적으로 탐색하기 시작한 것은 7·80년대 문학에 와서였다. 박경리, 박완서, 오정희 등 작가이자 여성으로서의 정체성을 자각한 이들이 작품 활동을 시작한 것도 이때였다. 오정희는 「유년의 뜰」, 「중국인 거리」 등에서 어린 여자아이나 사춘기 소녀가 성장하면서 성정체성을 확립해 가는 과정을 그리는가 하면, 「어둠의 집」, 「야회」 등의 소설에서는 중산층 여성의 갇힌 일상을 특유의 내밀한 심리 묘사와 문체로 그리고 있다. 분단문제와 중산층의 속물적인 삶에 대한 비판에 주력했던 박완서의 경우에도 「지렁이 울음소리」, 「어떤 나들이」, 「닮은 방들」과 같은 초기 단편들에서 집안의 여성들이 남편이나 자식과 같은 가족구성원들과 의사소통이 되지 않는 상태에서 소외감을 느끼고, 이런 상대적 박탈감을 술 마시기, 가출과 같은 일탈 행위를 통해 해소하는 모습을 보여주고 있다.

여성문제를 지속적으로 형상화했던 박완서는 80년대에 들어와『살아있는 날의 시작』(1980),『서있는 여자』(1985),『그대 아직도 꿈꾸고 있는가』(1989) 와 같은 일련의 장편에서 자립적인 삶을 살고자 하는 여성과 그 여성의 주체 성을 억압하는 가부장제 이데올로기의 공고함을 문제삼았다. 물론 그녀가 중산층 여성, 그 중에서도 사회적으로 능력 있는 여성의 삶을 그리면서 이혼 과 같은 단선적인 해결방식을 취하거나, 능력 있는 여자/무능력하고 악한 남자라는 이분법적인 인물형상화의 구도를 취하는 등 문제가 전혀 없었던 것은 아니다.

이와 같은 지적은 최초의 여성문제 소설집이라 할 수 있는 이경자의『절반 의 실패』에도 적용될 수 있다. 이 소설집은 성의 소외, 하층민 여성의 곤고한 삶, 고부간의 갈등과 같은 다양한 주제로 우리 사회에 만연한 여성 억압의 실상들을 드러냈다는데 의의가 있지만, 해결방식의 단선성이나 도식화된 인 물, 선악의 이분법적 구도, 작가의 선언적 목소리가 우세한 점 등은 한계로 지적될 수 있다.

그렇지만 박완서나 이경자의 작품들은 여성 문제를 전체 사회문제와 연결 시켜 이를 공론화된 장으로 끌어냈다는 점에서 의의가 있다. 더욱이 이들의 작품이 가져왔던 사회적 파장이나 대중적인 호소력까지 고려한다면 그 의의 는 더욱 커진다.

이와 같이 80년대는 여성 문제 인식이 비평이나 대중적인 파급력에서 일 정한 자기 몫을 찾기 시작했던 시대로 볼 수 있다. 그럼에도 불구하고 노동문 학이나 민족문학을 두고 벌어졌던 논쟁이나 작품에서 볼 수 있듯, 민족이나 계급 범주에 비해서 성은 여전히 부차적인 범주로 운위되기 일쑤였다. 여성 노동자의 삶을 그린다 하더라도 이들이 노동자이자 여성으로서 겪는 이중의 억압 양상을 제대로 짚어낸다거나, 공적 노동의 장에서뿐만 아니라 사적 영역에서 어떻게 소외되는지까지를 포괄하는 복합적인 시각은 부재했다. 정도상의 「성조기 앞에 다시 서다」와 방현석의 「새벽출정」과 같은 노동소설에서 여성노동자들이 겪는 성희롱이나 성폭력의 양상들은 민족이나 계급 모순을 극대화하기 위한 소재로 사용되는데 그쳤다.

여전히 여성은 사회의 제도적 모순의 희생양이거나, 그도 아니라면 사적 욕망을 탈각한 구원의 여성으로 여겨졌던 것이다. 이문열이나 김원일의 분단을 소재로 한 작품에서 단적으로 드러나듯이 부재한 아버지의 자리를 대신한 어머니는 '억척모성'으로 아이들을 기르고, 길 떠난 남편을 기다리면서 인고의 세월을 감내한다. 80년대 문학의 큰 성과로 평가받는 조정래의 『태백산맥』에서도 분단이나 이념적 갈등과 같은 문제들은 비교적 올곧은 시각에서 객관적으로 형상화되고 있는데 반해, 여성들의 강인한 생명력은 희생적인 모성이나 원초적인 성적 욕망에 기반한 것으로 해석되며, '소화'는 아름다움과 순종과 같은 여성적인 미덕을 겸비한, 작가가 욕망하는 이상적인 여성상으로 격상된다. 남성작가들의 여성문제 인식 수준은 몇몇 예외적인 경우를 제외하고는 여전히 전근대의 언저리를 맴돌았던 것이다.

5.

이념적 좌표의 상실과 이를 대체할 문학의 새로운 이념형으로 포스트모더니즘이나 해체주의가 대두되었던 90년대 초·중반의 주요 화두는 성(性)이었다. 성은 80년대의 금욕적 사유에 의해 억압되었던 욕망을 풀어낼 수 있는 해방의 기제로 제시되곤 했다. 그러나 해방과 욕망의 담론으로서의 성은 항상 타자화된 여성을 염두에 둔 것이기도 했다. 장정일의 『아담이 눈뜰 때』, 『너에게 나를 보낸다』, 하일지의 『경마장 가는 길』에서 여성의 성을 말하는 주체는 남성이고, 이런 남성들의 쾌락의 논리 속에서 여성의 육체는 굴절되어 재현되었기 때문이다. 그런가 하면 욕망의 담론으로서의 성은 실제 현실에서는 여성에 대한 전근대적인 담론들과 공존하여 왔다. 여성의 영역은 여전히 가정이고, 여성은 잠재적인 실업자였다.

그렇지만 전반적으로 볼 때 90년대는 영원할 것 같던 아버지의 서사, 남성의 서사가 위기에 처하는 시대였다. 양귀자의 낯선 소설『나는 소망한다, 내게 금지된 것을』은 기존의 남녀 위계질서를 뒤집는 전복적인 사고를 통해 90년대의 시작을 상징적으로 보여주었다. 공지영의『무소의 뿔처럼 혼자서 가라』는 각자 다른 길을 선택한 세 중산층 지식인 여성의 행로를 사실적으로 그림으로써 진전된 여성문제 인식과 대중성이 행복하게 결합했던 경우에 해당한다. 그렇게 시작된 90년대 작가의 목록에는 공지영, 김인숙뿐만 아니라 신경숙, 은희경, 공선옥, 전경린, 배수아, 이혜경, 이남희, 김형경, 윤영수와 같은 여성 작가들이 등재되면서, 우리 문학이 여성화되는 것이 아닌가라는 우려섞인 지적마저 나왔다. 이들은 여성 자신의 눈으로 일상을 바라보고, 남녀관계, 가족관계와 같은 기존의 관계를 여성의 입장에서 재평가함으로써 남성 서사를 위협하였다.

낭만적 사랑의 허구성을 조롱하는 은희경, 기존의 모성 신화를 부정하면서 여성의 욕망과 모성 사이의 갈등을 사실적으로 드러내고 이를 하층계급 여성의 생존과 연결짓는 공선옥, 사적 영역에 유기된 여성 존재를 문제삼는 전경린, 가부장적인 가족의 해체와 그것의 원인에 천착하는 이혜경, 소비 공간에 갇힌 여성들의 사물화된 삶을 통해 자본의 생리를 묘파하거나 세대적 차이와 유대를 성적 욕망과 관련지어 직조해내는 이남희 등은 각자의 영역에서 여성의 삶에 드리워진 유형·무형의 억압에 주목하고, 이를 넘어설 여성적 가치 - 예컨대 여성들간의 연대나 모성의 재인식 - 의 소중함을 역설하고 있다.

신경숙의『외딴 방』이나 김형경의『세월』과 같은 자전 소설은 다른 여성
들과의 연대감이나 체험의 공유를 통해 여성적 정체성을 찾아가는 과정을
그리면서, 이들의 체험이 전체 사회 변화와 긴밀히 연관되어 있다는 점도
놓치지 않고 있다. 이와 같은 여성들의 자전 소설은 성장소설이란 남성이
사회에 구성원으로 원만하게 편입하는 과정을 그린 것이라는 기존의 통념을
깨고, 여성 주체의 확립을 전경화했다는 데 의의가 있다.

그렇지만 여성은 아직도 우리 사회에서는 부정적인 기호이다. 가령 남성
작가들의 작품마저도 여성화되고 있는 게 아닌가라는 조심스런 지적의 이면
에는 90년대 문학의 징후로 흔히 이야기되는 내밀한 심리나 욕망, 조로한
사랑, 감각적 성과 같은 주제들이 여성적인 자질과 관련되어 있다고 보는
편견이 내재되어 있다. 이는 님과의 이별을 노래하면 여성화자이고, 이는
곧 나라 잃은 식민지 백성을 은유한 것이라는 식의 등식을 아무런 거부감
없이 받아들였던 저 192 · 30년대 문학의 편견을 재생산하고 있는 것이다.

6.

우리 근대문학사에서 여성 작가는 항상 자신의 존재를 증명하기 위해 분
투해야 했고, 여성은 왜곡과 침묵의 형태로 작품에 존재해 왔다. 7 · 80년대
에 들어서면서 공사 영역에서 이중으로 소외되어왔던 여성들은 비로소 자신
들의 목소리를 내기 시작했다. 이 시기 여성 작가들이 여성이 겪는 차별적
경험을 서사화 함으로써 '차이를 부각'시켰다면, 90년대 이후 여성 작가들
은 '차이를 인식하고 재평가'한다. 가족의 해체, 남성중심주의의 해체, 이성
의 해체로 운위되는 90년대는 그 해체의 자리에 여성중심적 사고와 가치가
세워진 시대이기도 하다. 때문에 90년대는 아마도 진보에 대한 믿음이 사라
진 절망의 시대이면서, 타자에 대한 배려와 여성적 윤리를 통해 새로운 관계

를 모색하는 희망의 시대로 기록될 것이다.

이는 새 천년이 자신의 것으로 받아들여야 할 소중한 가치이기도 하다. 그렇지만 이 같은 가치가 현실화되기 위해서 우리가 넘어야 할 봉우리는 여전히 높다. 여성적이라는 말은 아직도 소극적, 감상적, 일탈적인 것과 동의어로 인식되고, 긍정적인 의미에서의 여성적이라는 말은 전근대적인 것과 동일시되고 있기 때문이다. 그리하여 지금/여기 여성은 여전히 전근대와 근대, 탈근대를 같이 살아내면서 그것을 넘어서려는 힘겨운 싸움을 계속하고 있는 것이다.

우리 시대의 부계 이야기

1. 세기말의 유령, 가부장제의 씁쓸한 귀환

90년대 말 우리 사회를 지배했던 담론은 '아버지'이다. 사회와 가족으로부터 소외당한 채 암으로 죽고 마는 한 가장의 몰락을 그리고 있는, 그래서 우리에게 잃어버렸던 이름과 권위에 대한 죄의식과 그리움을 불러일으키는 김정현의 『아버지』가 그 담론의 진원지였다. 90년대 초반을 떠돌던 갖가지 '포스트'와 '신(新)'자가 붙은 아들 세대의 담론은 이제 시간을 거슬러 올라가 아버지 세대의 담론에 굴복하고 만 형국이다. 세기말의 혼란이 종말에 대한 두려움과 근원 회귀에 대한 열망을 동시에 담고 있다는 점을 염두에 둔다면 이런 복고적 흐름은 그리 기이한 일도 아니다.

그러나 세기말의 주인은 여전히 자본주의이다. 소설 『아버지』의 성공 이후 갖가지 아버지와 관련된 가벼운 읽을 거리의 책들이 급조되어 출간되는가 하면, 급기야 『어머니』라는 책까지 나오면서 우리 사회는 춥고 배고팠던 과거로 돌아가 시절의 혹독한 바람에 방패막이 역할을 하며 자식들을 키워왔던 부모에 대한 다시 보기를 새삼 내세우고 있다. 그 이면에는 70·80년대를 숨가쁘게 절름발이 모습으로 달려오다 갑자기 장애물에 걸려 넘어진 우리

경제의 불황, 조퇴·명퇴와 같은 씁쓸한 유행어로 대표되는 고용불안, 그로 인해 가족 단위에게 가해지는 경제적·심리적 불안감이 한 몫 하고 있음은 물론이다. 그래서 곳곳에서 아버지 기살리기, 남편 기살리기의 구체적 강령과 운동이 전개되는 웃지 못할 상황이 벌어지고 있다. 이러한 움직임들은 자본주의라는 냉혹한 전쟁터에서 패한 채 씁쓸히 '고개를 숙인' 아버지를 보듬어야 할 곳은 가정이라는 논리를 펴고 있다. 왜냐하면 아버지는 한 가족의 경제와 정신적 가치를 생산해내는 수장, 즉 가장과 등가이고, 그러한 아버지의 패배는 곧 가족의 패배이기 때문이다.

그러나 우리는 너무나 쉽게 과거를 망각한다. 지금의 고개 숙인 아버지가 한 때는 가족을 버린 채 집을 떠나 떠돌고, 바람을 피우고, 어머니나 자식에게 폭력을 행사하고, 혹 그도 아니라면 봉건적 유물인 가계를 유지하기 위해 갖가지 금제를 행하던 억압의 다른 이름이었다는 점을 망각하고 있다. 더 쉽게 망각한 것은 시절을 잘못 만나 무능해진 아버지, 돈과 집안의 명예를 향해 줄달음질치던 아버지가 결국은 더 큰 아버지의 이름 밑에 등재된 존재라는 점이다. 김소진이 말했듯이 '아버지는 종이었다', '아버지는 이념(남로당)이었다'라는 명제가 '아버지는 개홀레꾼이었다.'라는 명제로 바뀌는 경위는 아버지는 생물학적 아버지이면서 지배 이데올로기가 생산해내는 논리에 포획되거나 그것을 단순 재생산하는 수단에 불과하다는 데에 있다. 결국 우리 시대의 고개 숙인 아버지는 봉건 시대, 분단과 근대화의 터널을 지나면서 외피를 달리해 온 '가부장적 자본주의'의 논리에 맞게 변형되거나 희생양이 된 '자본주의적 가부장'인 것이다. 그렇다면 우리는 아버지의 쓸쓸하고도 씁쓸한 귀환을 마냥 껴안거나 두려워해서는 안 된다. '가부장적 자본주의'와 '자본주의적 가부장제'의 미묘한 공생관계를 간파하고, 이를 통해 세기말에 또다시 무대에 등장한 보수적 흐름의 정체를 파악하는 눈이 절실하게 필요하다.

　한국 사회에서 '아버지'라는 이름은 항상 테제이거나 안티테제였다. 적어도 유전 형질이 같은 생물학적 아버지일 경우 그것은 대개 안티테제에 가까웠다. 우리 근·현대 문학사의 목록에 이름을 남긴 수많은 아버지들은 냉전 이데올로기나 천박한 개발 논리와 같은 더 큰 아버지의 이름에 순응하면서 가족을 억압해 온 부정적인 권력으로 인식되어 왔다. 무능한 아버지든, 유능한 아버지든 그 아버지는 바로 다음 세대에 의해 부정되어 왔다. 아버지는 '가족을 위해'라는 명분 아래 때로는 물리적 폭력으로 때로는 권위로 전횡을 휘둘러 왔다. 가장으로서의 의무는 아버지에게도 개인의 자율성을 억압하는 족쇄로 작용했겠지만, 그 의무를 수행하는 과정에서 가족구성원들을 타자화하고 아버지의 질서, 위계화된 가족 질서라는 단일 논리로 포섭해들이려 했기 때문에 충돌은 불가피했다. 그 결과는 윤영수의 「생태관찰」, 이혜경의 『길위의 집』에서 그려지고 있는 것처럼 가족의 해체이다.

　집은 '황량한 장독'이고 '매일 파산만 하고 돌아온 아버지'와 '홀로 감자알 같은 자식을 다스리는 어머니가 있는 곳'(신현림의 「가족」)이라는 틀이 우리 문학의 도식으로 굳어져 버렸던 것이다. 때문에 아버지는 자식 세대에게 부정의 대상이자, 자신의 정체성을 정립하기 위해 극복해야 할 이름이었다. 특히 이십대와 삼십대를 80년대 변혁운동의 자장권 안에서 보냈던 이들에게는 아버지를 개인의 자율성과 집단의 생존권을 위협하는 독재권력과 일치시키는 논리가 가능했다. 그런 아버지 부정은 실제 아버지와 상징적 아버지를 일치시키는, 혹은 실제 아버지에 상징적 아버지를 투사하는 주관적인 논리화 과정을 거치면서 이루어졌다.

　그러나 근자에 들어서 우리 문학은 아버지와 자식 세대간의 팽팽한 대립보다는 화해의 가능성에 주목함으로써 세대간의 의사소통을 향한 지평을 열어 보이고 있다. 이는 소설 『아버지』가 아버지 세대를 주인공으로 하여 그 세대의 논리나 희생을 전경화 함으로써 즉물적인 연민의 감정을 유발하는 한편 다른 가족 구성원들의 사고나 반응 역시 아버지 세대의 눈을 거치면서 일방적으로 전달되는 것과는 질적으로 궤를 달리한다. 사십대인 이남희와 고종석, 삼십대인 김소진과 신경숙이 환기하는 아버지 이야기들은 아버지 세대가 짊어져야 했던 생활이나 역사의 무게는 그것대로 인정해 주면서 객관적인 가치평가를 시도하고 있다는 점, 이를 통해 단순히 가족의 장을 넘어서서 세계와 타인에 대한 이해의 폭을 넓히고 있다는 점에서 주목을 요한다.

2. 아버지 부정과 세월이 가져다 준 화해 사이의 긴장
- 두 가지 '사십세' 이야기

가부장적 권력에 의해 심리적 내상을 입은 세대, 그러면서 가부장 이데올로기의 맹점을 체화한 세대도 아버지, 어머니가 되고 '세월'의 풍화작용을 거치면서 나이를 먹는다.

이남희의 「사십세」와 고종석의 「사십세」는 여러모로 닮아 있다. (실제로 고종석의 「사십세」는 이남희의 소설을 읽은 화자가 그 내용에 공감을 표하면서 사십 세에 이른 자신과 아버지 관계를 작품화한 것이다.) 두 작가의 「사십세」는 주인공들이 어떤 것에도 혹하지 않는 '불혹'의 경지에 도달하기 위해 자신의 과거 가족사를 기록하고 성찰한 것이다. 그 성찰의 기록에서 중요한 부분을 차지하는 것은 아버지와의 대결의식, 더 엄밀하게는 아버지라는 존재에 대한 거리취하기이다. 그러한 거리는 이남희의 경우 "열 손가락 깨물어 안 아픈 손가락은 없다"지만 "서열부터가 핸디캡"인 딸이라는 데서, 고종석의 경우 열 손가락에도 끼지 못하는 "덧손가락"인 서자라는 데서 얻어진다. 아버지의 질서에 행복하게 편입되지 못한 결핍이 오히려 아버지에 대한 부정과 거리취하기를 가능하게 한 것이다. 또한 두 소설의 아버지 모두 지금의 화자와 같은 나이인 '사십세'에 화자를 낳았다는 점이 이들을 소설쓰기로 이끄는 동력이 되고 있다.

이남희의 작품 「사십세」의 화자는 "사십 년의 생애 중 절반은 아버지의 인정을 갈구하면서 보냈고 나머지 이십 년은 아버지를 미워하면서 보냈"다고 증언한다. "결혼이니 직업이니 하는 소시민적 평범성에 반발"하여 철학과를 선택한 이후 화자와 아버지 사이의 갈등은 증폭된다. 아버지는 철학과를 졸업해야 " '남에게 폐나 끼치고 사는' 반거들충이밖에 될 게 없고, '시집도 못 갈 거다' "라는 반대 논리를 편다. 먹고사는 일에 급급하고, 전통적인 가부장적 질서를 고수하는 것을 전부로 알았던 아버지 세대의 입장에서 보면 당연한 일이다. 화자에게 "무슨 일에서든 중간 정도로 처신"해야 한다는 아버지 세대의 인생관은 비판의 대상이다. 화자는 냉정한 '젊음'이 가져다 준 기성 세대에 대한 부정 의식과 아버지의 권역을 벗어나 습득한 새로운 잣대의 세계관을 지니게 되면서 아버지 세대의 잘못된 인생관이 우리 역사를 왜곡시켰다고 생각한다.

그러나 시간의 풍화작용을 거치면서 화자는 '부족한 제가 어떻게'로 요약되는 아버지의 현실 순응적 삶이 기실은 그 세대가 살아야 했던 시대의 파행성에서 비롯된 것이라는 인식에 다다른다. 1930년대 말과 40년대 초에 청년기를 맞고 6.25와 4.19, 유신을 장년기에 치뤄낸 아버지 세대는 '한 사람의 생애에 다 담아내기엔 너무나 많은 격변'을 감당해야 했던 불쌍한 세대이다. '역사의 수레바퀴'라는 상징적 아버지 밑에 깔린 상처입은 '진흙들'이 실제 아버지였다는 인식은 아버지를 이해하고 그와 화해하려는 몸짓이다. 화자는 한때 부정하려 했던 "아버지와 내가 끔찍하게도 닮았다는 사실"을 인정하고, 아버지에게는 사람도리, 나에게는 당위론적 명령으로 이어지는 핏줄의 연속성을 수용하고자 한다. 이러한 화해를 가능하게 하는 것이 '시간의 먼지는 모든 것을 덮어간다'는 세상살이의 자명한 이치이다. 그러나 화해가 아버지가 살아왔던 역사나 아버지의 순응적 삶에 대한 전적인 동감으로 이어지지는 않는다. 그 시대에도 "내면과 외면이 일치된 떳떳한 삶"이 가능했을 것이라는 진술은 여전히 화자가 아버지와 비판적 거리를 유지하고 있음을 반증한다. 그래서 화자는 "이해한다는 것은 같은 선상에 놓인다는 것을 의미하므로" 이해가 아닌 "이해하려는 간절함"으로 아버지와의 거리를 유지한다.

아버지와 가족으로부터 자유로울 수 있다고 낙관했던 빛나는 20대와 30대를 지나 40대에 이른 화자는 아버지 세대에 대한 이해를 가져다 준 세월의 무게를 인정하면서도 아버지대의 삶을 되풀이하지 않겠다는 자기 세대 나름의 정체감을 확인하고자 한다. 이러한 균형감각은 역사와 거대담론, 정합적인 세계에 대한 믿음으로부터 사소한 것들에 대한 관심, 삶은 질기고 "지렁이가 실꾸리 엉키듯 엉킨 몸서리나게 복잡한 것"이라는 좀더 깊은 인식에로 나아가면서 생겨난 것이다. 순응과 부정의 이항대립적 세계관을 넘어서 그 사이에서 머뭇거리는 것, 아버지와의 동일시를 인정하되 그 세대와는 다른 세대적 정체성을 세우는 것. 그것이 화자가 미시역사에 대한 관심을 통해 도달한 경지이자 사십이라는 자기 역사를 되새기면서 얻은 결론이다.

고종석의 「사십세」는 이남희의 「사십세」보다 훨씬 더 불안하게 출발하고 아버지 부정의 강도도 높다. '시간의 먼지는 모든 것을 덮어간다'는 이남희의 명제 자리에 '세월은 흘러도 미움은 남는다.'라는 명제가 대신 들어선다. 거기에는 이남희의 화자와는 몇 가지 다른 화자의 개인적 이력이 첨가된다. 나는 아버지에게는 '덧손가락'에 불과한 "야합에 의해 태어난" 자식이라는 서자 의식이 그것이다. 사생아라는 말의 음침함에 눌려 지냈던 '나'의 사춘기는 아버지를 증오하면서도 한편으로는 내 속의 아버지를 분리시킬 수 없는 분열적 의식으로 점철되어 있다. 더군다나 그 아버지는 "적산가옥을 불하받아 일식집을 차리고" 일제 말기에 창씨 개명을 한 친일파였고, 시대착오적인 양반 타령을 일삼고 보수적인 정치관을 지닌 인물이다. 아버지는 "강한 대상에 대한 유약함을 약한 대상에 대한 잔인함"으로 표출하는 전형적인 가부장적 아버지였기에 그에 대한 부정은 강도 높을 수밖에 없다.

이중적 면모를 지닌 아버지로 인한 내상은 젊은 시절 정치에 대한 무관심과 인간관계에 대한 회의로 나타난다. 정실 자식이었던 둘째형은 독재권력이라는 상징적 아버지의 이름에 대항해 싸울 수 있었지만, 첩의 자식이었던 나는 "형이 박정희를 미워하는 것보다 몇 배 더 아버지를 미워했고, 박정희의 죽음보다는 아버지의 죽음을 몇 배 더 기꺼워"했을 것이라고 진술한다. 덧손가락이라는 원초적 결락감은 "모든 사람이 해방된 세상"보다는 "첩의 자식을 아무런 편견 없이 대하는 정실 자식"이 되고 싶다는 뒤틀린 정치적 무관심으로 표출된다. 아이러니컬하게도 기존 질서에 대항했던 둘째형이 지금은 세속적인 질서에 편입되어 출세 가도를 달리는 반면, 나는 여전히 자신이 아버지와 닮고 아들이 자신을 닮아가는 것을 두려워하는 신경증적 인물로 남아있다.

그러면서 굳어진 것이 '염세(厭世)'와 '혐인(嫌人)'의 생활 방식이다. 가족 관계에 대한 회의가 인간 관계 전체에 대한 회의로 확대되면서 화자의 세계관을 굴절시킨다. 어찌 보면 화자 '나'는 정치 의식이 없다기보다 정치나 사회 그 자체의 변화 발전을 믿지 않는 염세적 세계관과 인간에 대한 믿음을 포기한 혐인의 자세를 취함으로써만 아버지로부터 놓여날 수 있다고 믿는지도 모른다. '염세'와 '혐인'은 일차적으론 나와 아버지를 구별해주는 표식이며, 나아가 소극적 의미이긴 하지만 진보와 발전, 권위로 대변되는 모든 상징적 아버지의 질서에 대한 부정이기도 하다. 이남희가 아버지를 역사적 맥락에서 읽어내면서 아버지와의 화해를 모색했다면, 고종석은 개인사의 맥락에서 아버지를 읽어내지만 무의식적으로는 개인 차원을 뛰어넘어 가부장적 질서에 대한 비판을 행하고 있는 것이다.

고종석의 아버지는 철저하게 물질적이고 육체에 근거해 있다. 화자는 "육체를 그로부터 받았다는 것이 업이다. 내 육체가 분해되어 흙으로 돌아가기

전에는 그도 사라지지 않는다.”라는 운명, 내가 바로 그라는 핏줄의 선명함에 강박당해 있다. 부정하고 증오해야 할 대상과 자신이 동일하다는 사실로 인해 나의 아버지 극복은 쉽지 않다. 더군다나 나는 아버지가 자신을 낳았던 나이 ‘사십’에 이르렀고, 자신을 닮은 아들을 두었다. 그러나 이남희와 마찬 가지로 ‘사십’이라는 나이는 ‘마음의 홀림’을 넘어설 수 있게 해주는 힘이다. 세월은 나와 아버지를 구별해주는 여러 방어 기제를 낳게 하였다. ‘훈련된 염세와 의도적인 혐인’이라는 말에서 확인되듯 세상을 관찰하면서 생긴 내 성을 통해 아버지 세대와는 다른 정체성을 찾아가는 것이다. 그런 세월의 힘이 있기에 아버지의 다섯 번째 기일을 맞아 내가 아버지를 만나러 가는 것이 가능해진다. 물론 아버지와 내가 화해에 도달하는 것은 아니다. 이남희 의 화자가 이해하려는 ‘간절함’으로 아버지에게 다가가듯이, 고종석의 화자 는 아버지에서 나, 아들로 이어지는 ‘유전 형질의 발현’을 수용하면서도 그러 한 육체성에서 벗어나려는 자의식적 노력을 통해 아버지와 거리를 유지함으 로써 묵은 상처를 치유할 수 있게 된다.

　이남희와 고종석의 소설에서 ‘사십세’라는 세대적 정체성은 노회한 보수 주의와 경박하고 발빠른 이십대가 펼치는 환멸의 논리를 넘어설 수 있는 새로운 가능성을 보여준다. 노회한 보수주의 담론은 한편으로는 시대의 흐름 에 편승하여 연민과 신파에 호소하는 아버지상을 복원하고 다른 한편으로는 이문열의 『선택』에서 볼 수 있는 것처럼 복고적인 가부장적 질서, 전통적인 여성상의 복원을 내세움으로써 가부장제 이데올로기를 상품화하고 있다. 이 런 시대착오적인 담론이 상품화된다는 것 자체가 가부장적 자본주의의 가공 할 생산력에 기대어 있음은 물론이다. 반면 이십대 작가들은 아예 아버지의 자리를 지우고, 삼십대 작가들은 무엇을 시작하기에는 너무 늦었다는 식의 조로한 패배의식에 사로잡혀 있다. 물론 앞서도 강조했듯이 이남희와 고종석 의 사십세가 불혹의 경지를 선뜻 넘어선 것은 아니다. 불혹의 경지는 ‘어느

새' 세월이 이들을 엄습하기 전에 세월을 통해 이들이 자신을 단련해 나갈 때 얻어질 수 있다. 전 세대에 대한 무조건적인 부정과 순응을 넘어서 지속적인 성찰을 통해 아버지 세대와 거리를 취하려는 노력은 궁극적으로는 자신에 다다르려는 이들 사십 세의 도정이다. 인생의 길은 아직도 끝나지 않았다.

3. 기억의 재구로서의 아버지
- 김소진, 신경숙의 소설들

30대 작가 중에 김소진만큼 아버지의 역사, 가족사를 드러내는 일에 몰두했던 작가도 없다. 등단작인 「쥐잡기」에서부터 네 번째 작품집 『자전거 도둑』에 이르기까지 김소진 작품 세계의 원형질을 이루는 것은 유년 시절 아버지에 대한 기억, 그리고 현재 자신의 삶을 가족사의 연속성 속에서 파악하려는 노력이다. 그런 점에서 기억을 통해 재구해 낸 아버지의 삶은 나의 지금을 되비쳐주는 거울이다.

이남희나 고종석의 화자와 마찬가지로 김소진의 화자도 "아버지와 화해하고 싶은 마음이 도무지 없"었다고 진술한다. 80년대에 대학 시절을 보낸 주인공 '나'로서는 아버지를 판단하는 기준이 냉전 체제가 낳은 이분법적 도식에 근거해 있을 수밖에 없다. 화해 아니면 부정이 그것이다. 더군다나 아버지는 종이나 남로당과 같이 세계관을 대체할 만한 거대한 테제도 아니었고, 그렇다고 선배 석주형의 아버지처럼 그 시대의 안티테제였던 군바리나 악덕자본가도 아니었다. 나의 절망은 아버지가 테제를 향해 나아가든 안티테제를 향해 나아가든 상징적 아버지를 지향(혹은 그에게 저항)해야 할 나를 가로막는 한갓 '개흘레꾼'에 불과한 데서 비롯된다. 그 아버지는 쥐새끼 한 마리도 못 잡아 어머니 철원댁에게 지청구를 먹고(「쥐잡기」), "아들의 중학교 등록금을 빼돌려 정분이 난 여인의 단속곳 속으로 밀어넣어 주고" 그도 모자라 돈을 되돌려 달라고 애원하는(「춘하 돌아오다」, 「아버지의 자리」) 소심하고 무능력하기 짝이 없는 존재이다. 그 아버지의 무능력은 어린 시절 나를 강박했던 콤플렉스의 진원지이지만 소설 쓰기로 내몬 동력이기도 하다. 아버지의 무능력은 상징적인 아버지가 가한 폭력, 구체적으로는 분단이 낳은 상처에서 비롯된 것이다. 따라서 아버지는 더 이상 부정의 대상이 아니라 화자가 껴안아야 할 역사의 일부가 된다. 내가 아버지의 역사, 분단의 또 다른 피해자일지도 모를 억척 어멈 철원댁의 역사를 기록하는 것, 나아가 아버지가 북쪽에 두고 온 아내를 닮았다는 '고아떤 뺑덕어멈'과 아버지의 하룻밤을 주선하는 것은 바로 그런 연민에서 나온다.

아버지가 아들을 낳고 그 아들이 다시 아버지가 된다는 법칙은 김소진의 경우에도 마찬가지이다. 「아버지의 자리」는 이전의 소설들과 마찬가지로 '우습기 짝이 없는' 존재인 아버지와의 갈등과 화해를 한 축으로, 세월이 흘러 "한없이 곤혹스럽게 생각했던" 아버지의 자리에 선 나가 "가장으로서, 애비의 이름을 걸고 돌아갈 곳이 없"는 아버지의 인생을 대물림하면서 느끼게 되는 자괴감을 한 축으로 하고 있다.

그렇지만 고종석이나 이남희 소설들에 비해 아버지와의 대결의식이나 그러한 갈등을 거치면서 얻어진 세대적 정체성 확립의 무게는 덜한 편이다. 회상을 통해 재구되는 아버지 - 아들 관계와 그 옛날 아버지처럼 현재 '애비 노릇'을 포기한 나 - 딸 사이의 관계가 닮아있다는 것 외에 과거와 현재간의 긴장감이 미처 확보되지 않았기 때문이다. 가령 "살다보믄 어쩔 수 없을 때가 많"다는 것이 무능력한 아버지의 변이었다면, 내가 가장으로서 위기에 처하게 된 데 빌미를 제공했다고 볼 수 있는 출판사를 그만두게 된 연유나 실직으로 인해 현재 자신이 세대를 일구고 있는 가족에게 미칠 파장에 대한 서술은 다소 미흡하다. 딸 세련이 무능력한 아버지를 부정하는 태도를 취해도 "아버지라면 이럴 때 어떻게 했을 것인가"라는 식의 반응을 보인다는

것은 아직 이 작가가 아버지 세대의 기억으로부터 완전히 벗어나지 못했음을
반증한다.

　신경숙이 기억을 통해 재구하는 아버지상은 가족을 보듬고 일하다가 이제
는 쇠락하고 병든 아버지이다. 신경숙의 「감자먹는 사람들」에서 아버지는
가족을 돌보아야 한다는 가장으로서의 의무감에 충실하고, 선조들의 묘비를
세우지만, 그런 일들을 허명 뿐인 가계유지를 통해 자신의 권위를 세우려는
의도에서 하는 것은 아니다. 뇌졸증으로 병석에 누워 있는 지금의 아버지는
어린 나이에 양친을 잃고 이로 인한 마음의 상처 때문에 실어증에 걸렸던
적이 있다. 자신과는 다른 삶을 자식들에게 물려주기 위해 고투하는 아버지
가 세상과 대결하는 방식은 "암말도 안허는 것"이었고, 이제 병들어 딸에게
이 사실을 고백한다. 사람을 위해 노래를 부르는 직업을 가진 딸은 아버지의
역사를 대신 기술함으로써 사람살이의 소중함을 일깨운다. 아버지의 삶을
증언하는 그녀는 이러한 증언을 육친의 부재와 병으로 인해 고통받는 유순이
나 윤희 언니에 대한 증언으로 확대하여 이들이 상처를 치유해나가는 과정을
공감 어린 시선으로 포착한다.

　「감자먹는 사람들」에서 고향을 떠나 도시로 나온 화자에게 아버지는 "언
제나 그곳에 계시는" 존재, 고향을 환기하고 그리운 것들을 불러일으키는
존재이다. 그래서 신경숙의 소설에는 '무촌'인 아버지에 대한 친밀감, 일평생
을 고된 노동으로 일관해 온 아버지 세대의 삶에 대한 경건함마저 배어 있다.
그렇기에 아버지 세대에 대한 이해와 연민은 있을지언정 부정의식은 찾아볼
수 없다. 소설을 관통하는 감싸안음이나 생의 순환성을 받아들이는 운명론적
정조는 내밀한 가족사를 '안에서' 기록하면서 얻어진 것이다. 그러나 이 안으
로부터의 기록은 문제점을 안고 있다. 신경숙의 소설에는 이남희의 「사십세」
에서 볼 수 있었던 가족과 부모 세대를 억압해 온 사회 역사적 힘에 대한
객관적 평가가 부재하다. 이남희가 개인의 자발적 의지와는 무관하게 가부장

적 자본주의에 의해 일그러진 아버지상을 제시하고 그 세대보다는 한발 나아
간 삶을 꿈꾸고 있다면, 신경숙의 소설은 아버지의 역사를 애틋하게 복원하
고 있긴 하지만 이를 자기 세대 나름의 새로운 삶의 가능성과는 연결시키지
못하고 있다. 물론 두 작가가 세계를 바라보는 방식이 다르다는 점을 인정해
야 하겠지만 우리가 아버지 세대의 삶에 주목하는 이유가 궁극적으로는 그
세대가 남긴 폐해나 상처를 뛰어넘고자 하는 데에 있다면 단순한 복원은
한계가 있다.

4. 글을 마치며

우리 시대의 작가들이 복원해내는 아버지 이야기가 봉건적 가부장제로의
회귀 충동에서 비롯된 것은 아니다. 거기에는 지향해야 할 길이 뚜렷하게
보이지 않는 상태에서 잠시 길을 멈춘 채 자기 역사를 되돌아보면서 새로운
가능성을 모색하려는 작가들의 고민이 녹아들어 있다. 결국 새로운 부계
이야기의 주체는 아버지가 아닌 아들/딸 세대이며, 이들은 아버지의 질서에
대한 단순한 부정이나 연민을 넘어서서 이를 자기 세대의 눈을 통해 재조명
하고 성숙의 자양분으로 삼는다. 아버지의 삶에 대한 단순한 재구에 그치느
냐, 일종의 거리 취하기를 통해 객관적 평가에 도달하느냐는 각 작가에 따라
차이가 있다. 그렇지만 이들의 소설 쓰기는 세대간의 의사소통의 가능성을
세계와 타인에 대한 참다운 통찰에까지 밀고 나감으로써 현재 우리 문학에
만연한 환멸의 목소리들을 훌쩍 넘어선다. 새로운 희망 찾기는 과거를 현재
화하는 데서, 악몽이나 미망으로만 기억되던 아버지의 존재를 직시하는 데서
출발하는 것이다.

배반과 위무(慰撫)의 드라마,
우리 시대 어머니와 딸에 관한 몇 가지 삽화

1. '아버지 담론'과 '아리랑 고개의 여인들'의 이야기

'뭉쳐야 산다.' '다시 허리띠를 졸라매자.'라는 70년대 식의 낡은, 갑자기 절실해진 명제는 IMF 사태와 잇단 구조조정의 광풍을 고스란히 맞아야 했던 우리 사회의 음영을 단적으로 보여준다. 뭉침의 구심점에 있는 존재는 아버지이다. 왜냐하면 위기의 최대 희생자는 일터에서 밀려나 추운 거리를 떠돌고 있는 아버지들이기 때문이다. 이 아버지들의 어려움을 더해주는 존재는 달팽이처럼 아버지 등에 주렁주렁 매달린 가족이다. 이혼이나 불륜같은 불온한 일탈을 꿈꾸던 아내, 랩송을 듣고 힙합바지를 입고 아버지의 권위에 반항하던 '나쁜' 아이들은 이제 일탈과 탈주의 꿈을 접고 가정으로 회귀해야 한다.

이리하여 낡고 찢겨진 가족 사진첩이 다시 들춰지고, 해체된 가족의 이야기는 빠른 속도로 복원되고 있다. 『아버지』로부터 이문열의 『선택』에 이르는 이른바 '아버지 담론'은 그나마 자리잡기 시작한 여성작가들의 이야기를 잠식할 지경이다. 흔들리는 가장의 자리를 찾아주고, 가족의 이야기를 복원하는 것이 코앞에 닥친 위기를 넘어서는 지혜인 양 여겨지고 있기 때문이다.

이런 상황에서 여성들의 자아찾기나 내적 갈등은 현실을 직시하지 못하는 철없는 행태로 비칠 지도 모른다. 지금까지의 역사적 경험에 비추어 본다면 가장 먼저 침묵해야 할 목소리는 여성의 목소리이고, 화급한 현실을 위해 한 발 물러서는 것은 여성들의 몫이 될 것이다. 하지만 곰곰히 생각해 보자. 허물어져 가는 가족으로 인해 가장 상처받은 자는 누구인가, 역사의 고비마다 큰 뜻을 품고 밖으로 떠돌다 사라져버린 아버지와 남편의 자리를 대신한 자는 누구인가, 그리고 뒤틀린 우리 가족사를 바로잡아 써내려간 자는 누구인가. 그들은 이 땅의 수많은 '아리랑 고개의 여인들'(김연 『나도 한때는 자작나무를 탔다.』)이고 어머니이다. 그리하여 역설적으로 여성들의 이야기, 때로는 경외의 대상으로 때로는 희생자로 비춰지는 어머니의 이야기를 읽어내는 시도는 여전히 유효하다.

필자는 여성 작가들의 근작을 읽으면서 이들의 작품이 유사한 문제의식에서 출발하고 있음을 알게 되었다. 그것은 지금껏 일방적인 희생이나 경외의 대상으로만 여겨져 왔던 '모성'을 다양한 각도에서 다시 보거나, 아이를 낳고 기르는 어미됨의 과정을 통해 사회와의 소통을 시도한다는 점이다. 그 중에서도 어머니와 딸 사이의 관계에 대한 성찰은 안정된 가족, 강하고 희생적인 어머니라는 가족이나 모성과 연루된 오래된 신화를 깨고 있어 주목을 요한다.

2. 어머니와 딸, 그 애증의 드라마

어머니와 딸은 영원한 짝패이자 서로를 비춰주는 거울이다. 이들이 같은 성이라는 사실은 서로를 이해하는데 더없이 유리한 조건이다. 하지만 이들의 공통분모인 '여성'은 생물학적, 사회적으로 열등한 것으로 인식되어 왔다.

그래서 이들은 끊임없이 서로 미워하고 상처를 입거나 입혀왔다. '애증의 드라마'는 이 때문에 확대 재생산된다. 어머니의 입장에서 보자면 딸은 자신의 자아성취를 가로막는 장애물일 수도 있고 잃어버린 꿈을 대신 이뤄줄 소망충족의 대상일 수도 있다. 해서 딸의 일탈이나 배신은 커다란 상처로 각인된다. 딸의 입장에서 보자면 희생하는 어머니, 그러나 끊임없이 딸에게 그 대가를 요구하는 탐욕스런 어머니는 이율배반적인 존재이다. 그래서 딸은 어머니가 촘촘히 쳐놓은 금기와 욕망의 그물로부터 벗어나고자 한다. 이 땅의 수많은 딸들은 그래서 '난 어머니처럼 살지는 않을 거야.'라고 다짐하면서 살아간다. 그럼에도 불구하고 그들은 성장하고 결혼하고 출산과 육아를 경험하면서 자신도 어느덧 '어머니처럼' 살고 있다는 사실에 경악하고 절망한다.

대개 어머니와 딸 사이의 갈등과 화해의 드라마는 딸의 시각에서 그려진다. 이 땅의 딸들은 어머니의 고단한 삶의 경로를 부정적인 모델로 여기고, 교육을 통해 어머니 세대에 비해 객관적인 시각을 확보하면서 가부장제의 틀에서 벗어나지 못하는 여성들의 '현재'를 냉정하게 인식하게 되었기 때문이다. 그런 딸의 눈에 비춰진 어머니는 자신의 욕망을 주체하지 못하는 탐욕스런 어머니, 신경쇠약 직전의 부주의한 어머니, 상처를 보듬고 치유하는 어머니, 희생을 감내하고 가족의 유지를 성공적으로 행하는 강한 어머니로 다양하게 변주되어 나타난다.

3. 탐욕스런 어머니와 경멸하는 딸
  - 전혜성의 『마요네즈』

크리스마스 케이크를 자르는 가족의 풍경으로 시작하는 전혜성의 『마요네즈』는 탐욕스런 어머니의 모습을 경쾌하면서도 냉소적으로 그려내고 있다.

어머니에 대한 딸의 반응은 경멸과 거리두기이다. 어머니와 낡은 가족이 쳐놓은 덫으로부터 탈출하기 위해 새로운 가족을 일군 그녀에게 어머니의 방문은 침입으로 여겨진다. 어머니의 방문과 더불어 집안은 아수라장이 되고 딸의 일에 과도한 관심을 보이는 어머니 때문에 애써 맡은 자서전 대필은 전혀 진척이 없다. 더군다나 대필자서전의 주인공은 무능하고 추하게 늙은 어머니와는 정반대로 남편과 사별하고 나서 자식을 위해 희생하고 사회적으로도 성공한 '여왕'과 같은 존재이다. 하지만 딸은 어린 시절 왕비같이 우아하고 곱던 어머니가 탐욕스럽고 갖가지 질병을 주렁주렁 달고 다니고 딸에게 끊임없이 기대면서 천박한 호기심을 감추지 못하는 노인네로 변해버린 이유에 대해 전혀 둔감하지는 않다. "침울한 왕"과 같이 "아무런 변화 없는, 딱딱함만이 지배하는 세계"속에서 살아가는 아버지의 질서에 질식당한 한 가족의 음화가 그려진다. 그 음화에서 어머니는 아버지가 일상적으로 휘두르는 구타에 멍든 모습으로, 거기에서 벗어나고자 병적으로 약에 탐닉하거나 사치를 거듭하는 "사양길 여배우"와 같은 모습으로 남아있다. 딸에게 "엄마의 미모, 엄마의 병, 엄마의 희망"은 "수많은 종류의 응석을 꾸려넣은 찢어진 종이상자(36면)"와 같다. 작품은 평온한 가족사진첩의 밑에 감춰진 폭력이나 소외의 실체를 드러내면서, 가부장적인 아버지와 그 아버지로부터 딸들을 보호하지 못한 채 자기 연민에 젖어 몰락해 가는 어머니를 다같이 거리를 두고 비판하고 있다.

아버지가 병으로 누워있을 때나, 지금 딸의 집에 얽혀 살면서도 자신을 위해 머리에 마요네즈를 바르는 부분에서 욕망에 들린 어머니의 모습은 절정에 이른다. '마요네즈'는 "엄마와 아버지를 연결시키는 어떤 비극적인 코드의 암호(181면)"이다. 또한 마요네즈는 어머니의 허영과 이기심을 극적으로 보여주는 기표이다. 집안에 퍼진 마요네즈 냄새는 딸이 어머니에게로 향한 연민의 눈길을 거두고, 어머니와 자신의 관계가 허상뿐인 가족으로 묶인

'혈연의 노예'에 불과함을 자각케 해주는 환기물이다. 딸의 눈에 비친 어머니는 이렇게 '타자화'된다. 하지만 타자화는 여전히 연민과 경멸사이, 어린 시절 장미같았던 어머니에 대한 아련한 향수와 퇴락한 지금의 어머니에 대한 안타까움 사이에서 양가적인 시선을 담은 채 이루어진다.

딸이 경멸의 시선을 거두고 어머니의 모습을 온전히 보기 위해서는 어머니 목소리의 복원이라는 과정을 거쳐야만 한다. 『마요네즈』에서 어머니는 외할머니와 어머니 자신의 역사를 증언하면서 비로소 제 목소리를 낸다. "엄마의 껍질을 찢고 나온 엄마는, 먼 훗날 홀로 노쇠해갈 내 얼굴처럼 보였다(191면)"라는 고백은 딸이 이기적인 어머니의 얼굴 이면에 감추어진 상처를 이해하고 자신 또한 그 상처에 동참하게 되었음을 알려주는 징표이다. 그러나 화자는 섣불리 어머니의 상처를 위무하려 하거나 화해의 몸짓을 취하지 않는다. 그러기에는 엄마와 딸 사이의 배반과 오해의 골이 깊고, '희망 없는' 가족에게 남은 것이라곤 계약과 의무뿐임을 화자가 잘 알고 있기 때문이다.

4. 신경증의 어머니와 떠도는 딸
   - 배수아의 『부주의한 사랑』

우리 사회에서 어미가 된다는 것은 그 밖의 나머지를 잃는 것이다. 바깥의 삶을 포기하고 안의 세계에 갇힌 여성들은 하나같이 신경증을 앓고 있다. 『마요네즈』의 어머니는 약 기운이나 나르시시즘에 취해 감금 상태를 견뎌낸다. 배수아의 소설에 나오는 어머니도 신경쇠약 직전의 부주의한 어머니이다. 그는 결혼을 해서 아이를 낳고 나이를 먹어가면서도 이 모든 것들을 부정한다. 누구의 어머니가 된다는 것은 매혹적인 여성, 자기 일에서 성공한 여성으로 살아가기를 포기하는 것과 같다. 그래서 그에게는 누구의 아내이자 어머니라는 사회적인 징표가 붙여지지 않는다. 물리적인 나이에 대한 정보는 의도적으로 제공되지 않는다. 『렙소디 인 블루』와 『부주의한 사랑』에서 가족은 유약하고 이기적인 어머니로 인해 해체된다. 딸이나 아들들은 가족의 일원으로 존재하지 않고 항상 또래끼리 무리지어 다님으로써 어머니의 부주의와 배반에 대항한다.

『부주의한 사랑』에는 부주의한 신경쇠약 직전의 어머니/이모와 그 어머니/이모의 딸이기를 부정하고 자신을 사생아로 여기는 딸이 나온다. 자신이 어머니의 딸인지, 이모의 딸인지 가늠하지 못하는 것은 자기를 낙태시키고자 했던 어머니에 대한 배반의 몸짓이다. 어머니 부정은 이미 태내에서 심리적 상처를 받으면서 시작되는 것이다. 이기적이고 자신의 욕망과 열정을 이겨내지 못한 채 신경증을 앓는 이모이자 어머니로 인해, 과부의 몸으로 사생아를 낳은 자신의 친어머니로 인해 그녀는 세상의 모든 가족을 부정한다. 그래서 그녀는 가족구성원 바깥을 떠돌고 영혼 또한 정주하지 못한다. 남자친구의 사촌이 유부남인 것을 알면서도 사랑하고 관계를 맺는 부주의한 사랑의 진원지, 진정한 관계맺음이나 의사소통을 거부하는 영혼의 방목 상태의 근원은 '부주의한' 어머니이다.

떠도는 딸에게 세상의 모든 어머니는 '친'어머니가 아니라 '양'어머니이거나 계모이다. 진짜 어머니는 과도한 사랑의 열정이나 부도덕한 불륜에 빠져들거나, 그도 아니면 자기 연민과 자학을 거듭하는 연약한 존재이다. 이제 그녀는 역설적이게도 이 어머니의 비극을 되풀이함으로써 자신이 받았던 배반에 답한다. 책제목처럼 딸이 선택하는 인생은 어머니처럼 '부주의한 사랑'을 하는 것이다. 그리고 신경증의 어머니가 불러온, 자살과 살인과 이별로 쓰여진 비극적인 가족 시나리오를 경험하지 않기 위해서 딸들은 끊임없이 사람과 사람 사이를 떠도는 것이다.

5. 상처를 치유하고 소통을 꿈꾸는 어머니와 딸
- 김연의 『나도 한때는 자작나무를 탔다』와 공지영의 『착한 여자』

김연의 『나도 한때는 자작나무를 탔다』, 공지영의 『착한 여자』. 같은 연배이자 유사한 경험으로 80년대를 보낸 두 작가에게도 여성성/모성은 세대적·성적 갈등이 복합적으로 얽혀있는 90년대 현실을 헤쳐나가기 위한 화두이다. 『나도 한때는…』의 수민이나 『착한 여자』의 정인은 모두 남성중심적인 논리에 훼손당한 존재들이다. 『나도 한때는…』에서처럼 운동권 내부에 깊이 뿌리내린 가부장적 논리에 침윤되어 있기 때문이든, 『착한 여자』에서처럼 가족사의 상처로 인한 것이든 남성들은 일방적이고 상처를 입히는 존재이다. 타인에게는 더없이 친절하지만 가족에게는 불성실한 남성들과 운동과 가족의 평화를 위해서 끊임없이 인내해야 하는 여성들로 이루어진 가정은 더이상 안온한 장소가 아니다. 『나도 한때는…』의 수민과 인실은 남성들이 내팽개친 가족의 생계를 책임져야 하고, 출산과 육아의 고통을 혼자 치뤄야 한다. 『착한 여자』의 정인은 무관심 속에 버려진 채 거식과 폭식을 번갈아 하고 자살을 기도한다.

그러나 이들은 아이를 낳고 기르면서 상처를 훌쩍 뛰어넘는다. 아이는, 특히 딸은 어미의 상처를 위무하고 사막같은 세상을 함께 건너가는 '길동무'와 같은 존재이다. 『나도 한때는…』의 수민은 아이의 생일 때마다 여행을 떠나면서 과거 80년대 학교와 현장에서의 운동경험, 남편과의 불화, 그리고 자신의 계급적 한계를 곱씹어보고 반성한다. 그녀는 또 다른 남자 규의 결혼신청을 받아들이지 않는 대신, 자신과 비슷한 아픔을 가진 인실을 보듬고 함께 길을 떠난다. 아이를 길러본 자, 남성성의 원리에 훼손당해 본 자끼리의 동류의식과 자매애가 이들간의 소통을 가능케 한다. 『착한 여자』의 정인도 자신의 딸과 이혼한 변호사의 아이들을 함께 키우고, 밥과 육아와 사랑을 함께 하는 공동체를 만들면서 오랜 세월 쌓인 상처를 치유한다.

이들의 소설은 어머니의 입을 통해 진술된다. 어미됨의 고통과 기쁨을 체험한 이들은 한층 성숙한 눈으로 세상과 화해하고자 한다.『나도 한때는…』의 말미에서 수민의 고백처럼 이들은 더 이상 "강한 자의 역사"에 끼려 하지 않고 "생명을 낳고 기르는 여성이란 성을 담담히 받아들이(330면)"기에 이른다. 이들의 상처 치유 이야기가 소중한 것은 이들이 다른 여성들의 상처마저 이해하고 함께 살아갈 길을 적극적으로 모색하기 때문이다. 그것이 지금의 불우한 가족을 대신할 수 있는 새로운 공동체의 가능성과 맞닿아 있음은 물론이다.

6. 어머니와 딸간의 평등한 소통을 바라며

어머니 혹은 딸로 살아가는 우리의 경험에 비추어 보자면 현실의 어머니들은 탐욕스러우면서 희생적이고, 부주의하면서 사려깊다. 아직까지 우리 소설들은 이와 같은 어머니의 양면성을 제대로 포착하지 못하고 있다. 어머니의 서사와 딸의 서사가 한 작품 안에서 균형잡힌 시각으로 그려지지 않기 때문이다.『마요네즈』에서 어머니의 역사가 좀더 세심하게 다루어졌다면,『부주의한 사랑』에서 어머니의 신경증이 어디에서 유래하는지 딸이 아닌 어머니 자신의 '입'을 통해 기술되었다면 하는 점들은 그래서 여전히 아쉬움으로 남는다.

2 | 그녀들의 내러티브

그녀들의 내러티브

기이하고 낯선 가족과 여성 이야기
- 하성란, 조경란, 천운영의 소설

1. 글을 시작하며

세기말과 세기 초 우리 문학을 촘촘하고 풍성하게 수놓은 주체가 여성작가들이라는데 이의를 제기할 사람은 별로 많지 않을 것이다. 여성작가들은 전 세대 여성들의 문학적 유산을 한껏 향유하면서 동시에 변화된 현실에 대한 도전과 응전의 다양한 스펙트럼을 펼쳐놓았다.

변화된 현실을 여성의 눈으로 다시 짜려는 김인숙과 공지영, 빈핍한 현실을 모성의 지평으로 극복하려는 공선옥, 농담과 거리두기로 산문적인 현실을 훌쩍 넘어서는 은희경, 타자와의 소통을 낮은 숨결로 이야기하는 신경숙, 여성의 섹슈얼리티에 대한 코페르니쿠스적 전환을 꿈꾸는 전경린 등은 자기만의 고유한 영역을 개척하면서 여성문학의 지평 넓히기에 크게 기여했고, 그 확장 작업은 여전히 진행 중이다. 중산층 혹은 하층이라는 계층적 조건, 기혼과 미혼, 대도시를 부유하는 여성 댄디와 고향집으로의 귀환을 꿈꾸는 여성과 같은 외견상 차이야 있겠지만 이들의 작품세계는 여성에 의한 여성의 이야기 범주를 벗어나지 않는다. 염소를 몰고, 검은 우산을 쓴 채 집밖을 유랑하는 여성, 불현듯 고층 아파트의 텅 빈 광장을 맨발로 질주하는 환영을 꿈꾸는 여성, 모성의 윤리성에 이끌려 집으로 귀환하는 여성 등의 형상화에서 추측할 수 있는 것처럼 이들은 '성차화된(gendered)' 존재론적 고민의 자장권 안에 있다. 이들은 그 자장권 안에서 일탈과 귀환을 거듭하며 한국에서 여성으로 살아가기의 힘겨움을 체감하고 그 고통을 이겨낼 여성성을 계속 탐사하고 있는 것이다.

그런데 이들보다 한 발짝 뒤에서 작품활동을 시작한 여성작가들은 미시적인 일상의 변화들을 그들 세대의 것으로 접수하면서도, 거기에 잠복해 있는 여러 문제들을 '낯선' 문학적 방식으로 풀어놓는다. 마이크로적인 세부 묘사와 객관적인 시선과 문체로 역량을 인정받은 하성란, 가족과 요리에 대한 독특한 사유를 풀어보이는 조경란, 위반과 기형의 도착적 세계를 강렬하게 뿜어내는 천운영 등은 허구의 의장을 입혀 개인사를 내밀하게 고백하는 바로 앞의 작가들과 구별된다. 이들은 표나게 여성의 이야기를 중심에 놓지도 않는다. 이들은 소설은 허구라는 자명한 명제를 우리에게 새삼스레 환기한다. 그만큼 이 작가들이 그리는 세계와 인물은 작품마다 독특한 색깔을 지닌채 독자에게 해독을 요구한다. '이거 실은 내 이야기야'가 주는 핍진성과 고백이 내포하는 독자와의 친밀한 교감을 이들은 거부하는 것이다. 물론 김인숙이 건조하게, 은희경이 날카롭지만 가벼운 위악의 포즈로 그려낸 산문적 현실이 사라진 건 아니다. 아니 오히려 빛보다 빠르게 움직인다는 이 속도전의 시대, 복제와 생명 연장 기술의 가능성으로 생명에 깃들여 있던 후광이 사라진 시대가 부여한 '산문성'은 이 시대를 살아가는 사람들의 삶을 할퀴고 가는 질감에서는 더 거칠어졌다. 그래서 이 여성작가들은 친밀성과 배려의 윤리학으로 통칭될 수 있는 '모성의 서사'를 폐기한다. 가까이는 신경숙과 공선옥 등이 즐겨 그렸던, 우리 근·현대사에서 위기의 순간마다 그 위기를 극복할 윤리적 대안으로 제시했던 '모성의 서사' 이면에 자리한 낭만성이라든가 반동성에 제동을 거는 것이다. 여성작가들에게 혐오와 분노의 대상이었던 가부장적 가족 서사도 다른 방식으로 재편된다. 이들이 새로 쓰는 가족이야기는 대단히 냉혹하다. 이전 세대의 여성 작가들이 '길위의 집'에서 서성이는 해체 직전의 가족을 그리면서도 궁극에는 집으로 귀환해 새로운 집짓기를 모색하거나 모계가족과 같은 새로운 가족의 패러다임을 구축하는데 반해, 조경란 식으로 '가족의 기원'을 냉정하게 탐사한 이들은 가족의 틀 안에 들어가기를 거부한다.

'모성의 서사'를 대신하는 것은 '마녀 혹은 구미호 이야기', 가족의 잔영이 드리워져 있지 않은 단독자의 서사이다. 이들은 현실을 전혀 낯선 눈으로 재편해 그리거나, 현실로부터 월경해 환상의 세계로 진입하거나, 현실로부터 끊임없이 도주하고 일탈한다.

2. 일그러진 가족 서사, 궤도를 이탈하는 존재들

하성란, 조경란, 천운영 이 세 작가의 소설에서 가족은 '없다'. 천운영의 「당신의 바다」, 「행복고물상」, 조경란의 「유리동물원」, 하성란의 「루빈의 술잔」에서처럼 남편은 생식능력을 상실한 거세된 존재, 사회라는 전쟁터에서 패배하거나 감쪽같이 사라진 존재이다. 그렇다고 우리 소설사에서 흔히 볼 수 있는 것처럼 여자들이 무능력한 남편을 대신해 억척스럽게 아이를 키우고, 가계를 꾸리지도 않는다. 그녀들은 남편을 피학적으로 구타하거나 남의 집을 뒤져 물건을 훔치는 등 히스테리와 편집증, 도벽의 병리적 징후들을 보이면서 가족의 위기를 더할 뿐이다.

가족 부재의 징후들은 진짜 부모가 자기를 버린 채 사라졌다(조경란의 「오늘의 요리」), 버리지는 않았지만 자식에게 무관심하고 이기적이다(조경란

의『우리는 만난 적이 있다』), 나는 가부장적 폭력를 일삼는 아버지의 아들이
아니라 내 부모는 따로 있다(하성란의『식사의 즐거움』), 나는 엄마의 딸이
아니라 이모의 딸이었다(조경란의『식빵 굽는 시간』), 엄마는 나를 버렸고,
아버지는 길떠나거나 죽었다(천운영의「바늘」, 「월경」)는 다양한 명제들로
표출된다. 프로이트식으로 말하면 업둥이 혹은 사생아의 가족로망스는 가공
의 이야기를 만드는 소설의 천형과 같은 운명이며, 자기 존재를 부인하며
다시 쓰려는 자아의 나르시시즘적 욕망이 투영된 것이다. 하지만 이 작가들
은 전형적인 '외디푸스적 가족 서사'를 베끼면서도 동시에 비껴간다.

외디푸스적 가족 서사가 아버지 - 아들(딸) - 어머니의 가족 삼각형에서 주
로 부정의 대상으로 삼은 것이 아버지였다면, 아버지의 권위에 짓눌린 아들,
무기력한 어머니에 천착한 하성란의『식사의 즐거움』만 여기에 해당될 뿐,
다른 작품들은 딸의 서사에 가깝다. '어머니에게서 버림받은 딸의 이야기'는
다른 여성작가들이 흔히 그리는 '어머니 - 딸의 서사'와는 사뭇 다른 세계를
펼쳐 보인다. 기존의 어머니 - 딸의 서사는 수난당하는 어머니와 그 어머니를
반(反)모델로 삼아 자기 각성을 해 가는 딸이 펼치는 연민과 공감의 드라마이
다. 그런데 이 작가들은 섹슈얼리티와 자기애에 갇힌 어머니에게 가하는
심리적 복수로 성장을 거부하는 여자들의 판타지를 즐겨 그린다. 여성들간의
자매애라는 틀에 박힌 공식을 거부하는 여자들은 '여성성'의 어두운 측면을
드러낸다.

『우리는 만난 적이 있다』의 여자는 이기적인 부모의 대체물인 오빠에게
집착하여 근친상간적 욕망에 이끌린다. 천운영의「바늘」과「월경」의 기형적
인 여자들은 어느날 갑자기 자기를 버리고 떠나거나 성적인 충동으로 인해
남편에게 응징당하는 여자를 어머니로 두었다. 때문에 이들의 성정체성 확립
과정은 순조롭지 않다.「바늘」의 나는 채워지지 않은 욕망, 부재한 부모로
인한 결핍을 대리 충족하기 위해 바늘로 문신을 뜬다.「월경」의 나는 "문틈에

눈을 대고 숨을 죽인 채 계집의 엉덩이를 훔쳐보거나", "계집의 엉덩이를 만지기도 하고 가슴을 주무르기도 하면서 자는" 등 관음증적이고 도착적인 성애에 이끌린다. 그것은 그녀가 목격한 '원초적 장면'이 부모의 성애 장면이 아니라, 어머니와 낯선 남자와의 성애 장면이었기 때문이다. 기억 속에 억압되어 있던 '원초적 장면'에는 불륜과 살인이 함께 한다. "문지방을 넘어선", 즉 금기를 위반한 그녀에게 억압된 기억은 "기차가 자신의 비대한 머리를 짓이기며" 지나가는 악몽으로 계속 귀환한다. '악몽'이라는 심리적 기제와 '기형적인 머리'라는 신체적 특성은 정체성 형성 초기 단계에서 금기의 덫에 걸린 여아의 일그러진 자아를 압축적으로 보여주는 것이다.

천운영의 인물들은 남루하고 비루한 불모의 현실과 직면한다. 이들의 유일한 소망은 결혼이나 아이 낳기 등을 통해서 가족을 갖는 것이다. 하지만 이들은 기형의 신체적 표식 때문에 혹은 일그러진 가족사 때문에 온전한 가족을 갖지 못한다. 아니 이 둘은 거의 항상 공존한다. 아빠 - 딸(혹은 아들) - 엄마라는 삼각구도의 한쪽이 없거나 일그러진 가족서사는 육체적인 기형과 질병의 형태로 외화된다. 가령 데뷔작인 「바늘」의 나는 툭 튀어나온 광대뼈와 곱추를 연상케 할 정도로 둥그렇게 붙은 목과 등의 살덩이, 눈살을 찌푸리게 하는 목소리, 뭉뚝한 발가락 등 "추하다는 추상어가 명백히 눈앞에 펼쳐져 구체성을 획득할" 만큼 남다른 육체적 표지를 지닌 인물이다. 아비는 부재하고, 엄마마저 그녀를 버린다. 엄마는 신성한 모성이 아니라 성적 환상으로 현현한다. 그녀는 '문신' 행위를 통해 육체적 추와는 대비되는 미의 세계, 병약한 육체와는 다른 강력/강렬한 힘의 세계를 지향한다. 즉 육체에 현실과는 대비되는 세계를 새겨 넣음으로써 부재와 결핍을 대체하는 것이다.

「포옹」의 나 역시 '곱사등이'라는 육체적 징후를 결핵보균자인 아비에게서 물려받았다. 그리고 그는 출생 시부터 부재로 존재한다. 또 다른 주인공인 어린 나의 경우에는 반대로 엄마는 없고, 아비만 존재한다. 싸움소 훈련꾼 아버지, 주인 노인은 '아버지의 이름'으로 그녀를 억압하고 모욕한다. 편모, 편부 슬하의 결핍을 경험한 그녀들은 일상으로부터 탈주한다. 그녀들은 단 한번 만난 남자와의 '결혼 시나리오'를 쓰고 버림받은 신부되기를 자처함으로써 자신을 위조하거나, 아버지 - 힘의 세계인 청도로부터 도망친다. 이들의 탈주가 도달한 "바다 생물들과 육지생물들이 함께 살아가는 곳, 해초를 뜯어 먹고 사는 신인이 고통스러운 기억들을 지워주는" (아버지 - 현실의 청도와는 다른) 유토피아적 청도는 이들이 한번도 가져본 적이 없던 고립이 아닌 공생, 결핍이 아닌 충만을 가능케 하는 환상의 영역이다.

천운영이 낮은 자세로 포복하는 인물들의 '비범한 일상'을 그림으로써 일상을 기형적으로 뒤트는데 반해, 하성란과 조경란은 일상을 꼼꼼이 해부하거나 붕뜬 발로 부유한다. 하성란과 조경란이 천착하는 대도시의 일상은 그야말로 진부하기 그지없는, 특징없는 나날의 삶이다. 이들은 쓰레기를 수집하는 남자처럼 마이크로적으로 대상에 시선을 '바짝' 갖다대거나(하성란의 「곰팡이꽃」), 망원경으로 '멀리' 있는 대상을 엿본다.(조경란의 「망원경」) 현미경과 망원경으로 바라본 대상인 일상은 대상과 거리를 취하고자 하는 인물의 의식을 반영하며, 그 의식에 반영된 일상이란 실제 그대로가 아니라 지나치게 축소되거나 확대된 것이다. 어떤 '눈'을 택하든 일상을 총체적으로 반영하지 않고, 일부만 확대해 보거나 해체시켜 보는 것은 이 작가들의 창작 태도와도 어느 정도 연관이 있다.

대개 대도시에서 밥벌이를 하는 하성란 소설의 남성과 여성들은 그저 남자와 여자로 지칭되거나, '동그란 얼굴' 정도의 신체적 표지, 몇 호 여자 등의 거주지로 호명된다. 만원버스에 시달리고, 여름이면 번잡한 유원지로 휴가를 떠나고, 남자 혹은 여자와 만나고 헤어지는 이들의 일상은 우리네 일상과 별다를 바 없다. 하지만 이들은 일상에 잠복해 있는 기습에 노출되어 있으며, 그것 역시 일상의 또 다른 얼굴임을 새삼 깨닫는다. 「루빈의 술잔」에서 여자는 백화점 사고 현장에서 남편이 흔적도 없이 사라진데다 주민등록번호가 바뀌었다는 사실을 알게 되면서 자기 정체성의 혼란을 겪는다. 어디에도 확실한 것, 고정된 것은 없다. 「옆집 여자」에서 자기 자리를 잠식해 들어와 강탈하는 '옆집 여자', 「올콩」에서 남자를 감쪽같이 능멸하는 영악한 여고생, 「즐거운 소풍」에서 비정한 현실에 짓눌려 어느 결에 살인을 저지르고, 다른 살인을 공모하는 태광빌딩 소유주와 입주자들 등 우리 주변에서 흔히 볼 수 있는 소시민들의 반란은 예기치 않은 데서 일어나는 것이다. 그런 일상의 이면을 작가는 세련된 비유물로 빚어낸다. '루빈의 술잔', '피뢰침 혹은 번개', 카메라맨의 앵글에 포착된 '한짝이 벗겨진 분홍색 욕실화'로 환기되는 기습적인 일상은 쓰레기 더미에 피어난 '푸른 곰팡이꽃'에 이르러 생생하게 시각적 이미지로 살아난다.

"같은 도형이면서 보고 있는 중에 원근 또는 그 밖의 조건으로 뒤바뀌어 다르게 보이는 도형(「루빈의 술잔」)"처럼 '보는 자'의 현미경적 시선에 포착된 일상은 낯설기 그지없다. '심리주의적인 깊이의 제거(김화영)', '마이크로 묘사의 전형(김윤식)', '절제된 영상 이미지(신수정)' 등으로 평가받는 하성란의 작품 세계는 군더더기같은 감정의 과잉이나 주석적 설명이 일체 없다. 이처럼 냉정한 문체로 인해 비극적인 파국, 엽기적인 사건과 같은 일상 이면에 감춰진 비수의 한 끝을 보일 때조차도 통증을 느낄 수 없을 정도이다.

그런데 이 작가는 천운영과는 다른 방식으로 궤도 이탈을 감행한다. 주어진 삶으로부터 탈주하고픈 숨겨진 욕망은 '같지만 다른' 짝패(double) 이미지로 변주된다. 「루빈의 술잔」에서 주민등록번호가 잘못 기재되어 똑같은 숫자를 가지게 된 두 여자는 남편 혹은 엄마의 부재라는 한쪽이 결락(缺落)된 가족이야기를 공유하고 있다. 병행적으로 진행되는 두 여자 이야기는 99개의 모티프에다 엉성하게 짠 하나의 모티프를 연결해 완성한 식탁보처럼 같기도

하고, 다르기도 하다. 「옆집 여자」에서 옆집 여자는 세탁기와 대화를 나눠야 할 정도로 가족 내에서 소통이 단절된 여자의 일탈 심리가 무의식적으로 반영된 인물이며, 「곰팡이꽃」에서 옆집 여자에게 버림받은 거구의 남자는 쓰레기통 속에서 그 사용자의 내력을 알아냄으로써 여자의 떠남을 견디려는 남자의 대리물이다.

이 짝패들은 기형, 불구, 편집증의 신체적, 정신적 징후를 띤다. 성장은 퇴행이고, 소통은 곧 상처이기 때문이다. 기이하게도 독신이거나 결혼을 했다 하더라도 아이를 거느리지 않은 인물들은 "된장찌개, 노란 알전구, 세트로 된 수저, 아이들, 세발자전거...(「양파」)"에서 연상되는 가족과 원초적으로 분리된 인물이다. 이들에게 가족은 애시당초 아버지와 어머니 중 한 쪽이 부재한 우울한 음화로, 흐릿한 배경으로 존재하며, 성장을 돌연 멈추게 하는 트라우마로 작용한다. 「루빈의 술잔」에서 1703호 여자는 엄마가 집을 나간 후 한쪽 다리가 성장을 멈췄고, 「춧농날개」에서 편모 슬하의 '너'는 육신 - 현실을 지상으로 끌어내리는 중력과 싸우기 위해 체조, 행글라이딩 등 날기를 시도하지만, 사고로 한쪽 다리를 잃는다. 그녀는 그네를 타던 소녀기에 고착되어 있다. 그런가 하면 「곰팡이꽃」의 그는 "쓰레기야말로 숨은 그림 찾기의 모범답안"이라고 여겨 버려진 쓰레기 더미를 풀어헤쳐 그/그녀의 내력이며 사생활을 재구한다. 변형된 편집증이라 할 수 있는 그의 쓰레기 수집 행위는 '코발트 색 와이셔츠'에 매혹되어 그의 곁을 떠난 여자의 심리를 분석하고, 관계의 실패를 치유하려는 안간힘이라 할 수 있다.

가족이든 연인이든 타자로부터 거부당한 경험이 있는 이 인물들은 대도시 일상의 소용돌이 속에 동참하기를 두려워한다. 천운영처럼 광기와 환상의 영역으로 이끌리든, 하성란처럼 일상을 마이크로적으로 쪼개든 궤도를 이탈해 피상적 현실 뒷면에 감춰진 진실을 탐색하려는 이들의 더딘 행보는 계속되고 있다. 일상을 양파 껍질을 하나하나 벗겨내듯이 '낯설게', '다르게' 보여주면서 마침내 그 아리고도 깊은 속에 도달하려는 시도는 값지다. 하지만 생이든 현실이든 그것을 온 채로 보여주는 데서 느껴지는 우직함이랄지 진솔함이 이 작가들의 작품에서 우러나오기까지는 좀더 시일이 걸릴 듯하다.

3. 마녀 혹은 구미호 이야기

일그러지고 결핍된 가족 서사를 보완하고 채우기를 거부하는 주인공들의 몸짓은 앞에서 보았듯이 일상으로부터 탈주하기, 일상을 위반하고 '비루하게 만들기 혹은 폐기(abject)하기'로 표출된다. 물론 위반과 전복은 90년대 이후 작가들의 활동을 칭할 때 두루 해당되고, 대중문화와 펄프픽션, 환상적 요소 등 자본주의의 적자들을 받아들여 바로 그 체제를 조롱하는 작가들의 행보들 역시 기민하게 여러 갈래 길들을 만들고 있다.

그런데 가부장적 상징질서의 변방 혹은 경계선에 위치한 여성은 그 주변적 위치로 인해 변방이 지닌 교란적, 전복적 성격을 예리하게 드러낼 수 있다. 남성중심적인 가부장제 사회/문화에서 타자화되고 주변화된 여성들은 환상의 영역에서 지배 질서와 문화를 위협하는 공포스러운 존재로 부상한다. 본디 환상이란 로즈마리 잭슨의 지적처럼 비현실적이거나 초월적인 세계에 대한 상상이 아니라, 현실 세계 속에서 드러나는 낯설고 이질적인 것과의 충돌에 의해 야기되는 기이함이며, 현실 세계의 찢겨진 틈에 존재한다. 하성란과 천운영의 작품은 요즘 우리 문화의 핵심 코드로 등장한 '환상'이나 '엽기'를 보기 드물게 세련된 형식으로 차용하면서 단단한 현실 곳곳에 구멍을 낸다. 그들은 여성들의 불안한 욕망을 표면으로 끌어내기 위해 구미호며 마녀같은 중세의 존재들을 호출한다.

하성란의 「여우여자」(<문예중앙>, 2001년 겨울호)는 '전설의 고향'에서 보았음직한 구미호 이야기를 문학적으로 가공한 근작이다. 이 기괴한 이야기에서 현재적 시간을 해체하고 영원을 사는 여자는 전설 속 구미호처럼 인적이 뜸한 산골짜기, 공동묘지를 배회하지 않고 백랍같이 흰 얼굴로 도시와 놀이공원을 유영한다. '어쩌면 내가 어제 만나 사랑을 나누었던 여자, 내 어깨를 스쳐 지나간 익명의 존재가 구미호일지도 모른다'는 설정은 미국 대통령이나 마이클 잭슨이 다른 행성에서 온 외계인일지도 모른다는 헐리우드 영화의 설정만큼이나 황당하지만 대중의 흥미를 유발하는 부분도 없지 않다.

작품의 플롯 역시 추리소설의 전통적인 기법을 차용하여 사건의 결말을 먼저 보여주고 난 후 그 경위를 추적해가는 방식을 취하고 있다. 다른 각도에서 보자면 이 작품은 대중적인 멜로드라마에서 흔히 볼 수 있는 남녀관계에 얽힌 배반의 플롯을 세련된 방식으로 각색해 놓고 있다. 불우한 어린 시절, 성장한 후 사회적 성공을 위해서라면 수단과 방법을 가리지 않는 남성, 여러 여자들을 편력하면서 필요에 따라 사랑이 배제된 성을 나누기도 하고, 여자를 이용한 후 헌신짝처럼 버리는 남성은 드라마와 영화, 대중소설에서 숱하게 보아온 악인형 인물이다. 익명의 익사체로 떠오른 이형진 역시 이런 인물형의 전형이다. 그의 옆에는 다섯 살 때부터 그에게 '기찻길'로 표상되는 세상을 보여준 여성이 있다. 그녀는 그의 입사식(入社式)을 도와주는 존재이다. 세월이 지나가도 나이를 먹지 않는 그녀는 사춘기의 한 시절 그와 조우해 누이처럼 충고를 하고, 성인이 된 그의 앞에 그에게는 사회적 성공을 위한 도약이 될 전설의 고향의 구미호 역으로 다시 나타난다. 그녀가 형진의 성장과 성공을 위해 헌신하는데 반해, 그는 번번이 배반한다.

그동안 만난 인간들처럼 형진은 미화에게 '상처'를 남겼고, 그녀의 진정성을 배신했다. 그렇다면 과연 '커다란 은색 여우'로 변신한 임미화는, 500년을 이 땅에서 산 임미화는 진짜 구미호일까. 전설의 고향류를 믿을 만큼 어수룩

하지 않은 현대 독자에게 이 오래된 이야기를 펼쳐놓는 작가의 숨은 의도는 무엇일까. 여기서 작가는 인간의 마음을 한 동물, 적자생존의 정글과 같은 생의 전장을 누비는 수성(獸性)의 인간이라는 거꾸로 선 가치를 제시한다. 서사의 궁극적인 전략은 "인간을 통해 인간이 되려"는 임미화의 진정성과 "숲에서 보았던 그 어떤 짐승보다 교활하고 흉악하게 일그러져 있는" 이형진 의 광포함을 뚜렷하게 대비시키는데 있다. 이 작품은 짐승과 인간의 뒤바뀐 속성에 여성과 남성의 오래된 속성을 겹쳐놓음으로써 비정한 가부장제 사회 의 빈틈을 찾아 들어가 그것을 전복시킨다. 그런 점에서 이 작품은 남성에게, 혹은 그 남성이 속한 가부장적 제도에 한을 품고 무덤 속을 헤치고 나와 그 혹은 제도를 응징하는 귀신이야기, 구미호 이야기를 '낯설게' 각색하면서 그 이야기가 지녔던 전복성을 계승하고 있다.

산 속을 네 발로 기고 뛰어 다니는 그녀, 귀신의 집에서 공포특급으로 이름만 바뀌었을 뿐 동굴처럼 어두운 곳에서 가짜 드라큘라며, 처녀귀신과 공생하며 '묘한 냄새'를 풍기고, '어둠 속에서 촛불처럼 타오르는 두 개의 낯선 눈동자'를 지닌 그녀는 타자의 자리로 밀려난 존재들의 불우한 운명을 대변한다. 공포마저도 놀이공원의 오락거리로, TV 납량특집물로 자본주의 화하는 현대 사회에서 그녀가 거주하는 싸구려 가건물로 지어진 공포특급은 중심을 위협하는 주변적 공간이자 존재로서 기능한다.

기존의 추리소설이나 멜로드라마의 문법을 차용하면서도 이를 세련된 방 식으로 다시 쓰는 이 작가는 기존의 문법이 지닌 남/녀, 선/악의 대립구도에 의문을 제기하고, 새로운 가치를 제시한다. 이 같은 태도는 남성중심주의에 기반한 정전(正典)을 뒤집는 데서 출발한 페미니즘 문학의 정신과도 이어지 는 것이다. 추리소설에서처럼 범인이 밝혀지긴 하지만 그녀가 과연 이 사회 의 악으로서 응징되어야 하는가를 되묻고, 멜로드라마에서처럼 남자에게 배 신당한 여자가 복수를 하지만 '인간에 대한 믿음'을 포기하지 않는다. 새롭게 태어난 구미호 - 임미화는 여우의 징표인 '교활함'이 사라진 데서 단적으로 드러나듯 사랑의 부재로 인해 상처받은 현대인의 초상이며, 하성란이 이전 소설에 자주 그린 바 있는 타자와의 소통과 관계맺음을 갈망하지만 번번이 좌절하고 마는 인물들의 아이콘이다.

'마녀'는 천운영의 소설 곳곳에 출몰한다. 「숨」의 여든이 넘은 그녀는 "천 년을 견뎌낸 미라", "세월의 풍화에도 결코 공격받지 않는 견고함"을 지닌 존재로 형상화된다. 천 년의 시간을 사는 구미호처럼 그녀 역시 인간의 시간 을 비껴간다. 그녀의 육체는 "목에서부터 등뼈를 따라 엉덩이까지 내려온 머릿다발은 늙은 수사자의 푸석한 갈퀴같기도 하고, 소의 휘어진 꼬리털 같기도 한" 거대한 동물의 그것으로 환유적으로 제시된다. 그녀는 손자의 밥벌이에 기생해 살아가는 흡혈귀, 자기가 낳은 아이를 잡아먹는 모성 상실 의 '메데이아', 흉측한 외모로 남근적 질서를 위협하는 '메두사'의 광기와 어두운 욕망을 계승한다.

그녀는 남성 가부장제의 질서와는 무관하게 자기 질서를 구축한다. 근대 적인 가부장적 질서가 이성과 절제를 인간의 덕목으로 내세워 주체를 훈육 했다면, 역으로 그녀는 육식성의 식욕이라는 원초적인 생의 본능에 충실하 라고 남성 - 손자를 길들인다. 그 훈육의 결과는 '거세'라는 육체적 징후로 나타난다.

「유령의 집」에 나오는 그녀 역시 검은 옷과 흰 머리칼, 검은 살갗에 연분홍 입술이라는 기괴한 모습에다 시력까지 잃은 상태다. '유령의 집에 등장하는 마네킹 유령 혹은 변신에 능한 늙은 여우'처럼 그로테스크한 형상을 한 그녀 는 현실의 시간과 공간을 초월한 박제화된 존재로 보이기도 한다.

그녀와 '유령의 집'은 하나이다. 유령의 집 곳곳에 장치해놓은 미라, 새터 니 처녀 귀신, 흡혈귀 등은 남편의 폭력 앞에 내맡겨진 그녀의 삶의 내력과 닮아있다. 그런가 하면 유령의 집이 풍기는 불온한 공기는 맞고 사는 아내에서 어느새 남편을 살해하는 독부로 변모하는 여자의 은폐된 공격성과 맞닿아 있다.

삶은 미궁, 미로, 골방이며, 냄새나는 하수구다. 유령의 집은 그런 삶의 음각화이자 축도이다. 한치 앞을 볼 수 없을 정도로 어두운, 그렇지만 곳곳에 함정과 '낯설고 두려운' 존재들이 내 발을 거머쥐고, 내 몸을 치고 지나가는 유령의 집 내부는 "보이지 않고 들리지 않는 그 이면에 존재"하는 삶을 끊임없기 환기시키기 때문이다. 유령의 집을 배회하고 경험하는 당신의 여정은 그녀와 아이의 이력이 한 단계씩 벗겨지는 서사적 진행과 함께 한다. 이 작가는 더 이상 안식처이기를 포기하고 의혹과 폭력이 난무하는 집과 그 집의 내용을 채우는 가족을 입상화하기 위해 현실의 가족과 유령의 집에 거하는 불온하고 위해를 가하는 것들 사이를 자유자재로 넘나들며 기술하는 방식을 취하고 있다. 아이 - 거대한 쥐, 남편 - 흡혈귀, 목발을 빼앗는 아내 - 외눈박이 거인의 몽둥이 식으로 짝 지워진 존재들의 원한에 찬 난투극은 어디까지가 현실이고, 어디부터가 환상인지 분별할 수 없을 정도로 강렬하고 잔혹하게 묘사된다.

폭력을 일삼는 남편, 그로 인한 가족구성원의 분열이나 상처는 이미 이혜경의 <길위의 집>을 위시한 여러 작가들의 작품에서 사실적으로 해부된 바 있다. 가부장제 이데올로기의 강고함과 그것이 현실적인 폭력으로 생생하게 다가오는 현장은 이미 여성문학이 출발 당시부터 주목해왔던 주 소재임에 틀림없다. 우리는 폭력의 현장을 생생하게 증언하면서 자기 각성을 해나가는 여성인물도 심심치 않게 보아왔다. 하지만 우리는 천운영의 「유령의 집」에 이르러 그 가부장적 질서를 난도질하는, 육체적 질감을 지닌 현장을 목도하게 된다. '그녀'는 가부장적 질서를 모성적 배려로 대체하지도 않고, 자기 욕망에 신들린 채 집밖을 배회하지도 않는다. 그녀는 상식, 윤리, 법률 등 상징적 아버지의 질서를 전복하고, 현실의 아버지 - 남편을 처형하는 마녀의 형상을 띤다.

천운영 소설에 출몰하는 마녀들은 중세의 숲을 배회하는, 그러다가 아버지 - 신의 이름으로 장작더미 위에서 불타다가 재로 소멸해 가는 존재들이 아니다. 오히려 거세된 남성(「숨」), 불구화된 남성(「유령의 집」) 위에 군림하는 이 마녀들은 여성이라면 누구나 꿈꾸어봄직한 가부장적 질서의 전복이라는 여성들의 판타지를 공격적으로 재현하는 것이다.

귀신의 집, 유령의 집, 공포특급과 같은 '낯설고 두려운' 장소에 출몰하는 여성들은 성차화된 몸으로 인해 타자의 자리로 밀려난 여성들의 상황을 그야말로 '낯설게' 재현한다. 대도시의 구성원이면서도 화려한 불빛의 세례를 받지 못하고 어두운 구석자리로 밀려난 그들은 그렇다고 그 어둠을 재생의 공간으로 부활시키지도 않으며, 새로운 아마조네스의 공간으로 탈바꿈시키지도 않는다. 그렇지만 하성란의 '여우 여자'처럼 또 다른 회통(會通)을 꿈꾸든, 천운영의 '마녀'처럼 살의와 광기에 사로잡혀 있든 여성적 가치의 유동성과 다의성을 탐사할 가능성은 열려있는 셈이다.

기존의 페미니즘 담론과 윤리학에서 '여성적 가치'는 보살핌과 친밀성으로 정의되어 왔다. 그 근저에는 여성의 모성성을 특화하고, 그 기원을 생물학적 특성에서 찾는 일종의 환원론이 도사리고 있다. 하지만 '여성적 가치'에 대한 단선적인 평가가 오히려 여성의 자발적인 욕망을 억압하고, 여러 각도에서 여성적 가치를 (재)발견할 가능성을 차단할 위험성이 있는 것도 사실이다. 이 작가들은 여성적 광기라든지 다음 장에 살펴볼 식욕과 성욕 등 원초적인 욕망에 관심을 기울임으로써 기왕의 여성적 가치가 여성을 '집안의 천사'라는 폐쇄된 영역에 가두는데 '반동적으로' 기여할 수 있음을 내비친다.

4. 탐식(貪食)하는 여자, 요리하는 여자

식욕과 성욕은 인간에게 내재된 원초적 욕구를 상징하는 두 축이다. 그런데 여기에 여성이 개입하면 문제는 그리 간단치 않다. 여성은 성적 욕망의 주체이기를 포기하고, 남성적 쾌락의 대상이 되거나, 임신과 출산 등을 위해 자기의 성욕을 통제해야 했다.

식욕과 여성간의 관계는 성욕과 여성간의 관계만큼이나 미묘하고 배리적이다. 여성은 오랜 세월동안 먹는 존재라기보다는 요리하는 존재였다. 가족을 위해 '즐거운 식탁'을 차리는 어머니 - 아내의 모습은 중산층 여성에 대한 익숙한 신화 중 하나이다. 요리하는 존재로서의 여성 이미지에는 생존에 대한 절박한 욕구도, 가사노동에 짓눌린 현실 속의 모습도 투영되어 있지 않다. 타인을 위한 모성적인 배려와 보살핌이라는 여성성의 덕목은 주방과 식탁 사이를 오가는 여성 이미지를 끊임없이 생산해 온 것이다.

그렇지만 정작 여성은 먹기의 영역에서 거식증과 폭식증에 걸린 신경증적 인물로 재현되어 온 것이 사실이다. 사람들은 자신의 식욕을 적절히 통제하고 부르조아 사회가 요구하는 체형과 건강을 유지함으로써 언제든지 생산 영역에 효율적으로 투입될 수 있는 근대적 인간이 되어야 한다. 여성에게는 이런 평균율에 더해 남성의 시각적 쾌락을 만족시키기에 적당한 몸을 만들어야 한다는 다른 과제가 부과되었다. 미디어나 자본이 제시하는 미의 기준에 따라 여성의 몸은 획일화되어 왔다. 여기에 걸맞지 않은 여성은 일차적인 욕구조차도 조절하지 못하는 열성의 인자로 취급되었기에 거식과 폭식을 반복한다. 거식증과 폭식증은 가부장제 사회가 요구하는 적절한 몸을 지니지 못한 여성들이 그로 인한 좌절을 표현하는 병리학이자, 그런 요구로부터 탈주하고자 몸으로 저항하는 양식이기도 하다.

우리는 여성작가들의 소설에서 이와 같은 여성의 이율배반적 상황을 심심

치 않게 보게 된다. 공지영의『착한 여자』,『깊은 슬픔』을 비롯한 신경숙의
소설에 무수히 등장하는 여자들은 사랑하는 사람을 위해 국을 끓이고, 생선
을 굽고, 나물을 무친다. 그렇지만 정작 사랑하는 사람으로부터 인정을 받지
못한 그녀들은 폭식으로 내면의 헛헛함을 대체하려다 기형적으로 부푼 몸,
윤곽이 희미해지고 뭉개진 얼굴로 버려진다. 버림받은 후의 상황을 견디지
못해 거식증과 폭식증을 반복하는 여성들은 먹는 존재로서의 가치를 찾지
못한 자들의 황폐한 내면을 그로테스크하게 보여준다.

그런데 우리는 천운영의「바늘」과「숨」에서 타인을 위해서나 아니라 자신
을 위해서 밥상을 차리는 여성, 식욕에 본능적으로 반응하는 여성을 목도하
게 된다. 이 여성들은 여성＝식물성/남성＝동물성이라는 검증되지 않은 세간
의 상식을 뒤집는다.

"커다란 들통에 고기를 삶아 입안 가득 육질의 맛"과 단백질의 탄내, 피가
살짝 날 정도로 구운 소고기를 즐기는 여성(「바늘」), "두 손가락만을 이용해
한 근 남짓한 소골을 순식간에 해치우는", 생간이며, 우족, 내장 등으로 모든
병을 치료하는 할머니(「숨」)는 먹히는 자가 아니라 포식자, 강함을 지니거나
동경하는 자로 형상화된다. 어미 뱃속의 송아지인 송치를 거리낌없이 먹는
할머니의 모습은 모성과는 대척점에 있다.

탐식하는 여성, 육식성의 여성은 작품에 따라 조금씩 다르게 변주되지만,
식물성의 저항이 아니라 '식물성에 대한 저항 내지 반감'을 주 모티프로
삼고 있다. 엄마 곁에 있겠다는 일차적인 욕망이 좌절된 후 나는 식물성의
스님에 대한 반감을 그가 기르는 고양이를 죽이는 행위로 구체화한다. 그녀
가 새기는 문신은 육체적, 심리적으로 거세된 남자들에게 강한 아름다움을
시각적으로 재현해 보여준다. 그녀는 배려와 보살핌으로 상처난 자를 보듬지
않는다. 총이나 칼이 아닌 '가장 얇으면서 가장 강하고 부드러운 바늘', '어린
여자아이의 성기같은 얇은 틈새'의 바늘로 그녀는 "협각류의 단단한 외피"로

무장한 남성성의 세계에 아름답지만 치명적인 상처를 남긴다. 이제 바늘은 구멍난 양말을 깁고, 헤진 옷을 꿰매는 여성적인 도구가 아닌 공격성의 무기로 재현되는 것이다.

「숨」에서 할머니가 차리는 식탁은 '촉촉함'이라고는 찾아볼 수 없는 온기가 사라진 '포식자의 집요함'이 편만한 곳이다. 그녀에게 단 하나의 핏줄인 손자는 "먹을 것을 물어다주는 사냥개", "거세된 수소", "감히 욕망조차 가질 수 없는, 그녀에게 잘 길들여진 고깃덩어리"일 뿐이다. "단단하고 둥긋한 등뼈의 외양은 네 발을 땅에 짚고 사냥하는 육식동물의 그것"으로 묘사되는 할머니의 외양은 "커다란 눈을 가진 송아지"같은 초식동물의 미연과는 대비된다. 고기 냄새가 아니라 숲의 향기 속에서 숨쉬고 싶어하는 그의 욕망은 가족을 가지고 싶어하는 욕망에 다름아닌데, 그것은 풋풋한 음식에 대한 욕망으로 환치된다. 미연과의 성관계는 '여리고 부드러운 싹', '가늘고 여린 이파리'같은 비유에서 알 수 있듯 식물성과의 교감으로 제시된다. 어떤 면에서 이 작품은 동물성과 식물성의 대립을 통해 마녀와 천사라는 기존의 여성에 대한 이분법을 재현하는 듯도 하며, 거세된 남성이 자기의 성 정체성을 찾아가는 성장소설로 읽히기도 한다. 그렇다고 해서 할머니 - 동물성의 세계가 지닌 후광이 사라진 건 아니다. 나의 욕망은 '자연스러운 숨쉬기'처럼 오랫동안 할머니의 세계에 길들여져 왔고, 식물성의 세계로 진입하기 위해서는 다른 숨고르기가 필요하기 때문이다.

『육식의 종말』이라는 책이 베스트셀러가 되고, 잘 먹고 잘살기 위해서는 채식을 해야 한다는 신드롬이 부상하고 있는 지금의 상황을, 생태주의과 여성성이 대안적인 사회의 모델로 제시되고 있는 상황을 작가는 거스른다. 정작 여성은 이런 '착한' 담론의 주인이 되지 못한 것에 대한 모종의 응답인 것이다.

반면에 조경란의 소설에서는 요리와 음식이 작품의 살을 풍성하게 하는

생 소재이자, 주제를 감각적으로 현시하는 주 모티프로 등장한다. 근작『우리
는 만난 적이 있다』만 하더라도 인물들은 만나서 음식을 먹고, 이야기를
나누다 헤어지기를 반복한다. 가족의 저녁 식탁을 떠나 이들은 카페와 레스
토랑, 한정식집과 베이커리, 생맥주집을 떠돌아 다닌다. 하지만 그 어느 것도
가족의 식탁처럼 사람살이의 소란스러움이나 온기를 제공하지는 못한다. 도
시락이나 샌드위치, 햄버거와 같은 일회용 음식은 젊은 세대들의 감수성을
표상하는 기호가 아니라, 가족의 식탁이 소거된 상황, 가족이나 연인으로부
터 떨어져 나온 주체의 건조한 내면을 반영한다.

　작가로서의 존재를 알린 장편『식빵 굽는 시간』을 보더라도 식빵과 크루
와상, 브리오슈, 사과파이와 같은 이국의 빵들은 어머니, 이모, 아버지간의
오래된 삼각관계, 그와 그의 다른 여자인 한영원과의 관계를 후각과 미각으
로 선명하게 제시하는 역할을 한다. '가장 보수적인 것이 입맛'이라는 어른들
의 말처럼 기억은 원래 미각과 후각으로 환기되는 법. 이제 혼자 남은 그녀에
게 가족과 연인에 대한 기억은 한 덩어리 빵에 모아져 저장된다. 그런가
하면 빵 - 음식은 소설의 플롯짜기(plotting)와도 긴밀하게 연관되어 있다. 각
장마다 등장하는 빵과 그 빵을 만드는 세부적인 과정은 인물들의 내력과
날실과 씨실처럼 얽히고 짜여지면서, '나는 어머니의 조카이고, 이모의 딸이
다'라는 출생의 비밀을 알아내는 과정과 병행관계를 이룬다. 첫 장의 제목이
'식빵'이고, 마지막 장이 '다시, 식빵'인 것에서 대강 짐작할 수 있듯이 자기
출생의 비밀을 알아냈다고 해서 삶이 특별히 달라진 건 없다. 모든 빵의
기본인 식빵이 그렇듯이 "기본이라고 해서 간단한 것은 세상에 아무 것도
없을지" 모른다는 서른 살 여자의 비관적 세계관은 변하지 않는 것이다.

　이처럼 조경란의 소설에서 음식이나 요리는 관계맺기에 대한 열망을 드러
내거나, 타자의 성격을 드러내는 지배적인 상징물로 기능한다. 기이하게도
인물이 요리에 몰두하는 과정, 그가 만들어 낸 음식은 시각적, 후각적으로

생생하게 그려지지만, 그 맛을 상상 만으로라도 체험하기는 힘들다. 비단 활자가 주는 한계 때문만은 아니다. 그 혹은 그녀가 차리는 풍성한 식탁에 둘러앉을 '당신들'은 없다. 고독과 공허를 메우기 위한 수단으로 택한 요리가 오히려 부재로 인한 공허감을 증폭시키는 역설로 작용하기 때문이다.

「오늘의 요리」는 인물과 음식(혹은 요리)을 둘러싼 이같은 역설적 상황을 단적으로 보여주는 작품이다. 이 작품에는 갖가지 음식들의 레시피를 모아놓은 소책자라 칭할 수 있을 정도로 수많은 음식 재료들, 독특한 양념들이 열거되고, 그것들을 조리해 음식을 완성하기까지의 과정이 상세히 서술되어 있다. 그가 즐겨하는 요리는 가족들이 모두 둘러앉은 저녁 식탁에 흔하디 흔하게 올라오는 된장찌개며, 생선구이, 나물 등속이 아니다. 그런데도 그라탕, 게살 샐러드, 마파두부 등 전문점에서나 맛볼 법한 음식을 자신을 위해 준비하는 그의 몸짓은 어쩐지 실제감이 느껴지지 않고 황량해 보이기까지 하다. 8년 전 헤어진 애인의 집을 찾아가 샤브샤브 재료며, 닭카레 구이와 브로콜리 볶음을 냉장고에 차곡차곡 쟁여놓는 그의 행위 역시 기이하다. 우리는 그가 오늘의 저녁 메뉴를 떠올리며 "개처럼 헐떡거리며 당신 목덜미에 내 이빨을 박아넣고 싶다"고 돌출적으로 내뱉는 데서 자신과 그녀를 위한 요리가 억압된 성욕의 발현이자, 타자와 관계 맺으려는 간절한 몸짓임을 알아챌 수 있다.

하지만 그의 소통 욕구는 번번이 그녀의 냉장고에서 '썩어버리고', '차갑게 식은' 음식처럼 좌절된다. 작품 말미에서 3인용으로 차린 식탁에 홀로 앉은 그의 모습은 가족의 부재, 친밀성의 상실을 "오후 여섯 시 반의 긴 그림자처럼 끌고" 가야하는 현대인의 모습을 환기한다.

두 작가의 작품에서 여성은 아이를 양육하고, 가족을 위해 집안을 쓸고 닦고 요리하는 등 재생산의 영역을 담당한다는 상식적인 진술을 떠올리기는 힘들다. 동물성의 먹이를 찾아 헤매는 하이에나같은 여성, 식탁에 홀로 앉아

신문을 보며 밥을 먹는 여성, 헤어진 여인을 위해 요리를 하는 남성은 '여성=
요리하는 존재/남성=먹는 존재'라는 고정관념을 위반한다. 이제 요리와 음
식은 조각난 퍼즐, 숨은 그림처럼 작품 곳곳에 흩어지고 숨어서 서사를 움직
이고 구축하는 동력으로 작용한다. 그것은 자아가 잃어버린 가족을 찾아
찢겨진 가족사진을 완성하려는 욕망이기도 하고, 관계의 상실과 부재를 식욕
이라는 원초적 욕망으로 대체하려는 몸짓이기도 하다. 그런 점에서 보자면
요리와 음식을 작품의 서사적 구성과 긴밀하게 결합해 내는 통찰력은 역설적
이게도 여성 작가이기에 가능하지 않느냐라는 조심스런 진단도 해봄직하다.

5. 글을 끝내며

원래 이 글은 90년대 이후 비평적 지지와 대중적 호감을 함께 이끌어냈던
여성 작가들에 뒤이어 요즘 한창 글쓰기에 힘을 쏟고 있는 후발(?) 여성 작가
들의 작품세계를 조명해보려는 의도에서 출발했다. 세 작가를 선택한 것은
이 작가들이 가족과 여성에 대해 다른 여성 작가들과 문제의식은 공유하면서
도 이를 독특한 화법으로 이야기하기 때문이고, 그것이 단지 기교의 차원에
그치는 것이 아니라 고유한 세계관과 연루되어 있다고 판단했기 때문이다.
우리는 얼핏 자신의 성별과는 무관한 이야기꾼의 자세를 취하는 듯한 세
작가의 작품들도 꼼꼼히 읽어본 결과 여성의 이야기와 조우한다는 것을 알
수 있었다. 하지만 이들은 이전의 여성작가들과는 다른 각도에서 가족과
여성의 이야기를 전개한다. 이들의 '낯설고 기이한' 세계는 강약의 정도야
있겠지만 위반과 전복이라는 부정의 정신에 기반해 있다. 그것은 어찌보면
기존의 가부장적 질서에 대한 도전에서 출발한 페미니즘의 본령에 가장 부합
하는 것이기도 하다.

여성 문학의 지평 넓히기라는 측면에서 보더라도 이들의 출현은 긍정적인 함의를 띤다. 여러 작가들이 함께 길을 닦고, 터를 잡은 '모성의 서사'라든지 '친밀성의 서사'와 세 작가들이 새로 길을 낸 '전복의 서사'는 배타적이지 않다. 여성이 처한 현실을 드러내고 대안을 모색하는 경로랄지 상상적 해결 과정에서 길이 갈릴 뿐이다. 따라서 이 둘이 공생함으로써 우리 여성문학이 지닌 자산은 결과적으로 더욱 풍성해질 수 있을 것이다.

물론 근래의 정황을 보면 이 작가들이 부정의 정신을 강렬하게 뿜어내기 위해 차용한 그로테스크, 환상, 엽기 등 다양한 코드들은 출판시장이나 자본주의 문화상품시장에 포섭되면서 고유의 전복성을 상실한 채 단순한 흥미거리로 소비될 여지도 없지 않다. 앞으로도 이 작가들이 서사적 모험을 두려워하지 않는 '작가정신'으로 이런 위험 요소들을 견인해내길 바란다.

생존·생성·생명의 기록,
허스토리(herstory)
- 박정애론

1. 여는 말

당신은 그런 세상을 꿈꿔본 적 없는가? 영화 <안토니아스 라인>에서처럼 어머니에서 딸로 그 핏줄이 확인되는 사회, 이성간·동성간 사랑이 똑같이 소중하게 여겨지는 곳, 권력과 위계질서 등이 오히려 하찮은 것으로 경멸받는 곳. 혹은 저 아득한 설화의 시대 '바리공주'처럼 세상을 편력하면서 자기 몸으로 온갖 병든 것들을 치유하고, 새로운 질서를 만들고, 영토를 세운 '거대한' 여성들이 현현하는 이야기의 세상. 젊은 작가 박정애는 그런 여성적 유토피아에 대한 오랜 갈망을 글자로 새겨 우리 앞에 내놓는다.

<에덴의 서쪽>, <물의 말> 두 편의 장편소설로 작가로서의 역량을 검증받은 박정애는 선배 여성작가들이 풍성하게 일궈낸 자산들을 이어받으면서도 자기만의 독특한 경지를 실험하는 듯하다. 작가는 남성중심적인 사회의 횡포에 맞서 싸우는 여성 인물들의 자각과정을 그린 박완서의 여성주의 계열 장편소설들과 같은 문제의식에서 출발하지만 그것을 색다른 방식으로 접근

한다. 그녀는 '무소의 뿔처럼 혼자서' 당당하게 가는 여성이 아닌 앞에서 이끌어주고, 옆에서 함께 가는 여성'들'을 부각시킨다. 이경자의 <사랑과 상처>와 유사하게 우리 근현대사를 힘겹게 살아낸 여성의 일대기를 담아내지만, 가부장적 이데올로기의 숨 막힌 담을 마침내 월장(越牆)하는 여성의 출현을 도전적으로 이야기한다는 점에서 한 단계 진전된 감이 있다.

또한 박정애의 작품은 '90년대적'이라 일컬어지는 문학 경향을 주조했던 신경숙, 은희경, 전경린, 공지영, 공선옥 등의 작품 세계와도 많이 다르다. 단자화된 개인의 극단적인 고립과 자기보존 욕망을 이야기하지 않으며, 관계를 갈망하지만 그것을 남녀 사이의 이합(離合)에서 찾지도 않는다. 농경적 정서를 여성성과 관련해 부각한다는 점에서는 신경숙과 비슷한 부분이 있다. 하지만 신경숙 소설의 내밀한 부분을 차지하는 농촌 공동체는 아버지 - 오빠의 세계에 대한 뿌리깊은 동경, 원형적 공간으로의 퇴행이라는 위험이 내재한 공간이다. 반면 박정애 작품의 주공간인 농촌은 전근대적/근대적 삶의 양식이 숨가쁘게 동시에 진행되면서 거기에서 비롯된 모순과 미몽(迷夢)의 흔적들을 온통 짊어져야 했던 일 세대 여성들의 고달픈 생의 현장이자 그것을 극복한 여성성의 공간이라는 이중적 의미를 지닌다. 그런 점에서 빈곤의 여성화를 모성적인 지평과 함께 이야기하는 공선옥의 작품에 근접하지만, 빈곤이라든가 모성을 끌어들이는 맥락은 다르다. 공선옥 소설에서 가난은 당장 눈앞에 닥친 현실적 위기 상황이고, 그 위기를 극복하고 살아남아야 하는 절박하고도 당위적인 이유는 바로 그녀들이 어머니라는 데 있다. 이에 반해 박정애의 소설에서 여성 인물들에게 하나같이 가해지는 가난의 문제는 우리 근현대사와 종적으로 이어지면서 그것에 개입해 들어가 틈을 내고, 균열시키는 여성 개인사(事/史)를 쓰기 위한 현실적인 맥락을 생성하려는 전략과 관련이 있다.

박정애의 작품세계는 도시에서 자란 말쑥하고 지적인 딸들의 세계와 낯익

고 촌스러운 어머니의 세계 간에 지금까지와는 다른 길을 낸다. 그것은 여성
이란 성적 표지를 가진 이들의 수난과 생존을 새삼 환기하고, 생명의 터를
닦으려는 시도이다.

2. 어머니 - 딸의 계보학, 허스토리(herstory)

박정애가 펼치는 이야기의 세계는 남성의 역사, 아버지에서 아들로 이어
지는 안정된 공적 역사가 아니다. 어머니에서 딸로 이어지는 불온하지만
자족적인 체계를 가진 이야기이며, 거대 역사에 치여 뒷전에 밀려난 여성의
역사(herstory)이다. '내 살아온 이야기하자면 책 여남은 권은 족히 되고',
'몇날 며칠 밤을 새도 모자랄' 정도로 많은 사연을 되새김질하고 토해낸
사적 역사이다. 우리는 <에덴의 서쪽>, <물의 말> 두 장편에서 근대소설
이 들어오면서 소멸했던 이야기꾼의 재림을 목도하게 된다. 이야기꾼이란
본디 입에서 입으로 전해지는 경험을 원재료로 삼아 거기에 살을 붙인다.
<에덴의 서쪽>의 똥님이, <물의 말>의 복순은 여성의 내력과 경험, 여성
의 말을 복원하는 이야기꾼의 역할을 자처한다. "옛날 어느 마을에 아무개라
는 사람이 살았는데"로 시작하는 옛 이야기 세계에서 이야기꾼은 통상 남성
의 가계/족보, 이름에 얽힌 사연을 들려준다. 이와 유사하게 작품의 큰 얼개
1부와 2부 각 첫 장의 일인칭 화자는 자기 이름의 내력을 설명하고 있다.
이름, 그리고 이름붙이기(naming)란 자기 정체성에 대한 확인작업이다. 엄마
는 똥님으로, 딸은 윤지로 이름붙여진 내력은 이름이라는 기표가 존재라는
기의와 일대일로 결합하는, '사람은 딱 제 이름값만큼 산다'는 세간의 속설을
새삼 일깨워준다. 하지만 딸은 보잘것없는 엄마의 이름에 색다른 기의를
부여한다. "똥처럼 맨 밑바닥에서 무엇을 주제넘게 요구하거나 주장하지 말
고 타고난 팔자대로 살아가라"는 세간의 상식적 기대에 반발하는 딸은 "우리

와 가장 가까이 있는 생명의 증거"로 똥의 존재를 끌어올린다. 미천한 것, 보잘것없는 것에서 생명의 가치를 발견하는 이 새로운 이야기꾼의 전략이 남성중심적인 서사에 반하는 대항담론/대안담론에 있음을 예측케 하는 대목이다.

<에덴의 서쪽>, <물의 말>은 여성의 성장담에 가까운 형식을 취한다. 특히 <에덴의 서쪽>은 어머니와 딸 세대 여성의 성장담을 명백히 택하고 있다. '탈출1', '탈출2'같은 제목이 암시하듯이 작품의 주 이야기선(storyline)은 출생 - 성장 - 출가(혹은 출분) - 귀환으로 이어지는 성장담의 일반 공식을 따른다. 그렇지만 여성들의 성장은 남성들의 그것처럼 단독자의 성공과 성숙으로 마무리되지 않는다. 한 여성의 성장에 다른 여성의 성장이 연루되고, 겹치고, 때로는 성장을 가로막기도 하면서 계속 이어지는 이야기는 끝이 없는 네버엔딩 스토리이고, 반복의 스토리이다. 결혼과 출산, 양육이라는 여성의 성장을 지칭하는 삶의 드라마를 몸으로 겪으면서 그 팔자가 기막히게 여러 번 역전되는 필녀(匹女)들의 이야기이다. 단선적이고 발전을 전제로 한 남성의 역사와는 전혀 다른 지점에 서있는 이 허스토리는 여성의 시각, 여성의 언어로 촘촘히 짠 계보학이다. 어머니 - 딸의 서사(<에덴의 서쪽>)에서 시작한 그 계보학은 삼대에 걸쳐 생애와 내력을 대물림하는 반복적이면서 동시에 이질적인 그녀들의 서사(<물의 말>)로 확장된다.

어머니를 욕망하고 아버지를 질투하다 좌절되고 만다는 오이디푸스 서사와 아버지 - 아들간의 갈등과 화해를 다루는 가족(사)소설의 공통점은 핏줄의 서사, 부계(父系)의 이야기라는 점이다. 이 상식적인 서사에 비해 어머니 - 딸로 이어지는 또다른 핏줄에 대한 계보학적 탐색은 우리 문학에서 그다지 많지 않다. 1930년대 강경애의 <어머니와 딸>, 1980년대 박완서의 <엄마의 말뚝> 연작, 90년대 산출된 자전소설 <그 많던 싱아는 다 어디로 갔을까>, <그 산이 정말 거기에 있었을까> 등이 어머니 - 딸 서사에 근접해

있는 선행작품들이다. 그도 아니라면 엄마를 부정하고 떠도는 배수아의 반동적인 어머니 - 딸 서사도 있다. 이 어머니 - 딸의 서사들은 한번도 자기 몸과 영혼의 주인이 되어본 적 없는 어머니의 일대기와 '나는 엄마처럼 살지 않을 거야. 나는 달라'라는 안티테제를 삶의 과제로 여기는 딸의 절반의 성공, 절반의 실패를 다룬다. 한때 자기 몸을 품은 적이 있던 존재인 어머니에 대한 애증은 서사를 움직이는 동력이다.

그런데 <에덴의 서쪽>은 이런 통상적인 어머니 - 딸의 서사와 사뭇 다르다. 어머니는 자기 운명을 적극적으로 개척하고, 자기 몸의 주권을 회복하는 주인으로 우뚝 선다. 소설은 먼저 이런 어머니의 자기 진술에서부터 시작한다. 딸의 입장에서 걸러지고, 정리된, 그래서 매끄럽게 다듬어진 이야기가 아니라 어머니와 딸이 사이좋게 자기고백적 이야기를 나누어하는 형식을 택하고 있다.

'1부 축축한 굴에서', '2부 촉촉한 대지로'에서 우리는 '축축한'과 '촉촉한'의 대비, '굴'과 '대지'의 대비를 읽어낼 수 있다. 남근이 상실되거나 남근만 과잉 발달된, 가부장제 사회가 빚어낸 기형적인 남성들로부터의 탈출로 이어지는 어미의 행로는 '축축'하고, 한없는 인내와 희생을 요구하는 동굴 속 웅녀의 삶일 수밖에 없었다. 그것은 나중에 딸의 입을 통해 진술되듯 '원시성과 무지의 다른 이름'이다. 하지만 그녀의 탈출기는 자기 몸과 목소리의 주인으로 다시 태어나는 주체화의 과정이다. 동서인 예설영과의 자매애를 바탕으로 그녀는 자기 안에 웅크리고 있던 성적 욕망(sexuality)을 발견하고, 생명을 낳고 키우는 존재로서의 자기 몸의 자질을 확인하게 된다. 게다가 그녀는 "나 살아온 이야기를 해준다는 것은 또 하나의 나, 또 하나의 세상을 만들어내는 작업이 아니고 무엇인가."라는 진술에서 단적으로 드러나듯 말의 주인으로서도 한 세상, 새로운 세상을 창조한다. 해서 그녀는 동굴 속 웅녀에서 대지의 생산력을 닮은/주관하는 대모(大母)로 다시 태어나게 된다.

엄마보다는 훨씬 자의식적이고, 자기에게 가해지는 성적 체험이나 운명이 가져다 준 첫사랑의 열병 등에 대해 거리를 두고 평가할 수 있는 힘을 가진 딸 윤지는 그 세대에게 걸맞은 방식으로 세상 편력을 마치고 어머니의 세계로 귀환한다. 그 귀환은 책의 제목과도 연관이 있는 '에덴의 동쪽'을 통치하는 '아버지의 율법'과 결별하고 난 다음에 이루어진다. 내 몸과 내 몸에 깃든 생명에 대한 사랑과 존중은 '어머니의 텃밭'에서 자연의 살갗과 나의 살갗이 맞대어 있는 듯한 전율적인 체험으로 확대된다. 그러면서 그녀는 성(姓)이라는 권위적 기표로 묶이지 않는 같은 성(性)의 가치, 이른바 '몸성'을 발견한다.

> 어머니에게 딸이란 존재는 어떤 의미를 가지는 것일까. 내 어머니의 어머니에게 어머니는 어떤 의미였으며, 어머니에게 나는 어떤 의미였으며, 나에게 내 딸들은 어떤 의미일까. 유방과 자궁을 가진, 제 몸 속에 다른 생명을 위한 방들을 가진, 생리와 출산을 경험할 동성의 분신을 보며 어머니들은 어떤 생각을 했을까. (중략) 우리는 성(姓)이라는 기표로 묶여지지 않고 집안이라는 배타적 혈족 공동체에 속하지도 않으며 당연히 족보라는 작은 단위의 역사에서도 단절적이지만 물과 피가 흐르는 생명의 장소에서 생명의 장소로 연결되는 가장 친밀한 존재들임을 나는 물과 피에 젖은 병원의 시트 위에서야 깨달았다. (<에덴의 서쪽>, 279 - 280면)

어머니 - 딸로 이어지는 이 새로운 계보학은 몸이 겪은 경험의 동일성 위에서 확보된 것이기에 물질적이며, 권위나 명분 등 가부장제의 얼개 속에 포함된 것들에 의해 호출되지 않는다. 어머니 똥님이가 말하기의 주체로서듯, 그녀는 어머니의 영토 안에서 꿈틀대는 미꾸라지처럼 비린내나는 날것의 생을 쓰는 주체로 선다. <에덴의 서쪽>의 성취는 바로 이 삶과 말글의 일치라는 보편적 명제를 여성의 것으로 선취한 데 있다.

다음 장편 <물의 말> 역시 반야월댁 - 님이(이모/(새)엄마) - 윤아/예진으로 이어지는 여성 삼대담(三代談)이다. 그런 점에서는 어머니 - 딸의 계보학에서 크게 벗어나지 않는다. 그런데 이 허스토리는 딱히 한, 두 여성의 성장에만 서사의 초점이 맞춰져 있지 않다. 주 초점 인물 주변에 산재한 여러 여성들의 이력, 이를테면 소설가 복순, 이름처럼 더덕술을 창안해 성공하는 더덕이와 더덕어매, 상주댁, 님이의 어머니 반야월댁, 그 딸 연이 등등의 이력이 또다른 허스토리의 지류를 형성한다. 마치 물에 던져진 돌멩이 하나가 파장을 일으키며 동심원을 그리고, 그 동심원들이 겹쳐 여러 겹 물의 이랑을 이루듯이, 이들 서로의 삶과 운명이 연루되면서 진술된다는 점에서 대단히 확산적이다. 가령 예지가 우연히 알게 된 복순은 님이의 딸 필순과 대학시절 아는 사이이고, 윤아와 잠시 관계를 맺었던 민교수는 예지, 복순과 같은 아파트에 살고 있고, 윤아가 어린 시절 헤어진 작은 오빠도 그 아파트 근처에 살고 있더라는 인물들간의 관계 설정부터가 서로 맞물려 돌아가는 인생살이를 펼쳐 보이는 서사의 바탕을 제공한다. 하지만 동심원에도 파장을 일으킨 중심은 존재하는 법. 할머니와 어머니의 수난을 대물림하는 딸들에게 고통의 진원지는 동일하다. 윤지의 바람난 남편이 그녀를 '이브의 후예이자 타락의 원흉'으로 심판하는 것, 필남이 '현실에 존재하지 않는 금욕적 활동가의 삶을 규격으로 만들어 거기에 끼워맞추려' 하고 제 몸을 부정(不淨)하게 여겨 부정(否定)하는 것, 윤아가 계획적이고 모범적인 행동을 준수하라는 내부의 검열을 어찌하지 못하는 것. 이 모두는 결국 이성과 남성성이 바람직하다고 여겨온 삶의 방식인 것이다. 자기 부정의 성장기를 보낸 이들은 님이가 그들에게 준 허여(許與)와 보살핌이라는 다른 가치를 받아들임으로써, '작은오빠의 목소리, 님이 이모의 손바닥같은 촉감과 여운'이라는 육체적 친밀성을 받아들임으로써 자기를 긍정하게 된다. 님이 이모/엄마는 <에덴의 서쪽>의 어머니처럼 세상 편력을 그치고 귀환하는 그 여자들을 감싸안는 대모의 형상을 하고 있다.

　　이 골이 없으면 저 산도 없을 것이다. 연이가 묻혀 있는 산. 연이가 그토록
　넘고 싶어했던 산. 젊은 넘이는 그 산을 넘어 이 골을 떠났었지만, 늙은
　넘이는 그 산을 넘어 이 골로 돌아왔다. 이제 연이가 남긴 아이들이 돌아올
　차례였다. (<물의 말>, 311면)

　반야월댁, 넘이, 연이, 예지, 필남, 윤아는 죽음으로 자기 존재를 부정하거
나, 고아로 혹은 남근이 없는 결핍 상태로 세상에 내던져졌다. 작품은 장마다
이들 중 특정한 한 사람의 이력이나 현재 상황을 번갈아 기술하는 형식을
취하고 있다. 이야기꾼의 역할을 자처하는 복순조차도 모든 서사를 통어하지
는 않는다. 그렇기에 얼핏 산만해 보이기도 하지만, 역설적으로 그 한 명,
한 명의 이력이나 삶이 녹녹치 않음을, 그 개인사에 또 다른 개인이 자연스레
스며들어 있음을 알 수 있다. 마치 서양식 퀼트처럼, 우리네 어머니들이 옷을
만들고 남은 짜투리 천을 여투어 두었다가 기워서 이어붙인 조각보처럼 하나
로는 보잘것없는 인생들이 서로 모여 빛을 발하고, 새로운 의미로 태어나는
것이다.

3. 두 입술의 말, 물의 말

　작가는 진술의 주체로서 여성을 앞세운다. '펜=페니스'라는 낯익은 등식
에서 주장하는 글쓰기의 주체로서의 남성을 부정하는 것이다. 여성의 말하기
와 쓰기는 그 본질이나 질감에서 남성의 그것들과는 다르다. 이성, 합리성,
고정성, 사각의 문자로 표상되는 남성성의 세계에 반해 작가는 감성, 물질성,
유동성, 액체로 이뤄진 여성성의 세계를 지향한다. 작가(혹은 서술자)가 '여
성적 글쓰기'를 전략적으로 택하고 있음을 알 수 있는 대목이 작품에 여럿
나온다.

어머니와 나의 오므린 입술이 담홍색 메의 꽃잎처럼 벌어지면서, 내가
어머니인 것처럼, 어머니가 나인 것처럼 풀어지는 어떤 이야기가 지금 내
손가락 끝에 실리고 있기 때문이다.

(중략) 내 몸 속에도 방이 있다는 것, 그 속에서 생명이 자란다는 것, 그
방을 나오면 길이 있다는 것, 그 길을 통해 생명이 나온다는 것, 그 길의
바깥 그늘진 시울에는 입술이 있다는 것, 그 입술은 해가 뜨고 질 때의
메꽃잎처럼 스스로 오므렸다 폈다 할 수 있다는 것을 나는 겪음으로써야
알게 됐다. (<에덴의 서쪽>, 290 - 2면)

우리는 '입술'에 대한 빈번한 언급에서 "여성의 신체 일부는 계속해서
포용하는 두 음순(입술)으로 구성되어 있어서 자신 안에서 이미 서로에게
자극을 주는" 것이라는 이리가라이의 이론을 떠올리게 된다.[1] 여성의 몸이
지닌 고유한 자질을 다중적이고 유동적인 여성의 언어와 결부시키는 이 대목
은 자칫 생물학적 결정론에 대한 추인으로 읽힐 수 있다. 하지만 여성의
몸과 언어에 대한 작가의 발견은 자연물인 '메꽃잎'의 비유를 통해 구체성을
확보하기에 한층 설득력이 있다.

나는 비린내 나는 어머니의 언어를 나의 기억인 것처럼 꾸며서 말하고
싶다는 강렬한 욕망을 가지고 키보드 위에 손가락을 올렸다. 남자들의 족보
와 그들의 역사만이 문서로 기록되고 존중받는 세상에서, 존재하면서도 존
재하지 않는 것처럼 여겨지는, 머지않아 가는 세월과 손잡고 망각의 벼랑에
서 추락할, 명사십리의 모래알 두 개 같은 어머니와 나의 삶을 몇백 년
묵어도 청청한 해송으로 탈바꿈 시켜 내 딸들의 그늘이 되고자 하는 갈망을,
내 키보드 위로 미끄러지는 내 날렵한 손가락들의 노동으로 실현하고자.
(<에덴의 서쪽>, 296면)

어머니는 말하고, 딸은 기록한다/쓴다. 이들이 함께 유대해서 생산한 기록

---

1) 태혜숙, 「몸의 정치, 성차의 윤리 - 뤼스 이리가라이」, 『여/성이론』2호, (여이연, 1998), 234 - 6면.

은 잘 손질된 반질반질한 종이 위에 쓰인 남성의 족보가 아니다. 눈물에
젖어 사방으로 번진 글자로 새긴, 구겨지고 바랜 영농일지 공책에 쓴 여성의
기록이다. 이 유대와 공생의 기록은 어머니와 나, 두 입술이 하나로 만나
적은, 자기 성에 대한 긍정의 기록이다.

　이 몸으로 쓴 글은 대화적이고 유동적이다. 그리고 끝은 열려있다. 어린
날 할머니, 혹은 어머니의 무릎을 베고 들었던 옛날 이야기가 다음 날, 또
그 다음 날에도 이어지고, 정지와 텃밭을 오가며 토막토막 들려주는 이야기
가 단편적이고 반복적이지만 그만큼 듣는 사람이 즐겁게 동참할 수 있는
장을 제공하듯 말이다.

　어머니의 구술을 받아 적는 딸은 어머니 - 딸 서사의 충실한 기록자를 자
임하면서도 대단히 자의식적이다. <물의 말>의 복순은 남성의 '네모 반듯
한 고체의 언어'와는 달리 '슬픔에 접신할 수 있는 물의 말'을 잉태하는 언어
의 주인이고자 한다. 그녀가 자의식적이라 함은 남성의 글쓰기와는 차별적인
여성적 글쓰기의 원칙에 충실하기 때문이다. '죽은 내 할머니와 어머니와
너희들(딸들, 아들들)을 잇는 영매'를 자처하는 작가 - 서술 주체는 '떨어져
있지만 동시에 이어져 있는 존재'들에 대한 공감에 기반해 유대와 관계의
글쓰기를 지향한다. 그것은 작품 속 인물들의 관계망 속에서, 중층의 겹으로
구성된 서사 속에서 구체적으로 육화된다.

　여성의 글쓰기가 지닌 고유한 영역을 넓히기 위해 작가는 민담, 속담과
같은 구술성의 세계를 끌어오고, 우리 할머니나 어머니가 불렀던 노랫가락을
소설 속에 새겨놓기도 한다. <에덴의 서쪽> 한 장에 나오는 '똥님이 아
키우는 것맨치로'라는 말은 똥님의 태생적인 낙관성을 단적으로 보여주는
말인데, "남의 사정에 상관없이 자기 일에 몰두하는 사람을 빗대는" 일종의
지역 방언으로, 인근 마을 사람들이라면 다 알 수 있는 교감의 말로 안착한다.
딸은 '달'에서, 아들은 달이 아니라는 뜻의 '안달'에서 나왔다는 단어의 유래

도 우리가 익히 알고 있던 것이다. 정작 중요한 것은 단순한 부정과 대조에서 유래된 두 단어의 차이가 얼마나 많은 차별을 낳게 되는지를 다시금 보게 된다는 것이다. 그런가하면 <물의 말>에서 민요, 동요 등의 노랫가락2)들은 인물의 처지와 기막히게 부합한다. 전근대적 세계와는 상관없는 다른 세상을 살고 있다고 여기는 딸 세대들이 기실 할머니 세대의 팔자타령, 켜켜이 맺힌 한을 노래로 풀어내는 시간대와 그리 다르지 않은 삶을 살고 있다는 전언인 것이다.

　컴퓨터 자판 세대와 구술 세대의 상호교감, 구술성과 문자성의 교호작용 은 이렇게 해서 이루어진다. 말과 글 사이를 흐르게 하고, 세대간의 길을 트고, 계모와 전실딸, 혹은 처첩 사이에 대해 세간의 통념이 덧씌운 음습함을 거두어들이고, 이들간의 유대를 가능케 하는 것은 이들이 동일한 성적 표지 를 지닌 존재이고, 내부에 욕망을 지닌 존재라는 것을 인정하기 때문이다.

　박정애의 언어는 이즈음 젊은 작가들의 글이 선호하는 내밀한 글쓰기 방 식, 속도감 넘치는 단문체, 건조한 문체와는 대척점에 서있다. 사적인 경험의 구술은 보편적인 여성의 체험으로 확장된다. 작가는 유장하게 흐르는 '물의 말', 젖어있는 '자궁의 말'을 지향한다.

　　님이의 어미는 사람 사냥꾼에게 속아 상하고 지친 몸을 그 강물에 씻었고, 님이의 시모는 가문의 대를 끊을지도 모른다는 죄의식을 그 강물에 던졌으 며, 님이의 딸은 대의를 위해 죽어 뼛가루로 그 강물에 흩뿌려졌다. 그 뼛가 루를 플랑크톤이 먹고, 그 플랑크톤을 물고기가 먹었다. 그 물고기들은, 어느 유명한 맥주회사에서 방류한 페놀 때문에 죽거나 병신이 됐다.
　　그래도 그 아픈 강물은 잇닿은 살과 들과 거기 사는 모든 목숨붙이들이 영위하는 삶의 근원으로서 맥맥이 흘렀다. 고요히 산그늘을 품기도 하고

---

2) 노랫가락과 관련하여 이 작가의 중편 <노랫가락>을 잠깐 언급하지 않을 수 없다. 이화중선의
　 일대기를 허구적으로 그린 이 작품에서도 판소리나 잡가, 민요 등은 여성의 삶을 목소리로
　 토해내는데 주요한 매개 역할을 한다.

눈부신 은비늘을 뽐내기도 하고, 성난 울음으로 뒤채기도 하며, 흘러들고
젖어들고 스며들었다. (<물의 말>, 200면)

남성중심적인 개발논리로 황폐해진 강물의 심부에 씻기고, 흩뿌려진 여성
들의 삶과 내력은 ' - 하고, - 하고'와 같은 반복과 열거의 말로 진술된다.
끊길 듯 끊길 듯 유장하게 이어지는 민요나 잡가조의 리듬감은 '다르면서
동일한' 여성의 삶을 암시하는 효과를 산출한다. '흘러들고 젖어들고 스며드
는' 물의 성질이 여성성과 닮아있음을 이 작가는 증언하고 있는 것이다.
 '물 흐르는 듯한' 문체는 <에덴의 서쪽>에서 뽑은 다음 짧은 문장들에서
도 확인된다.

  (1) 열다섯 먹었을 때의 나는 복숭아꽃처럼 예쁘다기보다는 복숭아 나무
의 둥치처럼 단단했다.
  (2) 신랑과 시부모의 흉을 양념으로 밥을 비벼먹고, 서로의 고달픈 삶에
대한 위로를 넣어 쌈을 싸먹었다.
  (3) 생활은 지루하고 남루했으며 그 위에 비루하기 짝이 없는 것이었다.
  (4) 어머니에게선 기름내와 비린내와 지린내와 하수돗내가 뒤섞인 시장바
닥 냄새가 났다.

 성장을 자연물에 빗댄 비유, 대조와 열거를 적절하게 사용한 위 문장들에
서 짐작할 수 있듯이 작가의 언어는 가볍고 날렵하지만 생활 현장에 단단히
뿌리내리고 있다. 그러면서도 단어의 끝 자를 맞춰 적은 데서 오는 자연스런
리듬감처럼 그 생활의 고단함을 넘어서는 달관과 낙관의 경지도 엿보인다.
때로는 경쾌하고 때로는 분석적인 지적 문체와 유장한 옛 노래체 사이를
종횡무진 오가는 이 작가의 언어는 보존과 혁신의 양 칼을 적재적소에 벼려
쓰고 있는 바, 여성적 글쓰기의 가능성을 타진하는 새로운 시도로 보아도
무방할 것이다.

4. 전근대적인가, 탈근대적인가

<에덴의 서쪽>에서 똥님이의 고향과 시댁, <물의 말>의 달밭골은 전근대적인 공간, 근대의 시계 시간이 멈춰선 듯 전근대적인 사고방식이 지배하는 곳이다. 그곳은 여성의 입장에서는 척결되고 배척되어야 할 가부장적 억압이 남아있는 곳이지만, 한편으로는 폭력적인 근대화에 의해 훼손되지 않은 공동체의 정서가 간직된 곳이기도 하다.

평자들이 상찬한 바 있는 '전통사회를 복원하는 토속어(경상도 사투리)의 능란한 구사(현기영)'라든지, '지적인 것과 시적인 것이 자연을 통해 결합(황현산)' 되는 것 등은 이 작가를 동년배 다른 작가들과 구별지어주는 특성이다. 이 작가의 작품에는 농경사회적 삶이라든가 정서가 그에 걸맞은 토속어 안에 고스란히 녹아있다. 경상도 사투리가 주는 투박한 질감은 삶에 거칠게 내던져진 여성들의 말 속에서 생생하게 감지된다.

작가가 불러들이는 전근대성의 양식들은 '노각나물의 노르스레 말간 속살에서 풍기는 초냄새', '콩고물에 비벼먹는 밥'이라든가 똥님이가 얻어먹는 똥떡과 같은 후각과 미각으로 우리의 향수감을 자아낸다. 후각과 미각처럼 예민하면서도 보수적인 것이 없다는 상식을 새삼 떠올리게 되는 것이다.

작가의 농경사회적 상상력은 전근대적인 것들에 대한 일시적인 향수에 그치지 않고, 강퍅한 현실을 넘어설 새로운 패러다임의 구축으로까지 확장된다. <에덴의 서쪽>과 <물의 말> 두 장편에서 여성들이 궁극적으로 터를 잡는 곳은 그들이 탈출을 꿈꿨던, 가족을 먹여살리기 위해 허위단심 출가했던 고향이거나 고향과 동일한 이미지를 간직한 곳이다. <에덴의 서쪽>에서 어머니의 과수원과 텃밭은 자연의 살갗과 나의 살갗이 교감을 나누는 풍요와 동화의 공간이며, 대지의 푸른 생산력을 몸으로 증거하는 공간이다. <물의 말>에서 늙은 님이는 오랜 소망을 실현하기 위해 '맘산'을 넘어 '달밭골'로

귀환한다. 이렇게 태생지로 귀환한 이들은 퇴락한 그 공간을 다시 일궈 풍요
와 생성의 공간, 어머니 - 자궁의 공간으로 탈바꿈시킨다. 어머니에 뒤이은
딸들의 귀환은 근대적인 남성성의 세계에 환멸을 느낀 이 딸들의 비판적
선택이라고 볼 수 있다.

　하지만 혹 여기에 작가가 말한 '허방'이 숨어있지는 않은지 한 번 생각해
볼 일이다. 이 풍요롭고, 배려와 친밀성으로 다져진 여성성의 세계는 과연
실현가능한가. 소설이 반드시 현실의 단면을 모사할 필요는 없으며, '꿈꿀
수 있기에' 소설이라는 명제도 있다. 하지만 자연 - 전근대성 - 여성성을 동일
시하는 낯익은 패러다임은 '약도 되고 독도 되는' 이율배반성을 지니고 있음
을 잊어선 안될 것이다.

　작품들에서 가장 아쉬웠던 것은 전근대적인 농촌 사회에서 어머니 세대들
이 겪었을 고통과 그 고통을 하나하나 넘으면서 획득한 생명력은 실감있게
포착된 반면, 근대화된 도시에서 자라난 딸 세대들을 훑고 지나가는 여러
고통의 흔적들은 지나치게 거리를 둔 언어 때문인지 선뜻 공감하기 힘들다는
점이다. 덧붙여서 딸들이 어머니가 되는 시점에서 생물학적 어머니를 인정하
고, 나아가 모계 질서로 귀환하는 것은 가부장 질서로 귀환하는 남성영웅의
그것과는 분명 다르지만 아무래도 온당치 못하다는 생각이 든다. 현실에서는
결핍이자 부재인 모계를 상상적으로 풍요이자 존재로 만드는 것이 과연 적절
한 지가 의심스럽기 때문이다. 모성성과 여성성은 근대의 남성이 더 이상
소유하지 못할 전체성과 자족성의 기표로서 기능[3]할 경우 남성이 만들어낸
환상의 나락에 떨어질 수도 있다. 위기에 봉착한 남성의 동경이 빚어낸 또
다른 '여성/모성 신화'가 지닌 해방의 가능성과 억압의 재생산이라는 딜레마
를 정면에서 돌파하는 힘이 우리에게는 필요하다.

　여성은 생물학적 성이 같다는 이유로, 역사적으로 가장 오랜 시간 동안

---

3) 리타 펠스키, 『근대성과 페미니즘』, 김영찬, 심진경 옮김, (거름, 1998), 78면.

타자의 자리에 있었다는 이유만으로 너나없이 하나이기를 욕망할 수는 없다. 세대적, 계급적으로 다른 여성들 사이의 갈등이나 균열, 차이들을 읽어내는 작업이 더 절실하면 절실했지, 그 차이들을 모성적인 윤리학으로 서둘러 봉합하는 것은 근본적인 치유책이 되지 못한다.

작가가 만들어낸 허스토리가 저항과 해방의 서사로 자리매김하기 위해서는 여성주의적 공동체에 대한 상상적 지평 위에 여성의 경험에 내재한 복잡성과 갈등을 좀더 깊게, 길게 포착하는 현실적인 시각이 자리잡아야 할 것이다. '오래된 미래'에 대한 작가의 대항/대안 담론이 단단한 열매를 맺기를 기대해 본다.

증언의 양식, 생존·성장의 서사
- 박완서의 전쟁 재현 소설과 『그 산이 정말 거기 있었을까』

1. 들어가는 말

박완서의 전쟁 체험 소설들은 전쟁이 발발한 시점부터 휴전 무렵까지, 거의 전 기간을 서술 시간으로 삼고 있다. 하지만 피비린내 나는 전장을 직접적으로 묘사하지는 않으며, 그렇다고 피난지의 난마(亂麻)같은 상태를 그리지도 않는다. 특이하게도 이 작가는 물리적인 힘의 역학 관계에 따라 하루 밤새 인공기와 태극기가 자리 바꿈해 깃대에 매달리던 서울에서 겪은 전쟁 체험을 두고두고 '곱씹어' 이야기한다.

작가 박완서가 몸으로 경험한 전쟁은 가까스로 서울에 말뚝을 박은 한 가족의 운명을 일거에 바꿔놓은 실체이다. '가족사의 비극'을 추동하는 전쟁은 억압의 체험으로, 개인의 자율적 의지가 아닌 우연(그것도 악운)의 연속으로 기억된다. 그리고 그 '기억'은 자전적 소설을 통해 '복원'된다. 한편 작가의 자전적 글쓰기는 지금까지 억압되고 파편화된 채 무의식의 저편에 쌓여있던 상처들을 불러내 언어적으로 치유하는 과정이기도 하다.[1] 「엄마의 말뚝」

---

1) 이선옥, 「박완서 소설의 다시 쓰기 - 딸의 서사에서 여성들간의 소통으로」, 『실천문학』59호, (실천문학사, 2000 가을), 53 - 4면.

이라든지 『그 많던 싱아는 누가 다 먹었을까』와 같은 작품을 통해 소상히 밝혀진 것처럼 어머니와 오빠는 주인공의 성장에 일종의 역할모델로 작용한 존재였던 만큼 이들의 훼손, 몰락, 부재는 상징적 질서의 파괴로 받아들여진다. 전쟁은 양반 가문이라는 점잖은 근거와 신교육에 대한 열망이라는 양립하기 힘든 두 가지 가치 기준을 아무렇지도 않게 강요했던 어머니의 도저한 '문밖의식'을 땅바닥에 패대기치고, 선비의 잣대로 자신의 전향을 부끄러워했던 오빠의 담백한 순진성을 여지없이 배반하였다. '살아남기'가 절대적인 과제, 새로운 가치질서로 등극하고, 이 살아남기의 주체는 엄마나 오빠가 아니라 나와 올케이다. 「엄마의 말뚝2」나 『그 산이 정말 거기 있었을까』와 같은 전쟁 체험을 재현한 소설들의 특징은 자전적이고, 그 체험의 주체가 남성이 아닌 여성이라는 점이다. 즉 박완서의 자전적 소설들은 여성이 주체가 되어 경험하는 전쟁에 대한 '증언'의 양식을 취하고 있고, 여성의 '생존의 서사'라는 특징을 지닌다.

그렇다면 작가는 왜 '똑같은 이야기와 표현들이 지루할 정도로 겹쳐질 만큼' 자전적인 전쟁체험을 반복해서[2], '뜯적거리듯'[3] 쓰는가. 전쟁 체험은 어떻게 자전적 서사의 틀 속에서 증언되는가. 그리고 증언은 어떻게 발화되고 기록되고 증언 주체의 주체성 확립에 흔적을 남기는가. 이런 의문에 대한 답을 찾기 위해 필자는 전쟁 체험을 다룬 작가의 소설들이 국가 폭력의 정점이라 할 수 있는 전쟁에 대한 성별화된(gendered) 기록이라는 점에 주목하고자 한다. 여성 주체가 경험하는 전쟁에 대한 기록은 남성의 그것과는 사뭇 다르다. '남성=대주체(Subject)=국가'라는 비유 체계에 익숙한 우리의 가부장적 전통에 비춰볼 때 남성 - 국가는 전쟁을 유발하고 주도한 책임에서 흔쾌히 벗어날 수 없다. 반면에 여성은 피해자로서, 혹은 남성이 부재한 상태에서

---

2) 이선옥, 앞의 글, 53쪽
3) 임규찬, 「분단체제와 박완서 문학」, 『작가세계』47 (세계사, 2000 겨울), 88면.

생존의 영역을 책임지는 주체로서 자리매김된다. 여성은 전쟁으로 인한 재난의 피해자로서 타자화되지만, 생존과 생명의 영역을 주관하는 주체로 거듭나면서 타자화의 상태를 벗어나는 것이다. 박완서의 자전 소설에서는 이같은 주체성의 확립과정이 스무 살 청춘의 성장과정과 맞물리면서 여성 성장소설의 국면도 지니게 된다.

필자는 박완서의 자전적 소설이 일반적인 자전적 문학과 마찬가지로 '고백(confession)'의 양식을 취하지만 단순한 사적 체험에 대한 기술을 넘어서서 '있었던 사실'에 대한 '증언(testimony)'의 맥락을 강하게 띤다는 점에 초점을 맞출 것이다. 최근에 고조되고 있는 일본군 위안부의 증언에 대한 페미니즘적 연구에서 밝혀진 바처럼 '증언'은 '있었던 사실'에 대한 구술이라 하더라도 증언자가 현재 처한 상황, 트라우마의 정도 등에 따라 배제, 첨삭, 수정, 보완, 은폐 등등의 과정을 거쳐 진술된다. 일반적으로 자전적 소설이나 자서전에서 화자의 '신빙성'을 문제삼듯이 '증언' 역시 '사실'과 '허구', '생 체험'과 '위장/주석' 사이에서 그 진위를 가늠하기 힘들다. 작가가 '날 것'으로 감당해야 했던 가족사의 비극은 아무리 자전적 색채가 강하다 하더라도 일단 '허구화'의 경로를 거치면서 여러 '주석본'을 가지게 된다. 이 글에서는 『그 산이 정말 거기 있었을까』를 일차 텍스트로 하되, 증언의 구성 방식과 각 '주석본'이 내포한 차이를 가늠하기 위해 「엄마의 말뚝」, 「부처님 근처」, 『목 마른 계절』을 함께 다룰 것이다.

2. 소설 쓰기의 기원과 의미

작가는 자신이 소설을 쓰게 된 동기, 소설 쓰기의 목적을 여러 텍스트에서 전쟁 체험만큼이나 자주 반복해 진술하고 있다. 반복 진술한다는 것은 그만큼 자신의 소설 쓰기에 '알리바이'를 만들려는 작가의 욕망이 강하다는 반증이 된다. 이같은 작가의 욕망은 자신과 가족이 겪은 전쟁을 사적 체험의 의미망을 벗어나 그것에 공적인 의미를 부여하려는 시도에 다름아니다. 이 가족이 경험한 전쟁의 중심에는 오빠의 죽음[4]과 그 죽음을 가족들이 공모하여 '꼴깍' 삼켰다는 죄의식이 놓여 있다.

「부처님 근처」는 이같은 죄의식을 공론화함으로써 치유하려는 작가의 욕망을 단적으로 표출한다. 즉 소극적인 '고백'은 '허구'라는 문학의 의장을 걸침으로써 사회적인 의미의 장에 진입하게 되는 것이다. 그 증언은 '체증'과 '신경통'이라는 육체적 징후에 대한 반응에서 촉발된다.

> 내가 삼킨 죽음은 여전히 내 내부의 한가운데 가로걸려 체증처럼 신경통처럼 내 일상을 훼방놓았다. (중략) 나는 그 이야기가 하고 싶어 정말 미칠 것 같았다. 나는 아직도 그 이야길 쏟아놓길 단념 못 하고 있었다. 어떡하면 그들이 내 얘기를 끝까지 들어줄까. 어떡하면 그들을 재미나게 할까. 어떡하면 그들로부터 동정까지 받을 수 있을까. 나는 심심하면 속으로 내 얘기를 들어줄 사람의 비위까지 어림짐작으로 맞춰가며 요모조모 내 이야길 꾸며 갔다.
>
> 나는 어느 틈에 내 이야기로 소설을 쓰고 있었던 것이다. 토악질하듯이 괴롭게 몸부림을 치며, 토악질하듯이 시원해하며.[5]

"마치 새끼를 낳고는 탯덩이를 집어삼키고 구정물까지 싹싹 핥아먹는 짐승처럼 앙큼하고 태연하게 죽음을 꼴깍" 삼킨 모녀의 "명치 근처 체증"을 '토해내기'가 상처의 치유이자 글쓰기의 기원이라는 점을 이 작품은 밝히고 있다. 이 작품은 죄의식의 진원지를 육체 언어로 형상화한다. 육체 언어는

---

4) 허구화의 정도가 더한 「부처님 근처」의 경우 아빠의 죽음이 여기에 더해지지만 근친의 죽음이란 점에서는 별다르지 않다.
5) 박완서, 「부처님 근처」, 『박완서 단편소설 전집1』, (문학동네, 1999), 93면.

고통을 생생하게 재현해내는 효과를 산출하면서 죽음이 기억 속에 갇혀있는 것이 아니라 인물들의 현재 삶에 영향을 미치고 있음을 드러낸다. 기억은 몸의 통증과 고통으로부터 형성되어 나온다. 고통은 기억을 제도화하며,[6] 기억은 육신에 낙인을 찍는다. 내가 앓는 '체증' 역시 낙인과 유사한 육체적 징후로서 통증을 유발한다.

이제 육체적 징후로서의 '토악질'은 '이야기하기', 즉 작가로서의 자기 정체성 확립으로 전환된다. 이야기는 '사실'의 경계를 넘어 '재미있게', 가능하면 듣는 이의 '동정까지 받을 수 있는' 허구의 양식으로 '꾸며진다'. 공적인 담론의 장에 진입한 '내 이야기'는 듣는/읽는 이와의 소통을 지향함으로써 개인적으로는 상처를 치유하고, 사회적으로는 객관화된 역사의 자리에 거(居)하게 되는 것이다.

증언에 대한 사회적 책무는 글쓰기의 진원지이자 동력이 된다. 『그 많던 싱아는 누가 다 먹었을까』의 마지막 진술은 작가 박완서의 글쓰기의 기원을 명징하게 보여준다.

> 그때 문득 막다른 골목까지 쫓긴 도망자가 휙 돌아서는 것처럼 찰나적으로 사고의 전환이 왔다. 나만 보았다는 데 무슨 뜻이 있을 것 같았다. 우리만 여기 남기까지 얼마나 많은 고약한 우연이 엎치고 덮쳤던가. 그래, 나 홀로 보았다면 반드시 그걸 증언할 책무가 있을 것이다. 그거야말로 고약한 우연에 대한 정당한 복수다. 증언할 게 어찌 이 거대한 공허뿐이랴. 벌레의 시간도 증언해야지. 그래야 난 벌레를 벗어날 수가 있다.
> 그건 앞으로 언젠가 글을 쓸 것 같은 예감이었다.[7]

---

6) 엘리자베스 그로츠, 『뫼비우스의 띠로서의 몸』, 임옥희 역 (여이연, 2002), 265면.
　 니체에 따르면 문명은 고통의 기억을 통해, 몸에다 법의 낙인을 찍음으로써, 문명의 기본적인 요청을 주입시킨다. 고통이야말로 기억을 제도화하는데 가장 핵심적인 어휘이다. 또한 몸에 새겨진 기억의 형성은 사회적 조직을 창조하는데 핵심적 조건이다.
7) 박완서, 『그 많던 싱아는 누가 다 먹었을까』, (웅진출판, 1992), 287면.

'나 홀로' 보고 경험한 전쟁의 세부를 '벌레의 시간'으로 정의하고, 그것을 '증언'하리라는 다짐은 '고약한 우연'으로밖에 표현할 수 없는 피해자 개인의 체험적 사실을 사회적 사실로 끌어올려, 집합의 기억으로 공유하겠다는 의지의 표현이다. 벤야민의 발언처럼 지나간 과거의 것을 역사적으로 표현한다는 것은 위험의 순간에 섬광처럼 스쳐 지나가는 듯한 어떤 기억을 붙잡아 자기 것으로 만드는 것을 의미한다. 즉 역사적 주체에게 예기치 않게 느닷없이 나타나는 과거의 이미지를 잡는 것이다.[8] '문득', '찰나'와 같은 어휘로 표현되는 순간의 각성은 역사적인, "그걸 증언할 책무"라는 객관화된 표현의지로 화한다. 그럼으로써 박완서의 글쓰기는 사적인 '복수'의 단계를 성큼 넘어서는 것이다.

3. 기억의 구성 방식

체험과 증언의 주체는 과거의 사건을 있는 그대로 기억해 전달하지 않는다. 통상 자전적 성격이 강한 소설의 경우 스토리 타임은 과거에서 현재 순으로 선조적인 시간으로 서술된다. 그렇다 하더라도 기억은 서술 주체의 관점에 따라 재구성된다. 서로 유사한 기억, 대조적인 기억, 모순적인 기억들을 끌어내 접합시킴으로써 자신의 기억에 모종의 의미를 부여하는 것이다. 기억은 주관적일뿐더러, '기억되는' 과거보다는 '기억하는' 현재 시점이 더 중요하다.

박완서의 자전 소설은 '증언적 서술'[9]의 방식을 취하고 있다. 서술자는

---

8) 발터 벤야민, 「역사철학테제」, 『발터 벤야민의 문예이론』, 반성완 역 (민음사, 1988), 346면
9) 증언적 서술(testimonial narrative)은 과거의 특정 사건에 직접 참여한 주인공 혹은 증인이 자신의 생애 혹은 유의미한 삶의 경험을 구술하고, 그것이 책 혹은 자료집의 형태로 텍스트화된 것을 뜻한다.
   이선형, 「일본군 '위안부' 생존자 증언의 방법론적 고찰 - 증언의 텍스트화와 의미부여를 중심으

증언을 하는 와중에 그간 '여성 - 피해자'로서 배제되고 주변화 되었던 위치에서 벗어나 자신의 체험이 지닌 사회 역사적 맥락을 찾고 스스로 의미를 부여하게 된다. '기억하기'는 자기 반성이나 회상과 같은 정태적 행위가 아니다. 회상이 파편화되고 환멸뿐인 현실에 대한 대립항으로서 총체적이고 화해로운 상태로의 되돌아감이자 떠올림이라면[10], 기억은 현재의 외상을 이해하기 위해 조각난 과거를 짜맞춰 보고 고통스럽게 떠올리는 행위이다. 과거의 사실들은 너무나 고통스럽기 때문에 외면하고 싶고, 외면하고 싶기 때문에 찢기고 조각난 채 무의식 저편에 저장되어 있다가, 증언의 계기가 주어지면서 조각난 채, 무질서인 상태 그대로 귀환하게 된다. 체험의 주체인 증언적 서술자는 억압된 기억이 삶에 미친 영향력이라든가 현재 자신이 처한 상황이나 복원 의지에 따라 어느 부분은 상세하게, 어느 부분은 소략하게 그 체험을 들려준다. 첨삭되고 변형이 가해진 기억의 사실성 여부, 진정성 여부를 따지는 것은 어찌 보면 무의미할 지도 모른다. 그보다는 생 체험에 첨삭과 변형이 가해지는 과정과 방식을 따져봄으로써, 즉 기억이 구성되는 방식을 살펴봄으로써 증언 주체의 의도나 주체성의 정립 과정을 살펴보는 것이 더 유효하다고 생각한다.

『그 많던 싱아는 누가 다 먹었을까』와 『그 산이 정말 거기 있었을까』에서 증언을 하는 서술자 역시 어떤 부분은 당시에 받은 인상까지 소름끼칠 정도로 소상하게 재현하는 반면, 어떤 부분은 가족의 운명을 좌우하거나 개인의 자존의식을 훼손할 만큼 주요한 사건인데도 간략하게 결과만 제시하고 넘어간다. 가령 피난길에 지나쳤던 집 마당에 피어있던 목련의 자태와 정적에

로」, (서울대학교 대학원, 2002), 16면.
10) 슈람케에 따르면 회상은 내부와 외부 사이에 체험된 분열을 화해시키고 과거의 삶을 분산성으로부터 해방시키며 그것을 온전하고 분명한 것으로 보이게 해준다. 회상은 환멸뿐인 현재와의 직접적인 접촉으로부터 보호받기 때문에 풍요로울 수 있는 것이다.
    위르겐 슈람케, 『현대소설의 이론』, 원당희, 박병화 옮김, (문예출판사, 1995), 203 - 5면.

휩싸인 장독대 정경은 그 분위기까지 감지될 정도로 세세하게 재현한다. 그런데 인민군 치하에서 인민위원회 활동을 했다는 이유로 수복 후 자신이 끌려가 당하게 된 고초는 '기억하기조차 싫다'는 이유로 그 결과만 짤막하게 진술된다. 필경 자신의 신체에 위해가 가해졌을 터이고, 그로 인해 정신적으로도 타격을 받았을 터이니, 그 과정을 누락한 이유는 말글로 온전히 재현할 수 없을 상처를 기억의 회로에 남겼음을 반증하는 것이다. 이와 같은 의도적 생략 혹은 서술의 경제성을 해칠 정도로 자세한 서술태도는 전쟁을 바라보는 서술 주체의 태도 및 의도와 일정정도 관련이 있다. 몸으로, 오감으로 기억되는 것은 전쟁을 비껴난 듯한 일상의 풍경이거나 반(反)생명의 인간 현실과는 선명하게 대비되는 자연의 생명력이다. '벌레의 시간'의 정점과도 같은 순간을 의도적으로 누락한 것은 반생명, 반인간적인 전쟁에 대한 비판의 함의를 담고있는 것이다.

『그 산이 정말 거기 있었을까』에서 기억의 핵을 이루는 것은 오빠의 죽음과 인민군 치하에서 '가짜 피난'을 거듭하며 살아남기까지의 경위이다. 특히 오빠의 죽음을 둘러싼 전후 사정은 『목마른 계절』(1978)같은 허구의 의장을 거친 작품, 비교적 자전적 요소가 더 많은 「엄마의 말뚝2」, 『그 산이 정말 거기 있었을까』 순으로 거듭 진술된다. 여기서 우리가 주목할 점은 기억이 조직되는 방식이 각 텍스트마다 다르다는 것이다.

「엄마의 말뚝2」의 경우 오빠는 인민군 보위군관에 의해 사살되었다고 간략히 서술되어 있다. "그 며칠 동안의 낭자한 유혈과 하늘에 맺힌 원한"이라는 표현에서 볼 수 있듯이 오빠의 죽음을 사실대로 받아들일 만한 '거리화'가 확보되지 못한 상태이다. '유혈', '원한'과 같은 어휘는 나와 타자, 나와 적을 선명하게 구분짓는 표현이라 할 수 있다. 다른 말로 하면 오빠의 죽음을 가감없이 증언하기보다는 그것에 일종의 '주석'을 다는 행위이다. 시기적으로 이 작품보다 앞서 씌어진 『목마른 계절』은 "그냥 병사가 아닌 전쟁으로

말미암은 우리 세대의 죽음엔 무언가 주석(註釋)을 달아주지 않으면 안될
것"같다는 전언을 직접적으로 전달한다. 그렇다면 그 주석 달기의 핵심 내지
의도는 무엇인가. "이데올로기의 싸움이란 미친 지랄을, 그 잔학의 극을,
그 몸소리쳐지는 비정을, 그 인간이면서 인간이 아닌 숱한 짓들"이라는 구절
에서처럼 미처 객관화되지 않은 '체증'과도 같은 분노는 몸 안에 고인 말을
토해내듯 직설적인 술어, 끊이지 않는 열거식 어투로 표출된다. 전쟁의 광기
가 모든 인륜적 가치를 압도하는 상황을 비판하는 것이다.
　아래 예문에서 작가는 올케의 입을 빌어 주석의 의도가 이데올로기 전쟁
의 허구성을 비판하는데 있음을 밝힌다.

> 　전쟁이 끝나고 나면 한동안 무용담, 훈장이 판을 치겠죠. 또 싸움터에
> 꽃핀 휴머니즘 이야기라든가 전쟁 중에 치부한 이야기같은 것까지도.(중략)
> 그러니까 결국 오빠의 죽음의 경우 같은 참혹의 기억, 학살의 통계, 어머니
> 의 경우같은 후유증, 이런 것만이 전쟁을 미리 막아보려는 노력과 인내의
> 밑바탕이 될 수 있을 거예요. 툭하면<자유 민주주의를 위해서라면>, 저쪽
> 에선 <수령이나 사회주의 낙원을 위해서라면> 일전도 불사할 결의를 보여
> 야만 하는 것으로 되어 있는 치졸한 애국애족에서 깨어나 좀더 깊이 생각하
> 게 될 거예요. 결국은 이데올로기라는 것도 사람을 잘살게 하기 위해 사람이
> 만들어낸 거지 이데올로기 나고 사람 난 건 아니잖나 하고[11]

　허황한 무용담과 낭만적인 휴머니즘을 거부하는 것은 인민군과 국방군
세상이 '장난처럼' 하루 밤새 바뀌는 어이없는 상황, 국가 체제도 이데올로기
의 실체도 없는 공동(空洞) 상태에서 그럼에도 불구하고 '빨갱이'와 '흰둥이'
중 한 쪽을 택해야 하는 모순된 상황을 몸으로 경험했기 때문이다. 그렇지만
이와 같은 주석은 기억의 구성방식이라는 측면에서 보자면 '수정'과 '변이'

---

11) 박완서, 『박완서 소설전집6 - 목마른 계절』, (세계사, 1994), 326면.

가 가해진 기록이다.

　반면『그 산이 정말 거기 있었을까』는 오빠가 죽음에 이르기까지 정신과 육체의 손상으로 인해 서서히 허물어져 가는 과정을 순차적으로 꽤 상세히 진술한다. 극적·허구적 요소가 사라진 대신 사실적 정황에 충실하다. 오빠의 다리 부상은 국방군의 오발로 인한 것으로, 참척의 고통을 엄마 홀로 혹은 엄마와 나만 겪은 게 아니라 가족 모두 함께 겪는 것으로, 총살같은 인위적인 요인 때문이 아니라 후유증으로 인해 오랜 시간에 걸쳐 서서히 죽어간 것으로 정정된다.

> 오밤중인지 새벽인지 분명치 않았다. 한참을 자고 일어났는지 잠 못 이루고 뒤척이고 있었는지도 확실하지 않았다. 울부짖음 같은 소리가 멀리서 들려왔다. 멀다는 거리감이 시간을 거슬러 올라간 아득한 원시로 느껴질 만큼 그 비명은 간략하게 절제돼 있어 사람의 소리 같지가 않았다. (중략) 오빠는 죽어 있었다. 복중의 주검도 차가웠다. (중략) 총 맞은 지 팔 개월 만이었고, ‘거기’(전처의 고향:필자 주) 다녀온 지 닷새 만이었다. 그는 죽은 게 아니라 팔 개월 동안 서서히 사라져 간 것이다. 우리는 아무도 그의 임종을 못 본 걸 아쉬워하지 않았다. 그 대신 그의 너무도 긴 사라짐의 과정을 회상하고 있었다. 우리는 새삼스럽게 슬퍼할 것도 곡을 할 것도 없이 가만히 앉아 있었다.[12]

　「엄마의 말뚝2」나『목마른 계절』에 비해 극적인 요소가 제거된 이 죽음은 일상화된 전쟁의 한 켠에 터잡은 일상화된 죽음을 드러내기에 조금도 부족함이 없다. 복중의 ‘차가운’ 주검, 실감이 느껴지지 않을 정도로 ‘절제’된 비명 등은 곡성보다 더 유장하고 비통하게, 분노보다 더 냉혹하게 전쟁으로 인해 파탄난 가족애를 환기한다. 「엄마의 말뚝1」이나『그 많던 싱아는 누가 다

---

12) 박완서,『그 산이 정말 거기 있었을까』, (웅진출판, 1995), 177 - 8면.
　　앞으로 작품 인용은 이 책의 면수를 따르기로 한다.

먹었을까』에서 그려진 바 있는 가족간의 유별난 애증, 어머니·오빠·나의
유대를 떠올린다면 이처럼 낯설고 냉(冷)한 '죽음'은 생존의 격랑 속에서
근친조차도 타자화될 수 있음을 보여주는 것이다.

　「부처님 근처」에서 단지 두 모녀가 '꼴깍' 삼켰다고만 서술된 사후처리도
『그 산이 정말 거기 있었을까』에 와서 비로소 소상하게 제시된다. '꼴깍'이라
는 과거 행위에 대한 감각적인 표현은 '체증'이라는 현재의 육체적 징후와
연관되는 것으로써 몸의 기억이 글쓰기로 전환된 구체적 사례라 할 수 있다.

　여기서 그녀는 국가적 차원에서 이데올로기 전쟁이 허구적이니 뭐니를
논하기 앞서 엄마의 양반의식, 오빠의 선비의식, '신학문'과 '서울에서 터잡
기'와 같은 가족적 차원의 이데올로기가 여지없이 허물어져 버리는 현장을
목도한다. 이데올로기에 앞선 살아남기의 화급함은 내면의 상실과 황폐를
불러오고, 그 상실과 결핍을 대체하기 위해 이들은 쉼 없이 탐식(貪食)하고,
육체에 눈 돌린다. "사랑하는 가족이 숨 끊어진 지 하루도 되기 전에 단지
썩을 것을 염려하여 내다 버린 인간들답게, 팥죽을 단지 쉴까 봐 아귀아귀
먹기 시작한" 식사의 정경은 두고두고 체증이 되어 작가를 괴롭혔던 것이다.
억압된 기억은 일차적으로는 '체증'이라는 육체적 징후로 귀환하고, '토악질
의 글쓰기'로 완성된다. 글쓰기를 통해서만 나는 "오빠의 죽음을 집어삼키고
속에서 썩이고 있는" 가족과 자신에 대한 혐오감에서 벗어날 수 있는 것이다.
요컨대 그녀의 증언은 그 정황 자체를 반복해서 밖으로 토해냄으로써 상처를
치유하려는 적극적인 노력이기에 증언으로서의 효력과 진정성을 발한다.

　원체험은 순차적으로, 완만하게 떠올려지지 않는다. 『그 산이 정말 거기
있었을까』에서는 오빠의 죽음으로 인한 내상이 압도적이기에 작가의 다른
전쟁체험들은 파편적인 상태로 기억의 회로에 저장되어 있다. 『그 많던 싱아
는 누가 다 먹었을까』도 그렇지만, 전쟁 시기를 기술한 이 작품 역시 단편적
인 사건 위주의 에피소드식 구성이 많이 차용된 것도 이 때문이다. 그렇다면

조각난 채 던져져 있던 기억 중 의식의 표면에 떠올라 발화되고 쓰여지는 것들은 주체의 형성에 모종의 영향을 미쳤으리라는 추측도 가능하다.

『목마른 계절』과 『그 산이 정말 거기 있었을까』에서 거듭 서술되는 삽화적 기억은 인민군들에게 울긋불긋한 견장을 달아주던 일, 민간인의 동태를 파악하는 일을 담당했던 특무장, 인민위원장 등과 함께 소위 선전예술을 보러 갔던 일이다. '보급투쟁'이라 명명할 정도로 먹을거리를 확보하는 것이 화급했던 시기인지라, 그런 절박한 일상에서 비껴난 경험이 기억에 남은 탓도 있지만, 작가 - 예술가로서의 감성을 지녔기에 포착한 부분도 없지 않다.

"색색의 고운 비단 헝겊"은 "상상력을 초월한 기이한" 광경으로 비춰진다. 황폐한 전쟁, 황폐한 인간 내면과 선명히 대비되기 때문이다. 게다가 새 견장을 달고 싶은 인민군들의 '순진한' 욕망은 역으로 '인민군 견장'이 내포하는 특정 이데올로기와 군대라는 위계적 구조에 대한 나의 무의식적 반발감을 유발한다. 같은 맥락에서 "은유나 상징이 전혀 없이 의도만이 하도 뻔뻔스럽게 노출돼" 있는 무용에 대한 나의 반응은 "인간은 먹어야 산다는 만고의 진리" 앞에서 "시민들이 당면한 굶주림의 공포 앞에 양식 대신 예술을 들이대며 즐기기를 강요하는 그들"에 대한 무서움과 분노이다. 서술자는 선전을 위한 도구로 전락한 예술 이면에 감춰진 더 큰 문제, 즉 '인간끼리의 소통이 불가능한 세상'까지 보아버린 것이다.

도구화된 예술, 이데올로기의 호명 대상으로 전락한 인간에 대한 서술자의 반발감은 앞으로 이 작가가 글쓰기를 통해 천착하게 될 가치를 예감케 한다. 여성의 존재 증명인 '생리'가 멈출 정도로 불모화된 현실에 대한 반응은 인위가 가해지지 않은 자연적인 생명력과 그것이 내뿜는 아름다움에 대한 갈급(渴急)한 욕망으로 표출된다.

　　그 미친 듯한 개화를 보지 않아도 본 듯 하면서 나도 모르게 어머, 예가
미쳤나 봐, 하는 비명이 새어나왔다. 그러나 실은 나무를 의인화한 게 아니
라 내가 나무가 된 거였다. 내가 나무가 되어 긴긴 겨울잠에서 눈뜨면서
바라본, 너무나 참혹한 인간이 저지른 미친 짓에 대한 경악의 소리였다.
(86면)

　‘미친’이라는 어휘는 중의적이며 모순되는 함의를 내포하면서 나의 반성
적 성찰을 유도한다. 인간이 저지른 광기의 극점인 전쟁에 의해 인간의 이성
과 문명이 철저히 파괴되었음에도 불구하고 여전히 계절은 순환하고 꽃은
핀다. 피다 못해 ‘미친 듯’ 만발한다. 단 한마디 ‘비명’은 그런 광기에 자신도
모르게 동참했을 지도 모른다는 뼈아픈 자각이며, 파괴되거나 도구화되지
않은 생생한 아름다움에 대한 찬탄이라 할 수 있다.
　이렇듯 선별된 기억들은 서술자의 미적 자의식 및 사회의식과 밀접한 관
련성이 있는 것들이다. 그녀의 미적 자의식은 도구화된 예술에 대한 반발을
늦추지 않으면서 살아있는 현실과의 관련성 역시 놓치지 않고 있다.

4. 성별화된 전쟁, 생존과 성장의 변증법

　폭력의 정점에 있는 전쟁은 다분히 남성적인 것이다. 다른 모든 이유나
명분을 압도한 채 국민들을 병사(전사)로, 이데올로기 구현자로 호명하는
전쟁의 장에서 여성이 처한 곤경이나 고통 등은 담론질서의 바깥에 비가시적
인 것으로 남아있게 된다. 그러나 박완서의 증언적 서사물에서 이 비가시적
인 존재인 여성은 살아남아 전쟁을 증언하는 말하기의 주체이자 전쟁 기간
동안 가족을 먹여 살리는 가모장(家母長)이다. 또한 그녀는 불모의 현실 속에
서 스무 살 청춘을 살아낸 성장의 주체이기도 하다.

전선도 아니고, 피난민촌도 아닌 서울에서의 전쟁 체험은 국가 권력의 허구성을 비판하고, 남성 부재의 현실을 일깨우기에 적절하다. "국민들을 인민군 치하에다 팽개쳐 두고 즈네들만 도망갔다 와 가지고 인민군 밥해 준 것도 죄라고 사형시키는 이딴 나라"라는 직설적인 사설에서 알 수 있듯 서울에서 남과 북의 체제를 다 체험한 주체는 의사소통 자체가 불가능한 북의 체제뿐만 아니라 국민들을 온통 '쭉정이'로 만들어 놓고 자신들의 안정만 도모한 남의 체제에 대해서도 거침없는 비판의 목소리를 낮추지 않는다. 집안의 말뚝이었던 오빠의 급격한 정신적, 신체적 훼손과 몰락은 그녀의 가족이 처한 엄정한 객관적 현실인 동시에 남성적 질서의 쇠락을 상징한다. 이 남성적 질서는 민주주의 혹은 공산주의와 같은 이데올로기로 치장한 국가 체제, 그 체제의 하위 기관인 인민위원회나 향토방위대, 근대적인 것에 대한 열망 이면에 '바닥 상것'에 대한 모멸과 '양반'으로서의 자존심을 감춰 둔 왜곡된 근대성 일체를 포함한다. 전쟁 상황에서 남성적 질서는 일반 민중을 보듬을 수 없을 만큼 허약해지거나 우스꽝스럽게 희화화되거나 가련한 희생자로 전락한다. 이른바 전후 소설에서 전형적으로 등장하는 신체적, 정신적 불구자들, 남성의 부재를 대신해 생계를 책임지고 아이를 기르는 억척어멈들의 형상은 폭력이 가해자 당사자들의 몰락을 야기하는 전쟁의 이율배반성을 단적으로 보여준다.

타율적으로 가족의 생계와 운명을 책임지게 된 여성들은 남성과는 다른 방식으로 전쟁을 겪고, 그것을 계기로 성적 정체성을 정립하게 된다.『그 산이 정말 거기 있었을까』에서 오빠와 엄마를 대신해 집안의 생계를 꾸려가는 것은 올케와 나이다. 어머니는 식구들을 먹여 살리기 위해 빈집털이를 다니는 며느리와 딸의 짓을 짐짓 모르는 체 하며, "한마디 위로의 말조차 아낌으로써 당신만 그 치욕스럽고 께적지근한 짓으로부터 결백하려는", 예의 양반의식에서 벗어나지 못한다. 전쟁 전까지 집안의 실질적 가장이자

'신학문'으로 상징되는 이 가족의 이데올로기를 담지했던 엄마가 무력해지고 판단 능력을 상실한 데는 오빠의 쇠락(衰落)이 결정적인 역할을 한다. 오빠는 엄마의 말뚝이었고, '다리부상'은 그 말뚝의 훼손을 육체적으로 상징하는 것이다. 이제 이 가족을 지배하는 현실원칙은 먹을 것에 대한 끊임없는 '츱츱함'으로 환기되는 허기이다. '허기'는 결핍의 다른 이름으로서 가족끼리의 끈끈한 유대감을 간직했던 전전(戰前)의 충만함이 사라졌음을 의미한다.[13)

이 허기를 달래줄 주체는 올케와 나이다. 이 작품은 두 여자가 생존을 위해 고투하는 현장들을 세세하게 기록하는데, 이때 그 현장은 음식에 대한 감각적 묘사로 오롯하게 재현된다. 전쟁에 대해 허무주의적이고 관념적인 시각을 드러내면서, 건조한 문체를 구사하는 남성 작가들의 전쟁 재현 소설과는 확연히 구별되게 이 작품이 재현하는 전쟁은 구차하고 비극적이지만 또다른 삶의 현장으로 생생하게 포착된다. 이 '젠더화된 전쟁'의 실상을 가장 단적으로 포착하고 있는 것이 '보급투쟁'을 나선 두 여자가 가져온 '미제기름', 가짜 피난길에 시식한 민물게와 곰삭은 김치의 맛이다. '징건하고 느글느글한 포만감'을 안겨줬던, "아귀처럼 사정없이 그 거칠고 험한 딱지를 정복하고 속살을 배가 터지게 탐한" 식욕은 "가장 맛있고 가장 비참한" 식사로 기억된다. "설명되어질 수 없는 적의"로 표현되는 무자비한 식욕과 그 식욕을 일시적으로 달래주었던 맛들은 살아남기의 존엄함을, 민초들이 겪은 전쟁의 실상을 여성의 시선으로 포착한 예라 할 수 있을 것이다.

이 시누이와 올케는 또한 오빠와 엄마를 대신해 '가짜 피난'을 떠나고,

---

13) 우리는 여기서 『그 많던 싱아는 누가 다 먹었을까』에서 도시에 입성한 '나'가 끊임없이 허기에 시달리던 장면을 떠올려볼 수 있다. '박적골'의 충만함에서 분리된 '나'가 '문밖' 도시에서 느끼는 결핍감은 허기와 도벽이라는 신체적인 일탈행위로 나타난다. 전전에 이 가족이 불완전하나마 '문안'에 터잡고, 오빠의 취직으로 인해 일시적인 안정감을 누렸던 것을 떠올린다면 이들의 허기 역시 결핍에 따른 신체적인 반응이라 할 수 있다.

귀환해 생계전선에 나선다. '억척모성'의 자리가 엄마에서 올케와 나에게로 넘어간 것이다. 마침내 오빠의 죽음을 전후한 "그림자 같은 생존 방식"에서 풀려나 올케는 기지촌 장사를 다닌 끝에 전쟁 말엽 동대문 시장에 가게를 내고, 나는 미군 피 엑스에 취직해 한 남자를 만나 가족과 "생살과도 같은" 엄마와 분리해 결혼을 하게 된다.

『그 산이 정말 거기 있었을까』는 오빠의 죽음을 전후로 해서 서사가 두 축으로 나눠진다고 볼 수 있는데, 후반부는 이제 집밖 세상을 본격적으로 경험하는 내가 속악한 세태를 접하면서 내적, 사회적으로 성숙해가는 과정을 기술하고 있다. 생존의 서사인 동시에 성숙의 서사인 것이다. '한국소설에서 으뜸갈 만큼 통쾌한 수다이자 살아 움직이는 풍경화'[14]라 평가받는 미군 피 엑스에 첫 출근하는 날 스케치한 시장통 광경은 전후 우리 모두가 휘말리게 될 생존의 장과 즉물적인 욕망을 예시한다.

> 돈암시장의 순대 냄새와 꿀꿀이죽 냄새가 뒤섞인 냄새, 그 냄새에 오장이 뒤틀리는 듯한 식욕을 이기지 못해 지친 짐승처럼 정기 없이 번들대는 눈과 어두컴컴한 얼굴로 두 가지 음식의 영양가와 부피와 주머니 사정을 암산으로 산출해내느라 발걸음을 질정 못하는 막벌이꾼. 브래지어와 거들까지 깃발처럼 내놓고 손님을 부르는 구제품 좌판의 악취보다 더 비위를 뒤집는 야릇한 암내. 그 앞에서 터무니없이 큰 브래지어를 자신의 미숙한 가슴에 대보는 입술 붉은 어린 창녀. 저만치서 마른침을 삼키며 그 여자의 일거수일투족을 호시탐탐 노리다가 그 여자가 아쉬운 듯이 아무 것도 못 사고 사람들 사이에 섞이는 걸 틈타 살금살금 다가가, 귓전에 바싹 퀴퀴한 입을 갖다 대고, 딸라 있수? 후하게 쳐줄게, 나하고 단골 트면 해롭지 않아, 독침처럼 날카롭고 표독하게 속삭이는 달러 장수. 파리가 윙윙대는 푸줏간에서 수시로 가죽 혁대에다 식칼을 갈면서 똑같이 쉬파리나 불러들이는 건고등어 장수를 은근히 얕보는 늙은 백정. 악착같이 한 눈금이라도 더 덤을 받으려는

---

14) 임순만, 「분단 극복을 향한 문학의 가능성」, 『박완서 문학 길찾기』, (세계사, 2000), 384면

얌체 손님을 핑계로 다섯 눈금쯤은 더 나가도록 앉은뱅이 저울을 조작해놓
고 거드름을 피우는 밀가루와 설탕가루 장수. (190 - 1면)

특유의 활력과 부패를 내장한 자본주의적 삶의 양식은 꿀꿀이죽 냄새,
야릇한 암내, 퀴퀴한 입내와 같은 감각으로 생생하게 포착된다. 작가의 기억
에 재현된 시장통 광경은 앞으로 이 작가가 그리게 될 세태 비판과 욕망의
'응달'을 응축해서 보여주는 일종의 축도라 할 수 있다. 또한 이 시장통은
피 엑스에서 내가 본격적으로 경험하는 야바위판처럼 혼란스런 전시 자본의
흐름과 농경 사회의 공동체적 정서, 가족간의 유대가 완전히 뿌리뽑힌 채
이해관계에 따라 움직이는 사람살이를 단적으로 보여준다. 그런 점에서 이곳
은 성장의 '문턱'에 해당한다고 볼 수 있다. 피 엑스는 '사람들이 미친 듯이
꼬여들어 사고 팔고 속고 속이고 훔치고 구걸하느라 마음껏 흥청대는' 난장
이자, '정신을 혼미하게 하는 천박의 근원지'라는 양면적 속성을 가진다.
전후 우리 자본주의의 성격을 이 작가는 앞서 체득한 셈이다.

　내적 성숙은 타자들의 속물적 삶을 경멸하고 이 타자들에 대해 심리적
우월성을 견지했던 자신을 성찰하고 반성함으로써 비로소 이루어진다. 내
안에 팽배한 우월감 때문에 누구와도 동류의식을 가지지 못하던 나는 화가
박수근의 존재를 알게 되면서 사람을 '개별적'으로 보는 눈을 가지게 된다.
나는 자신이 도덕적으로 형편없이 되어버린 데서 온 '참담함'이라는 심리적
기제가 우월감과 열등감이 교묘히 배합된 콤플렉스에서 기인함을 담담히
인정하게 된다. 이 순간은 가족의 시야를 벗어나지 못하던 내가 가족 밖
사회에 대해 관심을 가지면서 타자를 인정하고, '사는 일'의 엄숙함을 깨닫는
순간이기도 하다.

　결혼은 마모되고 싶지 않고, 자유롭고 싶고, 성장이 하고 싶은 한 여성의
성숙을 매듭짓는 사건이다. 더욱이 딸을 '신여성'으로 키우고픈 엄마의 욕망

이 꺾이지 않은 상태라는 점과 전쟁이라는 재난을 '가족적' 단위로 경험해야
했던 유별난 이력을 상기한다면, 결혼은 가족과 분리되어 개아(個我)로 서는
상징적 의례라 할 수 있다.

> 보셔요, 엄마. 두고 보셔요. 엄마가 그렇게 억울해하는 건 당신의 생살을
> 찢어서 남의 가문에 준다는 생각 때문인데 두고 보셔요. 나는 어떤 가문에도
> 안 속할 테니. 당신이 나를 찢어 내듯이 그이도 그의 어머니로부터 찢어
> 낼 거예요. 우린 서로 찢겨져 나온 싱싱한 생살로 접붙을 거예요. 접붙어서,
> 양쪽 집안의 잘나고 미천한 족속들이 온통 달려들어 눈을 부릅뜨고 살펴봐
> 도 그들과 닮은 유전자를 발견할 수 없는 전혀 새로운 돌연변이의 종이
> 될 테니 두고 보셔요. (303면)

엄마에 대한 애증으로 인한 심리적 상처가 점점이 배어있는 듯한 위 진술
은 분리와 성장을 추구하는 나의 결연한 의지를 육체 언어로 생생하게 전달
한다. '생살 찢기'와 '생살로 접붙이기'라는 동물적이고 육체적인 비유체계
의 대립을 통해 주체는 엄마 - 가족의 세계로부터, 전쟁의 내상으로부터 벗어
나 새로운 세계로 진입하고자 하는 열망을 몸으로 쓴다. 주체가 몸으로 쓰는
성장의 서사라는 특징은 이 소설의 대단원에서 주인공이 토해내는 긴 '통곡'
에서도 드러난다.

엄마와 딸이 '따로따로' 온종일을 걸려 토해낸 "온몸을 뒤흔들" 정도로
"격렬하고 난폭한 통곡"은 통상 언어 이전의 것, 주관적이고 반이성적인
의사 표현 방식으로 치부되어 온 것이다. 남성의 상징적 언어 질서 안에서
울음, 넋두리, 수다와 같은 여성의 자기 표현 방식은 비언어적인 것, 그래서
공적인 담론의 장에 포섭되지 않는 것으로 여겨져 왔다. 하지만 주체는 역설
적으로 남성이 주도하는 공적 담론의 장에서는 담기 힘든 개인적인 것, 말할
수 없는 것들을 발화하고 토해냄으로써 자기를 재발견하고 표현할 수 있다.

따라서 엄마와 딸의 '따로따로' 통곡은 '생살찢기'라는 고통스러운 분리를 '함께' 치유하는 과정이라 할 수 있다. 이로써 올케와 내가 함께 쓰는 생존의 서사, 엄마와 딸이 함께 쓰는 분리와 통합의 성장 서사는 성별화된 방식으로 경험된 전쟁의 양상과 그것의 극복을 포괄하는 서사로 자리매김하는 것이다.

5. 맺는 말

전쟁 체험 문학, 좀더 포괄적으로 분단 문학은 여성주의적 관점, 세태비판과 함께 박완서의 작품 세계를 대표하는 특징으로 평가되어 왔다. 필자는 특히 자전적 경향과 긴밀하게 맞물린 전쟁 재현 소설들이 박완서 문학의 기원에 해당된다고 보았다. 요컨대 이 글쓰기의 기원에는 작가의 대표적인 특징들이 응축되어 있다.

『그 산이 정말 거기 있었을까』를 비롯한 전쟁 재현 작품들을 통해 우리는 전쟁의 반생명성에 대한 작가의 비판의식이 이후 분단 및 자본주의 현실이 야기한 우리 사회의 '반생명성'에 대한 비판으로까지 확장되는 것을 확인할 수 있었다. 전쟁 체험 역시 남성 작가들의 작품과는 달리 생동감 있는 생존의 장으로 기억되고 재현된다. 엄마와 올케, 딸이자 시누이인 내가 함께 경험하는 죽음과 삶의 장면들을 통해 우리는 남성성의 형식인 전쟁을 비판하는 작가의 목소리를 들을 수 있다. 파괴와 죽음을 야기하는 전쟁을 배경으로 이 작가는 여성들의 생존과 성장을 이야기한다. 여성은 생존의 방식을 찾아가면서 성장하는 변증법적 과정을 몸으로 보여준다. 이 새로운 서사는 '여성의 눈'이 분단 체제를 극복할 가능성을 제시할 때도 긴요함을 증명하는 것이다.

작가는 '고백'을 넘어선 '증언'의 양식을 통해 사적인 경험을 사회 역사적 맥락에 위치짓는다. 그리하여 한 여성의 생존과 성장 이야기는 공동체의 기억을 촉발하면서 보편성을 획득하고 공감을 자아낸다. 박완서의 소설은 우리 문학사에서 (여성) 자전 소설의 계보를 작성하고, 전범(典範)을 확정하는데 유효한 틀이 될 수 있다. 이에 대한 자세한 논의는 『그 많던 싱아는 누가 다 먹었을까』와 「엄마의 말뚝」 연작을 빼놓고는 할 수 없는 이상 다른 글을 기약하기로 한다.

주관화된 시대와 여성 현실,
멜로드라마적 상상력의 변이
- 공지영론

1. 공지영 소설의 근원에 대한 몇 가지 단상

공지영 소설은 대부분 80년대의 사회적 정황에 부채 의식을 지닌 채 90년대의 현실 변화에 적응하지 못하는 인물들의 삶을 서사화하고 있다. 다소 도식적인 평가를 감행한다면 공지영 소설은 철저하게 시대의 산물이라 할 수 있다. 대부분의 작품들이 보편적인 가치나 세계관을 문제삼기보다는 80년대라는 특정 시대의 자장권 안에 있기 때문이다.

물론 이 같은 경향은 386세대 작가들의 작품에서 흔치않게 발견된다. 그렇지만 등단작 「동트는 새벽」에서부터 『고등어』에 이르기까지의 작품들에서 확인되듯 그녀만큼 집요하게 특정 시대와 세대가 조응하는 문제에 대해 천착한 작가도 아마 없을 것이다. 그녀의 소설을 후일담 소설의 계보에 넣거나 세대론적 패러다임에 근거해 해석하는 것도 이 때문이다.

이러한 특징은 공지영 소설을 다른 동년배 여성 작가들의 작품 세계와 구별지어주면서 동시에 여성문학적 관점에서 그녀의 작품을 평가할 경우 혼란을 야기하는 요인으로 작용하기도 한다. 여성성이나 여성 문제에 천착하고 있는 다른 여성 작가들과는 달리 그녀의 작품은 시대나 사회 현실을 이야기하지만 그 속에서 여성이 겪을 법한 체험을 배제시키는 경우가 많다. 그런가 하면 페미니즘을 표나게 내세운 소설의 경우 시대 문제는 배경을 장식하는데 그친다. 때문에 그녀의 작품에서 여성 문제와 시대 문제가 행복하게 결합하는 경우를 찾기란 몹시 힘들다.

우리의 혼란은 여기에서부터 시작된다. 여성으로서의 성 정체성과 세대적 정체성이 만나는 것은 불가능한가. 만약 이 둘이 지속적으로 분리되어 나타난다면 그 이유는 무엇일까. 그럼에도 불구하고 대립되는 두 경향 사이를 관류하는 지속적인 경향이 있지 않을까. 이 글에서는 그런 물음들에 대한 답을 찾아가고자 한다.

위험을 무릅쓰고 결론부터 말하자면 위에서 지적한 두 가지 경향이 한 작품 안에서 공존하지 못하는 것, 그렇지만 두 경향들의 심층에 공통적으로 깔려있는 순정성과 도덕성에 대한 열망은 바로 멜로드라마적 상상력에 기인한다. 우리는 얼핏 남성과 여성간의 삼각관계 구도, 사랑과 이별, 주인공의 비극적 죽음을 적절하게 배합하여 대중들의 감수성에 호소하는 것 등을 멜로드라마의 특성으로 떠올릴 수 있다. 그렇지만 피터 브룩스에 따르면 멜로드라마는 모든 것을 표현하려는 욕망과 같은 서사적 특질, 강력한 주정주의에의 탐닉, 선과 악의 명백한 이분법적 대립, 고도의 도덕성 등을 그 특징으로 한다.[1] 공지영의 작품을 읽다 보면 작가가 모든 것을 해석하고 설명하려는 욕망, 인물을 통어하려는 욕망이 두드러진 탓에 해석의 즐거움을 누리지 못할 때가 있다. 뿐만 아니라 80년대/90년대, 남성/여성, 변절자 내지 속물/이념적 정결성을 지키는 자와 같은 이분법적 도식에 따른 현실 인식이나 인물

---

1) Peter Brooks, Melodramatic Imagination, (New York : Columbia University Press, 1985), 1장 참조.

설정이 두드러진다. 윤리적 정결성을 고수하려는 작가의 내적 욕망이 한가지 문제로 쏠리면서, 여성 문제와 시대 문제가 한 작품에 고루 녹아들지 못한다. 두 경향 중 하나가 두드러질 경우 나머지 하나는 텍스트에 은닉되어 드러나지 않거나, 중심을 잃고 표류한다. 역설적이게도 이같은 도덕주의의 이면에는 자신이 도덕적으로 가치있다고 여기는 자질들에 대한 거리두기가 부재하면서 생겨난 감상주의가 자리잡고 있다.

공지영 소설의 원체험을 이루는 80년대 변혁운동은 '아름다움'이라는 말로 요약된다. 이는 『더이상 아름다운 방황은 없다』, 『그리고 그들의 아름다운 시작』과 같이 80년대 대학에서 개인의 삶에 깊숙이 개입한 시대의 상처를 원재료 삼아 고통스런 입사식을 치룬 20대 남녀를 그리고 있는 초기작들의 제목에서 단적으로 입증된다. 뿐만 아니라 작가 역시도 『인간에 대한 예의』 작품집 후기에서 자신이 '탐미주의자'가 될 것이라고 쓰고 있다. 물론 이 '아름다움'의 내포적 의미는 역사적 진실을 담보로 한 아름다움, 도덕성이나 정의에 기초한 아름다움이다. 시대와 민중에 대한 질풍노도와 같은 열정, 젊음과 순정함이 내뿜는 아름다움은 그렇지만 그 안에 과도한 나르시시즘적 취향과 낭만화의 경향을 지니고 있다. 그런 점에서 '아름다움' 속에는 도덕주의와 감상주의가 기묘하게 혼재되어 있다.

우리가 본격적으로 탐색할 문제는 인식론적, 세대적, 시대적으로 구획지워진 공지영 소설의 뿌리가 삼십대, 90년대라는 이질적인 세대와 시대를 경과하면서 어떻게 굴절되고, 어떤 의미를 획득하는가이다. 한번도 자기검증을 거치지 않았던 80년대, 그리고 그 시대를 어찌 됐건 온몸으로 살아온 인물들에게 그야말로 불청객처럼 느닷없이 다가온 90년대는 그들의 과거를 객관적으로 비춰줄 수 있는 거울이 될 터이다. 그런데 그들은 시대가 바뀌고 새로운 세대로 호명되어서도 여전히 상처받고 있다. 그들의 입사식은 채 끝나지 않은 것이다.

게다가 그들의 입사식은 이제 90년대에 대한 반응, 여성의 정체성에 대한 물음이라는 두 갈래 길로 갈라져 진행된다. 이 글에서는 『고등어』와 『인간에 대한 예의』에 실린 작품들을 전자의 부류로, 『무소의 뿔처럼 혼자서 가라』와 『착한 여자』, 『봉순이 언니』를 후자의 부류로 설정하여 두 갈래로 갈라진 공지영 작품 세계의 특질을 확인해 볼 것이다. 아울러 두 경향의 저층(底層)을 흐르는 공통점인 도덕적 정결성을 수반한 멜로드라마적 특질이 어떻게 변형되어 나타나는지에 주목하겠다.[2]

2. 낭만화된 과거와 멜로드라마적 상상력

장편 『고등어』와 「인간에 대한 예의」, 「무엇을 할 것인가」와 같은 작품의 인물들은 20대 후반 혹은 30대에 접어들면서 다시 한번 과거 80년대와 연루된 기억과 상처들에 휘말린다. 일상에 매몰되어 있던 이들은 80년대를 대변하거나 그 시기를 함께 했던 인물의 등장으로 인해 혹은 그 인물에 대한 소식을 접하면서 정신적 위기감을 느끼게 된다.

「무엇을 할 것인가」에서 한때 노동운동을 꿈꾸다가 지금은 그때 배운 지식을 활용해 대학원에 진학해 박사학위를 받으려 하는 '나'는 자신을 지도했던 선배가 결혼한다는 소식을 접하면서 '그때'를 떠올린다. 그 시절은 "감옥 밖에 있다는 사실이 더 괴롭던 시절", "사랑마저도 버리고 가야 할 길이

---

2) 이는 멜로드라마적 양식의 과정적(process - like) 성격, 장르적 유동성을 염두에 둔 것이다. 서구 멜로드라마의 탄생이 근대 부르조아 계급의 심리적 위안물로부터 시작되었다 하더라도 이후에 멜로드라마는 특정한 역사·사회·정치적 조건들을 적절히 반영하면서, 때로는 도피적 전략으로 때로는 전복적인 상징성을 지닌 것으로 변신을 거듭해 왔다. 이 글의 목적이 멜로드라마의 장르적 특성을 논하는데 있는 것은 물론 아니다. 그렇지만 자신이 살고 있는 현실 이면에 감춰진 불합리함에 특유의 민감한 촉수로 반응하는 공지영 소설의 특성을 해명하는데 이같은 멜로드라마의 유동성이 유리한 참조틀이 될 수 있을 것이다.

있다고" 여겨졌던, 목숨을 걸 수는 있지만 일상을 걸 수는 없었던 시절로 기억된다. 그 어디에서도 개인적인 욕망은 허용되지 않는다. 그녀가 기억하는 80년대는 공적인 대의와 사적인 욕망이 팽팽하게 대립되던 시기, 하여 그 둘이 교호할 가능성이 전혀 없던 시기이다. 열악한 환경에 대한 불편함을 감내하지 못하고, 사랑따위 사적 욕망에 추동당하는 자신의 부르주아적 습성에 대한 원죄의식은 90년대에까지 잔영을 드리운다. 80년대식 삶과 사고는 지금 90년대의 삶을 평가하고 규제할만큼 위력적이다. 이는 '나'가 90년대의 삶에 적응하지 못하고 끊임없이 80년대를 떠올리는 데서 알 수 있다.

하지만 기억의 재생과 복원이 과거에 대한 반성과 그것을 현재화하기 위한 성찰에서 생길 법한 긴장을 겸하고 있지는 않다. 이 작품에서뿐만 아니라 『고등어』를 비롯한 일련의 작품들에서 그들의 복원 노력은 성찰과 청산 사이에서, 현재화의 노력과 낭만화의 경향 사이에서 아슬아슬하게 줄타기를 하고 있다. 이는 80년대를 "공룡이 다니던 시절의 이야기"로 우화화하는 데서 단적으로 드러난다.

> 우리들은 모여 앉아 금박글씨가 선연한 명함을 건네며, 이제 영원히 박제된 맘모스의 이야기만 하는 것이다. 그러자 내 눈앞으로 얼음 속에 갇혀 있는 치켜 뜬 맘모스의 눈매가 떠올랐다. 한때는 따뜻했으나 이제는 얼어붙어버린 맘모스의 눈매가 떠올랐다. (119면)

다방이 노래방이 되고, 옛 동지가 금박글씨가 박힌 명함을 주고받는 현실에 비해 과거는 분명 아름다운 것이다. 그러나 그 아름다움은 '맘모스'처럼 박제화됨으로써만 가능한 것이다. 다시 말해 '그때', '그 시절'과 같은 시간적 과거로 인지되는 80년대의 가치는 더 이상 카세트 테입처럼 리와인드가 안되며, 90년대는 환멸의 현실로 인식될 뿐이다.

80년대와 90년대를 가르고 그 물리적 시간대에 가치평가를 기입하는 이분법적 사고는 「인간에 대한 예의」에서도 재연된다. 잡지사 기자인 '나'가 80년대와 만나는 경로는 두 가지이다. 하나는 강선배와 만나면서 그와 자신이 연루되어 있던 시절을 회고하는 것이다. 또 하나는 장기수 출신인 권오규와 명상가이자 자유인으로 살아온 이민자를 취재하면서 이 둘의 삶의 방식 사이에서 갈등하는 자신을 접하면서이다. 장기수인 권오규가 보여주는 이념의 정결성이 그녀로 하여금 80년대를 끊임없이 되돌아보게 한다면, 이민자는 "무엇이 옳고 무엇이 그른가가 아니라 무엇이 좋고 무엇이 싫은가"에 대해 당당하게 이야기하는 90년대를 대변한다. 물론 90년대적인 이민자의 삶이 완전히 부정의 대상이 되는 것은 아니다. 적어도 그녀가 제시하는 자유로움은 나에게 이념 강박증으로부터 탈출할 수 있는 통로를 열어 보이기 때문이다. 이들 인물을 우회로로 삼으면서 내가 보이는 80년대와 90년대에 대한 혼란스런 평가는 이민자와 권오규의 과거가 상상 속에서 오버랩되는 장면, 그리고 강선배와 나의 80년대가 오버랩되는 장면에서 단적으로 제시된다.

그러나 그녀의 심적 동요나 혼란은 어느 정도 예정된 결론으로 마감된다. 이 작품에서도 90년대는 강선배의 변모나 칸막이가 쳐진 술집에서 탁 트이고 화려한 카페로의 변모가 지시하듯 속악한 그리하여 환멸만을 재생산한다. 반면에 80년대는 권오규처럼 "시대와 역사와 인간에 대한 예의를 지켰던" 사람들이 빛을 발했던 아름다운 시기로 인식된다. 작품에서 80년대는 박제화를 넘어서서 낭만적이고 감상적으로 채색된다.

> 팔십년대의 아들이며 딸들은, 어떤 상황이라 하더라도 옳으면 승리한다는, 아아, 너무도 단순했지만 너무도 굳게, 결국은 정의가 승리한다는 믿음을 먹고 자란 사람들이었다. (중략) 누군가 작은 정의를 위해 싸우고 나면 뒤에 오는 이들은 좀더 큰 정의를 위해 싸울 수 있다는 신념, 우리들의 희생은 결코 헛되지 않을 거라는 신념을 배웠던 사람들이었다. (93면)

위 예문에서도 알 수 있듯 과거를 평가하는 '나'의 담론은 감정과잉의 추상적 어휘들로 넘쳐난다. 그것은 작품 후반부의 잦은 말줄임표, 감탄 어구에서도 확인된다. 그렇지만 과거가 어떻게 현재화될 수 있는지는 명확하지 않다. 물론 화자는 '열무싹'의 비유를 통해 과거가 현재의 환멸을 극복하는 희망의 토양일 수 있다고 암시적으로 말한다. 하지만 그 비유가 현실 속에서 힘을 발휘하지 못할 뿐더러 비유로서의 상투성을 확연히 벗어난 것도 아니다. 하여 소설 말미에서 이민자 대신 권오규의 기사를 쓰겠다는 나의 다짐이 과거의 유산을 발전적으로 계승하여 현재화하는 데로 나아갈 수 있을지는 미지수이다. 그보다 더 큰 문제는 화자가 재생한 과거의 내용이다. 승리, 정의, 믿음, 희생, 신념과 같은 유사한 계열체의 상투적이고 도덕적인 언술로 재생된 과거는 가치론적으로 우월할지는 몰라도 구체적 내용은 사상되어 있다.

과거를 현재화하기 위한 노력이 그다지 튼실하게 이루어지지 못했음은 인물들이 과거를 '아름다움'으로 채색하고, 과거와 현재를 지나치게 이분법적으로 파악하는 데서도 알 수 있다. 이러한 '아름다움'에 대한 집착은 예의 초기 소설의 잔여물이며, 이분법적인 현실 인식이라든가 과거에 대한 향수의식은 멜로드라마적 상상력이 작동한 때문이라 할 수 있다. 여러 미사여구나 감탄사로 서술되고 있지만 과거에 이들이 했던 활동은 그다지 실감있게 그려지지 않는다. 초기 소설들의 끝 부분을 장식하고, 위의 작품들에서도 많은 부분을 차지하는 학생운동 경력이나 노동 현장에 투신하려는 학습 모임 정도가 활동상의 전부이다. 주인공은 그나마 자신의 사적 욕망이나 계급적 한계로 인해 현장에서 이탈했다는 원죄의식에 시달린다. 반면 빈약한 서사를 대신하는 것이 멜로드라마적 구도 내지 상상력이다.

서사의 핵을 이루는 것은 남녀관계이거나, 극단적으로는 『고등어』에서 볼 수 있듯 한 남자를 둘러싼 중층의 삼각관계이다. 「무엇을 할 것인가」와

「인간에 대한 예의」에서 주인공이 과거와 조우하는데 매개고리가 되는 것은
함께 운동을 했던 선배나 남성과의 사랑이다. 물론 남녀관계나 사랑은 우리
네 범속한 일상에서 많은 부분을 차지하며, 그만큼 공지영 소설이 일상과
가까이 있다는 반증도 될 수 있다. 그러나 그런 남녀관계가 일상성과 역사성
을 매개하기 위한 것인지, 빈약한 철학을 보완하려는 것인지는 따져 보아야
할 것이다. 그런데 아쉽게도 공지영의 소설은 후자에 가깝다. 일상성과 역사
성이 결합하기 위해서는 역사의 실체가 밝혀져야 할 터인데, 80년대라는
과거 역사는 추상적인 이념에 대한 아련한 노스탤지어를 환기할 뿐이기 때문
이다.

멜로드라마적 구도가 서사를 지탱해가는 대표적인 작품이 『고등어』이다.
노은림 - 명우 - 여경, 노은림 - 명우 - 연숙의 인물구도에서 볼 수 있듯 중층
의 삼각관계는 은림으로 대표되는 80년대와 여경으로 대표되는 90년대를
한 축으로 하고, 80년대를 평가하는 명우 나아가 작가의 복합적 시선이 투영
된 은림과 연숙의 갈등을 다른 한 축으로 한다. 은림이 사주를 믿는다는
이유 때문에 비과학적이라는 비난을 받았던데 비해 여경은 별자리를 믿고
그 때문에 비난을 받지는 않는다. 둘이 지나치게 닮아 있음에도 불구하고
이 둘을 다르게 만든 것은 시대이다. 이념적 정결성을 아직껏 고수하며 힘
겨운 삶을 살고 있는 은림은 명우에게는 의리와 운동에 대한 대의 때문에
포기해야 했던 진정한 사랑과 사적 욕망을 대변하는 인물이다. 그녀는 원죄
로 남아있는 80년대가 현재형으로 지속되기를 바라는 작가의 내적 욕망이
투영된 인물이다. 반면 연숙은 "직업적인 혁명가로서 살아남기 위해 최소한
의 가정을 꾸미고", "그 대상이 다행히 사랑하는 사람이면 좋지만 그렇지
않아도 그만이라고" 생각했던 80년대의 어둡고 경직된 이념을 대변하는 인
물이다.

문제는 옛 애인과 옛 아내와 지금의 애인이 한날 한시에 만난다는 설정

자체가 작위적일 뿐더러 은림의 죽음이 한 시대를 평가하고 이를 발전적으로
계승할 만한 의미를 담지 못하고 상투적이고 낭만적으로 여겨지는데 있다.
무엇보다도 은림은 리얼리즘적 형상화라는 면에서 보면 개성이나 전형성에
크게 미달하는 인물이다. 그녀의 유고 일기에서 단적으로 보여지는 미성숙한
인식은 운동이나 자신의 세대와 다음 세대를 평가하는 데서도 드러난다.
가령 "잊지 않는 사람들, 죽어간 친구와 미쳐간 친구와 그런 사람들을 기억하
는 이들... 그들이 곧 이 나라를 이끌어 가게 돼요."라고 말하며, 이들만이
'진짜'라고 믿는 그녀의 감상적 낙관주의는 현재진행형인 권력의 엄혹함을
제대로 보는데 장애요인으로 작용한다.

　　그럼에도 불구하고 공지영의 소설들이 끊임없이 대중에게 호소력을 지니
는 것은 아이러니컬하게도 이와 같은 멜로드라마적 상상력에 기반하고 있음
을 부인하기 힘들다. "공지영의 그 유명한 감상조차 없었다면 우리 문학
속에 1980년대는 자취도 없이 전멸할 뻔했다."는 김명인[3]의 지적처럼 공지
영은 '자기 눈높이에 맞게' 시대와 대응했다. 그것은 멜로드라마가 미학보다
는 역사와 보조를 같이 해왔다는 점과도 일치한다. 이와 같은 점을 염두에
두자면 공지영 소설의 대중성을 마냥 폄하할 수만은 없을 것이다. 선명한
이분법적 가치 판단, 시대와 사람에 대한 지나칠 만큼 순진한 해석 등은
어찌 보면 지금 / 이곳의 다양한 삶의 결들을 해석할 수는 없을 지 모르지만
대중들과 호흡을 같이하는 적절할 방식이 될 수도 있기 때문이다.

3. 여성 성장담과 멜로 드라마적 상상력의 접속

　　시대의 광휘가 사라진 자리에서 작가는 여성의 현실이라는 새로운 이야기

---

3) 김명인, '감상에서 성찰로,' (『실천문학』, 1999, 가을), 539면.

를 시작한다. 『무소의 뿔처럼 혼자서 가라』와 『착한 여자』, 『봉순이 언니』는 중산층 지식인 여성부터 '식모'라는 이름으로 불리어진, 전근대와 근대적 삶의 습속이 혼재하던 시기의 하층계급 여성에 이르기까지 여러 계층 여성의 삶을 다루고 있다. 시간적으로 지금/여기의 현실에서 시작한 이야기가 『봉순이 언니』에서는 60년대까지 거슬러 올라간다.

『무소의 뿔처럼 혼자서 가라』는 대학 동창인 혜완, 영선, 경혜 세 여성의 결혼 후 각기 다른 삶의 행로와 현실 대응 방식을 그린 소설이다. 일반적으로 남성 성장과는 달리 여성의 성장은 결혼에서부터 시작된다. 사회와의 통합을 지향하는 남성 성장담과는 달리 여성의 성장담은 분리를 확인하는데 있다. 이 소설은 여성의 성 정체성이 어떻게 사회 속에서 열등한 것으로 구조화되고 그것에 저항하는 것이 얼마나 힘겨운지를 보여주는 여성 성장담이다. 그들은 "오전엔 여성문제 세미나에 참석했다가 오후에는 누군가가 자신들을 멀리 떨어진 햇볕도 찬란한 섬으로 데려가게 해달라는 기도"를 하더라도 그것이 모순된다고 생각하지 못할 만큼 차별의 경험에 익숙치 않은 젊은 시절을 보낸다. 그런 여성들이 억압을 경험하는 장소가 가정이고, 그 제도가 결혼이라는 점은 의미심장하다.

사회 참여와 아내와 어머니로서의 역할 사이에서 갈등하다 이혼에 이른 혜완, 남편의 시나리오를 대신 써주고 "그 남자의 학비가 없으면 어느덧 그 남자의 학비가 되고, 그가 배가 고프면 그 남자의 밥상이 되고, 그 남자의 커피랑 재떨이가 되고, 아이들의 젖이 되고, 빨래가 되"다 끝내 재능을 소진한 채 자살에 이르고 마는 영선, 성과 명예, 돈의 교환이라는 근대 부르조아 가족의 계약관계와 타협하는 경혜는 모습을 달리하기는 하지만, 결혼과 함께 성차별적 현실을 경험한다는 점에서는 공통적이다. 이들의 삶의 행로는 공과 사의 영역, 남성과 여성의 영역을 가르고 여성을 집안의 천사로 묶어두려는 자본주의 근대의 논리가 여성에게 얼마나 억압적인지를 보여준다.

몇몇 자의식 강한 중산층 지식여성을 주인공 삼아 계급적 관점이 미진하다, 남녀의 성별 구분에 따라 선악의 대립구도를 도식적으로 설정했다는 것이 이 작품에 대한 평자들의 공통된 비판이다. 그렇지만 평단의 인색한 평가와는 무관하게 이 작품이 대중적 파장을 일으켰던 것은 극단화된 감이 없지 않지만 여성의 현실을 그만큼 실감나게 파헤쳤기 때문이다. 게다가 이 작품은 순정적인 남자와 세상에 냉소적인 여자, 부도덕한 남자와 도덕적인 여자라는 남녀의 이분법, 선악의 이분법을 사랑이라는 보편적 주제와 결합해 그림으로써 멜로드라마의 공식을 재연하고 있다. 독자들의 수용 태도를 고려한다면 이처럼 선명하고 단순한 멜로드라마의 공식이 오히려 여성문제를 '자극적'이지만 실감나게 전달할 수 있는 전략이 될 수 있음을 이 작품은 보여준다.

결말의 '무소의 뿔처럼 혼자서 가라'라는 전언에서 알 수 있듯 이들은 좌절하거나 남성을 배제함으로써 자기 정체성을 보존하고자 한다. 그렇지만 이 작품이 극단적인 배제와 대결구도로만 치닫고 있다고 보는 것은 무리다. 여성들 사이의 연대와 여성의 경험에 천착하려는 노력을 게을리 하지 않기 때문이다. 성격이 다른 세 친구가 서로 갈등하다가도 상처에 공감하는 부분이나 어머니와 딸 사이의 유대감을 서술하는 부분에서 우리는 세대를 막론하고 여성으로 살아간다는 것의 어려움, 거기서 비롯된 타인의 삶에 대한 폭넓은 이해가 작품의 숨겨진 목소리임을 알 수 있다.

작가는 여성의 경험에서 중요하게 여겨지는 모성에 대해서도 단순하게 찬양하거나 신비화하지 않고 여성 주체의 입장에서 그것의 복합적인 국면을 그리고 있다. 가령 아이를 동굴에 버려두고 온 꿈이야기나 동화 속에 그려진 어머니의 희생에 대한 회의적인 시각을 통해 모성(성)에 대한 기존의 통념이 자아 실현을 열망하는 여성에게 억압적일 수 있음을 상징적으로 보여준다. 공선옥 소설에서 하층 계급 여성이 모성으로 인해 갈등하면서도 특유의 생명력을 찾는 것과는 다소 다르지만, 공지영은 중산층 여성의 모성 갈등을 통해 일과 어머니 노릇을 양립할 수 없는 사회의 구조적 모순에 대해 날카롭게 비판하고 있다.

『무소의 뿔처럼 혼자서 가라』 이후 작가의 여정은 다소 달라진다. 배제와 좌절의 기록에서 포용과 여성성의 긍정적 면을 되살리려는 노력이 그것인데 『착한 여자』에서 이런 작가의 변모를 확인할 수 있다. 『착한 여자』는 전형적인 성장담의 구도를 취하고 있으며, 그 성장은 다른 작품들과 마찬가지로 삼십대에서 일단 마무리된다. '정인'의 일대기는 상처와 그것의 치유가 확대 재생산되어가는 과정과 궤를 같이 한다. 어머니의 죽음이라는 원상(trauma)으로 시작된 정인의 상처는 "빈 구석이 많은 사람만 사랑"함으로써 버림받지 않으려는 욕망에서 비롯된 것이다. 그녀를 성숙시키는 것은 "때로 사람을 망치기도 하고 때로는 제 속에서 고인 채 썩어 사람을 성숙시키기도 하는" 상처이다. 그렇지만 그녀는 상처의 이면 역시 직시한다. 그녀는 "자기 자신을 사랑하지 않고", "남을 너무 사랑하는 병"에 걸린 몰아적인 사랑은 사랑의 바른 형태가 아니며, 기실은 자기보다 더 상처입은 사람을 위해 희생함으로써 버림받지 않으려는 전략에서 나온 '거래'였다는 사실을 몇 번의 상처를 경험하고 나서 깨닫는다. 그 과정에서 그녀는 사랑이라는 이름에 덧씌워진 우리 사회의 허위의식이나 여성에게 보살핌과 어머니의 역할을 강요하는 억압적인 이데올로기를 벗겨내려 한다.

그녀는 한때 비극의 근원이자 상처의 진원지였던 자신의 모성이나 여성성을 긍정하고 이를 사회적인 지평으로 확대함으로써 상처를 치유한다. 근대 가족이 남성 - 공적 영역, 여성 - 사적 영역이라는 불평등한 역할 분리에 기초한 억압적이고 배타적인 제도라면, <사람사는 집>이라는 새로운 공동체는 이 제도를 뛰어넘을 수 있는 대안으로 제시된다. 그리고 그 공동체의 실내용을 채우는 것은 바로 생명을 낳고 키우는 모성과 여성성, 여성들끼리의 연대감이다. 『무소의 뿔처럼 혼자서 가라』가 여성에게 덧씌워진 모성 이데올로기로 인한 여성의 내적 갈등을 보여주었다면, 『착한 여자』는 모성의 긍정적 함의를 복원하는데 주력한다. 양육과 가사노동을 사회적 장에서 해결하고, 정인처럼 생래적인 모성을 지닌 사람이 그 역할을 전담하는 식의 대안은 이상적이고 매력적이다.

그렇지만 혹 낭만화된 과거와 환멸의 현실 그 어디에도 정주하지 못한 공지영의 여성인물들은 이상적인 미래라는 너무 먼 곳에서 정주처를 찾는 것은 아닌지 우려하지 않을 수 없다. 이는 이 작품에서 작가가 모성과 여성성을 지나치게 신비화해서 그리지 않았나라는 우려와도 맥을 같이 한다. 모성을 둘러싼 여성들의 태도가 복합적일 수밖에 없는 우리 현실이나, 생래적인 모성이 사회적으로 추인받는 과정에서 여성은 모성이나 보살핌의 역할 외에 다른 역할이나 능력을 박탈당하는 점 등을 떠올린다면 '영원히 여성적인 것이 우리를 구원하리라'는 결론은 여성이 처한 복합적인 현실을 지나치게 단순화한 것이다.

단순화와 도식화의 위험은 여성 인물을 지나치게 긍정적으로 신비화하는 작가의 방식에서도 다시금 확인된다. 정인이 상처투성이의 열 살짜리 계집아이에서 "그들 모두의 어머니"로 격상되는 과정이라든가, 착한데다가 아름답기까지 한 여성으로 그려지는 것부터가 그러하다. 앞에서도 지적했듯이 공지영 소설의 결함 중 하나는 작가가 특정 시대나 인물에 지나치게 개입해서 거기에 가치평가를 한다는 것인데, 정인을 그리는데서도 이와 같은 점이 두드러진다.

작가는 '이 결벽스러운 청년 의사' 명수와 '자신에 대해서조차 무책임한 사내' 남호영 같은 식으로 인물을 제시할 때 가치판단이 개입된 수식어를 구사한다. 마찬가지로 정인은 항상 '이 착한 여자'로 지칭된다. 착한 여자 콤플렉스라는 말에서 알 수 있듯이 자신보다는 남의 반응에 더 신경을 쓰고,

여성의 수동성이나 여성다움을 지고의 가치인 양 여기는 것은 사회가 부여한 여성다움을 아무런 회의없이 받아들이는 것밖에는 안 된다. 작가가 '이 착한 여자'라고 지칭할 때 연민이나 안타까움의 뜻이 배어나지 않는 바도 아니다. 그렇지만 작가는 '착함'을 사회적으로 여성의 열등성을 조장하려는 이데올로기의 단면으로 보지 못한 채 정인이라는 한 여성의 고유한 자질, 나아가 생득적인 모성에서 나온 여성성의 한 국면으로 평가하는 듯하다. 그렇기에 우리는 모두의 어머니로 격상된 착한 여자 정인을 실감으로 느끼지 못한다.

대개 가정 내 갈등을 제재로 한 멜로드라마들은 '모성'을 사건 전환과 독자들의 눈물샘을 자극하는 기제로 삼는다. 『착한 여자』의 '확대된/사회화된 모성'은 정인이라는 여성의 신비화를 통해 이와 같은 모성적 멜로드라마의 순응성과 신파를 답습하는 측면이 있다. 이같은 측면에 대한 불만에도 불구하고 이 소설이 지닌 대중적 흡인력은 사회문화적 맥락에서 모성을 재위치짓고자 하는 전복성에서 기인한다. 작가의 새로운 줄타기는 모성이데올로기를 둘러싼 순응성과 전복성 사이에서 시작되는 것이다.

같은 맥락에서 작가는 이분법에 기반한 멜로드라마의 공식을 '여성의 시각'으로 변형한다. 선우 - 혜완 - 경환, 명수 - 정인 - 현준, 호영은 악한 남자/선하거나 당당한 여자/선한 남자라는 변형된 삼각관계 구도를 이룬다. 악한 남성 대 선한 여성이라는 이분법을 탈피하여 여성주의적 시각, 혹은 여성성의 자질을 지닌 남성이라는 한 가지 항을 더 설정해 변형을 꾀하고 있는 것이다.

개발도상국의 초입에 들어선 6·70년대 서울의 풍경을 깔끔하게 재연하고 자의식 강한 여자아이의 성장 과정을 입상화해 놓은 『봉순이 언니』는 읽는 재미가 쏠쏠한 작품이다. 이 작품은 공지영 작품의 전체 궤적을 놓고 볼 때 "시기를 계속 거슬러 올라가고, 대상 인물의 계층을 하향 조정하는 경로"를 밟고 있는 작품이라 할 수 있다. 80년대를 그리는 것도, 중산층 여성을 그리는 것도, 여성들의 성정체성 자각 과정을 그리는 것도 아닌 이 작품이 6·70년대 고달팠던 과거, '식모'라는 이상한 이름으로 불렸던 공사 영역 어디에도 포함시킬 수 없는 어정쩡한 직업의 여성을 환기해냄으로써 이야기 하고자 하는 것은 무엇일까. 이는 작가의 창작의도를 묻는 것이기도 하다.

"그녀만이 우는 나를 달래주었고, 그녀만이 내 잠자리의 베개를 고쳐놓아 주었다. 그녀는 나와 마주친 최초의 세계였다."라는 진술에서 알 수 있듯 봉순이 언니는 어머니의 역할을 대신하는 대리모이자, 성적 금기와 일탈을 감행함으로써 성인의 세계를 엿보게 해주는 다리 역할을 하는 인물이다. 또한 그녀는 허구로서의 이야기가 지닌 힘을 처음으로 보여준 인물이다. 그런 점에서 봉순이 언니는 나의 세계 체험의 근원지 역할을 한다. 무엇보다 도 나는 봉순이 언니를 통해 사탕이나 집처럼 "사람조차도 돈을 주고 사는 거라는" 원시적인 교환관계의 법칙에 눈뜨게 된다. 봉순이 언니는 내가 원초 적인 수준에서나마 현실을 인식하고, 세상의 비밀을 엿보는 문과 같은 존재 인 것이다. 또한 그녀는 끊임없이 남자를 사랑하고 그에게 버림받으면서 전락해 가는 하층계급 여성의 운명을 몸소 보여준다.

화자의 표현대로 식모가 할 역할을 파출부가 대신하고, 단독주택이 아파 트로 바뀌는 도시적 삶의 구조 변동과 함께 봉순이 언니와 나와의 연대도 서서히 허물어져 간다. 그렇다면 그녀가 봉순이 언니를 과거로부터 호출해서 복원해내는 이유는 무엇일까. 작품의 진의는 여기에 있다 해도 과언이 아닐 것이다. 화자는 이것을 80년대에 거리에서 마주친 수많은 '봉순이 언니'들에 대한 죄책감 때문이라고 고백한다. "내게 여자로서 이땅에 살아가야 하는 것의 의미를 가르쳐주고, 제3세계·식민지에서 자란 지식인이라는 것이 어 떤 것인지 가르쳐준" 시대에 대한 부채감이 복원의 진원지인 것이다. 과거로 의 회귀는 봉순이 언니의 6·70년대가 아니라 기실은 화자의 80년대로의 회귀이다. 여기서 봉순이 언니의 삶이 나의 삶과 만날 가능성이 주어진다.

다시 말해 이 작품은 '봉순이 언니'의 일대기인 동시에 삶의 희망을 찾고자
하는 나의 이야기라 할 수 있다.

　　그때 깨달아야 했다. 인간이 가진 무수하고 수많은 마음갈래 중에서 끝내
내게 적의만을 드러내려고 하는 인간들에 대해서 설마, 설마, 희망을 가지지
말아야 했다. 그가 그럴 것이라는 걸 처음부터 다 알고 있으면서도, 그래도
혹시나 하는 그 희망의 독. 아무리 규칙을 지켜도 끝내 파울 판정을 받을
수도 있다는 악착스러운 진리를 내가 깨달은 것은 그로부터 30년이나 지난
후였다. (56면)

사람살이에 내재해 있는 '희망의 독'이라는 역설적 진리는 봉순이 언니처
럼 보이는 늙고 초라한 여인에게서 '아직도 버리지 않은 희망'의 눈으로
자신을 보던 메리를 떠올리는데서 확인된다. 이혼 소송을 앞두고 있는 성인
화자 '나'가 지닌 생에 대한 비관적 인식, 그럼에도 불구하고 버릴 수 없는
희망에 대한 열망이 상상적으로 투사된 대상이 바로 봉순이 언니이다.

때문에 이 작품을 "불행한 시대의 팔자 센 여성의 모습은 그래도 지금은
살 만하다고 역설하는 멜로적 흐름과 접속"하는 것(고미숙)으로 보는 시각은
작품의 진의에서 비껴난 것이라 할 수 있다. 복고풍 멜로가 과거에 대한
향수를 불러일으키면서도 궁극적으로는 현재에 가치를 부여하는데 반해, 이
작품은 과거와 현재를 이분법적으로 파악하기보다는 과거로 회귀하여 '그
시절'에서 남루한 아름다움을 발견하고 이를 통해 지금/이곳을 해석한다.
'과거를 현재화'하려는 시도를 보여주는 것이다.

세 장편들은 시대적, 계층적으로 각기 다른 여성들의 삶을 그리고 있다.
그러면서도 여성의 일상, 넓게는 여성의 성장에 드리워진 갖가지 질곡들을
때로는 남녀 관계의 얽힘, 때로는 과거로의 회귀와 같은 멜로드라마적 상상
력과 접속함으로써 해부하고 있다. 우리가 작가의 순진한 감상성에 진저리를

치면서도 그 속에서 우리가 터잡고 있는 현실을 발견할 수밖에 없는 것은 대중성과 통속성, 순응과 전복성이 하나의 몸에 두 개의 머리를 가진 괴물의 운명을 타고났기 때문일런지도 모른다.

4. 글을 마치며

　여성의 시각으로 공지영 소설을 읽는 것은 의외로 난감하다. 그것은 이 시대에 가장 대중성을 확보한 작가의 작품세계가 대중들이 접근하기에 어렵거나 복합적이어서가 아니다. 그보다는 예컨대 멜로드라마적 구도를 띤 이야기에서 그려진 순정적이고 상투적이고 정형화된 여성과 소위 여성 문제 소설에서 그린 강한 여성상과의 괴리, 80년대에 대한 감상적인 어조와 90년대에 대한 환멸 사이의 선명한 이분법과 그에 따른 인물의 이분법에서 볼 수 있듯 작가의 분열적인 태도에 기인한다. 이제 겨우 삼십대인 소설의 여성들은 조로한 채 시대와 여성의 운명을 읊조리거나 가정과 사회 어느 곳에도 정주하지 못한 채 유랑한다. 가령 여성인물들은 대체로 이혼소송 중이거나 이미 이혼을 했거나 연인과 이별했다거나 하는 식으로 관계의 불화를 경험한다. "우린 이십세기의 몇 안되는 마지막 유랑아들(「모스끄바에는 아무도 없다」)"이라는 고백처럼 인물들이 낭만화된 과거와 환멸의 현재 사이에서 부유하듯이, 여성문제에 대한 작가의 시선 역시 아직 뚜렷한 종착점을 찾지 못하고 있는 것이다.

　단언하기는 힘들지만 『존재는 눈물을 흘린다』는 과거와 현재, 낭만성과 현실성 사이에서 동요하던 작가의 시선이 한결 정돈된 작품집이다. 작가는 일상을 한결 세심하게 관찰한다. 가령 「고독」과 「길」은 일상에서 탈주하고 싶은 인간의 보편적인 심리를 중산층 소시민의 일상이나 노부부의 일상에 프리즘을 갖다대어 그리고 있다. 「고독」의 화자는 "맨발로 아파트 광장을 달려나가는 것 같은 파격"을 꿈꾸고, 어린 시절의 남자친구와 만나면서 "등에 짊어진 것을 놓아버릴 수도 있는 가능성"을 발견하면서도 '오늘만큼 되는 내일', 즉 일상의 엄숙함을 받아들인다. 「길」의 남편은 자신이 아내와 아들에게 "자신의 영상을 강요"하고, 영원을 꿈꾸는 대신 일상을 책임져 줄 것을 바랐다는 뼈아픈 자기 반성에 이른다. 일상 속에서 삶의 진정성을 찾고자 하는 작가의 여정이 시작되었음을 알려주는 징표라 할 수 있다. "삶이라는 것도 언제나 타동사는 아닐 것이다. 가끔 이렇게 걸음을 멈추고 자동사로 흘러가게도 해주어야 하는 걸 게다. 어쩌면 사랑, 어쩌면 변혁도 그러하겠지, 거리를 두고 잠시 물끄러미 바라보아야만 하는 시간이 필요한 것이다."라는 아들에게 보내는 화자의 뒤늦은 조사(弔辭)는 가던 길 잠시 멈추고 시대와 삶의 의미를 되새김질 해보려는 작가 자신의 목소리에 가깝다. 이제 남은 것은 이와 같은 일상에 대한 천착이 여성과 만나는 접점을 찾는 것이다.

성과 사랑을 둘러싼 각본 다시 쓰기와 새로운 여성정체성의 가능성

- 은희경과 이남희

1.

신경숙, 공선옥, 공지영, 김인숙, 전경린, 이혜경, 배수아, 김형경, 차현숙 등 90년대 여성문학의 폭과 깊이를 더한 작가들의 목록이 다채로운 것은 새삼스러울 것 없는 현상이다. 이들은 사적 영역에 유폐된 여성들의 삶을 새롭게 조명하고, 성·사랑·가족과 같은 일상의 영역에서 벌어지는 변화를 민감하게 포착함으로써 우리 문학의 지형도를 좀더 세밀하게 그려냈다.

그 중에서도 은희경과 이남희가 주목받는 이유는 이들이 한편으로는 사적 영역에서 '사막의 시간'을 견디는 여성들의 고립과 일탈 의식이라는 다소 정형화된 주제의식을 여성 작가들과 공유하면서도, 다른 한편으로는 이런 틀을 넘어서서 성과 사랑에 대한 유연한 사고의 가능성을 열어보이기 때문이다. 두 작가의 여성 인물들은 불안하게나마 공적 영역에 편입되어 있으며, 자신에게 주어진 삶의 조건들을 견디는데 그치지 않고 새로운 성과 사랑의 방식들을 찾아 나선다. 그런 점에서 이들은 남진우가 말했듯이 '여성댄디'의 형상을 어느 정도 띠고 있다.

앤소니 기든스가 말했듯이 현대 사회는 '친밀성의 구조 변동'이 생기면서 사랑과 성에 대한 다양한 기획이나 성찰이 가능해진 시기이다. 한국 사회도 90년대 이후 사랑이나 성에 대한 다양한 담론이 생산되면서 90년대와 이전 시기를 구별짓는 새로운 문화적 징후로 당당히 인정받고 있다. 낭만적 사랑과 일부일처제 가족, 이성애주의와 같은 근대의 산물들은 이제 그 정당성을 심문받고, 다양한 성·사랑·가족의 형태 중 하나에 불과한 것으로 자신의 몸피를 줄일 것을 요구받기에 이르렀다. 은희경과 이남희는 이런 사회문화적 변화를 포착하고, 거기서 여성의 성정체성(gender identity)이 새롭게 구성될 가능성을 모색한다.

따라서 나는 은희경과 이남희의 소설들이 가족/성/사랑이 서로를 배제시키면서 작동하고, 그것이 여성의 성정체성에 영향을 미치고 있는 점을 탐색하는데 주목하려 한다. 가족과 성, 사랑을 둘러싼 각본은 은밀하지만 강하게 우리 삶을 지배하고 있다. 일반적으로 진실한 사랑은 영원하다는 관념에 기반한 낭만적 사랑은 기실 사랑과 결혼, 그리고 모성이 서로 불가분하게 연결되어 있다는 신화를 재생산해내기 위한 기제로 사용되어 왔다. 이러한 낭만적 사랑의 허구성에도 불구하고 사랑 이데올로기에 기반한 가족과(더욱이 우리의 경우 전근대적 가부장제 가족의 영향 또한 만만치 않음을 상기할 필요가 있다.) 일부일처제라는 배타적 성은 서로 긴밀하게 연관되어 이질적인 가족, 사랑, 성의 형태들을 배제해 왔다. 그런데 두 작가는 이들간의 연관을 끊음으로써 (전)근대적 가족, 낭만적 사랑, 배타적이고 독점적인 성을 둘러싼 물질적·이데올로기적 작동에 의문을 제기하고, 새로운 패러다임을 짜려고 시도한다. 그럼으로써 이들은 우리가 파행적인 형태로나마 추구해왔던 자본주의 근대라는 거대 논리가 사적 영역까지 은밀하게 규율하고 있는 현실을 문제삼고, 새로운 성과 사랑을 모색한다. 그리고 모색의 주체는 '여성'이다. 먼저 이들은 '가족은 없다.' 혹은 여성에게 가족은 감금과 억압의 다른 이름이라는 전언에서 시작한다.

2.

이남희의 「사십세」, 「어머니가 되는 절차」, 「슈퍼마켓에서 길을 잃다」와 은희경의 「빈처」, 「아내의 상자」는 가족과 부부관계에서 빚어지는 여성의 갈등을 그리고 있는 소설들이다. 여성들에게 가족과 집은 더 이상 안식과 위안이 되지 않는다. 누구의 어머니, 딸, 아내로 살아간다는 것은 욕망을 제어한 채 사회가 부과한 성정체성에 순응한다는 것이다. 이들은 관계의 허약성을 통찰하거나 도벽, 외출과 같은 일탈, 광기를 통해 주어진 성정체성에 저항한다.

「사십세」와 「어머니가 되는 절차」는 각각 아버지와 딸, 어머니와 딸 사이의 갈등과 화해의 드라마이다. 「사십세」에서 아버지의 권위에 도전하던 딸이 아버지의 시대를 이해하고, 시간의 풍화작용을 거치면서 아버지와의 닮음을 인정하게 된다면, 「어머니가 되는 절차」에서는 어머니의 지독한 아들 사랑으로 인해 심각한 정신적 내상을 입은 딸이 자신에게서 어머니와 닮은 점을 발견하고 어머니를 이해하게 된다. 그녀는 자신이 조건없는 희생과 허여의 모성성을 남편과의 관계에서 재연하고 있으며, 그것이 부부 사이의 위기를 불러왔음을 뒤늦게 깨닫게 되면서 어머니와의 관계를 근본적으로 성찰하게 되는 것이다.

소비 사회의 이데올로기가 여성을 어떻게 포섭하거나 배제하는지를 설득력있게 그리고 있는 「슈퍼마켓에서 길을 잃다」도 중산층 전업주부의 갇힌 삶과 그로 인한 일탈 욕구를 문제삼고 있다. 재생산과 소비의 담당자로 그 역할이 제한된 중산층 여성에게 가정은 자신을 유폐시켜 놓는 고립의 장소이며, 일상은 권태롭기 짝이 없다. 존재의 고립성에서 벗어나기 위해 주인공선영은 도벽이라는 일탈적인 방식을 택한다. 후기 자본주의 사회에서 여성은 현상적으로 보기에는 소비의 주체이다. 그렇지만 이 작품은 여성들이 자본주의와 가부장제의 왕성한 활동력에 잠식당하면서 객체로 전락할 수밖에 없음을 보여준다. 요컨대 여성은 가족(정)이라는 사적 영역을 꾸려가는 수장(首長)이지만, 사적 영역마저 공적 영역에 포섭되어 있거나 그것보다 열등한 것으로 여겨지는 현실로 인해 진정한 주인의 위치를 갖지 못하는 것이다.

이남희의 소설들에서 가족은 여성에게 자신의 정체성을 끊임없이 심문하도록 요구하는 장이다. 물론 소설이 '가족은 없다'는 급진적인 견해로 기울어지기 보다 화해와 연대를 모색하고는 있지만, 그렇다고 해서 가족의 허구성에 대한 통찰이 빛을 바래는 것은 아니다.

은희경의 「빈처」와 「아내의 상자」는 낭만적 사랑의 결과물인 핵가족 제도에서 부부가 어떻게 서로를 소외시키고 소통 불가능의 상태에 이르게 되는지를 보여주는 작품들이다. 「빈처」에서 "사랑해서 결혼했지만 남은 것은 남루한 일상"뿐이라는 아내가 쓴 일기의 한 대목은 여성이 처한 현실을 요약해서 보여준다. 작가는 남편의 눈에 비친 아내의 모습, 즉 가사와 육아에 마모되어 가는 여성의 모습을 연민의 눈으로 그리고 있다. 관계의 어긋남은 남편의 책임이 아니다. 남성=공적 영역/여성=사적 영역으로 구조화된 자본주의 근대의 일상성이 여성을 가정에 섬처럼 고립시켜 놓은게 문제라면 문제랄 수 있다. 소설에서 남편의 연민이나 안타까움도 여기서 기인한다. 가정이라는 섬에 고립된 여성들은 살아간다는 일의 엄숙함으로 자신을 위안하거나(빈처), 일탈과 광기(아내의 상자)를 표출함으로써 주어진 성정체성을 거부하려는 힘겨운 시도를 한다.

두 작가에게 가족과 성, 사랑은 공존할 수 없는 이질적인 요소들이다. 기이하게도 낭만적 사랑의 결과물인 가족은 이제 그 사랑을 배반한다. 성은 배타적이어서 일부일처제 안에서만 적법한 것으로 용인받는다. 두 작가는 이런 상투적 각본에 이의를 제기하고, 새로운 각본을 쓰기 시작한다. 낭만적 사랑의 허구성을 비웃으면서 '불륜'으로 일컬어지는 성적 일탈을 꿈꾸는 은희경 소설의 주인공들, 이성애가 아닌 동성애를 통해 '플라스틱 섹스'를 꿈꾸는 이남희 소설의 주인공들은 자본주의 근대의 일부일처제를 대체할 새로운 성과 사랑의 가능성을 모색한다.

3.

흔히 '농담', '위트'의 수사학, '가벼움'의 서사로 평가받는 은희경 소설의 근원에는 '진지함'이나 '순정성'이 자리하고 있다. 다시 말해 은희경 소설의 겉을 싸고 있는 농담이나 가벼움은 사랑이나 성, 가족에 대한 획일적인 사고가 지배적인 닫힌 우리 사회를 조롱하기 위한 의도적인 담론 전략이다. 그 속에 해당되는 순정성은 한편으로는 상대성이나 다양성에 대한 열망의 다른 표현이고, 다른 한편으로는 획일성의 그물망에서 벗어나지 못하는 주체에 대한 비관적 인식에서 뿜어져 나온다. 농담의 이면은 진지함이고, 위악의 이면은 순정성이고, 가차없는 폭로나 풍자의 이면은 서정이며, 숨김의 이면은 드러냄이다. 거칠게 구분지어 작가의 첫 소설집 『타인에게 말걸기』가 전자의 방법론에 기대고 있다면, 『행복한 사람은 시계를 보지 않는다』는 후자의 진정성에 더 관심을 기울이고 있다.

여성 인물들은 가족 제도밖의 성과 사랑을 추구한다. 「그녀의 세 번째 남자」의 그녀, 「연미와 유미」의 언니 연미, 「명백히 부도덕한 사랑」의 나, 『마지막 춤은 나와 함께』의 나가 그러하다. 그녀들은 가족 구성원과 거리를 취할 뿐만 아니라 '사랑하는 사람과는 결혼하지 말아야 한다'는 이상한 원칙을 행동의 정언명법으로 택한다. 이는 『마지막 춤은 나와 함께』에까지 이어지는 은희경 소설의 여주인공들이 공유하고 있는 원칙이다.

이들은 불행을 낳는 결혼이나 가족 제도의 허구성을 조롱할 뿐만 아니라, 그것의 원인제공자인 근대적·낭만적 사랑의 허구성을 날카롭게 비판한다. 특히 작가는 낭만적 사랑의 각본에 적대적인 자세를 취한다. 「특별하고도 위대한 연인」은 낭만적 사랑의 각본이 지닌 허구성을 냉정하게 분석한다. "'나는 사랑에 빠졌어'라는 자기 암시와 '저 사람은 특별한 사람이야'라는 최면에다가 '이것이야말로 나의 진짜 첫사랑이야'하는 망상의 세가지 구색이 다 갖춰진 낭만적 사랑"의 각본은 차이를 인정하지 않는 '절대적인 동질성에 대한 소망'에 불과하다는 점에서 일상과 감정의 영역이라는 심층에서 작동하는 억압인 셈이다.

『새의 선물』과 『마지막 춤은 나와 함께』는 사랑에 대한 냉소가 여성들이 자기보존적인 삶을 살아가기 위한 전략의 하나임을 보여준다. 『새의 선물』의 화자 '진희'는 "영원하고도 유일한 사랑이라는 생각은 서정적인 것이고, 세상을 서정적으로 보는 사람은 상처받는다."고 생각한다. 때문에 그녀는 반어적으로 "사랑에 대해 아무 기대도 않는 사람만이 쉽게 사랑에 빠지며", 그 때문에 사랑이 지속될 수 있다고 주장한다. 이와 같은 독특한 통찰은 삶과 사랑에 대한 냉소를 낳는다. 이제 성장한 화자인 『마지막 춤은 나와 함께』의 진희는 이 통찰을 현실화한다. 그녀는 "애인이 셋 정도는 되어야 사랑에 대한 냉소를 유지하고, 마음 속의 균형을 유지할 수 있다."고 보고, 현석 - 종태 - 상현에게서 각기 다른 방식의 사랑을 찾고자 한다. 사랑에 대한 냉소적 시각에서 순정이 싹틀 수 있다는 기묘한 아이러니는 여성을 정서적, 물질적으로 식민화해 온 사랑 이데올로기에 덧씌워진 낭만성을 벗겨내고 궁극적으로는 사랑과 결혼 사이의 인과관계의 고리를 끊고, 자신의 목소리와 욕망을 탈환하려는 전략과 맞닿아 있다.

「그녀의 세 번째 남자」의 그녀가 통찰하고 있듯이 우리 사회에서 "사랑하면서 더 이상 서로에 대해 알 것이 없는 사람들은 누구나 결혼해 있다는 것"은 "언젠가는 끝나기 마련인 사랑이 종말로 향해가는 가장 바람직한 수순"에 불과하다. 이는 사랑과 결혼, 가족을 둘러싼 역학관계를 보여주는 것이다. 따라서 자의식의 렌즈를 지니고, 타인과 거리를 취함으로써 자신을 보존하려는 그녀들은 '사랑의 종말'이자 '불행의 시작'인 결혼에 냉소를 보내고, 일부일처제 바깥의 성관계를 꿈꾼다. 이들은 사랑이라는 감정이 개입하지 않은 성관계를 자기보존의 전략으로 택함으로써 주어진 통념에 저항한다. 따라서 '불륜의 서사'는 예의 성, 사랑, 결혼, 가족이 거미줄처럼 얽혀있는 일상에 대한 저항의 의미를 지닌다. '금밖'의 사랑과 성을 통해 굳어진 일상에 저항하려는 이들의 시도는 "악착같이 바람을 거슬러 날려는 나비의 몸짓"(「먼지 속의 나비」)처럼 위태로울 수밖에 없다. 그러나 이들에게는 '혼자가 되기 위한 결혼'(「연미와 유미」) 이외의 다른 길은 없다. 때문에 결혼을 거부하는 이들은 막다른 골목에서 냉소와 일탈, 그리고 그것마저 거리를 두고 바라보는 위태로운 길을 택하는 것이다.

　사랑, 성, 그리고 가족은 근대 사회가 만들어낸 제도이다. 제도로서의 그것들은 자기 영역을 보존하기 위해 이성애가 아닌 동성애, 조강지처가 아닌 첩, 법적인 부부가 아닌 불륜의 남녀관계를 금 밖으로 밀어낸다. 그것들은 '명백히 부도덕'한 것들로 낙인찍힌다. 이전의 소설들이 낭만적 사랑에서 가족으로 이어지는 금 안의 삶을 비판하고, '명백히 부도덕'한 성관계를 유지하는 인물을 통해 일상에 저항하고자 했다면, 두 번째 작품집에 실린 「명백히 부도덕한 사랑」은 그러한 저항이 무위로 돌아갈 수밖에 없다는 비관적인 인식을 보여준다. 이 작품에서 나는 순정성이란 어디에도 없다는 비극적 인식의 소유자이다. 불륜의 상대자인 그는 새로운 결혼이 변화를 가져올 것이라는 보수적인 낙관성을 견지하고 있고, 나는 제도 안에서는 그의 아내의 연적이자, 나의 어머니의 딸이자 연적이며, 아버지의 딸이자 아버지의 여자로 살아갈 수밖에 없기 때문이다.

요컨대 성찰성이나 유연성이 없는 지금의 틀에서 제도 밖의 삶이란 불가능하다. 그리고 제도 안에서 우리는 "딸들과 어머니들, 여자와 남자, 아내와 남편"으로 주어진 삶을 살아갈 수밖에 없다. 질서의 냉혹함을 너무나 잘 알기에 나는 순정성의 다른 이름인 일탈을 범하고자 하지 않는다. 그리고 꿈꾸기를 포기하는 대신에 나는 냉소와 무관심에다 제도 안 여자들의 삶을 이해하는 것을 적당히 버무려 일상에 불안하게 안착하는 쪽을 택한다.

길지 않은 은희경 소설의 궤적을 따라가자면 앞서 말했듯이 순정성이나 진지함과 냉소와 농담이 은희경 소설의 안과 밖에 해당한다는 해석 코드를 공유해야 한다. 이는 자전소설 「서정시대」에서 확인된다. 「서정시대」의 '나' 는 삶에 대한 진지함과 인생에 대한 '서정적 태도'를 견지하며 살아왔다. "진지함은 내가 계속 삶을 철저히 오해하도록 도왔고 고지식함은 그 오해를 바꾸지 못하도록 벽을 쌓았다." 여섯 살때 "나 자신이 인격자로 인정받고 있음을 안 뒤부터" 시작된 진지한 조숙은 삶을 오해하도록 만들었다. "어른스럽다는 것과 함께 '여성답다'는 평판은 나를 진지하게 만든 또 하나의 '원형탈모'였다." 사랑에서 스스로 '구원의 여성'이 되기로 작정하고, "남자를 이해하는 일이라면 얼마든지 가진 재능과 시간을 동원하는, 진지함이라는 이름의 순정"은 그러나 속이 빤히 들여다보이는 땜통처럼 시간이 흐른 뒤 배반당한다. 첫사랑의 그가 바란 구원의 여성은 '실제적으로 뭔가를 갖춘 여자'였던 것이다. 결국 밖으로부터 주어진 나의 조숙은 미성숙의 다른 면이었고, 구원의 여성으로서 구원해줄 것이 아무 것도 없었다는 사실에서 내가 얻은 결론은 삶은 그 자체가 아이러니컬하다는 것이다. 그러나 "내 땜통처럼 속이 빤히 들여다보이는 주제에 저 혼자만 진지해갖고 설치던 이십년 전이나, 그것을 너무 잘 알기 때문에 열심히 감추려고 하는 지금이나 우스운 건 마찬가지야."라는 나의 발화는 아이러니가 삶의 본질이라는 것이다. '원형탈모', 속된 말로 땜통이라는 신체적 징후를 통해 작가가 고백하는 것은 위악이나 농담에 기댄 자신의 창작 방법의 근저에는 진지함이나 순정성이 자리하고 있다는 점이다. 그리하여 작가는 금 밖의 사람들에 대한 이해의 폭을 넓힘으로써 소통에 대한 갈망을 드러내는 것이다. 『행복한 사람들은 시계를 보지 않는다』에 수록된 「멍」과 「인 마이 라이프」, 「지구 반대쪽」은 냉소나 위악이 아닌 순정성과 진지함으로 자리 이동한 작가의 변화를 보여주는 작품들이다.

거꾸로 생각해보면 금 밖의 성과 사랑을 기획하는 여성들의 내면에도 소통을 열망하는 순정성이 깔려있다. 다만 이들은 주어진 성정체성이나 사랑의 각본을 거부하는 방식을 금 밖에서 찾기에 그런 순정성이 문면에 드러나지 않을 뿐이다. 하여 그녀의 저항이 자칫 금 안과 금 밖을 가르는 또다른 획일성을 낳는게 아닌가라는 의구심을 불러일으킬 수도 있다. 하지만 은희경 소설은 자칫 말해질 수 없는 것, 개인적인 것으로 치부되거나 신비화되기 쉬운 성과 사랑을 여성의 시각에서 공론화하고 비판했다는 점만으로도 의의가 있다.

4.

이남희의 『플라스틱 섹스』 연작은 단번에 기든스의 '조형적 성(plastic sexuality)'이라는 개념을 떠올릴 정도로 주제 의식이 명확하다. 기든스에 따르면 후기 근대로 들어와 친밀성의 구조 변동이 일어나면서 열정적 사랑이나 낭만적 사랑이 위기에 처했으며, 이를 대체할 유연하고 복수적인 사랑의 개념이 필요해졌다. 그것은 섹스가 임신이나 출산의 억압으로부터 벗어나 유희적이면서도 순수한 인간관계를 가능하게 할 수 있다는 것이다. 그런데 이와 같은 자아와 삶에 대한 새로운 성찰적 기획은 지금까지 감정의 영역에서 끊임없이 타자와의 의사소통을 소망하고 시도해왔던 여성에게서 가능하다.

　이남희는 친밀성의 구조 변동으로 인해 새롭게 구성된 인간 관계가 일부
일처제의 뿌리가 되는 이성애가 아닌 동성애, 특히 여성들간의 관계에서
가능하다고 보고 있다. 생식이 아닌 놀이로서의 성은 단순한 유희가 아니라
사소한 일상에서의 구조변동에 따라 변화한 사회에 걸맞는 새로운 성의 패러
다임으로 제시된다. "시대가 바뀌면 섹스도 외형적인 모양새보다는 내용이
나 마음의 참됨이나 거짓, 진정성 같은 게 더 중요하다"는 김희완의 언술(「플
라스틱 섹스1」)은 사랑과 성의 획일성을 지양하면서도 그 진정성은 지켜져야
한다는 작가의 입장을 대변한 것이다.

　물론 이와 같은 유연성 있는 사랑과 성에 대한 탐색이 작가의 계몽적 언술
로 인해 빛을 바래는 것은 사실이다. 그렇지만 「플라스틱 섹스」연작은 근대
성의 위기와 여성의 존재 조건과 관련하여 많은 문제들을 제기하고 있다.
첫 번째 연작은 배타적 이성애에서 흔히 여성이 경험하는 굴욕감이나 억압을
벗어날 수 있는 가능성을 자매애적 감정이나 배려를 기반으로 한 평등한
성애에서 찾고 있다. 뿐만 아니라 이러한 '비정상성(?)'이 언더 음악으로 지칭
되는 우리 사회의 다른 비주류, 주변부적 삶의 양식과 만날 가능성을 보여준
다. 중심과 주변, 세대간 격차를 넘어서는 대화적 관계를 지향할 때만이 위계
적이고 사물화된 인간관계에서 파생된 문제를 해결할 수 있다는 것이다.

　두 번째 연작 「여자가 여자일 때」는 은명의 가계사를 중심으로 여성으로
살아간다는 것의 의미를 짚고 있다. 제도에 안착한 언니 은애와 제도 밖에서
그 제도에 회의의 시선을 보내는 은명 사이의 소통 불가능성과 어머니와
자매사이의 연대가 기실은 아버지의 권위에 포획되어 있었다는 깨달음은
우리 사회에 온존해 있는 가부장 질서의 위력을 새삼 일깨워준다. 그러나
「사십세」나 「어머니가 되는 절차」와 유사하게 이 작품에서도 자매와 어머니
사이의 얽힌 애증은 세월이 가르쳐준 진실인 "인간끼리의 사랑"을 통해 화해

의 실마리를 찾게 된다. 세번째 연작인 「어두운 열정」은 초록을 찾아가는 과정에서 만난 최여사의 "사막처럼 끝간 데 없이 펼쳐진 메마른 삶"에 대한 연민과 이해의 과정을 그리고 있다.

이와 같이 「플라스틱 섹스」 연작은 사회구조, 욕망, 사랑 등의 범주에서 타자화되어 왔던 여성이 성과 욕망, 사랑을 재탈환하는 과정을 그리고 있다. 하지만 연작은 비단 이같은 주제에만 함몰되지는 않는다. 작가가 근본적으로 관심을 기울이는 것은 두 번째와 세 번째 연작에서 확인되듯 가부장제 사회 에서 제 목소리와 욕망을 가지지 못한 채 살아가는 여성들의 존재조건이다. 어머니와 언니 은애, 최여사의 삶이 지금/여기 여성들의 현실이라면, 첫 번째 연작은 이런 현실을 넘어설 대안을 제시하고 있는 셈이다. 즉 초록과 은명의 동성애적 관계나 비주류의 삶과 문화가 지닌 활력은 유연하고 복수적인 성, 사랑, 삶의 가능성을 보여주는 것이다.

5.

여성의 삶과 현대 세계의 일상성에 대한 비관적 인식에서 출발할지라도 은희경과 이남희는 분명 다르다. 은희경의 가벼움과 이남희의 진지함, 은희 경의 농담과 이남희의 계몽적 언술 사이에는 분명 거리가 있다. 은희경이 사회적 성(gender)으로서의 여성에 대한 인식이 약한데 비해, 이남희의 소설 에서는 젠더에 대한 인식을 명시적으로 읽을 수 있다.

그럼에도 불구하고 은희경은 일탈적 성, 낭만적 사랑과 절연된 성, 가족과 절연된 사랑과 성을 통해, 이남희는 이성애가 아닌 동성애, 가족을 이루지 않은 자유로운 삶을 통해 가족/사랑/성의 패러다임을 다시 짜려 한다. 그런 점에서 이들은 일란성 쌍생아이다. 더욱이 이들은 미시적으로는 일상성이나 사적인 친밀성의 영역에 새로운 의미를 부여하고, 거시적으로는 근대의 막다른 길목에서 소통의 가능성을 잃고 부유하는 군상들을 전경화함으로써 세기 말 사회에 대한 비판도 함께 행하고 있다. 근대 비판의 맥락에서 여성(gender)의 삶을 재구조화하고, 복수적인 성정체성을 제시하려는 이들의 시도는 그래서 값지다.

주변부에서 세상 읽기의 산문성과 비극성
- 김인숙과 김형경론

1.

90년대 들어 문학 진영에서 진행된 여러 변화들이나 담론의 양태를 따라가는 것은 참으로 버거운 작업이다. 그것이 일정한 보폭으로, 정해진 목적지를 향해 나아가지 않고 마치 하루가 다르게 변해가는 주식시장의 장세처럼 예견하기 힘들 정도로 급속하게, 혼재된 형태로 진행되었기 때문이다. 그러나 그 안에서도 우리가 감지할 만한 특징들은 있게 마련이고, 이제는 상투화된 '90년대적'이라는 수식어가 그 특징들을 껴안고 있다. 90년대 문학은 '80년대'로 지칭되는, 혹은 그 안에 포괄되는 모든 사상적, 제도적 틀들을 대타 개념으로 삼으면서 지금/여기 우리가 살아가는 장을 즉물성이나 환멸의 공간으로 포착하고 다양한 주변부의 목소리를 중심의 자리로 불러냈다.

그런 변화의 중심에 서 있는 것이 여성문학이다. 90년대 들어서면서부터 두터워지기 시작한 여성 작가층과 이들이 생산한 작품의 진정성이라든가 작품성은 침체된 문학 시장에서 유일하게 상품성까지 거머쥐는 결과를 낳았다. '여성'이라는 수식어는 이 시대에 가장 문제적이고 도전적이며 매력적인 상품이다. 그렇다고 해서 저급한 의미에서 여성을 성적으로 대상화하거나 상품화하는 식은 아니다. 요즘 잘 팔리는 성공한 여성들의 자전적 에세이에서부터 30대 여성 작가들의 작품, 페미니즘 문화 담론과 이론에 이르기까지 그것들에는 편견에 가득 찬 사회와 시대를 살아가는 여성들의 생생한 경험이 담겨있다. 그럼에도 불구하고 '여성'이라는 수식어를 둘러싼 이즈음의 소란스러움에는 애초 여성문제나 문학의 문제의식과는 다르게 '여성' 자체를 특화함으로써 차별성을 부각시키는 측면이 없지 않다. 게다가 여러 논자들에 의해 자의적으로 사용되고 있는 '여성성'이란 것이 이념 부재 시대의 다양성을 대표하는 특징적 징후로 과대 포장되면서 상품시장의 논리에 포섭되고 있기도 하다. 물론 그간 사회문제와 여성문제를 즉자적으로 연결시키고, 그것이 결여된 작품들에 대해 날카로운 잣대를 들이댔던 여성문학 비평의 도식성과 관념성은 비판되어야 할 것이다. 그렇다 하더라도 실제 현실에서 여성들이 겪게 되는 삶의 문제들이나 그런 문제들이 파생하게 된 연유에 대해서는 눈감은 채 현상적으로 여성의 목소리들이 늘어난 것에 일방적 찬사를 보내는 것은 문제가 아닐 수 없다.

그런 점에서 80년대 지배담론에 억눌려 있던 개인의 욕망에 대한 관심의 증대가 여성 작가들에 와서 가능해졌다는 식으로 90년대 여성 작가들의 행보를 해석하는 것은 상당히 위험한 발상이라고 본다.[1]

---

1) 『문학동네』 1995년 가을호 특집 「여성, 여성성, 여성소설」은 여성성이나 여성 소설에 대한 명확한 개념 규정이나 합의도 없는 채로 90년대 여성 작가들이 쓴 작품들을 조망하고 있다. 이럴 경우 여성문학은 생물학적인 '여성들'이 창작한 작품을 일컫는 것으로 좁혀질 수 있다. 특히 다른 글들에 비해 비교적 설득력이 있는 박혜경의 「私人化된 세계 속에서 여성의 자기정체성 찾기」는 여성 작가들의 작품에 대한 자상한 해석과 애정, 여성 작가들의 여성문제 인식틀을 시대적 상황과 연결시키려는 노력에도 불구하고 80년대 권력지향성을 남성중심적인 것으로 파악하고, 그에 대한 반성으로 행해진 90년대 사인성에 대한 관심이 여성 작가들에 의해 가능해 졌다고 파악함으로써 개인과 사회, 공과 사, 남성과 여성을 대립적으로 설정하고 있다. 이러한 이분법적 인식틀은 그 자체로도 문제이거니와, 실제 작품에 적용될 경우 공선옥, 공지영의 작품 세계와 신경숙의 작품 세계가 지닌 차이마저 분별하지 못할 수 있다.

우선 이들이 내세우는 집단/개인, 이념/생활이라는 이분법 자체도 문제이거니와 이를 곧바로 남성/여성이라는 생물학적, 이데올로기적 특성과 기계적으로 연결시키는 것, 그리고 거기에 80년대 문학이나 이념들에 대한 부정적 가치 판단이 깔려있는 것이 문제로 지적될 수 있다. 이러한 '단절' 의식에는 여성문제 의식까지 포함해서 지난 연대의 문제의식에 대한 조급한 청산주의, 80년대 이념과 권력에 대한 지향성과 남성중심성을 등가에 놓는 단순함, 때문에 90년대 여성 작가들 내부의 다양한 작품 경향을 하나의 틀로 묶으려는 조급성 등이 발견된다.[2]

여성문제를 보는 '시각'의 중요성은 여전히 유효하다. 여성 작가들의 작품 세계를 '사인성'의 범주로 국한시켜 고유한 '여성성'의 영역으로 파악하기보다는 오히려 '개인'의 영역마저 전일적으로 지배하고 있는 '사회'의 제반 모순의 담지자는 생물학적 여성과 남성이 아닌 이미 사회적으로 '구성'된 여성과 남성이고, 여성들이 처한 상황은 그 어느 때보다 곤혹스럽다는 점을 인식해야 할 것이다.

그런 점에서 김인숙과 김형경의 소설들은 주목을 요한다. 이 작가들은 공지영, 공선옥, 신경숙과 같은 동년배 여성 작가들과는 일정한 거리를 유지하면서 독자적인 자기 세계를 구축한다. 이들은 현재 우리 사회의 문제들을 정공법보다는 일종의 거리두기나 우회로를 통해 접근함으로써 오히려 중심의 문제들을 객관적인 시선으로 포착하고 있다. 이들은 공지영의 『무소의 뿔처럼 혼자서 가라』처럼 도전적인 여성문제 의식이나, 신경숙처럼 세밀하게 얽혀있는 여성의 내밀한 심리나 욕망을 보이지 않는다. 이들은 여성의 삶이 사회 문제와 얽혀 있는 양상, 그리고 그것이 비단 여성만의 문제가

---

2) 90년대 여성 작가들의 작업을 단순하게 세대론적 차원으로 환원하거나, '여성' 작가들의 작품을 여성문학의 틀에 무리하게 포함시키려 해서는 안될 것이다. 개인적으로는 배수아, 김별아, 송경아, 김미진 등 신세대 작가들의 여성문학의 관점에는 부합하지 않는다고 본다.

아니라 남성의 문제이기도 함을 자연스레 드러낸다.

변두리에서 우리 사회의 핵심적 문제들을 파악하고자 하는 노력은 여성으로서의 삶과 경험을 다룬 작품들뿐만 아니라 이 땅에서 자의, 타의로 밀려난 자들의 소외감을 그린 김인숙의『먼 길』, 후기자본주의의 톱니바퀴로 전락한 이 땅의 무수한 익명의 머슴의식에 대한 보고서인 김형경의『푸른 나무의 기억』과 같은 작품들에서도 확인되는 바이다. 이 글에서는 지리적으로나 사회 경제적・성적으로 주변부에 위치한 이들의 눈에 비친 '산문적' 현실 및 그 현실을 그리는 작가의 '비극적' 세계관이 어떻게 통해 있는지를 살펴보겠다. 주로 두 작가의 근작이 분석 대상이 되겠지만, 작품 세계의 지속성과 변모를 따져보기 위해 다른 작품들도 언급될 것이다.

2.

작품집『칼날과 사랑』이후 작가의 호주 생활 경험을 토대로 창작된 장편 『시드니 그 푸른 바다에 서다』(1995)와『먼길』(1995)은 이 작가의 작품 여정에 관심을 가졌던 사람들에게 당혹감을 안겨준다. 아마도 작품에서 그려지는 지구 저편 세계에 대한 이질감 때문일 것이다. 그러나 절망 끝자리에 처한 사람들의 '칼날'과 같은 의식이나 그 절망을 희망으로 전화시키려는 고투같은 것은『칼날과 사랑』에서의 문제의식과 온전히 맥이 닿아있다. 주인공들을 지구 저편 세계로 몰아낸 세계의 강고함, 그들이 새로 선택한 땅에서 적응하지 못한 채 훼손되어 가는 것, 그럼에도 불구하고 끝내는 힘겹게 불화를 극복해가는 과정도 그러하다.

『시드니 그 푸른 바다에 서다』에서 승미와 강현 부부, 양승기씨 부부, 그들의 아들인 진욱과 유혜린 모두 이런저런 이유로 한국 사회의 폐쇄성에 상처를 입고 떠나온 후, 약속의 땅 호주에서 발붙이고 살아가는 것의 어려움을

깨닫는다. 소설은 유학 생활을 마친 승미가 새 생활을 모색해야 할 시점에서
겪게 되는 남편 강현과의 갈등을 기본축으로 하고 있다. 이 기본축 위에
그녀가 한때 가정교사를 했던 진욱과 부모인 양승기 씨 부부를 통해 이민자
들이 겪는 문제들, 유학생 유혜린을 통해 갖은 방법을 동원해서라도 새로운
세계로 진입하고자 하는 부류들을 목도하면서 겪는 갈등이 얽혀 있다. 소설
은 그것들을 남편 강현과 호주에서의 삶을 지속하느냐, 아니면 다시 한국으
로 돌아가느냐로 갈등하는 승미의 시각 속으로 수렴하고 있다. 그녀는 자기
희생적인 강현의 사랑뿐만 아니라 "강현을 향한 자신의 사랑까지도" 다시
성찰하고자 한다. 은폐되어 왔던 부부의 문제나 다른 유학생, 이민자들의
문제를 직시하려는 태도와 맞물린 그녀의 성찰은 자신이 살아가야 할 장이
"시드니도 아니라, 한국이라는 이름의 내 나라도 아니라…. 그녀가 발 디뎌야
할 한 뼘의 땅"이라는 인식에 도달한다. 그것은 시드니/한국이라는 지명이
가리키는 기왕의 삶의 틀이나 방식이 낳은 갖가지 갈등들을 껴안으면서 새로
운 삶과 대면하겠다는 의지라 할 수 있다. 그러나 아쉽게도 소설이 주는
전언만큼 갈등의 전개 양상이나 해소 방식이 시원스러운 것은 아니다. 무엇
보다 각 인물들의 삶을 보여주고 해석하고, 이들간의 관계를 맺어주는 역할
을 하는 승미의 형상화가 약하다. 승미와 강현 사이에서 빚어지는 갈등은
생활의 절박함이나 자신의 희생을 대가로 무조건적인 사랑을 요구하는 강현
의 또 다른 이기심에서 비롯되었다. 그런데 승미의 내적 갈등은 복합적인
외적 갈등들을 포괄하지 못한 채 '나도 힘들다'라는 식의 즉자적인 심리적
반발감에 머물고 만다. 김인숙의 이전 소설에서도 지적되었던 과도한 감상성
이 작품 곳곳에 잠적되어 있어 승미의 객관적 입상화를 방해하고 있을뿐더러
갈등의 해소과정에 수반되어야 할 진정성을 해치고 있는 것이다.
　　연작으로도 읽힐 법한 『먼 길』은 인물형상화나 갈등을 전개하는 방식이
한결 구체적이다. 작품은 70년대부터 90년대에 걸쳐 이국으로 건너온 자들

의 고뇌와 이들이 고국과 이국 땅에서 경험하는 이중의 뿌리 뽑힘을 하루
낮 밤 동안의 낚시 여행을 통해 간명하게 형상화하고 있다. 낯선 땅에서
뿌리내리기의 어려움에 강조점을 두었던 『시드니 그 푸른 바다에 서다』와는
달리 『먼 길』에서 이들이 현재 겪는 갈등의 이면에는 떠나온 땅, 한국에서
겪었던 상실감이 깔려 있다. 한림의 경우 모진 고문과 70년대 자신의 노래가
금지곡이 되었던 현실적 경험이, 한영의 경우 끊임없이 자신을 경쟁 상태로
내모는 획일화된 사회 제도와 사랑하는 여자를 등지게 한 온갖 편견이, 난민
의 자격으로 이주권을 획득했음에도 불구하고 아직 부유하고 있는 명우의
경우는 "내 나라의 역사가 없는 곳에, 나보다 먼저 달려나가 마치 담장 위의
새앙쥐처럼 나를 내려다보는 그 진보라는 것이 없는 곳(115쪽)"에서 새롭게
시작하려 했다는 고백처럼 이념적 지표의 상실이 이민의 동인이 되었다.
그럼에도 불구하고 이들은 끊임없이 떠나온 땅을 회상하고 부채의식에 시달
릴 뿐만 아니라 새로운 땅에도 적응하지 못한다. 아내와 이혼을 한 채 낚시를
업으로 삼은 한림, 안정된 직장을 그만두고 교민 잡지사 언저리를 배회하는
한영, 에로영화 비디오를 보면서도 전혀 성욕을 느끼지 못하는 명우 모두
의식의 부유상태 혹은 무중력 상태를 극단적으로 경험한다. '먼 길'은 고국으
로부터의 물리적 거리감만을 의미하지 않는다. 그것은 "희망과 좌절의 기억
이 없는 곳에서, 완전히 새로운 삶의 씨앗(127쪽)"을 뿌리려 한 이들의 고투
가 한낱 '미망'에 불과할 수도 있다는 깨달음에서 나온 심리적 격절감인
것이다.
　이들의 고립감의 원천에는 공동체의 상실, 가족의 상실, 나아가 그로 인한
거세 의식이 있다. 공동체나 가족은 국가 혹은 이념의 다른 이름이다. 쫓겨나
듯 고국을 떠난 한림은 아내와 가족에게서 등을 돌린 채 자유인임을 자처하
지만 한영이 보기에 그것은 한번도 이루지 못한 고래잡이의 꿈처럼 허망하기
그지없고, 자기소모적이다. 명우의 '난민의식'은 패배의식과 정욕의 소멸이

라는 더 비관적인 상황을 낳는다. 한영의 경우 서연이라는 여성은 고국을 등지게 한 동인이자 끊임없이 환기시키는 존재이다.

사랑과 정욕의 상실은 욕망과 희망의 대상마저 상실한 인물들의 심리적 거세인 것이다. 소설은 그러나 쉽사리 극복을 향한 길을 열어주지 않는다. 제목이 암시하듯 이미 '먼 길'을 돌아와 버린 이들에게 우선 필요한 건 섣부른 화해나 희망이 아니라 각자가 처한 절망을 인식하고 그 상처를 끊임없이 환기하는 것이기 때문이다. 다만 소설 전체에서 '서연'이라는 존재가 한영의 의식 속에서 낭만적으로 채색되어 그다지 생동감을 지니지 못할 뿐더러 오히려 이로 인해 작품의 구성이 느슨해진 점은 한계로 지적해야겠다.[3] 남녀간의 사랑이라는 고전적인 테마가 작품의 건조함을 완화시킬 수는 있을 지 모르나, 그것이 작품의 구성이나 주제의식과 별다른 연관성이 없다면 설득력을 얻기는 힘들 것이다.

김인숙의 경우 「당신」이나 「칼날과 사랑」에서 보여준 깊이있는 여성문제 인식수준과는 걸맞지 않게 삼각 관계나 남녀간의 사랑을 작위적으로 설정함으로써 주제의식을 훼손하는 경우를 종종 보게 된다. 『그래서 너를 안는다』(1994)가 그 예에 해당된다. 이 작품은 우리 사회의 고정된 성 역할이 여성뿐만 아니라 남성에게도 억압적일 수 있음을 '완기'라는 유약하고 여성적인 남성의 전락을 통해 보여주고 있다. 완기와 인호의 가족사를 통해 여성적, 남성적이라는 자질이 생물학적인 것이라기보다는 남성 위주의 가부장제 이데올로기에 의해 구성된 것이라고 파악하는 것도 설득력이 있다. 그렇지만

---

3) 애초 『실천문학』(1995년 봄호)에 발표되었을 때와는 달리 '서연'이라는 인물 설정과 그녀에 대한 각별한 배려는 장편으로 개작하는 과정에서 삽입된 것이다. 그러나 한영의 주된 갈등이 낯선 땅에 온전히 뿌리내리지 못한 채 부유할 수밖에 없는 자의식에서 비롯된 것이라 할 때, 개작 전의 작품에서도 그것은 충분히 해명될 수 있었다. '서연'이라는 존재가 그를 고국으로 이끄는 심리적 동인이면서, 도덕적인 부채의식을 느끼게 하는 상징적 인물일 수는 있다. 그렇다 하더라도 한영의 현재 고민과 과거 서연에 대한 회상 사이에는 유기적 관련성이 별로 없어 보인다.

이 작품 역시 '남성적'인 여성, '여성적'인 남성이라는 다소 극단적인 인물
설정, 완기 - 인호 - 송재간의 삼각관계라는 안이한 구성 방식이 주제의식의
건강성을 흐리고 있다.

　우리를 얽어매는 현실의 막막함은 이미 작품집 『칼날과 사랑』(1993)에서
세밀하게 그려진 바 있다. 「당신」과 「칼날과 사랑」4)에는 그 막막함을 지금/
이곳에서 돌파하려는 견딤의 자세, 힘겹게 도달한 곳에 희망과 화해의 계기
가 있다는 점이 다르다. 「당신」에서 윤영은 자신의 도덕성과 속물성 사이에
서 치열하게 갈등하면서 윤리적 결단에 도달하며, 「칼날과 사랑」에서 주인공
'나'는 어머니나 이모 세대의 순종적인 삶에 대한 비판과 남편과의 끊임없는
마찰을 통해 '칼날'과 '사랑'이 실제 삶에서는 동전의 양면처럼 분리될 수
없다는 인식에 이른다. 이는 『먼 길』에서의 비관적 정조나 『시드니 그 푸른
바다에 서다』에서의 급작스런 화해와는 분명 다르다. 작가의 미세하지만 중
요한 의식의 변모를 추적해볼 수 있는 단서를 제공하는 작품이 「양수리 가는
길」이다. 「양수리 가는 길」은 떠남을 준비하는 자의 이야기이다. 「당신」과
「칼날과 사랑」은 부부간의 갈등이나 여기에서 비롯된 여성의 내적 갈등을
전교조 문제나 성 역할 이데올로기라는 사회적 프리즘을 통해 보여주면서도
이를 섣불리 도식적으로 제시하지 않는다. 「양수리 가는 길」 역시 부부간의
의사소통 단절이나 무미건조함을 보여주면서도 주인공을 남성으로 하고 있
다. 주인공 오대리가 "안개처럼 뒤덮어버린 생활의 더께 저 속(226쪽)"에
놓인 아내의 속내를 알고자 하는 욕망은 단순히 타성화된 부부관계에 대한
반성이나 자신에 비해 영악하게 세상살이에 대처하는 아내의 속물성에 대한
비판에서 비롯된 것이 아니다. 그보다는 부부관계 그 자체를 '장악'해 버린
세상의 변화, '무수한 타협의 연속'인 삶 자체에 대한 비관적 인식에 더 무게

---

4) 여성문학적 관점에서 두 작품을 분석한 것으로는 강미숙, 김양선의 「90년대 여성문학의 새로운
　 가능성」(『여성과사회』5, 창작과비평사, 1994)이 있다.

가 가 있다. 무미건조한 삶에서 한 가닥 위안과 희망의 상징이었던 양수리에 가지 못할 것이며 "물안개를 뿜어낸 그 속살같은 수면의 정체를 결단코 바라볼 수 없게 되고 말 것(228쪽)"이라는 인식에는 부부관계를 압도해버리는, 개인을 소모품으로 몰아가는 자본주의적 일상에 대한 비판과 비관이 동시에 자리하고 있는 것이다.

김인숙 소설들은 표나게 여성문제를 거론하지 않으면서도 개인의 실존적 고뇌와 그 고뇌를 유발한 사회의 억압적인 국면들을 부부관계나 남녀관계의 틀을 통해 조망하고 있다는 데 그 강점이 있다. 김인숙 소설 세계의 어느 한 지점이 김형경의 그것과 맞닿아 있는 것도 이 때문이다.

3.

『단종은 키가 작다』(1991)에 수록된 작품들은 대개 제도나 권력, 집단적 힘과 논리에 의해 마모되어가는 개인을 그리고 있다. 이때의 제도나 집단은 순응을 강요하는 억압적 기구일 수도, 반대편에서 '총체화'된 대항 논리를 주장하는 집단일 수도, 가부장제 이데올로기일 수도 있다. 그러나 중요한 것은 이런 다층의 권력들이 이미 개인의 자유의지를 얽어매는 일상의 힘으로 작용하고 있다는 점이다. 소설의 인물들은 일상에 함몰되어 있으면서도 끊임없이 그것과 불화한다. 낚시꾼과 같이 '피폐한 침잠의 일상' 속에서도 수석 채집자의 '표랑의 일상'을 꿈꾸는 이는 "한 방향으로 꾸역꾸역 밀려가는 사람들의 무리에서 이탈하여 다른 길을 선택하고 싶다는 충동(「돌의 사랑」)"을 느끼는가 하면, 거대한 벽 앞에서 벽 바깥의 다른 세계, 창문을 추구하는 이중적 의식 사이에서 끊임없이 부유한다.(「벽과 창문」) 이 이중적 의식은 중간자적 존재임을 자처하는 관찰자에 의해 형성된다. 설령 「태풍주의보」에서처럼 일인칭 서술자라 하더라도 "사람들의 태도에 되도록 무심하려는 나를, 그들의 언행을 일일이 관찰하는 내가 싸늘하게 지켜보고(128쪽)" 있는 관찰자의 시선은 여전하다. 작품 전체를 관류하는 비관적 정조, 건조한 산문성은 여기에서 기인한다. '나'조차도 객관적 시선으로 보고자 하는 의도 속에는 표랑과 일탈에의 욕구가 궁극적으로는 성취될 수 없으리라는 근원적인 회의가 깔려있다.

『푸른 나무의 기억』(1995)에 실린 동명 소설과 「별잡고 길을 물어」, 「뿌리의 세 종류」, 「손은 몸으로 돌아가고 싶다」, 「수레국화가 말하길…」은 앞서 언급한 초기 작품 경향들을 내포하고 있으면서도 팍팍한 산문성의 세계는 조금 약화된 느낌이다. 「푸른 나무의 기억」의 그는 허황한 환상가, "대책없는 승부사의 위태로운 한탕주의"로 비춰지는 삶을 살고 있다. 그러나 "니힐리즘도, 시니시즘도, 아나키즘도 모두 지나간", "밀가루 반죽처럼 무력하고 무미한 이 세상(128쪽)"에서 견뎌내기 위해서는 그러한 일탈을 통해 "나무였던 기억(132쪽)"이 온전히 남아있던 때로 되돌아가 '한 그루의 사과나무'와 같은 푸른 희망을 찾아내는 길밖에 없다. 그는 너무 늦게 태어났고, 지금 이 세상은 "무슨 일을 하며 무엇에 기대어 살아야 할 지 알 수가 없는(128쪽)" 불확정성의 세계이기 때문이다. 반면 「뿌리의 세 종류」, 「손은 몸으로 돌아가고 싶다」에서 주인공들은 아내마저 떠나버린 이 땅에 뿌리를 내리려 하거나, 스스로의 손으로 일하는 "빛나던 손의 기억"을 간직함으로써 아내와의 마음의 '단층'을 극복하려 한다. 「손은 몸으로 돌아가고 싶다」는 가부장적 권위를 상징하는 아버지의 손이 기계에 잠식되고 원시적인 노동의 기쁨이 사라져버린 뒤, 생산적 의미로서의 손의 부재가 어떻게 자신의 성적 욕망까지 억압하고 있는지를 아내와의 갈등을 통해 보여주고 있다. 안개같이 불투명한 일상과 아내와의 무미건조한 관계, 힘 / 강인함 / 남자다움의 부재가 당사자인 남성에게도 억압적일 수 있다는 전언은 김인숙의 「양수리 가는 길」과 유사하다. '양수리'나 저잣거리로의 길 떠나기를 통해 아내와의 화해를 모색하려는 점도 닮아 있다. 다만 「손은 몸으로 돌아가고 싶다」의 형서는 온전한 노동의 의미가 살아있는 저잣거리 사람들의 활력을 통해 "가슴속에 신화를 간직하고 있고, 자신의 손으로 세계를 창조하는 인간의 참모습(91쪽)"을 확인하면서 아내와의 화해를 모색한다는 점에서 「양수리 가는 길」의 오대리가 처한 막막함과는 다르다.

이는 초기 소설에 비해 일상과의 소통가능성, 길 트기가 가능해졌음을 보여주는 징표이다. 그러나 이러한 길 트기 작업이 만족스럽지만은 않다. 인물들이 현재와 대면하고자 하면서도 그 극복가능성을 일상에서 찾기보다는 더 거슬러 올라가 인간의 원체험적 시공간에서 찾고있기 때문이다.

현실과의 불화와 이에 대한 비극적 인식이 배태된 객관적 조건이 강고한 일상이라면, 그 주관적 조건은 '본성의 고립감'을 운명처럼 지니고 있는 개인들의 의식이다. 부부간의 관계에서마저 격절감을 느끼고 자신조차도 낱낱이 해부하려 하는 이 고립감은 「경우의 數」, 「민달팽이」에서 볼 수 있듯이 부성의 부재나 상실에서 비롯된 것이다. "자연과 인간에 대한 신뢰를 버리지 못한 채 번번이 당하기만 했던(「경우의 數」)" 때문이건, "끝내 포기하지 못했던 이상이나 신념(「민달팽이」)" 때문이건 아버지는 무력하거나 가족을 버린 잔인한 아버지이다. 그로 인해 그 아버지의 딸들은 집 없음의 '민달팽이' 의식을 운명으로 여기고 행복보다 불행을 더 친숙하게 여긴다. 『새들은 제 이름을 부르며 운다』(1993)에서 네 명의 남녀 인물들이 끊임없이 누군가를 사랑하면서도 그 사랑이 좌절되거나 어긋나는 것도 바로 이런 원초적인 상실감에서 비롯된 것이다.

『세월』(1995)에 이르러 우리는 이런 의식의 원류가 작가의 생(生)체험에 있음을 확인하게 된다. 『세월』은 '그 아이'가 '그 여학생'을 거쳐 '그 여자'에 이르는 동안 무수히 경험했던 상처와 그것의 자기 치유를 고백하고 있다는 점에서 자전 소설이고, 그 세월을 견뎌내게 한 힘이 '문학'임을 증언한다는 점에서 예술가 소설이다. 또 그 개인의 삶 이면에 유신에서부터 80년대에 이르는 우리 사회의 격동상 - 예컨대 7 · 80년대 학생운동이나 민주화의 열기, 업으로 삼던 직장생활에서 얻은 경험들 - 이 담겨져 있다는 점에서 사회 문화적 보고서이기도 하다. 물론 사회 역사적 맥락들이 충분한 객관성을 확보하지 못한 채 사적 고백의 밑그림 역할에 머무르거나, 자신의 체험을 객관화하려는 노력이 지나친 나머지 끊임없이 해석과 설명을 가하는 부분 등은 오히려 주관성에 함몰될 위험을 내포하고 있는 게 사실이다. 그럼에도 불구하고 작가가 고통스런 체험적 글쓰기 행위를 통해 자신의 삶에서 새로운 활로를 모색하고, 그리하여 앞으로의 소설 쓰기는 "제 몫의 빈 무덤"을 이야기하는 것이라는 평정의 상태에 도달했다는 점은 상당히 고무적이다.

그런 점에서 이 소설은 박완서의 『그 많던 싱아는 다 어디 갔을까』, 『그 산이 정말 거기 있었을까』와 더불어 우리 소설사에서 보기 드문 여성 성장소설의 전범을 이룰 것이다. 그 여성의 성장은 범상치 않은 가족사, 고백 주체의 성장 과정에서 경험한 폭력, 대학 시절의 원치 않은 성폭력 경험으로 인해 일그러져 있다. 하지만 바로 그런 면들 때문에 작가는 우리 사회에 만연한 가부장제 이데올로기에 대해 끊임없이 회의하고, 부랑하는 자신을 비끄러 매준 이 땅의 모든 할머니와 어머니, 모성에 대해 신뢰를 보낸다. 남성의 성장소설과는 다른 차원을 보여주는 것이다. 뿐만 아니라 그런 체험들을 통해 "여성들의 이야기"를 쓰겠다는 여성 작가로서의 정체성 또한 확보하고 있다.

『세월』의 연장선상에 놓인 「지나해, 쾌청」은 소설 발표 후 "속을 알 수 없는 이 세상"의 폭력성과 자신의 "어수룩한 현실 감각"으로 인해 또 한번 상처입은 작가가 그 상처를 치유하는 과정을 담담하게 그리고 있다. 『세월』에서 언뜻언뜻 비쳐나던 감정의 과잉이나 주관적 논평도 많이 반감되어 있다. 그녀는 "현대에도 여전히 신화의 유용성을 믿는 사람"이 있고, 신화 즉 이야기를 신뢰하는 사람들이 있는 한 그녀 역시 "관음굴과 관음조 이야기같은 글", "길손을 불러 세워 지친 몸을 쓰다듬어 주는 이야기"를 하리라 다짐한다. 이렇듯 이야기성, 즉 소설의 기능에 대한 믿음은 그녀를 다시 일상의 자리로 불러들인다. 「지나해, 쾌청」에 이르러서야 비로소 그녀는『세월』에서도 온전히 치유하지 못했던 자신의 개인적 상처를 치유하고 소설가로서의 사회적 자아를 확보하게 되는 것이다.

그 후에 씌어진 소설 「담배 피우는 여자」는 여러 모로 의미심장하다.『세월』이나 「지나해, 쾌청」처럼 작가의 맨 얼굴을 드러낸 것은 아니지만 일인칭 여성 화자의 고백적 목소리로 진술되고 있다는 점은 이 작가가 비로소 '남성' 화자를 내세워야만, 삼인칭이어야만 객관성이 확보될 수 있다는 강박관념, '남성' 화자의 가면 뒤에 자신을 감추고자 하는 도피심리에서 벗어났음을 알려준다. 「담배피우는 여자」는 가령 레이스 뜨는 여자, 책 읽어주는 여자는 일상적 삶의 풍경으로 받아들이면서도 기호품인 담배를 피우는 여자는 금기시하는 우리 사회의 편견을 비판한다. 자신은 담배를 피우면서도 아내가 담배를 피우는 것은 참지 못해 구타를 하고, 끝내는 그녀를 죽음으로까지 내모는 옆집 남자의 폭력은 우리 사회에 만연한 편견을 대변한다.

그러나 이 소설은 김형경의 다른 소설들이 그렇듯이 단순한 독법을 거부한다. 담배를 피우는 옆집 여자와 그 여자가 죽은 뒤에 새로이 담배를 피우게 된 '나'에게 담배란 단순한 기호품을 넘어 "다시 이 세상으로 돌아오지 못할 것 같은 위태로움(8쪽)"에서 건져내 주는 위안물이다. 겉으로는 평화롭고 행복한 주부처럼 보이는 옆집 여성이나, 남편을 위해 콩나물국을 끓이고 딸의 옷을 다리며 반복적 삶을 살아가는 나에게 "남편이나 아이, 가정이라는 존재에 의해서도 메워질 수 없는, 아니 그런 존재들에 의해 상대적으로 더 깊이 두드러지는, 그런 동공(19쪽)"은 있게 마련이다. 담배는 그런 일상의 단절감을 메워주는 역할을 하는 것이다. 그러나 이들의 행위는 인정을 받지 못한다. 남편뿐만 아니라 "이 세상이라는 거대한 괴물"의 잣대도 속이고 있다는 공모감은 일시적일 뿐 나 역시 옆집 여자의 흡연을 흔쾌히 받아들이지 못한다. 결국 그녀를 죽음으로 내몬 것은 화자 자신을 비롯해서 이 세상 곳곳에 있는 "자연스럽게 흐르지 못하는 막힌 구멍들" 때문이다.

이 소설은 편견과 그것이 파생한 폭력에 희생당한 옆집 여자를 '빨래 건조대'의 이미지로 아프게 환기할 뿐 그것의 연유를 명료하게 드러내지는 않는다. 그 연유가 이미 속물적 세계에 발을 담근 나의 또 다른 편견 때문인지, 아니면 일상을 비판하면서도 거기에 함몰되어 버린 우리네 비극적 운명 때문인지 불분명하다. 어쩌면 그 모든 것이 원인일 수도 있다. "갈등과 화해, 적의와 용서, 원심력과 구심력, 그런 모든 상충하는 힘들에 의해 만물이 존재(29쪽)"한다는 일종의 양가적 세계관이 지배적이기 때문이다.

사실 이 소설에서 김형경의 소설 전략은 꽤나 낯설다. 얼핏 신경숙의 문체를 연상시키는 머뭇거림과 쉼표의 사용은 일인칭 화자의 막힌 일상과 명확한 가치 판단을 유보하는 작가의 의도를 드러내는데 효과적이다. 때문에 이러한 양가적 세계관은 복잡하게 얽혀 있는 일상의 관계들을 파악하는데 유효할 수 있다. 그렇지만 옆집 남자의 가학성이 사랑의 또 다른 일면이라고 본 결론이 주는 생경함이나, 일인칭 화자의 자기 반성이 가족이기주의에 기반한 자신의 일상적 삶에 대한 근본적 성찰에까지 이르지 못하는 점 등은 한계로 지적되어야 할 것이다.

김형경의 소설에서 아쉬운 점은 작가의 양가적 세계관에 내재한 비극성이 일상적 삶을 가능케 하는 다른 측면인 생의 활력으로 전화되지 못한다는 데 있다. 작가가 파악하는 세계는 지극히 폐쇄적이고, 극복의 단서는 일상 저 너머에 있는 원체험의 세계, 신화의 세계에 있다. 다시 말해 그 세계는 너무 협소하거나 너무 건너뛴 것이다. 작가가 애써 도달한 '푸른' 희망의 세계는 우리의 일상 세계를 해석하는 열쇠가 될 수 없다. 그러나 아직 단언하기엔 이르다. 작가는 이제 막 세상을 껴안기 시작했고, 때문에 앞으로 그녀가 믿는 그 이야기의 힘으로 세상을 재해석할 것이기 때문이다.

4.

이제껏 살펴본 김인숙과 김형경의 소설들은 사물화된 자본주의적 삶, 그 속에 거미줄처럼 얽혀 있는 일상적 관계들에 새삼스레 현미경을 갖다 댄다. 이들은 그 작업을 주변부의 자리에서 때로는 여성의 눈으로, 때로는 이주민의 눈으로, 머슴의 의식으로 형상화한다. 현실 자체가 지나치게 촘촘하고 건조하기에 이들의 소설도, 그것을 읽는 작업도 그만큼 팍팍하다. 이들은 세상을 대책없는 낙관이나 낭만으로 채색하지 않는다. 오히려 이들에게 세상은 곳곳에 골이 파이고 물이 고인 진창이고 뻘밭이다. 그 진창에서 빠져나오는 길은 우선 그 세상을 제대로 읽는 일, 자기를 읽는 일에서부터 시작된다. 김형경의 작품들이 고백체나 여성화자를 채택하고 있는 것, 김인숙의 작품들이 여정의 방식을 통해 자기정체성을 탐색하는 것은 바로 그런 노력과 관련이 있는 듯하다.

어찌 보면 이들의 작품 읽기가 글의 시작에서 거론했던 여성문학의 올바른 밑그림 그리기에서는 너무 멀어져버렸는지도 모르겠다. 하지만 김인숙과 김형경의 소설들이 전적으로 여성문제를 다루고 있지는 않는다 하더라도 이 사회에서 여성으로 살면서 겪는 삶의 고투나, 우리 사회의 뿌리깊은 가부장제 이데올로기가 비단 여성뿐만 아니라 남성에게도 질곡일 수 있다는 점은 충분히 지적했다고 본다. 다만 이 뒤틀리고 산문적인 세상에 대한 이들의 비관적 인식이 부디 고질적인 환멸로 화하지 않기를, 세상 읽기 작업이 좀더 적극적인 세상 껴안기로 나아가기를 바란다.

3 | 공감의 읽기

공감의 읽기

사랑과 상처로 직조해 낸 생존의 서사
- 이경자의 「사랑과 상처」론

1. 들어가는 말
- 여성 자신만의 역사를 위하여

"나 살아온 이야기는 책 열 권으로 묶어도 모자라." "나 고생한 내력은 몇 날 며칠을 걸려 이야기해도 다 못해." 누구나 한번쯤은 우리네 어머니, 할머니에게서 들었을 법한 말들이다. 그만큼 여성들은 팍팍하고 사연 많은 인생살이를 견뎌왔고, 그로 인해 가슴속에 저마다 하나씩 박힌 옹이를 뽑아내고 싶은 욕망, 한을 풀어내고 싶은 욕망을 지니고 있다. 이와 같이 여성이 자신의 삶을 기록하거나 구술하고 싶다는 욕망에서 여성자신만의 역사 기술(記述)은 시작된다. 남성의 시각에서 씌어진 기록(history)이 사건이나 연대기 위주의 거대 역사에 치중하는 데 반해, 여성 자신만의 역사(herstory)는 자신의 의지와는 무관하게 직접적인 위해를 가하는 역사의 희생자이자 그에 반발하는 저항의 주체로서 살아온 여성의 생존의 기록이다. 때문에 여성 자신만의 역사는 개인의 삶에 드리워진 역사의 흔적을 들추어내는 힘겨운 자기 기술이라 할 수 있다. 그것은 마치 날실과 씨줄을 직조하여 베를 짜듯, 천조각을 바느질로 한땀 한땀 이어 붙여 조각보를 만들어내듯 날 것의 고통과 성취, 사랑과 상처를 의미있는 삶의 체험으로 엮어내는 과정이다.

2. 가부장제 이데올로기의 내면화와 생존의 서사

이경자의 『사랑과 상처』는 생존의 서사로 여성의 역사를 복원해냈다는 점에서 득의의 영역을 개척하였다. 뿐만 아니라 이 작품은 그간 진보적인 여성 문제 인식을 가지고 꾸준히 그 분야에 천착해 온 이경자 작품세계 전반에 비추어볼 때에도 농익은 성숙의 경지를 보여주고 있다. 가령 여성문제를 고부간의 갈등, 여성의 성의 소외, 중산층 여성 문제 등 각 주제별로 접근해 형상화한 『절반의 실패』는 문제의식의 선진성에도 불구하고 남성과 여성간의 일방적인 대립구도만 부각시킨 나머지, 오히려 여성문제의 본질을 남성과 여성간의 대립이라는 개인적인 차원으로 환원시킨 감이 없지 않았다. 이후에 나온 『혼자 눈뜨는 아침』이나 『황홀한 반란』 등의 장편소설은 중산층 여성의 갇힌 일상이나 결혼이라는 제도적 폭력에 시달리는 여성을 부각시키면서 이들이 자기정체성을 모색해 가는 과정을 그리고 있다. 그러나 이 작품들 역시 가부장제 이데올로기에 물들지 않은 순정한 남성과의 사랑에서 해결방안을 찾고 있어, 대안 자체가 진정성이나 설득력을 지니긴 힘들다. 여성주의를 체득한 남성이 이 시대의 평균적 남성상이라 보기도 힘들거니와, 남편 아닌 다른 남자와의 사랑을 통해 정체성을 찾아간다는 이야기 설정은 신데렐라 콤플렉스의 변형으로 여겨질 법하다.

반면에 『사랑과 상처』는 여성 문제 인식의 추상성이나 섣불리 갈등을 해결하려는 강박관념에서 벗어나 있다. 『사랑과 상처』는 '정옥'이라는 한 여성이 굴곡 많은 우리 근·현대사 속에서 어떻게 '여자'로서 내면화된 자질을 습득하면서 성장해서 결혼을 하여 가정을 일구고 아이를 낳고 남편의 폭력에 한편으로는 길들여지고 한편으로는 저항하면서 사연 많은 삶을 살아가는지를 가감없이 기술하고 있다. 그런 점에서 『사랑과 상처』는 한 여성의 생존의 서사라 할 만한 경지를 터득하고 있다.

느리고 둔하다 하여 '벙치', '들팽이'라 불리고 집안사람들의 관심과 사랑을 받지 못하는 천덕꾸러기 여자아이가 있다. 어린 시절 그녀의 성장 과정에 영향을 끼치는 존재는 "마치 남자 신과 여자 신처럼" 평생을 "천국과 지옥"의 원체험으로 가슴에 살아있는 오빠와 얼금뱅이 어머니이다. "여자가 없으면 사람이 태어나나?"라고 하며 여자 형제들을 감싸는 오빠는 사랑과 타인에 대한 배려를 처음으로 인지시켜 준 존재이다. 반면에 어머니는 "저년어 억세 빠진 간나들 때문에 집안이 안 된다.", "저런 간나종자들 쌔빠지게 키워 놔 봤자 남의 집좋은 일 시키는 거여."라는 욕을 입버릇처럼 되뇌이며 매타작을 일삼거나 아들을 잃은 상처를 딸들에게 모멸감을 주는 방식으로 전가한다. 그로 인해 어린 그녀는 남존여비 사상, 출가외인의 논리를 당연한 것인 양 습득한다.

그런 그녀가 부모가 정해준 인연을 '운명'이라 여기고 시집을 간다. 시집을 간다는 것은 그나마 자기를 보호해주던 울타리에서 벗어나, 존재를 완전히 탈각시킨 채 시집의 가치관과 생활방식에 적응해야 함을 의미한다. 여기서 자신의 존엄성은 지켜질 수 없다. 그녀는 남편의 부속물로서, 대를 잇는 아들을 낳기 위한 재생산의 도구로서, 시집식구들의 생계와 밥을 책임지는 부엌데기로서 존재할 뿐이다.

따라서 생존의 서사는 자기 비하와 자기 모멸의 역사로 기록된다. 자신의 욕망이나 목소리를 상실한 채 '뿔뚝밸'같은 성질을 가진 남편의 비위를 맞추고, 항상적인 구타와 바람기를 감내하며 살아가는 여성, 남편의 무관심이나 구타로 인한 상실감을 아들을 통해 보상받고자 하는 여성, 그러면서도 남편 없는 여자에게 가혹한 세상의 편견으로부터 벗어나기 위해 명목상으로나마 남편은 있어야 한다고 생각하는 여성에게서 주체적인 자아의 모습은 찾아보기 힘들다. 때문에 생존의 서사는 여성이 남성중심 사회에서 자신의 정체성을 찾아가는 해방의 서사에 초점에 맞추어져 있지 않다. 여성의 운명이란 이미 정해져 있고, 그것은 남편과 아들로 이어지는 소위 남성계보에 순응하는 것이라는 점, 유형·무형으로 가해지는 폭력과 억압을 견뎌내는 것이라는 점에서 생존의 서사는 곧 '견딤의 서사'라 할 수 있다.

그런데 놀랍게도 정옥이 살아나갈 수 있는 힘의 밑바탕에는 남편에게서 받은 상처를 아들에 대한 맹목적인 희생과 사랑을 통해 보상받고자 하는 심리가 내재해 있다. 가부장제 이데올로기의 최대 희생자인 여성이 '남존(男尊)'의 이데올로기를 내면화하고 이를 적극적으로 재생산하는 역할을 하는 것이다.

이 작품에서 가부장제 이데올로기가 지닌 물질성, 가부장제 이데올로기의 세습적 측면은 단지 관념의 차원에 그치지 않고, 어머니와 딸로 이어지는 내면화와 억압의 재생산 역사를 통해 여실히 드러난다. 다른 여자들에게는 넉넉한 심성을 가진 아낙네로 기억되는 어머니는 딸들에게는 가혹한 어머니이다. 어머니에게 '간나종자'들은 '밥만 축내고', 앞으로 남의 집 좋은 일만 시켜줄 것이므로 쓸모가 없는 존재들이다. 울음과 웃음의 감정표현도 제대로 할 수 없을 정도로 금기에 싸여 지낸 딸들은 "서로를 미워하고 멸시하고 자신을 괴롭히면서 자기 자신을 느끼는 데 길이 들어버린"다.

> 우리는 어머니의 등쌀에 배겨날 수가 없었다. 우리는 우리의 슬픔이나 울화 같은 걸 자연스럽게 표현할 수 없었고 이런 종류의 억눌림은 세월이 흐르면서 자기 자신을 비하하고 학대하는 것으로 변질되어 자라났다. (1권, 40면)

"작은 언니는 화가 난 큰언니의 밥이었고 나는 작은언니가 맘놓고 패는

맷방석(1권, 45면)"이라는 말에서 알 수 있듯 자매사이의 관계 또한 일반적으로 '관계지향적'이라거나 자매애로 일컬어지는 연대감에 기초해 있지 않다. 이들의 관계는 애증으로 점철되어 있고, 이들은 서로에게 상처를 입힘으로써 자신의 상처를 환기한다.

상처에서 생긴 내성은 시집에서의 힘겨운 삶을 버틸 수 있도록 해주지만, 그로 인해 생긴 자기 성(性)에 대한 열등의식은 딸에게 그대로 전이된다. 실제로 작품에서 어머니가 같은 성인 딸에게 보이는 감정이나 태도는 가혹할 정도이다. 자기에 대한 사랑이나 존중감을 지니지 못한 채 자라난 정옥에게 자신과 같은 성을 낳고 키운다는 것은 모멸감의 확대재생산으로 인식된다. 그래서 그녀는 어머니가 그러했듯 자신의 딸에게 끊임없이 상처를 입히고 출가외인으로서의 도리를 내면화하도록 강제한다. 상처의 확대재생산이자 대물림인 것이다.

여기서 우리는 여성의 적은 역시 여성이라거나, 여성 자신이 상황을 개선하려는 자각이 없기에 억압을 자초했다는 식으로 일반적인 평가의 잣대를 들이댈 수는 없을 터이다. 오히려 소설은 무조건 희생하고 감싸안는 것이 모성이라는 오랜 신화, 여성끼리의 연대에 기초한 자매애라는 여성주의적 대안이 실제 현실에서는 얼마나 무력한지를 이 어머니/딸 사이의 질기디 질긴 애증의 역사는 보여주고 있는 것이다.

그렇게 해서 복원된 여성의 역사는 박완서의 자전소설에서처럼 억척 모성의 자양분을 받고 자라난 자의식 강한 여성의 성장사도 아니고, 박경리의 『토지』에서 볼 수 있듯 몰락한 집안을 일으키는 강하고 도도한 어머니의 형상도 아니다. 그렇다고 이문열의 『선택』에서 신비화되듯이 가부장제 사회 안에서 일찌감치 자신의 한계를 인정하고 지아비와 자식의 입신양명을 통해 자신의 정체성을 세우고자 하는 논리적(?)이고 귀족적인 여성도 아니다.

『사랑과 상처』에서 여성의 역사는 나중에 딸 윤이의 편지에서 기술되듯,

단 한 번도 자신에 대한 사랑이나 존엄성을 갖지 못한 채, 논리와 이성과는
관계가 먼 비논리의 영역에서 찢겨지고 분열된 채 살아온 한 여성의 생존의
기록이다. 그럼에도 불구하고 우리가 이 비참하고 분열된 역사를 여성자신의
역사라고 부를 수 있는 근거는 가부장적/유교적 자본주의라는 왜곡된 형태의
우리 근대화 과정 속에서 부재한 남성을 대신해 역사를 이끌어오고 가계를
유지해 온 평균적인 여성의 삶을 소름이 끼칠 정도로 생생하게 재현하고
있기 때문이다. 여기서 여성은 어머니로부터 받았던 정신적 내상과 내면화된
가부장제 이데올로기, 남편에게서 받은 상처, 그로 인해 아들과 딸에게 갖는
애증의 감정 등을 날 것으로 진술하고 있다.

3. 일상성과 역사성의 만남

작품이 생존의 서사라 불릴 수 있는 또 다른 근거는 한 여성의 고통과
억압의 역사가 식민지 시대, 해방 후 좌우 이념대립, 한국전쟁, 6·70년대
근대화라는 실제 역사와 계기적으로 얽히면서 진행되고 있기 때문이다. 실증
적인 거대 역사는 여성의 삶에 직접적인 영향력을 미친다. 가령 일제 시대
농촌에서 전개되었던 적색농조 운동이나 반식민지 투쟁은 주인공 정옥의
사촌오빠와 오빠가 검거되는 사건으로 작품에 반영되고, 공출이나 징병은
정옥 뿐만 아니라 당시 대다수 민중들의 생존을 위협했던 직접적인 요인으로
작용한다. 해방 후 좌우 이념대립은 가족이나 친인척과 같은 가장 사적인
관계마저도 감정적 대립이나 적대성으로 몰아넣는다. 다른 마을 다른 성씨
네서 나고 자라 같은 집안에 시집왔다는 사실만으로도 동질감을 느꼈던 동서
와의 사이가 '자유'와 '계급해방' 중 어느 것을 선택할 것인가라는, 소박한
수준에서 이해한 자본주의와 사회주의 이념에 대한 입장 차이로 인해 서먹해

지는 것에서 이념갈등의 단초를 엿볼 수 있다.

전쟁은 당시 우리네 어머니들이 그러했듯이 정옥이 두 아이를 보듬고 키우는 억척모성으로 살아갈 수밖에 없도록 한 역사적 사건이다. 그런데 작품은 전쟁이라는 절박한 상황 속에서도 일상과 삶은 지속된다는 소박한 진리를 복원해내고 있다. 전선이 어디쯤까지 와있고, 몇 명이 전사하고 피해액이 얼마이고, 휴전 협정이 지리하게 계속되고 하는 전쟁의 진전상황과 상관없이 대다수 사람들은 살아남아야 한다는 절실한 논리에 따라 움직인다. 정옥과 남편 준태도 미군부대에서 식당일과 미싱사일을 하면서 일상을 영위한다. 그 와중에도 남편의 정신적 지주였던 시할머니는 죽고 새로운 아이가 태어나는 등 죽음과 탄생의 드라마는 이어진다.

이와 같이 범속한 일상 속에 우리 근·현대사의 고비들이 각인되어 있고, 역으로 역사의 도도한 흐름 속에서도 일상은 지속된다는 어찌 보면 자명한 진리는 정옥 - 준태의 가족사 속에 그대로 재현됨으로써 설득력을 더한다. 여성들이 소박하게나마 사회문제나 여성문제를 인식하게 되는 것도 이와 같은 일상의 수준에서이다.

> 남편은 아내인 우리들을 마음대로 부리기만 하지 정작 해주는 건 없다. 그것이 밥을 먹여주기 때문이었는데 우리도 돈을 벌지 않느냐. 남편밥을 거저 얻어먹는 것도 아닌데 매까지 맞는 건 너무 억울하다. 알고 보면 여자도 남자와 똑같은 인간이다. 사람의 생각은 바뀔 수 있는 것이고 생활도 바뀐다. 옳고 그른 것도 달라질 수 있다.
> 우리들은 누가 선동하지 않아도 이런 생각을 하게 되었고 이런 생각이 옳다고 믿게 되었다.
> "세상은 말세가 다 되었어."
> "전쟁나구 달라진 건 나이롱하구 여자야."
> 남자들은 이런 애길 하면서 달라지기 시작한 여자들 때문에 세상을 한탄했다.

> 그러나 새로운 것은 언제나 지금 있는 것을 깨부수며 나타났다. 아마
> 우리집도 그런 보이지 않는 혼란의 소용돌이에 휩싸여 있었을지 모른다.
> (2권, 145 - 6면)

위 예문에서처럼 남성들이 전쟁 이후 급격하게 변화한 가치관이나 자본주의 근대화의 논리에 적응하지 못한 채 종래의 사고방식을 고수하는데 반해, 여성들의 가치관은 남성들의 존재조건을 위협할 정도로 급격하게 변모한다. 남성이 여성 위에 군림하는 것은 밥을 먹여주기 때문이라는 소박한 인식은 생산과 재생산, 공적 영역과 사적 영역의 분리에 따른 남녀 역할 분리와 이로 인한 성의 위계화 문제를 평범한 여성들도 감지하기 시작했음을 반증한다. 사회 변화에 따라 남녀 역할도 변하였고, 따라서 남성과 여성이 평등한 삶을 누려야 한다는 인식은 변화의 본질을 꿰뚫은 것이라 할 수 있다. 이런 인식은 여성이 출산과 육아, 가사노동의 전담자로서의 역할뿐만 아니라 전쟁과 도시화라는 사회 변동 와중에서 가계부양자로서 공적 영역에 참여하고, 나름대로 경제적 능력을 가지게 되면서 생겨났을 것이라는 점은 쉽사리 추측할 수 있다. 따라서 그 변화는 실제 생활 체험에서 우러나온 것이라 할 수 있다.

4. 재현의 사실성, 이중적인 어머니와
가부장제의 또 다른 희생자로서의 남성

주인공 여성은 정옥이라는 이름보다는 벙치, 들팽이, 뚝멀구라는 별명으로 불린다. 제대로 된 자기 이름을 갖지 못했다는 것은 곧 그녀의 정체성이 모호하고 분열적임을 의미한다. 결혼한 후 그녀는 누구의 아내이자 어머니로 살아간다. 그녀는 남편이 부재하거나 경제적으로 무능력한 현실 속에서

자식을 거두고 보듬는 어머니로서의 삶에 지고의 가치를 둔다. 남편은 돈을 벌기 위해 다른 지방으로 떠나거나 전쟁터에 끌려가거나 무책임하게 다른 여자와 낭만적 사랑에 빠지거나 해서 항상 부재하며, 잠시 집에 머무를 때에는 아내와 자식들에게 폭력과 폭언을 일삼는 무책임한 남성이다. 해서 가족을 부양하고 아이를 키우는 것은 여성의 몫이다.

그렇지만 이 소설은 손쉽게 모성을 신화화하지 않을 뿐더러 모든 것을 감내하는 여성의 희생적 자질 뒤에 감춰진 이기적인 측면까지 읽어내고 있다. 소설은 억척모성으로 살아가면서 동시에 남근을 지닌 아들을 통해 자신의 희생을 보상받으려는 이기적이고 뒤틀린 욕망의 소유자인 어머니의 이중성을 생생하게 재현하고 있다.

남근 선망, 즉 대를 이을 아들을 낳음으로써 시집과 남편에게 자신의 존재를 확인받고자 하는 여성의 누대에 걸친 욕망은 딸을 낳았을 때의 절망감에서 단적으로 표출된다.

> 밋밋하고 납작하고 불그죽죽하고 쪼글거리는 것이 손 끝에 만져지는 순간 나는 그 흉물스런 느낌 때문에 마구 손을 털었다. 내가 지은 죄의 실체를 누가 보여주는 것 같았다. 나는 결코 보고 싶지 않은 내 죄를 보는 순간 절망의 나락으로 곤두박였다. 남편한테 매맞고 그가 다른 여자를 사귀어도 나는 할 말이 없게 되었다. 내 인생은 내가 아무리 노력하고 뼈빠지게 일해도 더 나아질 수 없을 것이다. 아들 낳아 큰소리치고 한번 살아보고 싶었는데…(1권, 206면)

여아를 낳거나 여자로 태어난 것을 근원적인 '죄'로 여기는 심리는 "키워봤자 남의 자식"이 된다는 '출가외인'의 관념에서 나온 것으로 그만큼 여성이 개체적 존재로 인정받지 못했던 뿌리깊은 인습을 반영한다.

문제는 죄의식까지 유발하는 남근에 대한 강박관념이 단지 남근이 없다는 이유 때문에 억압을 받아왔던 여성에게 더 강하게 작용한다는 데 있다. 이로 인해 어미는 때로 자식을 보듬고 모든 것을 희생하는 억척모성의 소유자인가 하면, 때로는 자신의 분신인 딸에게 자기가 내면화한 상처와 열등의식을 그대로 전이하는 가혹한 어머니이기도 하다. 딸은 어미에게 '내 상처를 보는 것' 같은 느낌을 주는 거울과도 같은 존재이다. "그저 여자라는 것이, 죄많아 생겨난 인생이기 때문"에 딸은 연민의 대상이 된다. 그렇지만 대개의 경우 딸은 자신의 억압을 가져온 직접적 원인제공자로 여겨지거나, 즉자적 분노를 표출할 대상으로 여겨진다.

딸이라는 건 아무리 좋아도 어느 순간 결국 '남'이라고 여기고, 심지어는 나이가 들어 며느리를 보고 나서부터는 '시집간 딸 열'보다 '며느리 하나'가 더 힘이 된다고 여기는 심리 속에는 예의 '출가외인'의 관념이 깊숙이 또아리를 틀고 있다. 정옥이 "며느리에게 주는 건 아무리 비싸더라도 결국은 아들 재산이고 우리집 재산이지만 윤이에게 주는 것은 남의 집으로 나가는 것(2권, 228면)"이라고 여기는 대목에 이르면 장자 우선의 관습이 모녀/모자 관계마저 경제적인 이해 관계로 돌변시킬 수 있음을 알 수 있다.

딸과 아들에 대한 이율배반적 심리나 행동, 어머니와 딸 이대를 거쳐 내려오는 모멸과 상처 입히기의 역사는 자기 피붙이에 대한 사랑이라는 원초적 감정마저도 사회 여건이나 봉건적인 관습에 의해 억눌리고 왜곡될 수 있음을 여실히 보여준다. 억척모성과 가혹한 어머니는 동전의 양면처럼 우리네 여성들 속에 내재한 사회화된 여성성의 두 측면이라 할 수 있다.

『사랑과 상처』의 또 다른 미덕은 한 여성의 삶을 피폐하게 몰고 간 남성(남편) 또한 일방적으로 전횡을 휘두르는 평면적인 인물로 형상화하고 있지 않다는 점이다. 남편 이준태는 "자기 기분대로 사는 데 길이 들었고 생활 자체가 자기 한 사람 중심으로 움직이지 않으면 거의 발작상태에 빠지는 사람(1권,131면)"으로 가부장 특유의 이기적인 면모를 지니고 있다. 그런가

하면 그는 자기 일에 최선을 다하고 인정이 많을 뿐만 아니라 "마음은 한없이 어린아이 같고, 남도 자기 같다고만 여기는" 여린 성품의 소유자이기도 하다. 정옥의 기억 속에 떠오르는 남편은 다른 여자와 사랑에 빠져 바람을 피우고, 말도 안 되는 이유로 자기를 구타하고, 아이들을 공포에 몰아넣는 가혹한 가부장이면서, 동시에 시할머니에게서 받은 무조건적인 사랑에 길들여져 끊임없이 사랑을 갈구하는 연약한 면모를 지닌 존재이기도 하다.

그런 점에서 남편은 가부장제의 또 다른 피해자이다. 장자라는 이유로 수혜나 특권의식을 누려온 그이기에 자신이 사랑을 베풀어야 한다거나, 아내와 자식을 위해 희생하고 자신의 욕망을 조절해야 하는 상황은 받아들이기 힘든 것이다. 한가족의 생계를 책임지고, 장자의 도리를 다해야 하는 가장으로서의 의무감은 남편에게도 짐이 되는 것이다.

여성의 자기 모멸의 역사에 대응하는 남성의 나르시시즘의 역사는 타인에 대한 배려나 타인과의 관계에 대한 깊이있는 성찰을 가로막았다는 점에서 비슷한 측면이 없지 않다. 한평생 자신에게 주어진 특권과 의무감사이에서 갈등한 미성숙한 아버지는 제도로서의 가부장제가 모든 문제의 근원임을 미처 통찰하지 못한다. 나이가 들어서도 시앗을 보고, 미국까지 와서도 주체적으로 삶을 꾸려나가야 하는 미국식 생활에 적응하지 못하고 왜곡된 성적 욕망을 표출하거나 아내나 딸에게 근거없는 증오감을 보이는 것도 기실은 이와 같은 가부장 제도나 이데올로기가 물리적인 나이에 상관없이 자아의 성숙을 가로막고, 한 남성뿐만 아니라 가족 전체를 황폐화시키는 실질적인 힘으로 작용함을 보여주는 것이다.

이와 같은 남성의 형상은 가부장제 이데올로기의 최대 수혜자이자 피해자로서의 남성, 의무감과 욕망 사이에서 갈등하는 실제 가장의 모습을 복원하고 있다는 점에서 선악의 이분법에 근거한 추상적인 남성 형상화의 한계를 훌쩍 넘어서고 있다. 남성 인물이 지닌 실감은 작가가 사회 변화와 그것이

개인의 삶에 미칠 수 있는 파장을 예리하게 포착해내면서 얻어진다. 소위
가부장적/유교적 자본주의라 불리는 우리의 특수한 근대성 경험은 전근대적
인 가부장제 이데올로기의 잔재가 오히려 자본주의 발달을 촉진하는 역설적
인 상황을 낳았다. 전근대와 근대가 이종 교배되는 모순적 상황 속에서 남존
여비 사상에 물들어있는 한편 성차보다는 경제적 능력이 중시되는 현실 변화
에 적응해야 했던 남성들의 경우 분열적 자아를 지닐 수밖에 없음은 자명한
사실이다. 여성의 경우 상처와 억압의 경험이 축적되면서 생긴 내성으로
상황에 유연하게 대처할 수 있었던 데 반해, 남성의 경우 모든 특권을 잃었다
는 상실감은 클 수밖에 없었고, 그것이 다른 성이나 타자에 대한 지나친
집착이나 증오라는 이율배반적 감정으로 나타난 것이다.

그리하여 남성이나 여성 모두 한숨 돌리기조차 힘들 정도로 가파르게 진
행된 우리 근·현대사 속에서 서로를 보듬어줄 여유를 지니지 못한 채 타자
적 존재로 역사와 삶을 견뎌온 것이다. 그렇지만 다행스럽게도 소설은 이와
같은 상처의 역사를 기록하면서도 이면에 감추어진 일상적인 사람살이를
복원해 냄으로써 따뜻한 시선을 잃지 않고 있다.

5. 복원의지와 민중연대성의 경지

『사랑과 상처』는 당시 민중의 생활상이나 감정을 복원해내는 과정에서
오랜 세월 누적되어온 여성들의 경험을 전경화함으로써 근래 보기 드문 리얼
리즘적 성취를 보여주기도 한다. 이와 같은 민중연대성은 '구술성(orality)'을
회복하고 여성들간의 교감과 공동체적 삶이라는 여성 고유의 집단적인 체험
을 소중하게 다루는 과정에서 획득된다. 구술성의 회복은 변방으로 밀려나
있던 양양 사투리를 일상적인 대화의 수준에서 충실하게 재현한 데서 엿볼

수 있다. 남성의 전횡이나 실제 민중의 삶과는 거리가 먼 이념의 허구성에 대한 비판은 변방의 목소리인 양양 사투리를 통해 여과없이 전달되고 있어 실감을 더한다.

구술성의 언어는 또한 기억과 재생의 언어 양식으로 적합하다. 이것은 여성적 언어의 양식에도 근접해 있는 것이다. 우리가 그 옛날 할머니의 무릎을 베고 들었던 옛날 이야기 한 토막처럼 여성의 언어는 기억 저편에, 역사 저편에 묻혀 있던 다양한 옛 이야기를 불러와 현재화한다. 이 작품 역시 과거와 현재, 현실과 기억을 넘나들면서 뭇 여성들의 사연 많은 삶을 복원하고 있다.

정옥이라는 여성의 삶은 당시 민중여성들의 전형적인 삶을 대변한다. 뿐만 아니라 정옥 주변의 여인네들의 삶을 통해서도 다양한 체험과 내력들이 드러난다. 시할머니들, 시어머니, 동서가 해방되고 각각 뿔뿔이 흩어져 있다 7년만에 만나 서로의 위치나 신분에 상관없이 같이 모여 앉아 밥을 나누고 이를 잡고 남자들 흉을 거리낌없이 보는 정경은 그래서 따뜻한 한 폭의 그림으로 우리에게 다가온다. 소설 서두에 제시되는 큰어머니 뱀복이와 얽힌 설화같은 이야기 한 토막, 민며느리로 들어와 온갖 구박을 받고 자신이 낳은 아들마저 양자로 넘겨줘야 했던 시어머니, "중년과부가 되고는 삶의 응어리가 가슴에 깊이 박혀 술 마시고 소리하고 장구를 쳐서" 한풀이를 하던 시어머니보다 더 나이 어린 '히뜩이'라 불리던 얼롱골 큰시어머니, 할아버지뻘 되는 남편을 잃고 '밥 먹여줄데'를 찾아 여기저기 첩살이를 떠났던 큰시할머니의 삶들은 제각각 기구하고 사연 많은 삶의 무늬를 이루고 있다. 그렇지만 이들은 모두 여성이자 하층계급으로서 사회의 주류에 편입되지 못한 채 떠돌아다니거나 생존 그 자체를 살아가는 목표로 삼았다는 점에서는 공통적이다.

작가는 정옥의 삶에 이런저런 방식으로 연루되어 있는 이 여성들 각자의 삶을 날실과 씨실로 촘촘하게 수를 놓듯이 개성을 부여해 진술함으로써 집단적인 여성체험, 집단적인 여성서사의 가능성을 보여주고 있는 것이다. 정옥은 바로 윗 세대 여인네들, 심지어는 자신의 존재조건을 위협하는 남편의 여자들에게까지 공감의 시선을 보낸다. 어려운 시기를 살아내야 했던 하층계급 여성들간의 연대감은 민중연대성의 경지를 '여성의 시각'에서 구현한 것이라는 점에서 그 의의가 자못 크다.

6. 글을 맺으며
　- 연민과 환멸을 넘어서서

물론 이 작품에 대해 독자로서의 불만이 전혀 없는 것은 아니다. 소설 후반부로 갈수록 서사적 긴장감이 떨어지면서 정옥의 인생 행로가 상대적으로 소략하게 취급된다거나, 재현에 대한 욕망이 과한 나머지 세목에 대한 치밀한 묘사가 자칫 자연주의적인 데로 떨어질 위험도 없지 않다.

그럼에도 불구하고 『사랑과 상처』가 성취한 여성자신만의 역사 기술은 근자에 들어 답보상태에 빠진 여성문학의 한계를 넘어서는 동시에 '진보적인' 여성 미학이 나아가야 할 올바른 방향을 제시하고 있다. 실제로 일부 여성작가들의 자전소설류의 경우 자신의 갇힌 존재조건과 자기 세대에 대한 과도한 연민에서 벗어나지 못하고 있으며, 자전적 이야기가 아닐 경우 시대나 자신에 대한 환멸을 타자와의 소통은 불가능하다는 식의 삭막한 세계인식이나 냉소적인 어투로 드러내는 경우가 대부분이다. 『사랑과 상처』가 일구어낸 집단적인 여성체험이나 공감의 시선은 이와 같은 연민과 환멸을 넘어선다. 해서 『사랑과 상처』에 나오는 수많은 여성들의 체험은 지금의 우리를 있게 한 원체험이자, 앞으로도 보듬고 가야 할 기억의 저장고인 것이다.

이토록 누추한 여자들 이야기
- 이경자의 『정은 늙지도 않아』와 공선옥의 『수수밭으로 오세요』

1. 누추한 일상을 넘어서는 상생의 서사
- 이경자의 『정은 늙지도 않아』

'두 여자 이야기'란 영화가 있다. 본처와 씨받이로 들어온 첩이 갈등을 겪다가 결국에는 화해하고 서로 의지하며 살아간다는 것이 대강의 줄거리이다. 가계 유지의 욕망과 남아선호 사상의 뿌리가 유독 깊은 우리 전통에 비춰봤을 때 누구나 주변에서 들어보았음직한 상투적인 이야기이다. 그렇지만 이 영화는 간단치 않은 문제들을 제기하고 있다. 두 여성 모두 가부장제 이데올로기의 희생자이면서 한 편은 가해자로, 또 다른 한 편은 피해자로 운명지워진다. 그리고 그들의 자리는 때로는 계층적 차이로 인해, 때로는 아들을 낳을 수 있는 출산 능력의 유무로 인해 끊임없이 전도될 수 있다. 계급과 젠더, 그리고 이 두 범주를 한순간 무력하게 만들 수 있는 민족적 정서가 서로 충돌하면서 상투적 이야기 틀에 복합성과 실감을 부여한다. 영화는 마지막 장면에서 첩이 낳은 아들의 대학 사진을 배경으로 정겹게 앉아있는 노년의 두 여자를 비추면서 여성들간의 유대에 기반한 새로운 가족의 모습을 제시하고 있다. 이 둘은 상대방의 결핍을 이해하면서 여성에게 생득적인 출산과 양육의 역할만 부여하는 야만의 시절을 견뎌내고 포용의 경지에 이른다. 처첩간의 갈등을 그린 고전적인 가정 소설이 '여자의 적은 여자'라는 이데올로기를 재생산해냈다면, 새롭게 씌어진 이야기는 '그녀들' 만의 가족을 제시함으로써 낡은 틀 속에 감춰진 전복성을 찾아낸다.

이경자의 연작 형식의 장편『정은 늙지도 않아』는 영화와 마찬가지로 애증의 세월을 살아 온 '두 여자'와 '한 남자'의 삶의 드라마이다. '늙지를 않는' 정으로 평생을 살아온 필례와 도철. 물질적으로나 남다른 애정으로나 부족함이 없는 이들의 결정적인 결핍 사항은 대를 이을 자식이 없다는 것이다. 이들 사이에 끼어든 영실은 이와 같은 결핍을 해소해주고, 이들의 노년을 부양할 만한 경제력을 지녔음에도 불구하고 자신을 '사람으로 여기지 않는' 대우로 인해, 자신이 둘 사이의 정을 갈라놓았다는 죄책감으로 인해 고통받는다. 소설은 한 때는 풍족했을 지 모르지만 이제는 퇴락한 고가를 지키며 말년을 외롭게 보내다가 자살로 생을 마감하는 필례, 숱한 여성 편력 끝에 첩에게 노년을 의탁해서 노인정에서 소일하는 도철, 아들을 되찾고 경제적으로 자립했지만 평생 겉도는 느낌을 지울 수 없는 영실의 처지를 고루 균형잡힌 시선으로 비추면서 세월의 흐름에 따라 이들의 운명이 부침을 거듭하는 과정을 그리고 있다.

빈/부, 남성/여성, 생산능력이 있는 여성/없는 여성, 행복/불행이라는 구분은 여기서 고정된 자질을 지닌 것이 아니다. 씨받이인 영실이 돈과 생식능력을 교환하는 전근대적 풍습을 답습하지 않거니와, 오히려 가계를 전담하는 위치에 있다. 도철 또한 남성성을 체현하거나 전횡을 일삼는 인물이 아니다. 그는 '집안의 어른'이라는 가부장적 관념을 벗어난 것은 아니지만, 두 여자의 처지에 공감하는 것을 보면 여성적인 정서에 가까이 가 있는 인물이기도 하다. 생산능력이 없는 필례는 대신 남편의 애정을 지주로 삼을 수 있다. 엄밀하게 말해 세 사람 모두 서로에게 상처를 입히면서도 그 상처를 이해하는 속깊음을 지니고 있다. 소설은 가부장제 이데올로기의 가해자이면서 동시에 피해자인 이들의 처지를 시점의 교차나 주초점 인물의 발언과 생각을 통해 제시함으로써 균형을 유지하고 있다. 「짧은 꿈」의 푸닥거리 장면에서 필례의 넋을 대신한 무당의 말 '니두 날 돼봐라'는 이와 같은 상호 이해와 공감을 단적으로 예증하는 언술이다. "여자 몸으루 세상에 태어나 세상 바깥으루만 겉도는 인생을" 산 필례나 "빙신이라구, 가난하다구, 첩이라구 인간 같지 않게" 살아온 영실이나 결핍을 지니고 있고, 그 결핍감을 상대방에 대한 적의를 통해 해소해왔다는 것이 밝혀진다. 푸닥거리는 이들이 잘못 방향지워진 적의감을 해소하고 상대방을 '불쌍히 여기는' 측은지심, 연민의 지평으로 나아가는 데 매개 역할을 한다.

신체적, 계급적, 성적 열등성의 지표가 얽혀 있는 가운데 아무래도 가장 지배적인 것은 '여자라는 이유만으로'라는 성적 지표일 것이다. 작가의 전작 『사랑과 상처』와 마찬가지로 이 작품은 우리 근·현대사의 고비 고비에서 보았음직한 낯익은 여성들의 이야기를 날 것 그대로 생생하게 전하고 있다. 결혼 전에는 똑같이 '귀한 딸'로 대접받았던 두 여자의 운명은 결혼과 자식의 생산을 계기로 불우해진다. 결혼은 성숙의 지표가 아니라 시련과 퇴행에 이르는 길이다. 그렇지만 이 작품은 몇 가지 점에서 작가의 전작과 다르다. 『사랑과 상처』가 우리 근·현대사의 묵직한 사건들을 여성들의 개인사와 교호시킴으로써 일상성과 역사성의 접점을 찾고 있는 반면, 이 작품은 인물들의 결혼을 기점으로 장년, 노년에 이르는 긴 세월을 이야기 시간으로 설정하고 있음에도 불구하고 시대적·역사적 배경을 명확하게 제시하지는 않는다. 역사는 인물들의 일상에서 표백되어 있다. 그 빈자리를 대신하는 것은 질시와 반목, 탐욕과 생존으로 얼룩진 누추한 일상이다. 작가는 우리 삶을 움직이는 동력은 거대 역사가 아니라 이와 같은 사소함이 촘촘히 엮이면서 만들어진 일상이라고 역설하는 듯하다.

또한 이 작품은 회상이나 사건의 요약 제시를 통해 이야기를 전개함으로써 '서술의 경제성'을 획득하고 있다. 첫 번째 이야기 「情은 늙지도 않아」는 필례의 노년에서 시작해서 마지막 이야기 「짧은 꿈」에 이르러 필례의 죽음을 순리로 받아들이는 도철의 현재 노년 시점으로 끝맺는다. 중간에 있는 작품들에서는 초점화자가 필례, 영실, 도철로 바뀌면서 이들의 과거 내력과 현재를 번갈아가며 서술하고 있다. 사건을 소급 제시하면서도 작품 전체는 순환구조로 이루어져 있는 것이다. 이같은 형식은 나의 행복이 타인의 불행이 되는 역설로 가득 찬 지리멸렬한 삶과 그럼에도 불구하고 자연과 인간 삶은 지속된다는 순환원리를 드러내기에 더없이 적합한 것이다.

유장한 세월의 무게는 사건과 갈등 중심의 이야기 형식으로 인해 한결 가벼워진다. 사건의 요약 제시가 여기에 한몫하고 있음은 물론이다. 빛나는 신부였던 이가 어느 순간 장년이 되고, 노년이 되고, 죽음에 이른다. 그렇지만 이와 같은 빠른 이야기 전개에도 불구하고 우리는 이들 개인사에 실린 만만치 않은 중력을 실감할 수밖에 없다. 상대방을 타자화함으로써 자신의 존재감을 확인할 수밖에 없었던 필례와 영실, 다시 말해 영실의 가난과 신체적 불구를 타자화함으로써 자신의 불모성을 보상받으려는 필례, 필례의 과도한 욕망과 불모성을 타자화함으로써 자신의 신분을 보상받으려는 영실의 팽팽한 대결 구도는 필례가 죽음에 이르러서야 끝난다. 서사를 지배하는 이 둘 사이의 애증의 드라마는 객관적인 시간의 흐름과 무관하게 시간이 정지된 듯한 효과를 가져온다. 이와 같이 작품은 빠름과 느림을 적절히 배합함으로써 폭력적인 시간의 무게를 견뎌내는 여성들의 타자화된, 생존의 시간을 효과적으로 드러내고 있다.

공식적인 거대 역사 대신에 작가는 지금까지 망실되어 왔던 비공식적 역사를 세심하게 복원해낸다. 이 비공식적 역사의 주인공은 여성, 농촌/지방,

노년, 사투리이다. 남성, 도시, 청년, 표준어 중심의 근대성에 반기라도 들 듯 작가는 성적, 지리적, 연령적, 언어적으로 주변에 속한 것들에 관심을 기울이고, 누추한 개인사를 새삼스레 들춰내고 어루만진다. 이와 같은 주변성에 대한 관심은 주목할 만한 작가의 최근 경향일 뿐만 아니라, 서사성보다는 단편적인 이미지와 감성에 경도된 '젊고 가벼운' 우리 문단의 지배적 흐름에서 벗어난 것이기도 하다.

비공식적 역사, 주변성에 세심한 애정의 눈길을 보내면서 작가는 새로운 이야기를 써나간다. 그것은 변방의 목소리인 사투리로 쓰여진, 문학성이나 합리성과는 거리가 먼 것으로 치부되어 온 수다와 푸념, 신세 한탄 등 여성 구술 언어로 기술한 그녀들의 역사(herstory)이다. 그리고 이 새로운 여성서사는 쇠락해가는 것들, 누추한 것들, 자연과의 공생(共生)의 서사로 그 지평을 넓혀간다. 「짧은 꿈」에서 도철이 필례의 무덤 앞에서 "흙으로 돌아가야 할 많지 않은 시간을 사는" 엄숙한 삶의 질서를 받아들이고, 자연과의 일체감을 경험하는 것은 이와 같은 공생의 윤리가 소설이 도달한 진의임을 반증하는 것이다.

세기의 끝자락에 나온 이 소설은 낯익은 복고풍 이야기로 독자들의 기대 지평을 배반하면서 '낯설고 새로운' 독서 체험을 제공한다. 그렇지만 중요한 것은 낡음과 새로움, 낯섦과 낯익음이 기막히게 뒤바뀌는 현실이 아니다. 공생의 서사인 이 소설이 나지막하게 들려주는 이야기는 세기말이 되었건, 새 세기가 되었건 '삶은 지속된다'는 것이고, 그 지속성으로 인해 '삶은 아름답다'는 평범하지만 우리가 망각했던 진리이다.

2. 모성의 영토에 다시 쓰는 가족 이야기
- 공선옥의 『수수밭으로 오세요』

가난의 흔적이 역력히 묻어 나오는 박수근의 그림에는 유독 여성과 아이들이 많다. 머리에 임을 이거나, 아이를 업은 여성들의 '나목'과 같은 처지를 보고 있노라면 문득 공선옥의 소설이 떠오른다. 헐벗고 스산한 삶을 머리에, 등에 이고 지고 세상 한복판을 걸어가면서도 '어미'라는 이유 하나로 버틸 뿐만 아니라 낙관적이기까지 한 여성들의 형상은 이제 공선옥의 작품 세계를 특징짓는 아이콘이라고 봐도 좋을 듯 싶다.

『수수밭으로 오세요』는 가난하지도 않고, 혼자 된 처지도 아닌데 마음은 허기지고 추운 여성이 남성과의 관계가 훼손된 데서 온 상처를 치유하는 이야기이며, 혈연 가족의 틀을 뒤집고 새로운 가족/모계 가족을 형성해가는 과정을 추적하는 이야기이다.

구로공단의 가난한 하도급 미싱사 필순과 현실적으로는 한번도 가난해본 적이 없이 '선택적 가난'을 지향하는 의사 심이섭의 결합은 얼핏 80년대 노동현장에서 간혹 있었던 노동자와 소위 학출간의 결합, 거기에 덧씌워진 낭만적인 이상화, 그리고 파경에 이르는 과정을 연상시킨다. 필순은 이섭과 결혼하면서 불안정한 현실에서 벗어나게 되었지만, 여전히 정신적으로 허기지고 춥다. 필순은 사람이 사람을 사랑하는 '진정한 사랑'의 완성을 꿈꾸지만, 이섭은 "사랑해서 불쌍한 게 아니고 불쌍해서 사랑하려고 했는데 그게 잘 안 된"다. 이처럼 사람과 사랑에 대한 둘의 코드는 다르다. (의붓)아들과 (새)아버지, 엄마와 아들, 아내와 남편 사이는 잔뜩 녹슨 경첩처럼 뻑뻑하고 삐걱거린다.

저 혼자 왕왕대는 텔레비전 소리를 아버지와 아들의 침묵과 대비시켜 그리고 있는 소설 첫 장면은 의미심장하다. 이 첫 장면에 제시된 말의 부재는 소설이 전개되면서 필순과 이섭간의 불화, 의사소통의 부재 문제로 확대되기 때문이다. '말'의 문제는 전체 줄거리에 큰 영향을 미치지 않고, 무심결에 끼어든 듯 하면서도 가족구성원간의 갈등이라든지, 지식인과 그렇지 않은 사람들간의 경계 지우기 같은 본질적인 문제를 제기한다. 가령 소설에서 필순이나 이섭이 쓰는 높임말은 상대에 대한 존중감의 표현이 아니다. 형식만 남은 관계가 빚은 거리감을 달리 표현한 것이다. 그런가 하면 필순은 자기 행동을 오해하거나 비난하는 이섭의 말에 적절히 대응하지 못한 채 침묵하고, 심지어는 이혼을 요구할 때도 엉뚱한 이야기만 늘어놓는다.

작품은 타자와의 소통을 고려하지 않는 지식인들의 어투도 문제삼는다. 지식인의 언어가 삶 속으로 녹아들지 못한 채 '그들만의 언어'로 겉도는 현상은 전병순과 김영후, 심이섭과 미란이 대안적인 삶의 방식에 대해 토론하는 대목에서 단적으로 드러난다. 어두운 수풀 속에 숨어서 엿듣는 필순과 대청마루에서 술잔을 기울이며 고담준론(?)을 나누는 이들 사이의 물리적 거리만큼이나 가난에 대한 이들의 생각은 그것을 현실로 겪었던 필순에게는 헛되어 보인다. '이론적으로 파고들려는' 전병순의 말하는 방식이나 조언이 필순에게는 '무슨 말인지 당최' 모를 소리로 여겨지고 거부감을 불러일으키는 것도 마찬가지다. 지식인들의 관념성을 집약해 놓은 듯한 언어는 심이섭의 관념적인 인간관, 사회의식이 지닌 계급적 한계를 우회적으로 비판한 것이기도 하다.

작품은 가치관이나 생활방식, 심지어는 말투의 차이로 인해 이섭과 필순, 둘 사이가 벌어지는 과정과 거두어야 할 아이가 하나에서 다섯으로 늘어가는 과정을 겹쳐놓는다. 동요하던 이섭이 결정적으로 등을 돌린 이유라 할 수 있는 혈연 가족 아닌 가족의 증식은 기존의 가족 개념을 해체하고 뛰어넘는다. 남성과 여성, 그리고 그들의 핏줄로 이루어진 가족이 '친밀성의 영역'이라는 고유의 기능을 방기한 채 이혼과 해체의 길을 걷는 반면, 그와 동시에 내 자매의 핏줄, 힘든 시절을 같이 한 친구의 핏줄을 보듬고 한 울타리 안에 거둬들이는 새로운 형태의 가족이 등장하는 것이다.

이 새로운 가족은 저보다 약한 존재에 대한 '측은지심'의 감정에 뿌리를 둔 모계가족이다. "연민이 지나치면 상처가 된다"는 이섭의 조언은 그가 필순의 생에 가한 모욕에는 해당되나, 새끼들 먹이는 일의 엄숙함을 아는 필순에게는 아니다. 모계가족을 책임진 '어미'는 생물학적 혈통이나 경제적 이해관계에 연연하지 않는다. 가령 '어떻게, 무엇을 먹고 살까'를 고심하던 필순이 아이들을 하나 하나 점검하는 대목을 보자. 이마가 잘 생겨서, 감기에 잘 걸리니까와 같은 사소한 이유 때문에 차마 아이들을 버리지 못하는 어미의 심정은 심적·경제적 부담감을 끝내 떨쳐버리지 못하고 티벳으로 도피한 이섭의 무책임함과 대비된다.

바람기 때문에 혹은 이념에 끌려 집밖을 떠돌고 가족을 배반하는 무책임한 남자는 공선옥의 초기 소설에서부터 지속적으로 나타난다. 부재한 남자들을 대신하는 여성의 질긴 생명력이나 얼추 비슷한 사연을 가진 여성들끼리의 자매애적 연대는 「피어라 수선화」나 「내 생애의 꽃」에서 독특한 울림을 주며 형상화된 바 있다. 그런 측면에서 『수수밭으로 오세요』는 상당히 낯익은 작품이라 할 수 있다. 그렇지만 다른 점도 있다. 이전의 작품들에서는 남성의 부재와 그 부재를 대신한 여성의 삶이 사회역사적 맥락과 어떤 식으로든 연루되어 있었다. 그런데 근자에는 사회역사적 축이 현저히 약화되면서 여성으로서의 삶, 그 중에서도 모성성이 부각되는 듯하다.

어느 시점부턴가 공선옥 소설의 여성/어머니들은 도시에서의 신산한 삶을 뒤로 한 채 농촌에 정착하기 시작했다. 이들은 도시에서 어머니 역할과 여성으로서의 성적 욕망 사이에서 지속적으로 갈등했지만, 정착민이 된 후부터는 여성으로서의 삶을 자진폐기하고, 어미의 삶에 충실히 복무한다. 우리는 여기서 대지-여성이라는 낯익은 비유체계를 떠올리게 된다. 필순이 일굴 밭이 옥수수며 동부를 생산하는 실제 공간인 동시에 여성의 자궁, 그 유구한 생의 기원을 환기하는 원형적 공간으로서의 의미를 지닌다는 점도 어렵지 않게 유추할 수 있다. 어찌 보면 이 급조(急造)된 모계가족이 살아가기에는 타자를 배려하는 정서가 남아있는 농촌공동체가 최적일 수도 있다. 그런데 모성의 영토를 확보한 대신 '상처투성이' 세상과 대결하면서 단단히 벼려진 삶에 대한 강렬한 애증의 감정, 그것이 내뿜던 활력은 아쉽게도 스러지고 없다.

물론 도시에서의 삶과 사회의식이 필요충분 관계는 아니며, 여성으로서의 욕망이 반드시 작품 전면에 부각될 필요도 없다. 하지만 "세상이 새끼들 버려도, 그 아비들 나 몰라라 뒤도 안 돌아보고 다 떠난다 해도, 나는 어미이므로"라는 식으로 '어미 마음'이 지나치게 부각되면서 낡은 남녀 대립구도를 재연할 조짐이 있는 것도 사실이다. 실제로 작품에서는 지식인 남성(혹은 여성)과 하층 계급 여성간의 갈등이 주로 부각된다. 아무리 체험에서 우러난 결론이라 하더라도, 이분법적 대립의 틀로 이 복잡하고 교활한 현실을 해석하기는 버거울 것이다. 지나친 낙관성으로 모든 걸 견뎌내려는 자세도 그리 지혜로워 보이지 않는다.

공선옥의 소설은 여성의 몸이나 욕망을 화두로 삼는 요즘의 작품 경향에서 비껴나 있다. 매 작품마다 '모성'의 문제를 끈질기게 제기하는 작가의 '내공'은 변해야 살아남는다는 요즘의 조류에 비춰보면 낡은 명제이기 때문에 역설적으로 새롭다. 하지만 난 술 먹고 담배 피우는 엄마, 집밖을 떠도는 분열적인 엄마가 때로는 그립다. 세속도시를 민중여성 특유의 활력과 강단으로 가로지르는 '우리 시대의 꽃'같은 인생을 다시금 고대해 본다.

상처의 해부와 치유를 향한 제의적 여정
- 김승희 「회색고래 바다여행」

1. 주변부에서 중심 바라보기

지정학적으로가 아니라 인식론의 관점에서 본다면 중심과 주변은 상대적인 개념이다. 더군다나 탈중심화가 변화된 사회를 해명하는 주요한 인식의 틀로 운위되는 지금의 현실에서는 오히려 중심과 주변을 나누는 것 자체가 낡은 이분법을 되풀이한다는 오해를 받을 수도 있다. 해서 문학에서도 중심을 벗어나려는 시도는 낡은 감수성의 해체에서부터 80년대를 지배했던 집단 우위의 문학담론의 해체, 정형화된 서사들의 해체에 이르기까지 다양한 형태로 계속되고 있다.

그러나 여전히 중심은 있다. 다만 그 중심이 이전 시기와는 달리 다소 융통성을 가지고 있다거나 겉보기에는 그다지 억압적이지 않다는 점이 다를 뿐이다. 지배권력이 유포했던 것이든, 그 지배에 저항하는 안티테제로서의 성격을 띠는 것이든 일면적인 시각만이 허용되었던 80년대에 식상하거나 상처를 받은 사람들은 서둘러 자리를 털고 일어나 제 갈 길을 찾아 나섰다. 그럼에도 불구하고 개인이나 일상성, 역사에 대한 회의론, 반(反)리얼리즘론과 같은 90년대 유행어들은 80년대의 낡은(?) 유물과 깨끗이 결별하고 표피적인 새로움에 동승하려는 조급한 청산주의에 기대어 있다는 점에서 또 다른 담론의 권력을 행사하고 있다.

김승희의 첫 소설집 『싼타페로 가는 길』에 실린 작품들이 지속적으로 의문을 제기하는 부분도 그런 것이다. 과연 80년대나 광주의 상처, 여성들이 처한 막막하기만 한 현실은 역사책에나 기록될 법한 박제화된 역사인가. 개인을 가로지르는 역사, 역사를 몸으로 증언하는 개인은 이제 존재하지 않는 것인가. 이제 상처받은 영혼은 존재하지 않는 것인가. 여러 가지 주제로 다양하게 변주되어 나타나기는 하지만 작가는 이 작품집에서 우리가 망각했던, 혹은 망각하고자 했던 상처받은 개인들의 이야기를 집요하게 끄집어내고, 이들 상처의 진원지인 과거 역사, 지배 논리를 직시하라고 독자에게 요구하고 있다. 중심의 논리는 가족의 이름으로 그 구성원에게 가해지는 무형의 폭력에서부터 여성을 금 밖으로 밀어내는 성 차별적 현실, 이민자를 배척하는 서구 중심의 시각, 다수와 상식으로 무장된 지적 담론의 횡포에 이르기까지 가히 다양한 스펙트럼을 형성하고 있다.

작가가 이런 중심의 논리에 끊임없는 물음을 던지는 게 가능했던 것은 여성이자 지식인으로서, 이 땅과 이국 땅 어디에도 정주하지 않은 관찰자로서 겹겹의 국외자의 시선을 확보했기 때문이다. 「회색고래 바다여행」에 등장하는 서른 아홉의 여성 화자는 일간지 기자생활 십 년만에 일년 여 동안의 연수기간을 미국에서 보내면서 국외자의 시선을 확보하게 된다. 이런 국외자의 시선은 화자가 문학 담당기자에서 가정 담당기자로 밀려나면서, 자신과 우호적 관계를 유지했던 남자가 80년대 운동의 한복판에서 걸어나와 재빠르게 자기 변신하는 모습을 지켜보면서 일차적으로 확보된 것이다. 화자는 "기자는 새로운 조류에 남보다 더 먼저 유영해야 한다"는 기본 수칙을 잊고 90년대 문화와 사회 변화에 적응하지 못한다. 화자가 보건대 90년대 문화는

80년대를 지배했던 역사주의적 상상력으로부터 등을 돌린 채 "자기반성이 없는 사고의 세포증식과 상업주의의 범람"을 아무런 반성 없이 받아들이고 있다. 상업화된 저널리즘이 요구하는 것은 가정면이든 사회면이든 이런 90년대 현실을 받아들이라는 것인데, 그것은 이미 중심화된 권력 내지 담론으로 군림하고 있는 실정이다.

> 어디에서나 그 안 보이는 입을 느꼈다. 어디에서나 그 안 보이는 입이 하는 말을 따라서 꼭 그것을 받아쓰기하고 있는 것 같은 글만을 만났고 나 역시 어디엔가에 존재하고 있는 그 안 보이는 입이 귓속에 대고 소곤소곤 배급해주는 것을 받아쓰기하고 있는 듯한 기분을 느꼈다. (108쪽)

위 예문에서 보듯 화자 역시 90년대의 지배적 담론에서 자유롭지 못하다. 그렇지만 그녀는 그러한 문화강박증에 회의의 눈길을 보내고, '중력의 비애'로부터 벗어나 자유를 꿈꾼다는 점에서 주변인의 시선을 확보하고 있다. 연수차 미국 땅에 건너온 화자는 다양한 목소리를 인정하지 않는 우리의 폐쇄적인 현실을 오히려 이곳에서보다 더 객관적으로 바라보게 된다. 타자의 논리를 인정하지 않는 우리의 현실은 '먼 곳에서' 보았을 때 '버선목 안에서의 삶'으로 여겨지는 것이다. 그 먼 곳에서 이민1.5세대인 경파, 화가로서 인정을 받고 이국 남성과 결혼을 앞두고 있음에도 불구하고 여전히 광주의 내상으로부터 자유롭지 못한 강채청의 삶과 만나면서 화자는 80년대와 90년대, 역사와 일상을 이분법적으로 구획짓고자 하는 새로운 지배담론에 동조할 수 없음을 재차 확인하게 된다. 이들 두 여성의 삶에는 공간적, 시간적 거리를 뛰어넘어 여전히 80년대 혹은 우리 현대사의 상처가 그 그림자를 드리우고 있기 때문이다.

2. 여성/지식인의 자기정체성 확인과정

「회색고래 바다여행」은 문화면 기자생활을 오래 한 탓에 우리 지식인 사회의 변화를 가장 발빠르게 체험한 여성의 90년대 문화현실에 대한 비판이면서, 여성에게는 문화면 아니면 가정면 담당만 할당하는 남성 중심의 지적 풍토에 대한 우회적 비판도 담고 있다.

김승희의 다른 소설들이 그렇듯 이 소설의 주인공 화자도 지식인이자 여성으로서의 자의식을 강하게 지닌 인물이다. 「호랑이 젖꼭지」나 「아마도」, 「성 브래지어, 1994년 7월 9일」에서도 그려지고 있듯이 여성/지식인은 자신을 선 규정하는 관습이나 제도, 일상의 폭력성에 의문을 품고 거기로부터 벗어난 '왼손잡이'로서의 삶을 꿈꾼다. 그러나 여성이기 전에 학문하는 사람으로서, 글을 쓰는 사람으로서 사회와 소통하고자 하는 여성의 욕구는 번번이 좌절되고 그녀들의 영역은 가정과 같은 폐쇄적 공간에 한정된다. 그도 아니라면 독신여성으로서 스스로를 유폐하는 삶을 살 수밖에 없다. 작가는 「호랑이 젖꼭지」에서 이런 감금상태를 우리 신화에서 여성성의 자질로 칭송되어 왔던 웅녀에 대한 재평가와 야생과 양성구유의 삶이 가능한 호랑이로서의 삶에 대한 열망으로 형상화하는가 하면, 「아마도」에서는 '광주'의 간접체험자로서의 상처에서 벗어나지 못한 국문학도의 이 세상에 존재하지 않는 '아마도'에 대한 열망으로 형상화하고 있다. 특이한 점은 이들이 세상에 대한 비판적 시선은 날카롭게 유지하되, 기존 질서나 담론에 의해 밀려난 주변인의 목소리에 동참할 수 있었던 것은 바로 주변여성들과 동질감을 형성하게 되면서라는 점이다.

「회색고래 바다여행」의 여성/지식인 화자의 경우에도 이민1.5세대 경파와 화가 강채청은 시류에 편승하는 상업적 문화풍토와 어제의 투사가 오늘의 노회한 정객이 되는 카멜레온적인 현실에 식상해 있던 그녀에게 새로운 인식의 장을 열어주는 존재이다. 이들은 미국 땅에 살고 있으면서도 이런저런 방식으로 이 땅의 현실과 연루되어 있다. '선명한 정체성을 가진 존엄성이 있는 존재'로서 겸허와 강한 실천력을 겸비한 경파는 아버지가 해직기자 출신이어서 타의로 이국 땅까지 밀려오면서 소수민족으로서의 정체성을 체득한 인물이다. 그녀가 추구하는 타자지향적 삶과 생명력은 이 땅 일부 지식인의 기회주의적이고 현실추수적인 삶의 양태와 대조되면서 빛을 발한다. 화가 강채청은 화자가 망각했고, 90년대가 망각했던 광주의 상처를 환기해주는 인물이다. 그녀는 이러한 상처의 집약이자 치유의 주체가 여성임을 깨닫게 해주는 인물이기도 하다. 그녀가 혼수상태에 빠져서도 집요하게 그리고자 했던 인물 '옥례'는 물리적인 폭력에 의해 여성성을 훼손당한다. 다시 말해 여성성을 훼손당한 육체는 생명을 저당잡혔던 광주의 다른 이름이라 할 수 있다.

> 우리는 5천 볼트의 광주에 흉부관통상을 입은 사람들이다. 한국과 이렇게 멀리 있는데도 그 5천 볼트의 오월로부터 해방될 수 없는 사람이 있다. 이렇게 머나먼 세상의 끝에서도 그것을 잊지 못해 존재가 일그러져 가고 있는 사람이 있다는 게... (146쪽)

이렇게 해서 화자와 경파, 강채청은 여성성의 훼손을 광주로 지칭되는 우리 현대사의 상처와 동일시하면서 상처받은 자끼리의 연대감을 확보하게 된다. 때문에 화자는 채청이 그렸다는 맥도날드 M자의 상징이 바로 "잘라진 처녀의 유방"을 상징하고, 그녀의 그림이 옥례에게 바치는 진혼곡이라는 것을 깨닫는다.

그러면서도 M자 기호는 일원적인 해석의 차원을 넘어선다. 화자의 눈에 M자 알파벳이 탐스러운 동시에 요염하고, 아름답고 슬프고, 성스러우면서 관능적으로 비치듯이 여성 상징으로서의 M은 다양한 해석을 가능케 한다.

물론 "어머니의 부엌, 혹은 어머니 젖가슴의 표상"인 이 알파벳의 일차적 의미는 모성의 자질로 여겨지는 허여성(許與性)이나 풍요로움이겠지만 화자의 눈은 거기에서 더 멀리 나아간다. 즉 화자는 그러한 모성의 기호가 '기업화, 인스턴트화' 되었다는 점에서 모성의 기능마저 다국적 기업의 체인망에서 찾아야 하는 자본주의 모순을 날카롭게 직시하고 있다. M자 기호가 지닌 모순적이고 다의적인 의미는 바로 여성성 그 자체에 대한 열린 해석을 지향하는 것이기도 하다. 여성성은 그 생산성이나 희생적인 자질 때문에 자기파멸을 가져올 수 있지만 그럼에도 불구하고 파괴를 넘어설 수 있는 치유와 재생능력이 있다는 믿음이 그것이다.

결국 화자는 두 여성과의 만남을 통해 타자지향적인 지식인의 삶에 공감하게 되고, 여성의 시각으로 우리 현대사를 다시 보게 된다. 정체성을 찾아가는 길이 '회색고래'의 긴 바다 여행과 겹쳐지는 부분은 상징적 의미를 함축하고 있다. 이전의 화자가 여성이자 지식인으로서의 정체성을 완전히 확보하지 못한 채 부유하는 존재였다면 강채청을 찾아갔다가 되돌아오는 여정을 고비로 해서 그녀는 집단에로 눈을 돌리게 되고, 개인의 상처에 각인된 역사의 의미를 깨닫게 되기 때문이다.

3. 개인을 가로지르는 역사, 역사를 환기하는 개인

"문화면이 가정면이고 정치면도 가정면이고 사회면도 가정면"(146쪽)이라는 진술이나, "역사는 가정을 비추고 가정은 또 역사를 비추고 서로는 서로를 비추어서 동시대 인간에게 미치는 파괴력"(147면)이 있다는 진술은 개인의 무의식에까지 침투해 상처를 남기는 역사의 압도적인 영향력을 새삼 환기한다. 포스트모더니즘, 해체주의 등 갖가지 현란한 수식어로 장식된 90

년대에 적응하지 못하는 화자나, 80년대 강압적인 권력의 간접 희생자라 할 수 있는 경파나 채청은 모두 이렇게 개인을 가로지르는 역사의 희생자들이다. 화자의 인식은 "역사 바로세우기"라는 90년대에 급조된 신생어의 이면에 감추어진 채 "역사의 고속 질주에 치여 죽은 사람들의 그 가족들의 정신적 트라우마"에까지 도달한다.

그리하여 화자의 내적 여행의 도달점은 '역사를 환기하는 개인'에 이른다. '땅위에 있는 이야기'들이 겉으로 드러난 상식적인 질서라면, '바다 속에 수몰된 이야기'들은 지배 담론과 질서에 묻혀 채 들리지 않았던 소수의 이야기, 상처받은 자들의 이야기이다. 화자가 복원하려는 것도 바로 이런 바다 속 이야기들이다. 회색고래의 바다여행은 역사 속에 지워진 채 침묵을 강요당하는 존재에게 바쳐지는 상징적 제의와도 같다.

> 시대가 수몰시켜버린 거대한 수장을 뚫고 그래도 아직 묻히지 못한 것들이 있어 무의식과 기억의 혹들을 몸 안에 주렁주렁 종유석처럼 매단 몸으로, 검고 머나먼 바다 속을 헤엄쳐 가는 많은 영혼들이 있다. 묻힐 수 없는 꿈들이 있어 육중한 몸을 밀어 깊이를 알 수 없는 어두운 바다 속을 남모르는 해저 속을 헤엄쳐가고 있을지도 모른다. 가다가 가끔씩 궁전 같은 숨의 물푸레를 뿜으며 숨을 쉬기도 하고 무의식의 깊이를 박차고 한 번쯤 솟구쳐 올라 자신의 잊힐 수 없는 말을 하고야 만다. (151 - 2쪽)

개인의 삶을 압도하는 시대나 권력은 망각을 유도하지만 잠복해 있던 상처는 뜻밖의 곳에서 제 모습을 드러낸다. 강채청이 낯선 땅에서 대면해야 했던 광주. 우리 아픈 역사의 대명사인 광주는 강채청의 열병으로, 옥례라는 이름의 다양한 변주로 기호화되어 나타난다. 화자의 저널리즘적 감수성으로 보자면 정치면, 사회면이 곧 가정면이 되는 우리의 현실을 단적으로 보여주는 것이다. 화자가 관심을 기울이는 것은 이와 같이 무의식 속에 저장되었다가 어떤 계기들에 의해 솟구쳐오는 개인의 이야기이다. 이제 화자는 '회색의 운구행렬'과도 같은 회색고래들의 움직임과 호흡을 같이하고자 한다.

고래의 숨결과 하나 되고자 함, '세계의 무게'로 지칭되는 바다에 기꺼이 수장되고자 함은 개인과 집단, 시대와 개인이 뗄레야 뗄 수 없다는 자명하지만, 이제는 그 공명을 잃어버린 진리에 도달하고자 하는 힘겨운 행보라 할 수 있다.

회색고래들, 다시 말해 역사를 환기하는 개인들, 그 역사의 중력을 온몸으로 받치고 선 개인들은 시대의 희생자이면서 동시에 시대의 아픔을 치유하고자 하는 무당과도 같은 존재이다.

> 회색고래들은 그렇게 해안 가까이 나타나 상처받아 일그러진 우리들의 혼을 불러모아 자신의 뱃속 심연 안으로 빨아들여 깊고 차가운 바다 속으로 바다 속으로 끌고 들어간다. (153쪽)

강채청이 그림과 기록을 통해 무당으로서의 역할을 하듯, 화자는 이제 자신을 지배했던 가벼운 시대와 그 시대에 거리낌없이 투항하는 사람들에 대한 환멸을 넘어서서 회색고래의 심연에 기꺼이 익사하고자 한다. 고래 뱃속이나 바다는 재생과 상처를 껴안으려는 화자의 열망이 상징적으로 실현되는 공간인 것이다.

4. 열린 읽기를 꿈꾸며

작가 김승희는 개인의 삶에 각인된 시대의 상처를 치유하는 무당이기를 자처한다. 비단 이 작품에서뿐만 아니라 「호랑이 젖꼭지」나 「아마도」, 「싼타페 가는 길」 등의 작품에서 여성들은 성차별적 억압이나 시대적 광기를 함께 체험하고 그것을 여성들 특유의 자매애로 치유해간다. 자매간, 어머니와 딸 사이, 인종을 달리하는 여성 지식인들 사이를 관류하는 것은 주변부에 처한 자들끼리의 동류의식이다. 작게는 일상과 가족, 크게는 사회적 관습이나 폭력에 훼손당한 이들은 상처받은 자 특유의 민감성으로 상처의 원류를 해부하고, 분석하고 궁극적으로는 그것들로부터 벗어나 자유를 꿈꾼다.

김승희 소설은 시적인 문체가 가져다주는 힘으로 인해 쉽게 읽혀짐에도 불구하고 그것의 참 의미에 도달하는 것이 그리 만만치 않다. 그것은 「호랑이 젖꼭지」에서 단적으로 드러나듯이 야생적 사고, 길들여지지 않은 것에 대한 동경이나 광기가 고래 뱃속의 따스함과 같이 있기 때문이며, 여성성과 감싸안음의 담론이 현실을 진단할 때의 냉철함, 지적 담론과 같이 하기 때문이다. 따스함과 차가움, 광기와 이성이 김승희의 소설에서는 긴장을 형성하고, 그러한 내적 긴장으로 인해 강렬하고 독특한 힘이 뿜어져 나온다. 김승희 소설이 동시대 소설들에서 흔히 볼 수 있는 대책없는 낙관주의나 허무주의 어느 한 쪽에 기울지 않고 균형을 확보하는 것도 이 때문이다.

물론 아쉬움이 전혀 없는 것은 아니다. 90년대 사회문화 현실에 대한 진단이 반복적이라거나, 이때 쓰이는 지적 담론이 일상에서 여성으로서 살아가면서 느끼는 어려움을 토로할 때의 생생한 감각을 압도하는 경우도 없지 않다. 전반부에서 서사의 무게 중심이 예의 당대 현실의 진단에 있는 데 반해 후반부에서는 그것이 여성성을 통한 과거의 치유에 놓여 있는 듯하다. 물론 과거 상처의 환기나 부박한 현실이 우리가 처한 문제적 상황이라는 점에서는 서로 연관되어 있긴 하지만 전체 서사가 이원화되어 있다는 인상을 지우긴 힘들다. 이는 역으로 작가나 우리 모두가 직면한 현실이 복합적이라는 말도 될 터이다. 해서 김승희 소설은 여전히 진행형이며 우리의 열린 해석을 기다리고 있다.

소설 쓰기와 시간의 장벽을
넘어서기 위한 편력
- 박범신의 「흰소가 끄는 수레」

1. 장년(長年)의 이야기를 위하여

요즘 우리 문학 지형도에서 '장년'의 이야기, 요컨대 성숙한 어른의 이야기를 발견하기란 쉽지 않다. 세기말의 우울을 감성의 자양분으로 해서 빠른 변화의 속도에 대응한 존재는 아비나 대서사를 거부하는 '아이들'이고, 이 소위 새로운 문학세대인 아이들에게 전범 내지 교과서가 된 것은 이전 세대의 문학이 아니라 영화, 만화, 컴퓨터와 같은 후기자본주의 시대의 산물인 문화 산업들이다. 이 아이들보다 약간 나이가 많은 삼십대의 문학은 80년대에 대한 부채의식이나 자신이 몸담고 있는 일상과의 불화로 인한 환멸을 전경화하여 보여주고 있다. 이들의 문학은 가볍지는 않지만 부채의식을 넘어설 대안이나 환멸 이후의 삶을 예측하지 못하고 있다는 점에서 이야기가 담고있는 '조로(早老)'의 징후에도 불구하고 여전히 미성숙하다.

삶의 다양한 국면에 대한 체험에서 나온 깊은 이야기, 모든 오래된 것들, 나이 들어가는 것들에 대한 사려깊은 시선들은 사라진 지 오래이다. 해서

박범신의 장년의 이야기는 더욱 값지다. 장년의 이야기를 우리가 성숙한 어른의 그것이라고 부를 수 있는 근거는 현상적인 변화에 흔들리지 않고 그 변화의 근저를 꿰뚫어 볼 수 있는 시선의 올곧음, 유난히 굴곡 심한 우리 현대사와 호흡을 같이 하면서 얻어진 역사와 개인에 대한 폭넓은 이해, 섣부른 평가와 예단을 넘어설 수 있는 혜안을 그것이 지니기 때문이다. 그리하여 장년의 문학은 자신의 환부를 드러내는 데 스스럼이 없고, 타인의 환부에 눈을 돌리고 그것을 치유함으로써 현재 우리 문학의 빈 곳으로 남아있는 진정성과 소통가능성의 자리를 채울 수 있다.

엄격한 비평적 잣대, 혹은 오만한 엘리티시즘의 시각에서 보자면 사실 박범신은 그 연배의 다른 작가들에 비해 유난히 홀대받고, 기껏해야 '대중문학' 논쟁의 한 구석에 등장하던 변방에 있는 작가였다. 때문에 그런 그가 50의 나이에 자신의 글쓰기에 대해 회의하고 성찰하면서 작가로 거듭나는 과정을 그린 연작 소설들은 최근의 '젊은', '가벼운' 이야기들과는 달리 진지한 모색과 무게 중심을 겸하고 있는 '장인(匠人)' 정신의 산물이다.

2. 도구적 글쓰기에 대한 회의와 진정성을 향한 탐색

「흰소가 끄는 수레」는 해인사에서 무주에 이르는 여행에 관한 기록이자, 소설 쓰기의 위기에 부딪힌 화자가 그 위기의 원인을 탐색하고 새로운 도정(道程)을 모색하는 이야기이다. 여정과 자기 반성을 겸하고 있는 이야기 구도는 우리 소설에서 그리 낯설지 않다. 양귀자의 「숨은꽃」, 구효서의 「깡통따개가 없는 마을」, 그리고 신경숙의 「모여있는 불빛」에 이르기까지 글쓰기의 한계에도 달한 작가가 자신을 둘러싼 일상 공간에서 벗어나 여행을 통해 자신을 되돌아보고 시대를 진단하고 그럼으로써 글쓰기의 새로운 지평을 확보해 가는 이야기는 이제 '소설가 소설'이라는 명칭으로 불리며 우리 소설의 한 지류로 자리잡고 있는 실정이다. 박범신의 「흰소가 끄는 수레」는 이들의 소설과 많은 부분 닮아있으면서도 질문이나 탐색의 밀도에 있어서는 훨씬 농밀하다. 글쓰기가 한계에 부딪힌 원인을 변화한 시대나 단순한 소재의 고갈에서 찾지 않는다는 점에서, 문학에 대한 근본적 회의가 역으로 삶과 시간이라는 좀더 본질적인 문제에 대한 탐색으로까지 확장되고 있다는 점에서, 그리고 가족사와 개인사에 각인된 상처를 육성으로 증언하는 적극적인 고백의 양식을 취하고 있다는 점에서 그의 탐색이 치열함과 보편성을 동시에 확보하고 있음을 미루어 짐작할 수 있다.

「흰소가 끄는 수레」의 주인공은 이십여 년 동안 세 권의 작품집과 이십여권의 장편소설을 발표한 바 있는 다산성의 작가이다. 이와 같은 생산성은 "보폭은 넓고 발걸음은 빠른 직진"의 삶을 살아온 주인공의 삶의 방식, "까미가제식의 산화"를 꿈꾸었던 주인공의 문학에 대한 열정에서 비롯된 것이다. 주인공에게 글쓰기란 에로스적 충동과 죽음을 향한 충동이 만나는 장소이자 내부에 들끓고 있는 갖가지 욕망이 마지막으로 찾아가는 출구였다. 또한 글쓰기는 그에게 세상의 명리(名利)와 가족을 위한 안락한 삶을 보장해주는 것이기도 했다. 다시 말해 소설 쓰기가 명리나 물질적 풍요와 교환되는 도구적 글쓰기로 화한 것이다. 더군다나 그는 작가를 업으로 삼아 가족의 생계를 책임져야 했기에 애초 글쓰기를 시작할 때의 순수한 욕망에서 점점 멀어져 이십여 년간 익힌 다양한 기교로 치장된 기계적인 글쓰기에 함몰된다.

문제는 그가 그러한 도구적 글쓰기와 더 이상 타협할 수 없다는 존재론적 위기의식에 직면해 있고, 그것이 "소설이란 광활한 습지"에서 길을 잃고 헤매는 본질적인 위기로까지 화했다는 점이다.

그토록 낯익었던 소설의 숲에서 길을 잃으면서 한때 "형형색색 수천의 나비떼"처럼 비상했던 상상력도 고갈되기 시작한다. 이는 "부화되지 못한 나방의 시신들"이라는 불모의 이미지와 더불어 제시된다. 그의 글쓰기가 에로스적 충동, 삶과 생산을 향한 열정과 동궤에 놓임을 다시금 확인할 수 있다.

이제 작가는 잠시 직진의 삶을 멈추고 자기 글쓰기의 기원으로 되돌아가는데 해인사에서 무주에 이르는 여정이 그것이다. 작가적 죽음에서 벗어나 재생(작가의 표현대로라면 부활)하기 위해서는 "내 글쓰기 삶의 자궁"이었던 무주 적상산에서부터 되짚어 나감으로써 애초 글쓰기의 동력을 이루었던 것이 무엇인지 탐색하려는 근본적인 자세가 필요하기 때문이다. 이러한 탐색의 여정은 '사멸에의 공포'와 '카미까제식의 통렬한 산화'로 표현되는 죽음에 대한 공포와 그것이 가져다주는 매혹사이의 변증법적 긴장관계의 연원을 추적하는 것이기도 하다.

그 추적의 동반자는 바로 해인사에서 만난 정체불명의 '사내'로 지칭된다. 그는 자기 내부에 있는 또 다른 자아로서 주인공은 그와의 끊임없는 심리적 대결과 대화를 통해 욕망과 허위로 치장된 모습에서 벗어나 진정성과 대면하게 된다. '사내'가 주인공의 또 다른 자아로서 나의 성찰을 추동하는 존재임을 입증하는 단서는 "성긴 반백의 머리칼, 가늘고 긴 목, 마르고 좁은 등"과 같은 외양뿐만 아니라 독서체험과 인생역정이 유사하다는 점, 소설 말미에서 바바리 코트의 뜯어진 천 고리의 위치가 같다는 점에서 단적으로 제시된다. 이 소설이 유사한 이야기 구조를 지닌 '소설가 소설'들과 다른 지점도 이와 같이 내부의 자기를 가감없이 들여다보려는 반성의 치열함에 있다.

글쓰기와 삶의 진정성에 도달하는 길은 눈으로 뒤덮인 산길의 여정만큼이나 힘겹다. 그 힘겨움은 글쓰기의 동력이 되었으나 오랫동안 잊고자 했던 여러 가지 사멸의 징표들을 기억 속에서 들춰내 그것과 대면하는 데서 비롯된다. 사멸의 징표들은 열일곱 청춘에 기도했던 자살에서 시작하여, 아버지가 쉰 살 초입에 만났던 사멸의 단서, 신장염으로 고생하던 어머니의 가출과 죽음, 가수를 꿈꾸며 가출했으나 끝내는 절망과 빈곤 속에 죽어간 막내 누이의 죽음으로 이어진다. 시간의 침식작용에 의해 '초신성(超新星)'으로 빛을 발하다 '중성자성'으로 바래가는 퇴락으로 얼룩진 가족사적 상처로 인해 그는 "순행으로 찾아올 사멸에 대한 공포를 너무나 어린 날부터 선험적으로 알고 있었"던 것이다. 그것은 세 아이의 아버지, 참을성 많은 한 여자의 지아비, 저명작가로서의 일상적 삶에 의해 가려져 있다가 주인공이 선험뿐이었던 '사멸'에 한발 가까이 다가섰을 때, 다시 말해 글쓰기의 불모상태, 육체적으로 쇠락의 상태에 달했을 때 구체화된다. 이제 그는 새로운 글쓰기를 위해 과거의 상처와 현실로 다가온 사멸의 공포를 넘어서야 한다.

이와 같은 존재론적 위기를 '사내'와의 대화를 통해 직시하게 되면서 주인공이 얻는 깨달음은 사멸 그 자체도 '허깨비 관념뿐'이라는 것이다.

사내가 내게 가르쳐준 것의 하나는 내가 지금 가위눌리면서 짐지고 있는 것들이 글쓰기, 그 유일한 사랑에의 침식과 사멸 때문이 아니라, 그보다 더 원형적인 것, 원통한 아버지가 만났던, 가출한 어머니가 만났던, 노래 부르는 누나가 만났던, 사멸이라는 말의 허깨비 관념, 혹은 존재의 무위,
(67면)

모든 것은 마음의 '불난 집(火宅)', 즉 가족사의 상처에 짓눌려 버린 욕망이 제 출구를 찾지 못한 채 글쓰기를 향한 욕망으로 전이되면서 비롯되었다는 것이다. 소멸하기 위해 가져온 면도칼을 버리는 행위는 바로 마음에서 비롯된 온갖 욕망과 아집에서 벗어나 평범하지만 변하지 않는 세상살이의 이치를 체득하고 이를 소설화해야 한다는 주인공의 깨달음을 상징적으로 보여준다.

「흰 소가 끄는 수레」는 여정과 기억(회상)이 겹치고, 나와 나의 분신의 언술이 겹치는 중층 구조로 되어 있다. '문학이란, 삶이란 무엇인가'라는

근본적 회의에서 비롯된 여정은 직선의 길을 빠른 속도로 질주해 온 삶과 글쓰기 행위에 대한 반성과 그러한 삶과 글쓰기를 추동했던 과거로의 회귀를 담고 있다. 그 성찰과 회귀에 진정성의 무게가 실리는 것은 분신인 '사내'의 입을 통해 자신을 거리를 두고 서술함으로써 객관성을 확보할 뿐만 아니라 그의 모습에서 자신이 나아갈 바를 암시적으로나마 제시하고 있기 때문이다. 적당한 보폭을 유지하는 걸음걸이, '불멸에의 꿈조차 망짐'이라는 낮은 목소리를 통해 우리는 그가 삶의 자연스런 흐름을 거스르지 않는 세상살이의 이치에 도달했음을 알 수 있다.

3. 사멸에 대한 공포와 불멸을 향한 욕망

「흰소가 끄는 수레」는 문학과 삶에 관한 이야기이면서 동시에 시간에 관한 이야기이다. 삶의 유한성, 다시 말해 시간에 강박당해 있는 인간의 불우한 운명은 이미 쇠락의 나이에 접어든 장년의 육성으로 전달되기에 공감을 자아낸다. 주인공에게 글쓰기의 위기는 여러 육체적 징후와 더불어 온다. "베갯머리에 빠진 죽은 머리칼들", 침침해져 가는 눈과 공동화(空洞化)되어가는 뼛속, 그리고 '쑤욱' 힘없이 빠져나가는 정액은 시간의 '잔인한 침식'이 주인공에게 시작되었음을 의미한다. 직진으로서의 삶에 익숙해져 있던 주인공에게 이러한 쇠락의 느낌은 당혹스럽기 그지없는 것이다.

그런데 주인공에게 이와 같은 쇠락이나 사멸은 태생적으로 주어진 것이기도 하다. 젊은 날 문학에 대한 신열 끝에 시도했던 자살기도나 아버지, 어머니, 누나의 병이나 죽음에서 주인공은 '캄캄한 절망과 음침한 공포'를 경험한다. 사멸에 대한 공포는 어린 시절 목격했으나 까마득히 의식의 심층에 잠복해있다 한순간 비집고 나온 황구의 자살장면에서 극적으로 묘사된다.

사멸의 공포에 대한 필사적인 저항, 아니면 음산한 빛의 잔해. (중략) 그것
이야말로 내 무의식의 어둠 속에 평생 잠복해 있으면서 시시때때, 생살을
갈가리 찢으며 퉁겨올라와 나를 혹은 쓰러뜨리고 혹은 일으켜세우던, 카미
까제의, 직진강하의, 통렬한 산화(散華)를 향한, 오르가슴.(71 - 2면)

늙은 황구는 사멸에 저항하면서도 필연적으로 그 사멸을 향해 나아가면서
글쓰기와 삶을 완성시키고자 했던 나의 모습에 다름아니다. 그것은 곧 사멸
속에서 불멸을 꿈꾸는 것이기도 하다. 면도날 하나 품고 처음 소설을 쓰기
시작했던 무주 적상산으로 오르는 길이 사멸을 비장하고 황홀하게 완성하기
위한 길이기도 하지만 기실은 불멸을 찾아 나선 길이기도 하다는 점은 나의
분신인 ‘사내’의 입을 통해 전달된다. ‘불멸의 빛’에 이르기 위한 깨달음은
‘흰 소가 끄는 수레’로 상징되는 바 그것은 관념뿐인 사멸과 카미까제식의
직진강하로 표현되는 욕망에서 벗어나야 가능하다.

‘사내’가 말하는 ‘망집’에서 벗어난 ‘진여(眞如)’의 세계가 과연 무엇인지
섣불리 단정하기는 힘들다. 다만 불교적 의미망을 넘어 나이만큼 쌓인 연륜
과 세상살이에 대한 깊이있는 이해를 통해 본래의 자기를 회복해야만 들어설
수 있는 곳임은 자명하다. 사내의 ‘빠르지도 느리지도 않은’ 보폭, 자신보다
‘보편적’인 인생관을 가진 아내와의 소통 등은 이미 주인공이 사멸의 공포에
서 벗어나 ‘흰 소가 끄는 수레’에 탈 마음의 준비가 되어 있음을 암시한다.

시간은 누구에게나 매혹적이면서도 두려운 대상이다. 더욱이 삶과 문학에
대해 유난히 많은 열정을 지녔고, 그 열정에 값하는 성취를 이룬 이에게
물리적인 시간의 흐름은 열정의 포기, 욕망의 포기를 의미하는 것으로 여겨
질 수도 있다. 「흰소가 끄는 수레」는 죽음과 재생, 생산과 탕진, 풍요와 불모
성, 에로스적 충동과 죽음에의 충동사이의 변증법적 긴장관계를 통해 시간
앞에 선 단독자가 어떻게 그 모순들을 삶의 이치로 담담하게 수용하게 되는
지를 보여준다.

이제 작가는 삶의 주기를 거스르지 않고 자연스레 죽음과 화해하기를, 자연의 흐름과 하나가 되기를 소망한다. 비로소 작가는 소멸에 대한 공포를 이겨낸 듯하다. 그러나 '글을 쓰고 싶다'는 단 하나의 욕망은 남아있다. 그러나 그 욕망은 이전처럼 소멸의 공포를 이기기 위한 카미까제같은 자해의 수단은 아닐 터이다. 긴 편력 끝에 시간의 위협을 이겨내고 정주(定住)한 작가의 글쓰기는 이제 단독질주의 모습이 아닌 세상과 소통하기 위한 통로를 만들어낸 것이다.

4. 고백을 넘어서 소통을 향해 나아가기

「흰소가 끄는 수레」는 근래 보기 드물게 소설 쓰기에 대한 질문을 진지하게 던지고 있다. 더군다나 질문에 대한 답이 성급한 환멸이나 어정쩡한 화해가 아닌 치열한 내적 성찰의 과정을 거쳐 얻어졌기에 더욱 값지다. 작품의 치열함은 개인사와 가족사를 육성으로 증언하는 '고백'의 양식에서 비롯된 것이다. 하지만 작가는 거기서 한 걸음 더 나아가 고백의 주체를 비판의 객체로 놓는 또 다른 나를 설정함으로써 반성의 깊이를 더하고 있다. 때문에 여기서 고백의 양식은 단성적인 목소리를 넘어서 다성적인 울림으로 독자에게 다가온다.

그러나 이 소설이 고백의 양식이 흔히 범하기 쉬운 함정에서 완전히 비껴난 것은 아니다. '상주불멸(常住不滅)'이라는 불교적 깨달음은 소멸 뒤의 재생을 보고, 이미 있는 것들 속에서 세상 이치를 발견해 낸다는 점에서 소중하다. 그렇지만 자명하지만 자칫 관념의 틀 속에 갇히기 쉬운 그러한 깨달음은 '아수라'와 같은 이 세상 속에서 실현되고, 그것을 작가의 밝은 눈으로 포착할 수 있을 때에야 활기를 얻을 수 있다. 굴암산 자락에서 다시

시작하는 작가의 글쓰기가 세상을 향해 소통의 폭을 한껏 열어놓고 진흙탕같
은 현실에 발을 내딛기를 주저하지 말아야 한다는 것이다.

　그렇지만 이후 「흰소가 끄는 수레」의 연작에서 그러한 소통은 아내와 자
식들을 이해하고 이들과의 연대감을 확인하는 범주에서 크게 벗어나지 않는
다. 물론 지난 연대의 획일적인 문학관에 대한 비판이나, 학생운동을 하는
딸을 통해 간접적으로나마 사회문제에 대한 통찰과 비판이 행해지긴 한다.
자식세대와 소통의 길을 트려는 아비의 절절한 심정이 감동을 주지 않는
바도 아니다. 하지만 작가가 오랜 '부랑'에서 벗어나 '평상심(平常心)'을 얻
은 지금의 상태에서 한 걸음 더 나아가 세상의 어두운 이면을 바라보는 날카
로움까지 겸비해 그 폭을 넓히기를 바란다.

담론과 권력의 관계망으로
새롭게 읽는 역사소설
- 공임순 『우리 역사소설은 이론과 논쟁이 필요하다』

<여인천하>, <태조 왕건>, <명성황후> 등 역사드라마의 인기몰이가 쉼없이 이어지고 있다. 그런데 역사드라마와는 달리 역사소설은 90년대 들어 거대담론의 쇠락과 궤를 같이하며 한때 누렸던 후광을 상실한 듯하다. 『임꺽정』, 『장길산』 등은 우리 문학의 정전(正典)으로 기록될 지 모르지만 누구나 즐겨읽는 작품 목록에는 오르지 못한다. 젊은 연구자 공임순의 『우리 역사소설은 이론과 논쟁이 필요하다』는 이런 시대적 흐름을 거스르면서 역사소설을 제대로, 그리고 풍부하게 읽는 시도가 왜 필요한지 질문하고, 답하는 책이다.

역사소설을 바라보는 필자의 관점은 '역사(소설)은 사실 - 효과에 의해 만들어진 담론의 결과물(35면)'이라는 말로 요약될 수 있다. '역사소설은 사실성을 요구하는 역사와 허구성을 요구하는 문학 사이의 긴장, 길항 작용으로 형성'되어 왔고, 이 때문에 역사소설과 관련한 논쟁을 유발해 왔지만, 기실 중요한 것은 객관성이나 사실성이라기보다 담론에 내포된 이데올로기적, 인식론적 전략들이라는 것이 필자의 논지이다. 담론이 이데올로기적 구성물로

서 물질적 효과를 가진다는 것은 후기 맑스주의 이론가들이 일반적으로 동의하는 사항이다. 그런데 필자는 이런 자명한 명제를 역사소설을 새로운 시각으로 이해하고 논하기 위한 전제로 끌어온다. 그것은 '역사' 소설에 대한 기대지평이 사실성이나 객관성에 있기 때문에 다른 서사물보다 텍스트를 가공하는 작가의 몫이 적기 때문이다. 필자는 이같은 고정관념에 의문을 제기하면서 논의를 시작한다.

이 책은 총5장으로 구성되어 있다. 서문을 대신한 1장 '역사는 담론의 구성물이다'라는 명제는 역사소설을 바라보는 필자의 관점을 명시하면서 2,3장의 구체적인 작품 분석에 버팀목 역할을 한다. 하늘 아래 새로운 것이 없는 마당에 하물며 과거의 사실이야 새로울 것이 없음은 더 말할 필요도 없다. 하지만 같은 역사적 사실이라 하더라도 작가의 관점이나 현실과의 연관에 따라 해석의 차이가 빚어지기에 역사소설은 질기게 그 생명력을 유지할 수 있다는 것이다. 읽는 사람 쪽에서 보자면 작가의 서술 전략을 텍스트의 이면이나 행간을 통해 읽어내는 적극적 자세가 요구됨은 물론이다.

제2장 '민족적 주체는 곧 남성적 주체였다'와 제3장 '역사소설을 효과적으로 읽으려면 새로운 접근법이 필요하다'는 필자의 비판적이고 분석적인 시각이 돋보이는 장들이다. 역사소설과 민족주의 담론의 결합과 그 효과를 따지는 2장은 민족적 욕망이 투사된 민족주의 담론이 역설적으로 제국주의 역사와 공모하면서 남성의 역사 - history를 he - story와 등치시키는 오만함 - 라는 반쪽의 역사를 재생산하는 과정을 보여준다. 필자는 우리 역사의 시원에 해당하는 단군신화를 여성의 시각에서 재해석하고, 식민지 시기 역사소설들이 왜 현실의 아버지 - 국가를 부정하고, 강한 상상적 아버지 - 국가로 회귀하는지를 밝힌다. 신채호의 혁명적 진술 안에 내포된 남성중심성을 읽어내는가 하면, 7 · 80년대 민중 · 민족주의 담론에 내재한 집단주의, 타자를 배제하는 자기동일성의 논리를 비판한다. 특히 복거일의 『비명을 찾아서』에서 식민

주의의 넘어서기 시도가 식민지 여성을 배제하고 억압하면서 식민주의 담론
에 포섭되는 과정을 설명하는 대목은 흥미롭다. 이와 같이 필자는 철저히
'무성적(sex - blind)' 관점을 견지해 온 역사소설 이론에 여성주의적 관점으
로 개입하면서, 여지껏 정치적으로 올바르다고(politically corrected) 간주되어
온 텍스트나 이론 역시 민족/민중을 남성과 동일시하는, 그래서 자신이 비판
했던 중심의 논리를 재생산하는 역설에서 벗어나지 못했다고 비판한다.

제3장 역시 제1장의 문제의식을 구체화한 장으로 동일한 역사적 사건을
다루지만 작가가 역사적 인물을 형상화하거나 사건을 다루는 방식에서 크게
차이가 남을 예증하고 있다. 대상 텍스트는 단종 폐위와 세조 등극을 다룬
이광수의 <단종애사>와 김동인의 <대수양>, 동학혁명을 다룬 유현종의
<들불>과 서기원의 <혁명>이다. 필자는 작가의 역사인식을 작품 외적
근거를 들어 선험적으로 재단하는 것보다 텍스트의 구성원리나 서술방식을
꼼꼼히 따져본 연후에 평가하는 것이 오히려 설득력이 있음을 보여준다.

2장과 3장이 역사소설 담론에 내포된 이데올로기를 읽어내는 방식을 텍스
트 분석을 통해 제시함으로써 논쟁을 유발하고 있다면, 4장 '역사소설의 유
형론은 왜 필요한가'는 우리 역사소설의 방법론을 모색하는 이론적 장이다.
필자는 역사소설의 하위 장르에 대한 서구와 중국의 이론들을 개괄하면서
역사와 환상 사이의 자장에서 어느 쪽에 더 경도되는가에 따라 기록적, 가장
적, 창안적, 환상적 이렇게 네 가지로 역사소설을 하위 분류하고 있다. 필자
는 고정된 장르로 여겨져왔던 역사소설 내에도 다양한 양상이 존재함을 보여
주려 한다. 그렇지만 허구성이라는 기존의 개념 대신 가져온 환상성이 환상
적 역사소설 외에 다른 하위 장르까지 준별하는 개념이 될 수 있는 지는
의문이다. 각주를 보면 황석영의 『장길산』을 가장적 역사소설에, 최인훈의
『태풍』과 복거일의 『비명을 찾아서』를 환상적 역사소설에 해당하는 작품으
로 지적하고 있다. 하지만 필자가 제시하는 환상성의 범주가 모던/포스트모

던 이론에 뿌리를 둔 서구의 예에 가깝기에, 우리 문학에서는 그 실례를 찾기 힘든 것도 사실이다. 선험적으로 주어진 장르 구분에 따를 것이 아니라, '물건 - 작품'을 놓고 얘기하는 초심자의 마음이 필요하다.

맺음말에 해당하는 5장에서는 『장길산』을 두고 빚어진 황석영과 이이화 사이의 논쟁을 다루면서, 역사적 진실은 쓰는 주체에 따라 달라진다는 점을 다시금 역설하고 있다. 필자의 입장은 '우리의 역사소설에는 역사가 없다. 다만 사실 - 효과에 의해 구성된 담론의 결과물과 그것을 전유해 해석하는 권력의 모든 관계망만이 있을 뿐이다.(164면)'라는 다소 급진적인 진술에서 잘 드러난다.

이 책은 역사소설을 사실성 여부를 따지는 잣대로만 보거나 작가의 역사 인식만을 문제삼던 이전의 연구관행에 대해 도전적으로 문제를 제기한다. 역사소설을 담론과 권력간의 관계망으로 들여다보고, 자신의 논지를 꼼꼼한 텍스트 분석을 통해 전달하려는 자세가 돋보인다. 필자는 단군신화로 대표되는 정전에 감춰진 문제점을 비판하는가 하면, 문학사에서 조명을 받지 못했던 작품들의 가치를 새로운 눈으로 찾아낸다. 그렇지만 이런 정전 뒤집기 의도가 과한 나머지, 기존에 널리 알려진 작품들 - 예컨대『임꺽정』이나『장길산』과 같은 - 이 오히려 홀대받는 아이러니가 빚어지기도 한다. 널리 알려진 작품일수록 필자의 논쟁적 이론의 틀로 그 공과를 다시금 따지는 작업이 필요하리라 본다.

필자가 다루는 작품의 폭이 넓지 않은 것도 아쉬움으로 남는다. 분석 대상이 된 이광수와 김동인, 유주현과 서기원, 복거일의 작품들 외에도 작가의 이데올로기적 관점에 따라 동일한 사건이 달리 해석되는 역사소설은 많다. 비단 역사소설만이 아니라 역사드라마도 '뭔가 다른' 지점이 있기에 주기적으로 같은 소재를 울궈먹는 것이 아닐까. 대중이 쉽게 이해할 수 있는 예들이 좀더 다양하게 제시되었더라면 좋았을 것이다.

　그런가 하면 이론적 논쟁, 논쟁적 이론을 제시하는데 치중하다보니 대중성과 같은 역사소설의 다른 면모들이 소홀하게 취급된 감이 없지 않다. 대중의 인기를 끈 역사소설일수록 독자의 기대지평에 부응하면서 작가의 이데올로기적 전략을 성취하는 경우가 많다. 1930년대처럼 역사소설이 대량 생산되면서 대중성을 확보한 시기에는 그런 담론을 필요로 하는 시대적 요구가 있었을 것이다. 요컨대 역사소설의 대중성을 필자의 프리즘으로 재해석할 필요가 있다는 말이다.

　역사소설이 우리 근대 문학사에 뚜렷한 족적을 남긴만큼, 포스트모던 시대에도 그 생명력을 유지하기 위해서는 거듭 갱신이 필요할 것이다. 현재, 나아가 미래와 생산적으로 대화하는 역사소설의 출현을 기대하며, 필자의 논쟁적 문제제기가 나침반이 되었으면 하는 바람이다.

『토지』 연구의 새로운 길 트기
- 이상진, 『토지 연구』

1.

김윤식 교수가 박완서의 작품 세계를 일컬어 '천의무봉(天衣無縫)'의 세계라 평한 적이 있지만, 우리 현대문학사에서 그런 평가에 걸맞은 또다른 작가로 박경리를 드는데 이의를 제기할 사람은 아마 드물 것이다. 박경리의 『토지』는 26년에 이르는 집필 기간, 4만여 장에 달하는 분량이라는 양적 측면에서 뿐만 아니라, 작품에 등장하는 수많은 인물들의 다양한 삶의 행로, 근현대사를 관통하는 50여년에 이르는 서사 시간, 작품이 함축하고 있는 도저한 사상적 깊이라는 면에서도 우리 문학사에 의미심장한 발자취를 남겼다. 거기에다 단일 작품에 들인 작가의 공력과 그것에 값하는 독자들의 반응을 고려한다면 『토지』는 하나의 문학사적 사건이라 불리는 데 전혀 손색이 없다. 『토지』는 작품이 쓰여지는 와중에도, 그리고 5부까지 완간된 지금도 계속해서 연구자들의 다양한 해석을 촉발하고 있다. 마치 세헤라자데의 「천일야화」처럼 『토지』는 연구자들에게 작품에 대해 끊임없이 이야기하고 싶은 충동을 불러 일으킨다는 점에서 열린 텍스트이며, '이야기'가 지닌 본질에 가장 근접해 있는 텍스트이다. 지금도 『토지』에 '관한' 이야기는 진행 중이다.

『토지』의 방대함에 필적해 『토지』 연구도 그 규모를 짐작키 어려울 정도로 이루어져 왔다. 『토지』는 비단 문학 연구에서 뿐만 아니라 사회학이나 역사학, 인류학 쪽에서도 참조가 될 만한 귀한 텍스트로 자리잡았다. 그런 점에서 『토지』는 소설의 장르적 경계를 넘어, 우리 근현대사를 충실히 기록한 역사서이자 당대 삶의 풍속도를 재현한 박물지라 보아도 무방할 것이다. 작가 박경리와 『토지』에 대한 연구는 『작가세계』(1994년 가을)에서 한 번 종합적으로 다루어진 이래, 작품이 완간된 시점인 1994년 이후 『한, 생명, 대자대비』(솔출판사, 1995), 『『토지』와 박경리의 문학』(솔출판사, 1996), 『『토지』를 읽는다』(최유찬, 솔출판사, 1996)에서 집중적으로 이루어진 바 있다. 단일 작품으로는 최초로 사전이 발간되기도 했다.(임우기, 정호웅 편, 『『토지』 사전』, 솔출판사, 1997)

이번에 연구목록에 새로이 등재된 이상진의 『『토지』 연구』(월인, 1999)는 저자의 박사논문을 수정, 보완한 것으로서 특히 700여명에 이르는 작품의 등장인물들을 포괄하려는 노고가 돋보이는 연구서이다.

2.

저자는 지금까지 『토지』 연구가 역사·사회적 의미를 밝히는 접근법과 장르론적 접근을 중심으로 이루어져 온 데 문제를 제기하면서, 인물형상화의 관점에서 작품을 분석하고 있다. 이는 연구자가 '『토지』에 창조된 700여명의 인물들이 서사와 주제의 주체로서, 또 수단으로서 다양한 층위에서 파악될 필요가 있을' 뿐만 아니라, '서사적 특성과 작가의 세계관을 밝혀내는' 데 관건이 된다고 보기 때문이다. 모든 문학은 '인간학'이라는 말이 있듯이 삶의 이야기인 문학의 목적은 사람살이와 그 이면에 숨겨진 진실을 탐색하는 데 있다. 그런 점에서 저자의 관점은 어찌보면 소박하기 그지 없다. 하지만 그의 소박함은 우리 연구자들이 쉽사리 망각해왔던 덕목이기에 그 의의를 섣불리 폄하할 수는 없을 것이다.

'『토지』 자세히 읽기'를 위해 저자는 기본적으로 '도덕적 관점'을 견지하고, 정신분석적 연구방법과 사회문화적 연구방법을 적용하여 인물의 성격을 규명하고 있다. 저자에 따르면 '이 작품이 보여주는 인간문제가 현재의 도덕적 위기에 대한 해답으로서 가치를 지니고 있고', 그것이 '『토지』의 기본 시각과 일치'하기 때문이다. 이와 같은 연구방법론은 저자 스스로도 경계하듯이 작품의 방대함과 작가의 세계관에 포섭되어 버릴 한계를 내포하고 있다. 하지만 작품을 자신의 이론을 검증하는 도구로 삼아 재단해 버리는 일부 연구자들의 얄팍한 연구 자세에 비춰볼 때, 저자의 자세에서 작품의 진의에 다가가려는 의도를 엿볼 수 있다. 연구자들이 갖추어야 할 일차적인 조건이 작품에 대한 애정임을 새삼 일깨워주는 것이다.

3.

이 책은 크게 6장으로 나뉘어져 있고, 맨 뒤에 작중인물에 대한 간략한 소개와 몇 장 몇 부에 등장하는지를 기재한 부록1과 작가, 작품과 관련된 연구서지를 수록한 부록2가 딸려 있다.

1장에서는 기존 『토지』론의 지형도를 그리고 한계를 지적한 뒤, 자신의 연구방법론을 밝히고, 2장에서는 작가의 작품 세계의 일관된 특징을 살펴보기 위해 『토지』 이전에 나온 글들을 소설 뿐만 아니라 시, 수필, 강의록까지 포괄하여 점검하고 있다.

3장부터 5장까지는 본격적인 인물 연구에 해당된다. 각 장의 접근 방식은 각기 다르다. 3장에서는 주요 인물들의 존재조건과 욕망, 삶의 양태를 분석함으로써 작품에 내재하는 다양한 주제들을 밝혀내고, 이를 근거로 작가의 인간관을 규명하고 있다. 이 장은 저자가 가장 공력을 들여 연구한 흔적이 역력하다. 저자는 주요 등장인물들의 욕망과 존재양태를 세 부류로 나누어 검토하고 있다. 첫 번째 부류는 타존재와의 관계에 따른 당위를 무시한 채 자신의 욕망을 실현하기 위해서만 존재 상황을 변화시키는 이기적 인물들로 임이네, 김평산, 조준구, 귀녀, 김두수, 우개동, 배설자, 평사리 농민들이 여기에 해당한다. 두 번째 부류는 당위에만 매달려 고뇌하다가 욕망도 성취하지 못한 채 자신과 주변인까지 좌절하게 만드는 인물들로 송관수, 송영광, 이동진, 이상현, 김훈장, 박씨, 기성네, 개화기 신여성들, 조찬하, 유인실, 오가다를 들고 있다. 세 번째 부류는 존재와 당위간의 모순을 깨닫고 이를 극복하여 자기 성취를 이뤄내는 인물들로 김환과 조병수, 최서희, 김길상이 여기에 해당한다. 저자는 이와 같은 인물 분석을 통해 작가의 진의가 세 번째 부류의 인물들을 통해 드러나고, 여기서 인간에 대한 연민, 자타불이(自他不二), 대자대비와 같은 작가의 세계관이 궁극적으로는 생명사상에 기반하고 있음을 알 수 있다고 본다.

사실 『토지』의 등장인물들은 각인각색 저마다 생동감을 지니고 있지만, 선/악의 명징한 이분법을 따라 구분되는 것도 사실이다. 저자 역시 이같은 점을 놓치지 않으면서도, 인간의 개인적, 사회적 욕망에 대한 경계와 인간으로서의 존엄성 회복이라는 차원에서 긍정적으로 해석하고 있다. 이와 같은 접근법은 작가의 생명사상을 제대로 읽어낼 수 있다는 장점에도 불구하고 아쉬움을 남긴다. 무엇보다도 서사의 중심인물이라 할 수 있는 서희나 길상 등의 인물들에게 여전히 긍정적이고 비중있는 평가가 내려지는 것이 문제이다. 물론 세부적인 분석에서는 해당 인물들이 지닌 복합적 국면이 세심하게 고찰되면서, 선인의 악한 기질, 부정적 인물이 악에 이르게 된 경로가 규명되고는 있다. 하지만 '권선'과 '징악'의 도덕적 관점을 사회구조와의 관련성에 천착해 보면서 인물들의 욕망이나 행위를 평가한다면, 이분법적이고 도식적인 평가라는 반론에서 어느 정도 자유로워질 수도 있을 것이다.

4장에서는 작품의 독특한 서사구조를 분석하면서, 그것이 작가의 생명사상에서 비롯된 인물창조 방식과 관련되어 있다는 점을 주로 해명하고 있다. 이 장에서는 등장인물들의 대화, 그것도 제3자들의 전언 형태로 사건이 설명되고 필요할 경우 서술자의 설명이 덧붙여지는 방식에 주목하고 있다. 살아 있는 인물들 모두가 서술자가 되는 이와 같은 독특한 담론 형태는 저자에 따르면 '생명사상'이 형식적으로 드러난 것이다. 저자는 단순한 서사 분석에 그치지 않고, 그것을 작가의 세계관과 관련지어 상당히 설득력있게 해명하고 있다. 굳이 트집을 잡자면 시차를 둔 전언이든, 집단을 둔 전언이든 전달자가 주로 중심 인물이 아니라 주변 인물, 그 중에서도 민중들이라는 점에 주목했더라면 하는 아쉬움이 남는다. 그들의 다성악적 목소리가 지닌 의미를 적극적으로 해석한다면 작가의 생명사상이 좀더 풍부하게 해석될 여지가 많으리라는 것이 필자의 소견이다.

5장에서는 각 인물묘사에서 드러난 점을 바탕으로 문체적 특징과 인간을 바라보는 작가의 독특한 시각을 밝히고 있다. 저자에 따르면 『토지』의 인물묘사는 외양묘사에 치중해 있고, 인물의 '도덕적 자질'을 드러내는데 초점이 맞추어져 있다. 이는 우리 문학의 전통적인 묘사방식을 계승한 것이기도 하다. 또한 작가는 감각적, 비유적 이미지나, 집의 은유를 통해 인물의 내면을 효과적으로 드러내고 있다. 저자는 이와 같은 인물 묘사에서 추출되는 긍정적, 부정적 인물과 지식인형 인물의 묘사가 3장의 주제적 차원에서 살펴본 인물유형과 거의 일치하며, 그것이 도덕성에 기초를 둔 작가의 인간관과 맞닿아 있다고 본다. 그렇지만 이와 같은 묘사의 특성이 작품 전체에 해당된다고 보기 힘든 점은, 저자가 주로 전반부를 분석 대상으로 삼고있는 데서도 확인된다. 게다가 인물묘사에서 드러난 특징을 인물의 '도덕적 자질'을 입증하기 위한 근거로 삼을 경우, 일종의 환원론적 오류, 즉 모든 평가를 도덕적 특성으로 환원시켜 버리는 오류를 범할 수도 있다는 점에서 경계해야 할 것이다.

마지막 장에서는 종합적으로 작가의 세계관인 생명사상을 검토하면서, 이를 작품의 비종결적 특성, 인물들의 행동과 사상에 드러나는 인간문제, 인물창조와 형상화의 원리 및 서술구조로 나누어 살펴보고 있다. 저자는 작품의 내용과 형식적 측면을 모두 아우르면서 작가의 생명 사상을 규명하고 있다. 그러다보니 오히려 작가가『토지』이외의 글에서 밝힌 바 있고, 근자의 사상적 편력에서 엿볼 수 있는 생명사상의 깊이를 충분히 포용하지 못한 면도 없지 않다. 작가의 생명 사상을 설명하면서 한, 대자대비, 연민, 생명에 대한 존중과 공평한 태도와 같은 유사한 어휘들의 망에서 벗어나지 못하는 것이 단적인 예이다.

또한 저자는 작품의 비종결성이 세계의 무한성과 생존의 유구함을 반영한 결과라고 보는데, 이는 작품에 대한 엄정한 평가를 넘어선 고평이라는 생각이 든다. 저자의 말대로『토지』1,2부에서 인물들은 주변적 인물에 이르기까지 제각기 개성을 갖춘 살아 움직이는 생명체로 실감있게 묘사된 바 있다. 하지만 4,5부로 올수록 인물의 정형성, 유형성이 두드러지고, 이들의 담론도 작가의 세계관을 전달하기 위한 매개물로 기능하면서 관념적인 담론이 주를 이루는 것이 사실이다. 그렇다면『토지』5부가 '종결을 향해 내용이 응집된다기보다 오히려 인물과 사건이 확대되고 있'는 현상도 저자처럼 '열린 텍스트' 로 볼 수 있겠지만, '미완의 텍스트'로 보는 것이 더 타당할 듯싶다.

4.

　『『토지』연구』는 한 작품에 대한 연구자의 애정과 열정이 오롯이 배어있는, 오랜 시간 한 작품에 매달려 온 작가의 노력에 진지하게 반응하는 저서이다. 이론적인 독단에 사로잡힌 채 객관적 연구 태도라는 이름으로 작품에 대한 비판을 서슴치 않는 근자의 잘못된 학문 풍토에 비추어 볼 때, 작품에 대한 저자의 겸허하고 애정어린 시선은 귀감이 될 만하다. 실상『토지』는 일반 독자들에게는 다양한 사람살이를 보여주는 것만으로도 훌륭한 인간학 교과서이자 역사 교과서가 될 수 있는 반면에, 연구자들에게는 여간한 철학적, 사회 역사적 안목을 갖추지 않고서는 근접하기 힘든 버거운 텍스트이기도 하다.

　연구자의 열정은『토지』의 등장인물을 일목요연하게 정리한 부록1과 기존의 연구성과들을 분류해 정리한 부록2에서도 확인된다. 두 부록은 그것만으로도 자료적 가치가 있을 뿐만 아니라, 앞으로『토지』를 연구할 후학들에게도 소중한 자산이 될 것이다. 작가가 '자타불이'의 생명사상을 역설했듯이, 연구자 또한 자신의 분야에서 '나눔'의 철학을 실천한 셈이다.

　그럼에도 불구하고 앞으로『토지』에 대한 생산적인 논의를 생각한다면 보완되어야 할 점이 없지 않다. 무엇보다 연구자도 고백하듯이 연구 대상에 대한 비판적 거리가 확보되지 않은 점이 가장 아쉽다. 물론 연구의 객관성이나 질이 비판을 통해 담보되는 것은 아닐 터이다. 오랜 세월을 거치면서 층층이 쌓인『토지』의 수많은 결을 읽어낸 것만으로도 연구자의 의도는 어느 정도 이루어졌다고 볼 수 있다. 그렇다 하더라도 문학 텍스트로서의『토지』는 4,5부로 올수록 인물형상화나 구성 방식에서 앞의 부분과 현격히 차이가 나며, 작가의 사상이 채 걸러지지 않은 채 담론화되면서 형상화를 훼손하는 것도 사실이다. 혹 저자가『토지』가 닦아놓은 여러 갈래 길에서 서성대다가

이 점을 놓친 것은 아닌지 모르겠다.

　두 번째로는 저자가 작가의 세계관으로 설정한 생명사상에 대한 좀더 심도있고 풍부한 접근이 이루어졌더라면 하는 점이다. 저자는 작가의 생명사상을 자타불이, 연민, 대자대비, 우주적 포용력이라는 말로 설명하고 있다. 하지만 생명사상의 근원에 천착해서 그것이 불교나 동학과 같은 우리 토착사상과 어떻게 관련이 있는지, 최근 관심이 고조되고 있는 생태주의와 관련해서 현재의 위기를 타개할 대안 담론으로서도 어떤 현재적 의미가 있는지를 밝힌다면 논의의 단조로움이나 추상성에서 벗어날 수 있을 것이다. 이는 저자가 인물 형상화나 서술방식과 작가의 세계관을 연결짓는 방식을 효과적으로 입증하는 데 있어서도 전제되어야 할 부분이라 생각한다.

　마지막으로 여성 인물에 대한 저자의 해석이 여성문학적 관점에서 볼 때 타당하지 않은 부분이 있다. 물론 연구자의 관점이 여기에 있는 것도 아니고 여성문학적 관점으로 『토지』 전체를 읽는 것도 그리 바람직하지는 않다. 그렇지만 작가가 '정절이데올로기의 희생자로서 여성을 속박한 현실을 고발하면서'도 '자기 책임을 다하는 여성들을 건강하고 당당한 모습'으로 그려냈다고 평가하거나, 불륜이야기를 신비화하는 것이 당대 여성들의 무의식적 욕망을 드러내려는 고도의 서사화로 분석하는 부분에 대해서는 이견을 제기하고 싶다. 이들의 당당함이 오히려 가부장제 이데올로기를 추인하는 결과를 낳을 수도 있다는 점에서 '여성문제에 대한 작가의 추상적인 인식'은 여전히 문제가 될 수 있기 때문이다. 신여성에 대한 비판도 당사자들의 고백으로 제시되어 설득력을 지니기는 하지만, 그것과는 별도로 작가가 신여성들의 타락이나 부정적 모습이 어디에서 기인하는지 사회구조적 원인을 천착했는가는 따져보아야 할 문제이다. 남성 인물들과 비교해서 여성 인물들이 서사에서 균형있는 시각으로 다루어졌는가의 문제, 주동 인물인 서희가 작품 전체에 걸쳐 일관된 성격을 견지하는 데 반해, 전반부에서 생동감있게 그려졌던 민중 여성들의 형상이 후반부로 갈수록 희석되어 버리고 만 문제 등은 여전히 여성문학적 관점에서 『토지』에 접근할 때 논란이 될 것으로 보인다.

위와 같은 지적은 어찌보면 『토지』를 연구하면서 저자가 체감했을 생의 부피를 절감하지 못한 자의 설익음에서 나온 것일 수도 있다. 하지만 필자가 지적한 몇가지 사항들이 앞으로 『토지』 연구에 또다른 길을 트는 데 보탬이 되기를 소망한다.

허스토리Herstory의 문학

인쇄일 초판 1쇄   2003년 04월 15일
            2쇄   2015년 03월 23일
발행일 초판 1쇄   2003년 04월 30일
            2쇄   2015년 03월 25일

엮은이 김 양 선
발행인 정 진 이
발행처 새미
등록일 1994.03.10, 제17-271호

서울시 강동구 성내동 447-11 현영빌딩 2층
Tel : 442-4623~4 Fax : 442-4625
www. kookhak.co.kr
E- mail : kookhak2001@hanmail.net
ISBN 978-89-5628-053-0   *93800
가 격 18,000원

* 새미는 국학자료원의 자매회사입니다.
*저자와의 협의 하에 인지는 생략합니다.